KB129853

한순간에

한순간에

수잰 레드펀 장편소설 김마림 옮김

IN AN INSTANT
by SUZANNE REDFEARN

This Korean edition is made possible under a license arrangement originating with Amazon Publishing, www.apub.com, in collaboration with Eric Yang Agency.

이 책은 실로 꿰매어 제본하는 정통적인 사철 방식으로 만들어졌습니다.
사철 방식으로 제본된 책은 오랫동안 보관해도 손상되지 않습니다.

이 책은 허구이다. 이름, 인물, 기관, 장소, 사건 및 사고 등은 저자의 상상력의 산물이거나 단순히 허구적 장치로 사용되었다. 실존 인물, 살아 있거나 죽은 사람 혹은 실제 있었던 사건과 유사한 경우가 있다면 그것은 우연의 일치이다.

헬리에게

프롤로그

카민스키 아줌마는 알았다.

그 사고가 나기 전부터.

그날까지 우리는 카민스키 아줌마를 불안 신경증에 편집증적 성향의 사이코 부모라고 생각했다. 뒤에서 교도관 같다며 수군댔고, 온갖 공포증과 강박 관념에 사로잡힌 사람을 엄마로 둔 모를 가엾게 여겼다. 모를 지키려는 카민스키 아줌마의 방식은 단순한 〈보호〉 수준이 아니었다. 해변이나 수영장 같은 곳에서 생일 파티가 열릴 때 안전 요원이 없거나 아줌마가 보호자로 같이 참석할 수 없으면 모는 그 파티에 갈 수 없었다. 열두 살짜리 아이들이 정신없이 뛰어노는 바닷가 모래사장이나 물가에서, 경계의 눈빛으로 사방을 주시하며 주변을 맴도는 40대 아줌마의 어두침침한 그림자를 상상해 보라. 디즈니랜드는 말할 것도 없었다. 카민스키 아줌마는 150센티미터 남짓의 키에 몸집이 작고 조용하고 언제나 상냥한 미소를 띠는, 지나칠 정도로 예의 바른 사람이지만 모의 안전에 관해서는 믿기 어려울 정도로 단호했다.

그래서 우리는 아줌마가 어릴 때 안 좋은 일을 겪어서 그 트라우마 때문에 그렇게 모를 보호하려는 것 같다며 몰래 쑥덕거렸지만 모는 아니라고 했다. 모는 〈우리 엄마는 단지 자기 자식을 확실히 돌볼 사람은 엄마밖에 없다고 생각하기 때문〉이라고 대변했다. 그렇게 생각하는 모가 정말 너그럽다고 생각했다. 우리 같으면 엄마가 카민스키 아줌마처럼 우리의 삶을 간섭한다면 화가 나서 참을 수가 없었을 테니까.

카민스키 아줌마의 그런 의지의 강도가 화강암에서 쇳덩이 정도로 조금 누그러진 건 6학년 과학 캠프 때였다. 많이는 아니지만 적어도 변화의 여지가 생겼다. 모만 빼고 6학년 학생 전부가 과학 캠프를 가게 될 상황이 되자 먼저 담임 선생님이, 그다음에는 교장 선생님 그리고 우리 엄마까지 전화로 카민스키 아줌마를 설득했다. 결국 우리 엄마가 아줌마의 마음을 돌리는 데 성공했다. 엄마의 설득에는 우리 아빠가 보호자로 동반해서 여행 중에 세심히 모를 지켜봐 주기로 한 약속이 포함되었다. 그때 카민스키 아줌마가 마음을 바꾼 건 우리 엄마의 말을 믿어서였을 수도 있고, 아빠가 모를 보호해 줄 거라고 믿어서였을 수도, 아니면 본인 스스로도 영원히 이런 식으로 지속하지 못하리라고 깨달았을 수도, 또 어쩌면 그 과학 캠프가 6학년에게 빠지면 안 될 중요한 여행이었기 때문일 수도 있다. 이유야 어찌 됐든, 그때 모는 12년 인생에서 처음으로 엄마의 동행 없이 혼자서 둥지를 떠날 수 있었다.

그 이후로 카민스키 아줌마는 모를 계속 우리 가족에게 맡겼다. 그런 신성한 위탁이 이루어지기 전에는 언제나 〈우리가 아주 잘 돌볼게요〉, 〈안심해도 돼요〉, 〈모는 우리한테 딸이나 마찬가지인걸요〉 등과 같은 우리 부모님의 장담이 선행되었다. 이제 와서야 그렇게 쉽게 내뱉는 상투적인 말들을 생각해 보게 된다. 그런 진부하고 무의미한 말들이 과연 앞으로 일어날 일에 조금이라도 영향을 미칠까, 아니면 그런 말들은 아무런 의미가 없는 걸까? 습관적으로 한 약속들과는 전혀 무관하게 일어날 일은 어차피 일어나는 걸까? 끊임없이 의문이 생긴다.

지난 몇 년 동안 나도 카민스키 아줌마에게 여러 번 맡겨졌지만, 우리 부모님은 한 번도 내 안전에 대한 보장을 요구한 적이 없었다. 모는 무남독녀였기 때문에 나는 카민스키 가족이 가는 모든 여행에 따라다녔다. 아프리카, 스페인, 태국 그리고 알래스카까지. 우리 부모님은 조금도 주저하지 않고 적극적으로 모든 여행에 날 딸려 보냈고, 우리 가족이 모를 데리고 갈 때 카민스키 아줌마가 받아 냈던 다짐 같은 것도 요구하지 않았다. 아마 엄마 아빠는 그런 약속이 상호적인 것이라고 기대했기 때문인지도 모르겠다. 아니면, 부모님은 내심 그런 약속이 없는 여행에 자식을 딸려 보내는 한심한 부모가 될까 봐 아예 그런 다짐을 요구하지 않은 것일 수도 있다. 카민스키 아줌마의 두려움이 결국 내면 깊숙이 자리한 자기반성에 바탕을 둔다는 것을, 다시 말하면 지진이나 화산 폭발, 배가 침몰했을 때, 잔인한 선택을 해야 할 순간이 오면 자신의 딸을 먼저 보호할 것이며, 아무리 모와 내가 친자매 같은 사이라 해도 그녀에게 있어서 나는 결코 모와 동등할 수 없다는 점을 이미 부모님은 알았는지도 모른다.

아주 예전 기억을 떠올려 보면 우리 언니나 동생, 친구들 그리고 나는 카민스키 아줌마 이야기가 나올 때마다 너무 지나치다며 눈동자를 이리저리 굴리던 것이 생각난다.

이제는 아무도 아줌마를 지나치다고 생각하지 않는다.

아줌마는 알았다. 그 일이 일어나기 전부터. 그리고 나는 궁금해진다. 어떻게 알았을까? 초자연적인 예지력을 가진 걸까? 아니면 정확히 모가 말한 대로 자기 자식을 돌볼 사람은 결국 그 부모밖에 없으며, 선택을 해야 하는 상황에 닥치면 남의 자식을 먼저 구할 사람은 없을 거라는 단순하고도 기본적인 생각에 근거한 이성적이고 신중한 자기방어적 태도가 몸에 배어 있었기 때문일까?

이런 것들이 새삼 궁금해진다. 지금, 사고가 난 후에서야.

1

한 번만 더 핑크 리본이냐 골드 리본이냐 물으면 정말 가만히 안 있을 거야! 내가 알 게 뭐야! 다 관두고 둘이 그냥 달아나 버렸으면! 정말 괴로워 죽겠어!

모의 답장은 즉시 도착한다.

왜, 재밌을 거 같은데?

차라리 생니를 뽑는 게 낫겠다! 거의 다섯 달째 이런 고문을 당하고 있다. 오브리 언니의 약혼 이후 결혼식에 관한 세부적인 사항들을 신물이 날 만큼 반복해서 살펴보고 생각해 왔지만, 결혼식은 아직도 세 달이나 남았다. 〈신물이 날 만큼〉은 아무리 써도 질리지 않는 단어이고(단어가 아닌가?), 지금 상황에 딱 적절한 표현이다. 정말 이런 외출은 내가 견뎌 낼 수준이 아니다.

오늘은 금요일인 데다, 눈부실 만큼 아름다운 파란 하늘이 펼쳐진 날, 해변에서 스킴보딩을 하거나 서핑을 하거나 친구들과 함께 놀기 좋은 오후다. 그런데 난 지금 웨딩드레스 숍 바닥에 앉아서 엄마, 캐런 이모 그리고 마지못해 들러리가 되어 버린 내 앞에서 웨딩드레스를 뽐내는 오브리 언니를 바라보고 있다. 둘째 언니 클로이는 여기 없다. 언니는 오브리 언니 약혼 발표 후 1주일쯤 됐을 때, 결혼 제도는 여성 억압적이며 시대에 뒤처진 가부장적 제도라고 언급해 결혼 준비와 관련한 모든 준비 과정에서 즉시 퇴출됐다. 대신 내가 그 자리를 떠맡게 되었다.

지금은 대체 어디에 있는지 모르겠다. 분명 밴스와 둘이서 입술을 딱 붙이고 있거나 시내에서 손을 잡고 돌아다니면서 이 끝내주는 날씨를 맘껏 즐기겠지. 이런 일이 처음이 아니었기에 나는 클로이 언니가 혹시 일부러 그런 발언을 한 게 아닌가 의심도 들고, 한편으로는 부럽기도 해 끙 소리를 내뱉기 직전이다. 클로이 언니는 그런 쪽으로는 머리가 참 잘 돌아간다. 원하지 않은 상황을 교묘히 모면하는 데 도가 텄고, 그래서 여덟 달 동안 엄마를 쫓아다니면서 심부름을 해야 하는 그런 일은 반드시 피해야 한다는 것을 이미 알았을 것이다.

스스로 그만두지 않고도 슬쩍 빠지면서, 오브리 언니의 조수 역할을 나한테 성공적으로 떠넘긴 클로이 언니의 천재적인 재주에 헛웃음이 난다. 내가 이런 일을 얼마나 싫어하는지도 알고, 장장 8개월간 억지로 응원의 미소를 지으며 준비 과정을 도와야 하는 이런 일이 〈새 속옷이 절실히 필요한 경우가 아니면 쇼핑과는 담쌓은〉 나 같은 사람들에게는 아무리 성격 좋다 해도 얼마나 괴로운 일인지 뻔히 알면서도 히죽거리며 계획을 짰을 클로이 언니의 얼굴이 떠오른다.

「핀, 이건 어떤 것 같아?」 나는 오브리 언니의 말에 휴대폰에서 웃긴 동물 짤을 보던 시선을 들어 올린다. 지금 휴대폰 화면에는 고양이가 발을 위로 올린 채 시베리안 허스키를 타고 달리는 사진에, 〈저 쥐를 쫓아!〉라는 자막이 적혀 있다.

눈을 들어 오브리 언니를 보는 순간 나도 모르게 눈을 깜박인다. 놀라서 목에 뭐가 걸린 듯 내 얼굴에서 웃음기가 사라진다. 레이스가 달린 것들이나 결혼과 관련된 온갖 여성스러운 건 다 싫어하는 나인데, 갑자기 가슴에 소녀다운 감성의 샘이 차오르기 시작한다. 지난 2주 동안 오브리 언니는 자기 드레스가 얼마나 완벽한지 쉬지 않고 호들갑을 떨며 자랑해 왔다. 하지만 나는 새틴이 어떻고, 실크가 어쩌고, 진주가 물결처럼 흐르고, 보닝이 어떻고, 보석 박힌 목둘레선이 아름답다는 등의 모든 이야기들을 대충 한 귀로 흘려들었다. 하지만 지금은, 저 앞에, 아주 높은 굽의 힐을 신은 오브리 언니가 곧게 서 있다. 액체처럼 매끈한 아이보리 새틴 자락이, 불가능해 보일 정도로 가는 허리 라인에서 피어오르듯 부풀었다 흘러내리고, 보석이 가득 박힌 목둘레선으로부터 작은 진주들이 개울처럼 소용돌이치며 떨어져 내리는 드레스를 입은 오브리 언니는 동화에 나오는 공주님이나 지구상에서 가장 아름다운 여왕 같다. 정신이 멍해질 만큼 아름다운 모습에 나는 살짝 질투가 나려고 한다.

오브리 언니의 뒤에 선 엄마는 손뼉을 치고, 캐런 이모는 엄마의 어깨를 감싸고 있다. 서로에게 기댄 채 감탄의 눈으로 언니를 바라보는 두 사람은 비슷한 잿빛 금발이 맞닿을 만큼 서로에게 기대고 있다.

「멋지네.」 나는 별일 아니라는 듯 말하고 다시 휴대폰을 들여다본다. 이번엔 눈을 찡그리는 검은 강아지 앞에 녹아내리는 노란색 아이스크림이다. 제목은 〈아이스크림 두통〉. 나는 계속 휴대폰의 영상들을 위아래로 훑어보며 재밌어한다. 오브리 언니가 이리저리 몸을 돌려 드레스를 선보이는 동안 엄마와 캐런 이모는 마구 찬사를 쏟아 내면서 모든 각도에서 언니를 바라보기 위해 주변을 빙빙 돈다.

캐런 이모가 내 옆에 와서 선다. 「사진 찍자.」 흥분한 이모의 목소리는 거의 꺄악 하는 비명에 가깝다. 「핀이랑 오브리랑 둘이 같이.」 캐런 이모의 페이스북에 〈#아름다운예비신부이자_미래의런웨이브라이드_오브리와핀밀러〉와 같은 우스꽝스러운 태그가 달린 사진이 올라갈 생각을 하니 벌써부터 민망하다.

다행히 〈안 돼〉라는 엄마의 말에 곤경에서 벗어난다. 「결혼식 당일까진 안 돼. 결혼식 전에 웨딩드레스 입고 사진 찍으면 재수 없다고 하잖아.」

안도의 한숨을 쉬며 나는 오브리 언니에게서 살짝 더 멀리 물러나 앉는다. 마치 언니 옆에 가까이 있는 것만으로도 안 좋은 기운을 끼칠 것 같은 마음에. 오브리 언니는 그런 나를 내려다보며 입모양으로 〈고마워〉라고 말하고는 다시 수다쟁이들 쪽으로 몸을 돌린다. 엄마와 캐런 이모는 이제 감탄을 마치고 드레스를 어떻게 고쳐야 할지에 대한 문제로 넘어가 법석을 떨고 있다.

오브리 언니의 말에 뺨이 붉어진 나는 별것 아닌 걸로 흥분하지 말라고 스스로를 다독인다. 오브리 언니는 이미 내게 수도 없이 고맙다고 했고, 실제로 그건 내게 일도 아니었다. 내가 언니의 예비 시어머니와 나눈 대화는 고작 5분 남짓이었고 킨셀 부인은 내 말을 아주 흔쾌히 받아들였다.

오브리 언니가 그렇게 속상해하지만 않았어도 전화를 걸지 않았을 것이다. 킨셀 부인이 입었던 웨딩드레스에 대한 이야기도 괜찮게 들렸고 오브리 언니가 그 드레스를 네 번째로 물려받아 입게 된다는 것도 꽤 멋진 일이라고 생각했으니까.「클래식한 라인에, 빈티지한 구슬 장식, 빅토리아풍 레이스 칼라, 등선을 따라 죽 달린 새틴 단추들.」하지만 오브리 언니는 그런 웨딩드레스의 생김새를 묘사하며 아주 서럽게 울음을 터뜨렸고, 그때까지 들러리로서 아무 도움도 안 되던 나는, 드디어 해줄 일이 생긴 것 같았다. 모는 언제나 내가 그런 일을 처리하는 데 천부적인 재능이 있다고 했다. 단도직입적으로 말하는데도 이상하게 기분이 상하지 않는다면서 말이다. 내 생각에는 오히려 사람들이 일을 너무 복잡하게 만드는 것 같다. 그냥 사실 그대로를 간단히 말하면 더 잘못되거나 더 잘될 일이 딱히 없으니까. 어쨌든 킨셀 부인은 처음에 약간 당황하긴 했지만 결국 좋은 생각이라고 했다. 심지어 본인도 결혼할 때 자기가 원하는 드레스를 사 입고 싶었다고까지 털어놓았다.

나와 전화 통화를 끝내고 아마 킨셀 부인은 오브리 언니에게 바로 전화를 했던 것 같다. 언니가 30분 뒤에 나에게 전화해서 몇 번이고 고맙다고 했으니까. 그 후 5개월이 지난 지금, 드레스를 입은 채 빙글빙글 돌고 스스로에게 감탄하며 환하게 웃는 오브리 언니를 보면서 그때 전화한 건 참 잘했다는 생각이 든다.

캐런 이모가 가슴골을 좀 더 드러내는 게 좋겠다며, 자신의 풍만한 D컵 사이즈의 가슴을 손으로 밀어 올리며 〈바바붐〉이라고 말한다. 그 말에 오브리 언니는 벤이 좋아할 거라며 고개를 끄덕이고, 엄마는 고개를 절레절레 흔드는 그 순간을 나는 사진에 담는다. 휴대폰의 작은 찰칵 소리는 웃음소리에 묻힌다.

나는 셋의 웃는 모습, 기쁨으로 흔들린 피사체들의 표정, 거울에 비친 드레스, 얼굴 가득 퍼지는 오브리 언니의 미소 그리고 그 옆에서 활짝 웃는 엄마와 캐런 이모의 모습이 담긴 휴대폰의 작은 화면을 바라본다. 사진을 첨부해서 모에게 메시지를 보내자 〈너무 예쁘다!〉란 메시지와 함께 여러 개의 하트와 웃는 얼굴 이모티콘이 바로 도착한다.

화면에 모의 메시지가 뜬다. 〈인정해. 너 은근 로맨틱한 거. 그래서 말인데, 어떡할 거야?〉

나는 휴대폰의 깜박거리는 커서가 무슨 깨우침이라도 줄 것처럼 모의 메시지를 쳐다보며 입을 씰룩거린다. 사실 모에게 댄스파티 파트너로 찰리 매코이를 생각 중이라고 고백한 이후 여전히 어떡할지 용기를 못 내고 있었기 때문이다. 우리 학교 댄스파티는 여자가 남자에게 파트너 신청을 한다. 그래서 작년에는 너무 수줍거나, 너무 자신감이 넘치거나, 혹은 너무 못생겨서 남자애들에게 데이트 신청을 못한 다른 많은 여자 친구들과 함께 우르르 모여 파티에 갔다. 우리는 드레스에 컨버스 운동화를 신고, 해괴망측하고 근본도 없는 춤을 추며 댄스 플로어를 마구 헤집고 다녔다. 그리고 자기 파트너에게 어색한 미소를 짓거나 감당도 못 하는 힐을 신고 뒤뚱거리며, 테이블 위에 고문하듯 놓여 있는 칼로리 높은 음식을 열망의 눈으로 바라보기만 하는 여자애들을 놀려 대며 마음껏 초콜릿 바를 먹어 치웠다.

올해 댄스파티도 작년과 다름없이 보내게 될 거라고 거의 확신했을 때 찰리가 등장했다. 마치 내가 요술을 부려 그를 불러낸 것 같았다. 하느님, 제발 키 크고, 아주 잘생기고, 조금은 엉뚱한 면도 있고, 축구 잘하는 초록색 눈의 남자 친구를 보내 주세요. 그리고 신학기 첫날 첫 시간에 뿅 하고 그 아이가 나타났다.

「정신 차려, 핀.」 오브리 언니가 내 점퍼를 던져 주며 말한다. 고개를 들어 보니 이미 언니는 평상복으로 갈아입고 탈의실에서 나가려는 중이다.

나는 언니를 따라 숍의 로비로 나간다. 엄마와 캐런 이모가 웨딩 숍 주인과 계산대 앞에서 이야기하는 동안 우리는 밖으로 나온다. 언니는 바로 휴대폰을 꺼내 벤에게 전화한다. 드레스 때문에 기분이 좋아서 키득거리고 깔깔대며 벤의 부모를 만나러 갈 때 어떤 옷을 입을지 전화에 대고 수다를 떤다. 이번 주말, 오브리 언니는 벤과 함께 그의 가족을 만나러 오하이오로 간다.

오브리 언니는 〈사랑해〉라는 말을 끝으로 전화를 끊고는, 매니큐어를 칠한 손가락의 큐티클을 잘근잘근 물어뜯기 시작한다.

「왜 그래?」

「긴장돼서.」

나는 언니 손에서 피가 나기 전에 언니 입에서 손을 떼어 낸다. 「맞아, 벤 가족들은 분명히 언니를 싫어할 거야. 언니는 정말 아무도 못 말리니까.」 이렇게 말하며 눈동자를 굴리자 오브리 언니는 코를 찡긋해 보인다.

「그래도 덕분에 우리는 아빠의 가족 단합 여행에는 안 가도 되잖아.」

「그러니까 언니랑 벤은 텔레비전도, 라디오도, 인터넷도 없는 그 아름다운 숲속의 외딴 산장에서 달랑 우리 가족끼리만 모여서 지내는 그 숨 막히게 즐거운 사흘에 동참하지 못해도 전혀 실망 안 한다 이거지?」

「이런 여행에 희망을 거는 아빠를 이해할 수 없어.」

「아빠는 낙천주의자니까.」

「망상주의자겠지. 그런다고 문제가 해결되는 게 아닌데.」

오브리 언니는 자기가 옳다고 생각할 테지만 나는 그 생각이 틀리기를 바라면서 어깨를 으쓱하고 고개를 돌려 버린다. 지금 우리 집의 험악한 분위기는 위험 수위에 다다른 상태다. 엄마와 아빠의 끊임없는 다툼, 점점 심각해지는 동생 오즈에 관한 문제들, 유독 엄마를 열받게 하는 클로이 언니의 잦은 반항 그리고 최근에 내가 저지른 일까지 더해진 탓이다. 요즘 나는 우리 집보다 모네 집에서 더 많은 시간을 보낸다. 이렇게 활화산처럼 5분만 같이 있어도 폭발할 것 같은 이 가족이 사흘을 같이 보낸다는 것은 베수비오 화산의 폭발을 부추기는 꼴이나 다름없다.

「뭐, 그래도 모가 같이 가잖아.」 오브리 언니가 말한다. 내가 모를 좋아하는 것만큼이나 언니도 모를 좋아한다.

「내털리도 가.」 내가 반박한다.

「뭐?」 오브리 언니의 표정이 동정으로 바뀐다.

엄마는 아빠의 터무니없는 여행 계획에 대응해 캐런 이모, 밥 삼촌 그리고 두 사람의 성가신 딸 내털리까지 초대하는 수동적인 공격을 했고, 그건 결국 사흘 동안 나와 모가 하는 모든 일에 내털리도 끼워 줘야 한다는 의미이다.

「그리고 클로이 언니는 밴스를 데려온대.」 나는 아빠의 무모한 계획에 소금을 뿌리듯이 덧붙인다. 클로이 언니가 여행에 따라가기로 동의한 단 한 가지 이유는 스노보드를 좋아하는 밴스에게 여행 경비가 없었기 때문이다. 밴스가 사흘 동안 우리 가족을 견뎌야 한대도 무료 숙식에 무료 리프트권은 거절하기에 너무 유혹적인 제안이었다. 클로이 언니에게 사흘은 고사하고 1분이라도 엄마와 같이 보내라고 설득할 구실이 있다면 그건 밴스에 대한 헌신적인 마음뿐이다. 우리는 그 감정을 결코 이해할 수가 없다. 그 남자애는 정말 나태한 데다, 프로 전향을 고려할 만큼 테니스를 잘 친다는 이유로 아주 시건방지기까지 하다.

「와, 완전히 끝내주는 여행이 되겠네.」 예비 시댁 식구들과의 여행이 점점 더 좋게 느껴지는지 오브리 언니가 말한다.

캐런 이모와 함께 드레스 숍에서 나온 엄마가 한 달 전에 자신의 생일에 스스로 선물한 흰색 메르세데스 벤츠 SUV를 리모컨으로 연다.

「핀한테 운전하라고 해.」 캐런 이모가 천진난만하게 제안한다. 비록 그 말에 천진한 구석이 전혀 없다는 게 문제지만. 아빠의 표현에 의하면 캐런 이모는 〈문제 유발자〉다. 레프러콘[1]처럼 문젯거리 만드는 걸 즐긴다. 그런 사악함으로 똘똘

1 아일랜드 전설에 나오는 작은 요정.

뭉친 짓궂은 꼬마 도깨비 같은 점 때문에 이모랑 같이 있으면 정말 재미있다. 그 재미의 희생양이 지금처럼 내가 되는 경우는 제외하고. 가지런히 정돈한 눈썹을 위로 치켜올리며 이모가 말한다.「너 면허 땄잖아, 그렇지, 핀?」

새로 산 예쁜 차를 다른 사람이 운전한다는 생각에, 엄마의 온몸이 긴장으로 경직된다.

「나 결혼식 전까지 살아 있어야 하는데.」 언니가 옆에서 끼어든다.

「핀은 운전 잘할 것 같아.」 엄마의 손에서 열쇠를 낚아채며 이모가 말한다.

「오늘 말고 다음에.」 엄마가 열쇠를 다시 뺏으려고 한다.

「무슨 소리.」 캐런 이모는 엄마의 손이 닿지 않게 열쇠를 쥔 손을 멀리하며 한 팔을 내 팔에 걸고 끌고 간다.「지금만큼 좋은 때는 없어.」 이모는 무슨 음모를 꾸미듯 윙크와 미소를 지어 보인다.

보통 때 같으면 이런 분위기를 즐겼을 것이다. 당혹스러워하는 엄마를 보는 것만큼 즐거운 것도 없고, 내 자랑스러운 대담함과 운동 신경을 발휘해서 운전대를 잡고 대니카 패트릭[2]처럼 도로를 누비며 엄마와 오브리 언니를 공포에 떨게 하고 캐런 이모를 즐겁게 해주는 일은 딱 내 취향이니까.

그런데 아주 사소한 문제가 하나 있다.

2 미국의 여성 프로 카레이서.

「얼른 타.」 캐런 이모가 운전석 쪽 문을 연다.

침을 삼킨다. 사실 나에게는 액셀과 브레이크를 자꾸만 혼동하는 약간 심각한 문제가 있는데, 담력도 크고 구취도 심했던 내 운전 강사는 그 간단한 걸 계속 못 고친다면서 나에게 〈페달 구별 장애〉가 있다고 했다.

「이렇게 큰 차는 한 번도 운전해 본 적 없는데. 그래서 아무래도 오늘은……」

캐런 이모가 내 말을 자른다. 「무슨 소리야, 정말 쉬워. 벤츠는 자기가 알아서 간다니까. 자, 어서어서.」 히죽히죽 웃으며 말하는 걸 보니 캐런 이모는 제대로 재미를 보려고 작정했다.

오브리 언니는 벌써 뒷자리에 올라탔고 엄마도 조수석에 앉아 안전벨트를 매고 있다. 엄마는 지금 내 고민의 원인이 뭔지 알 리가 없다. 엄마 아빠가 운전 강습은 잘 받고 있느냐고 물을 때마다 애매한 태도로 〈잘돼 가〉라고만 했으니까.

「너한테 처음 운전시켰을 때 생각이 난다.」 오브리 언니를 보며 엄마가 말한다. 「그때 정말 겁쟁이처럼 굴었잖아. 동네를 벗어나는 데 몇 주나 걸리고.」

「신중했던 것뿐이야.」 오브리 언니가 엄마를 향해 혀를 날름 내밀며 말한다. 「얼마나 좋아. 그래서 여태까지 기록이 깨끗하잖아. 사고도, 딱지 떼인 적도 한 번 없고. 엄마보단 백번 낫지.」

엄마는 딱지 떼이는 걸로는 악명이 높다. 적어도 1년에 두 번은 떼인다. 경찰에게 말을 잘해서 모면한 건 제외해도 그렇다.

「클로이는 정말 잘했어.」 엄마가 계속 말을 이어 간다. 「걔는 마치 태어날 때부터 운전한 것 같았어. 강습 딱 한 번 하고 나서 국토를 횡단할 준비가 다 되었다니까.」

순간 뼛속 깊이 내재된 경쟁 심리가 발동한다. 언니가 둘이나 있다는 건 이런 거다. 항상 나보다 먼저 뭔가를 해낸 언니들 때문에 왠지 그보다 더 잘해야 한다는 부담감을 떠안게 되는 것.

운전석 밑에 있는 페달을 내려다본다. 오른쪽은 폭이 좁고 더 수직으로 서 있다. 왼쪽 것은 넓고 수평적이다. 오른쪽, 액셀. 왼쪽, 브레이크. 이건 뇌 수술이 아니다. 하나는 전진, 하나는 멈춤. 누구나 할 수 있다. 솔직히, 우리 반 애들 중 반은 운전면허를 땄고 걔네들 대부분은 다 멍청하지 않은가.

「핀?」 캐런 이모가 말 없는 나를 보고는 고개를 갸우뚱한다. 내가 미소를 띠며 운전석에 앉자 흐뭇해서 박수를 치더니 차 문을 대신 닫아 준다.

「여기 뒤는 자리가 아주 넉넉해.」 이모의 말에 나는 좌석을 밀어 내 긴 다리를 충분히 수용할 공간을 만든다.

백미러와 사이드 미러, 핸들을 나한테 딱 맞도록 여러 번 조정하고 만지작거리는 동안 내 머릿속은 빙글빙글 돈다. 오른쪽은 액셀, 왼쪽은 브레이크. 오른쪽은 전진, 왼쪽은 멈춤. 정신 차려. 할 수 있어. 오른쪽, 왼쪽. 간다. 멈춘다.

「이러다 늙어 죽겠네.」 오브리 언니가 투덜댄다.

어깨너머로 언니에게 흥 하고 콧방귀를 뀐 다음 다시 고개를 돌린다. 아주 조심스럽게 브레이크에 발을 얹고 시동 버튼을 누르자 엔진이 부르릉 소리를 내며 켜진다. 마지막으로 주위에 아무것도 없는지 한 번 더 거울로 확인하고, 더 확실히 하기 위해 차 주변을 빙 둘러본다.

「장난해?」 오브리 언니가 말한다. 「새벽에 비행기 타야 한단 말이야. 나 그 비행기 탈 수 있는 거야?」

엄마가 웃음을 터뜨린다.

「잘하고 있어, 핀.」 캐런 이모가 격려해 준다. 목소리에 아주 약간의 죄책감이 묻어 있다. 이모는 짓궂은 일을 벌이는 사람이기도 하지만, 우는 아기를 달래고 떨어진 새를 다시 날 수 있을 때까지 돌보는 다정한 사람이기도 하다. 날 정말 힘들게 하는 줄 알았다면 결코 이런 제안을 하지 않았을 사람이다.

후진 기어를 넣고, 머뭇거리며 주차장에서 차를 뒤로 뺀다.

「잘하네.」 캐런 이모가 말한다.

「자, 드디어 밀러 가족과 캐런 이모가 주차장을 벗어납니다.」 오브리 언니가 안내 방송을 한다.

엄마는 또 키득거린다.

코스트 하이웨이로 접어들어 집으로 향하기 시작한다. 한 블록, 또 한 블록 가는 동안 다들 한마디도 하지 않는다. 나는 안다. 내가 아무리 자신감 있어 보이려고 노력해도, 다들 내 긴장감을 느끼고 있다.

첫 번째 신호등이 눈에 들어오기 시작한다. 빨간 불이다. 그리고 극도로 신중하게 — 왼쪽, 왼쪽, 왼쪽 — 나는 발을 액셀에서 브레이크 쪽으로 옮긴다.

차는 아주 부드럽게 멈춘다. 스스로 격려하는 의미로 마음속으로 내 등을 두드리며 코로 숨을 내쉰다.

신호가 초록색으로 바뀌고, 발을 브레이크에서 떼자 차가 출발한다.

그렇게 몇 블록을 더 가고 무사히 신호 두 개를 지나자 겁에 질려 꽉 쥐고 있던 손의 힘은 점차 느슨해지고 긴장이 풀린다. 이제 어떤 건지 알 것 같다. 잘 생각하고 그대로만 하면 된다. 운동하는 것처럼.

다들 긴장이 풀린 것 같다. 오브리 언니는 손을 뻗어 라디오를 켜고, 엄마는 플로리스트에게 전달할 몇 가지 세부 사항을 이야기하기 위해 약간 돌아앉는다.

바로 그때다. 엄마가 백합에 대한 이야기를 하며 도대체 왜 꽃가루가 없느냐고 묻던 중 뒤차가 경적을 울리고, 가슴이 철렁해서 나도 모르게 반사적으로 발에 충격이 전해진다. 발이 옆으로 튀어 오르며 브레이크를 아주 세게 밟고, 그 바람에 앞으로 몸이 확 쏠린 엄마는 계기판을 붙잡는다.

순간, 엄마가 얼굴을 내 쪽으로 홱 돌린다. 얼굴이 화끈거린다. 감히 엄마 쪽을 쳐다볼 수가 없다. 붉은 주근깨로 덮인 내 얼굴 전체에서는 죄책감이 뿜어져 나오고, 나는 이런 나의 감정을 엄마가 눈치챘다는 것도 안다. 그게 바로 우리 엄마다. 엄마는 항상 뭐든지 안다.

하지만 오브리 언니와 캐런 이모는 모른다. 경적을 울린 차가 휙 옆으로 지나가자 캐런 이모는 〈나쁜 놈, 바쁜 척은 혼자 다 하네. 아주 잘하고 있어, 핀. 아주 좋아〉라고 말하고, 오브리 언니는 그 차를 향해 손가락으로 욕을 날린다.

다시 출발하려니 온몸이 다 떨린다. 이제 더 이상의 사고나 위법 행위 없이 다 같이 집에 무사히 도착하는 것만을 목표로 삼고, 내 옆에 앉은 엄마나 엄마의 판단 따윈 신경 쓰지 않으려고 노력하며 오직 도로에만 집중한다.

엄마와 약속한 건 고작 일주일 전이었고, 특히 경찰서까지 갔던 것을 감안하면 엄마는 의외로 관대하게 용서해 주었다. 내 대담한 실험 정신이 잘못된 결과를 낳은 사건이었다. 시소에 올려놓은 돌멩이는 생각보다 훨씬 더 멀리 날아갔고, 친구 중 하나를 크게 다치게 할 뻔했으며 공원의 표지판을 망가뜨렸다. 엄마는 날 체포한 경찰관과 웃고 이야기를 나누면서 그 사건을 범죄 행위가 아니라 단지 호기심 많은 아이가 물리학적 현상을 실험해 보고 싶어 저지른 일로 받아들이게 만들었고, 결국 특유의 변호사다운 능수능란함으로 훌륭하게 날 곤경에서 빼내는 데 성공했다. 그리고 우리가 집에 돌아왔을 때, 엄마가 한 말은 이게 전부였다. 「있잖아, 핀. 사과는 정말 진심으로 할 때만 가치가 있는 거야.」 그동안 여러 번 사과를 해왔던 내게 그 말은 큰 상처로 남았다.

그래서 내가 해왔던 사과는 다 진심이었고, 시소 사건을 반성하며 앞으로는 뛰기 전에 반드시 주변부터 살피겠다고 가슴에 손을 얹고 손가락까지 걸고 맹세하자 엄마는 결국 미소를 보여 주었다.

하지만 지금은 웃지 않는다. 돌처럼 차가운 표정으로 창밖만 노려보며 동상처럼 앉아 있는 엄마를 보니 정말 미칠 것 같다. 겨우 닷새, 그게 스스로 한 약속을 깨고 또 엄마를 실망시킨 데 걸린 시간이다.

마침내 마지막 신호등이 눈앞에 나타나니 환호성이 터져 나올 것 같다. 한 블록만 더 가면 된다. 우회전 한 번 그리고 좌회전 한 번만 더 하면 집에 도착한다. 신호등이 노란불로 바뀌는 것을 보고, 또 앞으로 덜컥 쏠리지 않도록 운전 강사가 가르쳐 준 대로 아주 부드럽게 브레이크를 밟는다.

차가 거의 다 멈추어, 바퀴가 거의 움직이지 않고, 앞에 있는 차의 범퍼를 바라보는 순간 내 핸드폰이 울린다. 메시지 도착 알림이다. 뒷주머니에서 시작된 두 번의 강한 진동이 다리로 전달되자, 차는 예상치 못하게 앞으로 돌진한다.

엄마가 꺅 비명을 지른다. 「브레이크!」 엄마의 비명은 앞차를 들이받으면서 나는 끔찍한 금속성 소리와 맞물린다. 「브레이크!」 엄마가 다시금 외치는 그것을 난 간절하게 밟으려고 하지만, 이상하게도 차는 더 앞으로 돌진해 버리고, 결국 우리 앞에 있는 작은 차를 그 앞의 트럭에 충돌시키고 만다.

「그 페달 말고.」 엄마가 말하자 나는 그때서야 발을 얼른 옆으로 옮긴다.

내가 기어를 주차로 바꾸기도 전에 엄마는 차에서 내린다.

「젠장.」 오브리 언니가 내 뒤에서 한 소리 한다.

「이런.」 캐런 이모도 거든다.

운전석에서 안절부절못하는 나는 온몸이 후끈거린다.

엄마는 벌써 앞차의 운전자와 이야기하느라 열린 차창 쪽을 향해 몸을 굽히고 있다. 앞차에는 어깨 정도까지 오는 짙은 색 머리에 빨간 스웨터를 입은 여성 운전자가 혼자 타고 있다. 백미러에는 십자가가 달린 묵주가 매달려 있다. 그 여자는 엄마가 하는 말에 고개를 끄덕인다. 그러다 이내 뒤쪽을 바라본다. 그리고 확실하지는 않지만, 그 여자의 어깨가 들썩이는 걸로 봐서 우는 것 같다.

나는 엄마와 그 여자 쪽으로 걸어가려다 다시 뒷걸음질한다. 내 근육은 긴장되었다 이완되었다 한다. 어떻게 해야 할지 확신이 서지 않는다.

트럭 운전사가 다가와 두 사람과 이야기를 시작한다. 체크무늬 셔츠를 입고 헐렁한 청바지를 입은 나이 많은 남자. 건설 쪽 하도급 업체 사람이거나 상인처럼 보인다. 그는 다들 괜찮은지 묻고 내 쪽을 힐끗 바라보더니, 아무도 다치지 않은 것을 확인하자 엄마의 보험 처리 제안에 손을 흔들어 거절하고는 트럭에 올라타 다시 가던 길로 출발한다.

나는 트럭이 떠날 때 그 차의 범퍼를 살펴본다. 움푹 패고 찌그러졌지만 단단히 제자리에 붙어 있다. 그 흠집들이 방금 난 것인지 수십 년도 더 된 것인지는 확실치 않다.

여자의 차 역시 더 나을 것도 없다. 오래된 혼다로, 엔진 후드와 트렁크가 안쪽으로 푹 찌그러지고 가운데 부분은 밑으로 처져 있어서 마치 반으로 접힌 듯하다. 여자가 휴대폰을 꺼내고, 엄마 역시 휴대폰을 꺼낸다. 나는 서서 지켜보고만 있다.

「핀, 얘야, 차에 앉아 있지 그러니?」 캐런 이모가 열린 창문을 통해 차 안에서 말한다.

내가 운전석 문 쪽으로 가자 캐런 이모가 말한다.

「지금부터는 엄마가 운전하는 게 좋을 것 같은데.」

그래서 나는 차 앞을 빙 돌아 조수석으로 가 앉는다.

20분쯤 뒤에 견인차가 도착한다. 엄마는 앞차가 견인차에 연결되는 동안 그 여자와 계속 함께 있어 준다. 앞차의 여자가 그래도 안정을 되찾은 듯해서 너무나 감사한 마음이 든다. 엄마는 이런 일에는 정말 도가 튼 사람이다. 이런 점이 엄마가 좋은 변호사이게 만드는 부분이다. 어떤 경우에도 침착하게 상황을 처리하고 누구에게나 그들의 편이 되어 줄 거라는 믿음을 주는 능력. 여자가 견인차에 올라탈 때 잠깐 멈추어 엄마에게 고맙다는 인사를 전한다. 마치 자신의 차에 충돌해 호의를 베풀어 줬다고 생각하는 듯.

잠시 후 엄마가 차로 돌아와 집까지 남은 두 블록을 운전한다.

2

엄마가 집 앞에 차를 세우고 나는 조수석에서 슬그머니 내린다. 엄마가 한마디 말 없이, 집 앞 진입로에서 밀러 모바일을 세차하는 아빠와 오즈에게 눈길 한 번 주지 않고 현관문 쪽으로 돌진해 가는 것을 그저 바라보는 수밖에 없다. 밀러 모바일은 아빠가 열아홉 때 산 캠핑카로, 그 이후 중서부에서 토네이도를 추적했던 시절부터 수많은 서핑, 낚시 그리고 등산 여행에 이르기까지 아빠의 모든 모험에 함께해 왔다.

우리 집의 애완견, 황금색 래브라도 빙고가 꼬리를 흔들며 엉겨 보려 하지만 엄마가 무시하고 문을 닫고 들어가 버리자 시무룩해져서 물러난다. 그런 행동만 봐도 엄마가 얼마나 화가 났는지 안다. 요즘 엄마가 가족 중에서 사이 좋게 지내는 건 오브리 언니를 제외하고는 빙고뿐이기 때문이다. 최근 한 손에는 와인 잔을 들고 다른 한 손은 빙고의 털을 만지며 잔디에 앉아 있는 엄마의 모습이 자주 보였다.

캐런 이모가 내 어깨를 한 번 지그시 감싸 쥐고 내 머리

한쪽에 키스를 해주며 말한다. 「힘내라, 핀. 사고는 인생의 일부란다.」

내가 건성으로 고개를 끄덕이자 캐런 이모는 우리 집에서 두 집 건너에 있는 자기 집으로 향한다. 오브리 언니는 나를 쳐다봤다가 움푹 들어간 벤츠의 앞부분을 보고는 나 같은 바보도 없다는 식으로 고개를 흔들더니, 내 멍청한 실수를 아빠에게 고자질하러 폴짝폴짝 뛰어간다.

사고가 대부분의 사람들에게는 인생의 일부일지 모르지만, 우리 엄마 삶의 일부는 아니다. 내가 아는 한 엄마는 단 한 번도 사고를 낸 적이 없다. 그리고 지금은 나 때문에 엄마의 완벽한 차, 그렇게 오랫동안 벼르다가 산 새 차가 망가지고 말았다.

오브리 언니와 아빠 옆 조금 떨어진 곳에서 오즈가 호스를 들고 밀러 모바일에 물을 뿌려 대서 물이 사방으로 튄다. 굉장히 안 좋은 상황이지만 그래도 나는 머리부터 발끝까지 흠뻑 젖은 오즈에게 미소를 보낸다. 우리 모두를 끊임없이 괴롭히는 인생에서의 성취라든지 겉모습 등에 대한 걱정에 전혀 휘둘리지 않고 아주 사소하고 단순하며 아무것도 아닌 것들을 즐기며 좋아하는 동생을 볼 때마다 나는 늘 미소를 짓는다. 오즈는 열셋이지만, 지능은 그 반 나이 정도이다. 감정적 지능은 그보다 더 단순하다. 이제 막 걸음마를 배운 아이들처럼 직설적이다.

혼다 어코드를 우그러뜨려서 아코디언으로 만들어 버린

내 특별한 재능에 대해 들으며 아빠는 큰 소리로 웃어 댄다. 오브리 언니는 두 손을 아코디언을 연주하듯 앞으로 모았다 바깥쪽으로 폈다 하며 입으로 금속이 부딪히는 소리까지 낸다. 엄마랑은 다르게 모든 것을 자연스러운 흐름에 맡기는 유형인 아빠에게는 쿵 들이받고 푹 들어가는 정도의 가벼운 접촉 사고는 대수로운 일이 아니다. 나보다 더 연식이 오래된 아빠의 트럭은 그 산 증인으로, 흠집이 적어도 1백 개 이상은 된다.

오즈가 〈아빠, 빨리 같이 밀러 모바일 닦자〉라고 말해도 아빠는 듣지 못한다. 오브리 언니가 하는 이야기에 푹 빠진 아빠는 〈드드드드득〉 하며 계속 아코디언을 켜는 언니의 시늉을 보며 점점 크게 함박웃음을 짓는다. 「그래서 엄마가 〈브레이크〉라고 소리쳤는데, 핀은 오히려 액셀을 더 밟더라니까, 드드드드득…….」

어디론가 가버리고 싶지만 어디로 가야 할지를 모르겠다. 엄마가 있는 집에 들어가는 건 생각도 하기 싫고, 모는 우리 여행 때 입을 스키복을 사러 나가서 집에 없다. 어쩔 수 없이 굴욕감과 부글거리는 속을 끓어 안은 채 언니가 얼른 이야기를 끝내고 가주기를 바랄 뿐이다.

오즈도 나와 같은 심정이다. 아빠가 조금 전처럼 다시 자기와 함께 캠핑카를 청소해 주기를 기다린다. 호스에서 나온 물이 잔디에 웅덩이를 만드는 사이 오즈의 눈썹이 눈 위로 시무룩하게 내려앉는다.

오즈의 인내심이 점점 바닥날수록 호스를 잡은 손에 힘이 들어가고 낯빛이 검게 변한다.

그런 오즈의 상태가 악화되는 것을 나는 충분히 멈출 수 있다.

「드드드드득.」 오브리 언니가 한 번 더 소리를 낸다.

하지만 난 오즈를 멈추지 않는다.

「그러니까 엄마가 〈그 페달 말고!〉라고 소리쳤……」

물줄기는 오브리 언니의 머리를 먼저 공격하고, 새로 산 가죽 부츠를 적시기 전에 먼저 실크 민소매 셔츠와 디자이너 청바지를 공격한다. 아빠는 방울뱀처럼 잽싸게 오브리 언니와 오즈의 물 공격 사이에 뛰어들어 보지만, 이미 너무 늦었다. 언니는 이미 머리부터 발끝까지 흠뻑 젖어서, 정성 들여 곧게 편 머리가 얼굴에 들러붙고 셔츠는 몸에 달라붙었다. 언니는 강아지처럼 끙 하고 신음을 내며 팔에서 물을 털고는 한마디 말 없이 길가에 서 있는 자신의 차로 토라져서 가버린다.

「오즈, 그만해.」 아빠는 물줄기를 막으려고 손을 앞으로 내두르며 차를 타고 떠나는 오브리 언니를 어깨너머로 돌아본다.

「빌어먹을.」 아빠가 소리친다. 「이런 젠장. 딸이랑 5분 대화하는 게 그렇게 어려운 일이야?」 아빠는 엄마가 조금 전 닫고 들어가 버린 현관문 주변이 물바다가 된 것을 노려본다. 「오즈, 그만해!」 아빠가 다시 한번 소리치자 내 얼굴에서 웃음기가 사라지고 피가 얼어붙는 것 같다. 아빠의 화난 태도에 오즈의 얼굴에서도 장난기가 없어지고 표정이 아슬아슬한 지경까지 어두워져서 내 목의 털이 쭈뼛 선다. 지난 1년간, 오즈의 키는 180센티미터인 아빠와 비슷해지고, 몸무게는 적어도 10킬로그램이 더 나갈 만큼 훌쩍 자랐다. 운동선수 같은 근육질인 아빠와는 달리 살집만 많은 체형처럼 보여도 오즈는 힘이 아주 세다. 이런 몸집에 충동을 억제 못 하는 실버백 고릴라 같은 성미를 가진 오즈는, 아주 각별한 주의가 필요한 민감한 가연성 폭탄이나 다름없다.

그런 변화를 감지한 아빠는 끓어오르는 화를 억누르고 애써 밝은 목소리로 말한다. 「알았다, 우리 아들, 우리 세차나 다시 할까.」

오즈의 표정이 이내 부드러워지고, 아빠와 나는 안도의 한숨을 쉰다.

아직 아빠를 향한 물줄기가 티셔츠를 여기저기 적시고 있지만, 오즈와 함께할 때 항상 그랬던 것처럼 아빠는 얼음같이 차가운 물줄기가 가슴을 강타하고 온몸을 흠뻑 적시는 게 아무렇지도 않다는 듯 행동한다.

「물싸움 할래.」 오즈는 함박웃음을 지으며 선언한다.

「안 돼, 더 이상의 물싸움은 그만.」 지친 한숨이 섞인 목소리로 아빠가 대답한다.

나는 조심스럽게 몰래 오즈 주변을 돌아 밀러 모바일로 다가간다.

「물싸움 해.」 오즈가 고집을 부린다.

「아빤 물싸움은 그만할래.」 정말 더 이상은 버티기 힘들어 보이는 아빠가 말한다.

나는 캠핑카 옆에 놓인 물 양동이에서 스펀지를 집어서, 되도록 많은 양의 거품을 내면서 차에 그려진 평화 상징 로고를 박박 문질러 닦기 시작한다. 내가 휘파람을 불자 그 선율에 오즈의 관심은 나에게로 향하고, 아빠를 향하던 물줄기도 힘을 잃는다. 아주 풍성한 거품을 만들어 스펀지에 얹어서 허공에 대고 불자, 빙고가 비눗방울을 잡기 위해 잔디밭에서 뛰어오른다. 둥둥 떠다니는 거품 구름을 잡기 위해 안간힘을 쓰는 빙고의 꼬리는 이리저리 허공을 휘젓는다. 빙고가 아주 어린 강아지였을 때부터 하던 게임이다.

오즈는 호스를 내던지고 그 놀이에 끼기 위해 달려든다. 내게서 스펀지를 빼앗아 들고 거품을 새로 쓸어 올려 내가 했던 것처럼 빙고가 쫓아다닐 비눗방울을 허공에 불어 만들기 시작한다.

고마워. 아빠가 입모양으로 말한다.

나는 어깨를 으쓱하고는 돌아선다.

「저기, 핀.」 아빠가 나를 불러 세운다. 「산에서 돌아오면, 아빠가 운전 연습 시켜 줄게. 우리 한번 잘 연습해 보자.」

나는 희미하게 미소를 지어 보인다. 아빠에게 아무리 그럴 마음이 있다 해도 실현 불가능한 일이다. 오즈는 결코 아빠에게 운전 연습 같은 평범한 일상을 허용하지 않을 테니까. 오브리 언니나 클로이 언니가 대신해 준다면 몰라도.

3

두꺼운 구름이 해를 감싸는 오후의 날씨는 우리 중 절반의 기분처럼 음산하다. 나머지 반은, 굳이 표현하자면 〈아직 컵에 물이 반이나 남았어〉 유형의 낙천주의자들로, 캐런 이모, 밥 삼촌, 오즈, 모 그리고 아빠다.

빙고조차도 우리 열 명이 다 같이 여행가는 것을 불안해하는 것 같다. 마치 조기(弔旗)를 게양한 듯 꼬리도 반만 흔들고, 좋아해야 할지 걱정해야 할지를 확인이라도 하듯 우리 주변을 한 명 한 명 차례로 맴돈다.

어젯밤 엄마 아빠는 하이에나들처럼 싸웠다. 아빠가 주로 구입하는 프레첼 상표에서부터 엄마가 오즈와 보내는 시간이 얼마나 짧은지에 대한 일상적인 싸움거리에 이르기까지 모든 사안을 들먹이며 서로 으르렁거리고 소리를 질러 댔다. 클로이 언니는 싸움이 지속되는 동안 헤드폰을 쓴 채 무릎 위에 놓인 잡지를 읽으며 무시했다. 가끔씩 고개를 들어 웃긴 표정으로 내 관심을 딴 데로 돌리려고 노력하면서. 엄마의 눈 밖에 난다는 것이 얼마나 속상한지 가장 잘 이해해 주는 사람이 있다면 그건 바로 클로이 언니다.

클로이 언니는 나를 위로해 주려고 밴스가 일주일 전 워싱턴 테니스 경기에서 돌아올 때 사다 준 토블론 초콜릿 중 마지막 남은 하나를 내게 주기까지 했다. 하지만 소용없었다. 어떤 것에도 흥미가 안 생겼고, 두 사람의 싸움을 결코 무시해 버릴 수가 없었다. 내가 그 싸움의 발단이었기 때문이다. 말하자면 나와 내 〈페달 구별 장애〉 발이 말이다. 마치 이미 약해질 대로 약해진 뭔가를 내가 밟아 버린 것 같았다. 싸움 끝에 계단으로 뛰어 올라가기 전 엄마가 소리쳤다. 「결혼식 때까지는 참을 거야, 잭. 오브리를 위해서. 하지만 그 뒤로는 끝이야. 우린 끝이라고!」 이혼 이야기가 나온 건 처음이 아니었지만, 정말 그렇게 될 거라고 믿게 된 건 어제가 처음이었다.

엄마는 지금 잔디밭 위 캐런 이모 옆에 서서 아빠와 밥 삼촌이 밀러 모바일에 스키 장비를 싣는 모습을 팔짱을 끼고 지켜보고 있다. 사고 이후로 엄마는 내게 한마디도 건네지 않았다. 내 쪽은 아예 쳐다보지도 않는다.

나는 마음이 불편해서 숨쉬기조차 힘들다. 정말 이해가 안 간다. 나는 바보가 아니다. 학교 성적도 좋은 편이다. 그런데 뭔가 상식적인 사고와 관련된 부분에서는 회로가 끊긴 것 같다. 엄마 차를 운전하지 말았어야 했고 적어도 그러면 안 된다는 정도는 알았어야 하는데, 나도 모르게 그냥 나서서 해버리고 말았으니 말이다. 벤츠의 부딪힌 앞부분을 다시 한번 슬쩍 쳐다본다. 범퍼에 금이 가고 도색이 벗겨지고 전조등이 박살났다.

나는 고개를 저으며 무거운 한숨을 내쉬고는, 다시 짐을 싣는 모습을 구경한다. 오즈가 제 나름대로 돕는다. 아빠가 짐을 캠핑카에 실으면, 오즈는 자기 생각에 그 물건들이 있어야 할 곳에 놓는다. 예를 들면 좌석 위에, 통로에 그리고 핸들 위 같은 곳에. 떠나기 직전에 오즈의 관심을 다른 데로 돌리고, 그 틈을 타서 제대로 옮겨 놓으면 된다.

내 옆에 있는 모는 너무 흥분해서 실제로 깡충깡충 뛰고 있다. 모는 스키를 타러 가본 적이 없다. 모의 아빠에게 여행이나 모험이란 요트를 빌리고 승무원을 고용해 함께 그리스의 여러 항구를 돌아다니거나, 방글라데시에서 개인 도슨트를 고용해서 고대 유적들을 순회하거나, 보르도 지방의 지하 와인 창고에 있는 와인들을 시음하는 종류의 일들이다.

나는 잔뜩 신이 난 모와 모의 옷차림을 보고 미소가 떠오른다. 이번 산행을 위해 새로 산 검은 레깅스, 털 장식 부츠, 아주 연한 푸른색의 캐시미어 스웨터를 갖춰 입었다. 게다가 목에 두른 넥워머는 모로코산 핸드메이드 제품처럼 보인다. 모의 아빠는 항상 여행을 다니고 온갖 종류의 이국적인 선물들을 가져오기 때문에 정말 모로코 제품일 가능성이 크다. 지금 기온은 15도 남짓인데 오렌지카운티의 날씨로는 쌀쌀한 편이지만 모의 옷차림에는 너무 더운 날씨다. 그래서 모의 입술 위와 이마에는 땀방울이 송골송골 맺혀 있다.

모의 엄마도 우리와 함께 있다. 그녀의 눈은 현장을 샅샅이 훑는 중이다. 우리처럼 특이한 가족을 대체 어떤 마음으로 바라보는지 궁금하다. 클로이 언니와 밴스(둘이 항상 붙어 있어서 거의 한 덩어리처럼 보인다는 이유로 모와 나는 그 둘을 클랜스라고 부른다)는 딱 붙어서 서로 속삭이고 입을 맞추면서 현관 앞에 서 있다. 나중에 몰래 마리화나를 피울 계획을 꾸미는 게 분명하다. 우리 부모님은 당연히 모른다. 언니가 요즘 밴스와 같이 잔다거나, 규칙적으로 꽤 자주 술을 마신다는 사실을 모르는 것과 마찬가지로.

나는 언니가 밴스에게 귓속말을 하는 모습을 지켜본다. 밴스는 언니를 내려다보며 미소를 짓고 부드럽게 키스한다. 완전히 똑같은 두 사람의 까만 머리가 맞닿는다. 둘은 한 달 전에 열여덟이 되었다. 생일 날짜 차가 일주일도 되지 않는 두 사람은 기념으로 커플 헤어스타일을 하기로 결정했다. 클로이 언니는 긴 구리색 머리를 아주 짧게 잘랐고, 밴스는 그의 금발을 2~3센티미터만 남기고 짧게 깎아 버렸다. 그러고는 똑같이 인디고 블랙으로 염색했다. 그런 파격적인 시도에도 불구하고 두 사람의 외모는 여전히 보기 좋다. 밴스는 키가 크다. 클로이 언니는 아담하다. 두 사람 다 티 없이 깨끗하고 진주처럼 흰 피부를 가졌다.

몇 미터 앞에 있는 엄마가 뭔지 모르지만 캐런 이모의 말에 웃음을 터뜨리는 걸 보고 나는 돌아선다. 사실 캐런 이모는 친이모가 아니다. 내털리와 내가 아기였을 때부터 캐런 이모라고 불렀다. 지난 세월 동안 엄마와 캐런 이모는 거의 전설적인 우정을 쌓아 왔고, 그렇게 친하게 지내는 사이 외모까지 점점 닮아 갔다. 엄마가 2~3센티미터 더 크고 9킬로그램 정도 덜 나가고, 캐런 이모는 입술이 더 도톰하고 코의 폭이 더 좁지만 두 사람은 꼭 자매처럼 닮았다. 우리 엄마가 훨씬 언니 같아 보이지만 두 사람은 동갑이다.

캐런 이모가 또 뭔가 재미있는 말을 하는데 밥 삼촌이 집 앞 진입로에서 큰 소리로 말한다. 「어이, 거기 둘이서 무슨 이야기를 하는 거야? 떨어져, 거기 두 사람.」

캐런 이모가 밥 삼촌에게 혀를 날름하고 내민다. 그러자 밥 삼촌이 들고 있던 식료품 봉투에서 마시멜로 봉지를 꺼내 캐런 이모에게 던진다. 엄마가 뛰어들어 날아오는 몽글몽글한 미사일을 공중에서 낚아채고, 캐런 이모는 몸을 웅크린다.

가끔 나는 엄마가 운동선수였다는 걸 잊어버린다. 그럴 수밖에 없는 것이, 엄마는 그냥 평범한 다른 엄마들과 똑같이 생겼다. 이젠 더 이상 서던 캘리포니아 대학교에서 트랙을 뛰던 달리기 선수였을 때와 같은 멋진 체형이 아니다. 하지만 여전히 번개처럼 빠른 운동 신경을 갖고 있다.

밥 삼촌은 엄마에게 윙크를 하고, 엄마는 캐런 이모가 모르는 척하는 사이에 얼굴을 붉힌다. 나는 항상 밥 삼촌과 엄마가 얼마나 친한지 알게 된다면 캐런 이모의 마음이 좋지 않을 거라고 생각했었다. 물론 두 사람이 무슨 이상한 관계라는 건 아니지만, 그래도 둘 사이에는 캐런 이모가 결코 끼어들 수 없는, 도전과 경쟁의 분위기가 있다. 그리고 엄마는 그런 감정을 자제하려고 엄청난 노력을 한다. 지금도 그렇다. 엄마의 본능대로라면 마시멜로 봉지를 받아서 밥 삼촌에게 다시 던졌을 테지만, 그러는 대신 밥 삼촌이 있는 곳까지 들고 가서 원래 들어 있던 봉투에 그냥 툭 던져 넣는다.

「잘 던질 자신이 없나 보네?」 밥 삼촌이 약을 올린다.

「내 기억으로는, 지난번 농구 자유투 내기 때 나한테 스니커즈 바 열일곱 개나 빚진 걸로 아는데.」 엄마가 경쟁심이 가득한 눈을 반짝이며 되받아치자, 밥 삼촌은 캐런 이모한테 돌아가는 엄마를 바라보며 히죽거린다.

내털리가 모와 카민스키 아줌마 그리고 내가 서 있는 자리로 다가온다. 「우리 엄마가 그러는데 차 사고 수리비 네가 다 내야 한다며?」 이렇게 말하는 내털리의 표정은 동정하는 듯 하지만 말투에는 왠지 고소함이 배어 있다.

내털리와 나는 거의 함께 자랐지만, 우리는 그 시간 대부분을 서로 미워하며 보냈다. 처음 5년은 마구 싸웠다. 그다음 5년은 서로를 무시했다. 그리고 그다음 6년은 서로를 참고 견뎌 왔다. 아주 간신히.

「정말이야?」 모가 진심으로 걱정되는 표정으로 나를 바라보며 묻는다.

나는 초조한 마음에 침을 삼킨다. 아직 엄마는 내게 아무 말도 하지 않았다. 하지만 만일 캐런 이모가 그렇게 말했다면, 그건 아마도 사실일 것이다. 그 차 수리비가 얼마나 들지는 전혀 모르지만, 적어도 그동안 내가 차를 사려고 저축해 온 돈보다는 훨씬 많이 들 것이다. 그동안 베이비시터를 하고 남의 강아지 산책을 시켰던 그 많은 시간들이 눈 깜박할 사이에, 그러니까 뒷주머니에서 울린 휴대폰의 진동음 때문에 다 날아가 버린다고 생각하니 장이 마구 꼬이는 것 같다.

「와, 그거 진짜, 가혹하다.」 내털리가 말한다. 「우리 엄마 아빠가 나 면허 따자마자 뭐 사주기로 했게?」

모도 나도 아무 대답 않는다.

「미니 쿠퍼야. 무슨 색 살지 고민 중인데, 노란색 살까, 아님 빨간색 살까? 요즘 시내에 귀여운 빨간색이 많이 돌아다니던데. 하얀 지붕에 영국 국기가 그려져 있더라.」

「넌 영국 사람도 아니잖아.」 모가 대꾸한다.

「그게 뭐?」 우리가 큰 관심을 보이지 않자 삐진 내털리가 말한다.

내털리를 예쁘지 않다고 말하고 싶지만, 그렇게 말한다면 그건 거짓말이다. 사실 내털리는 아주 예쁘다. 금발, 회색 눈, 커다란 가슴. 그런데 입을 열기만 하면 바로 못생겨진다.

우리는 다시 입을 다문다.

엄마가 클로이 언니에게 소리친다. 「클로이, 침대 시트 한 벌만 더 가져와.」

클로이 언니는 엄마의 말을 무시하고 계속 밴스와 부둥켜안고 있다. 다만 엄마가 질색하는, 어깨의 조그마한 검은 제비 문신이 보이도록 살짝 몸을 돌리고 있는 걸로 봐서 엄마 말을 듣고는 있는 것 같다.

「내가 가져올게.」 오즈가 들고 있던 스키 가방을 내려놓고 자진해서 집 쪽으로 달려간다. 언제나 그런 것처럼 엄마의 인정을 받고 싶은 절실한 마음으로.

나는 고개를 젓는다. 이제 누군가는 스펀지밥이 그려진 시트 위에서 자야 할 운명에 처하게 생겼다. 그뿐 아니라 내가 아는 오즈는 시트만 잔뜩 가져오고 베개 커버는 하나도 안 가져올 게 뻔하다.

「오즈야, 됐어.」 엄마는 오즈를 말리면서 화가 난 목소리로 클로이 언니를 쏘아본다. 「시트는 됐고 너는 계속 아빠를 도와줘.」

엄마는 한숨을 쉬고 돌아서서 우리 쪽으로 걸어온다. 캐런 이모도 같이 따라온다. 카민스키 아줌마를 향해 미소를 지으면서도 의식적으로 내 쪽을 보지 않는 엄마가 말한다. 「좋은 아침이에요, 조이스.」

「좋은 아침이에요, 앤, 캐런. 모린도 함께 데려가 줘서 고마워요. 모린은 지난 몇 주 동안 이 여행 이야기만 했어요.」

「모가 같이 가면 우리는 더 좋죠.」

아주 잠깐 어색한 기류가 흐른다. 카민스키 아줌마의 시선이 캠핑카 쪽으로 움직였다가 다시 바닥 쪽으로 미끄러진다. 아무 말도 하지 않지만 카민스키 아줌마의 걱정스러운 마음이 전해진다. 밀러 모바일이 약간 바퀴 달린 깡통처럼 보이는 건 사실이다. 원래는 소형 싱크대와 침대가 딸린 야영용 캠핑카였는데, 아티스트였다던 전 주인이 그런 설비를 다 제거하고 스튜디오로 개조하면서 주변에 칸막이 의자가 달린 식탁만 남겼다고 한다. 아빠가 거기에 우리들이 태어나면서 앉을 자리를 하나둘씩 늘렸고, 그래서 지금은 그레이하운드 버스 의자 두 개와 폐차된 벤틀리에서 떼어 낸 빨간 가죽 벤치 하나가 더해져서, 줄무늬가 있는 파란색 벨루어, 고급 빨간 가죽 그리고 반짝거리는 초록색 비닐 등이 어우러진 요상하면서도 독특한 분위기가 되었다.

카민스키 아줌마는 결국 참지 못하고 묻는다.「안전벨트는 있나요?」

모가 긴장한다. 지난 한 해 동안 카민스키 아줌마의 과보호에 대한 모의 불만이 점점 커졌고, 그래서 나는 최근에 두 사람이 그 문제에 관해 자주 다툰다는 사실을 안다.

엄마가 고개를 끄덕이고는, 〈안에 한번 들어가서 볼래요?〉 하고 묻는다.

카민스키 아줌마의 시선이 옆에 있는 모에게로 살짝 향하더니, 고개를 젓는다.「아뇨, 괜찮아요. 믿어요.」

이 세 마디는 마치 뭔가를 요구하는 것처럼 들린다. 엄마는 그 의미를 바로 알아듣고 대답한다. 「내가 잘 돌볼게요.」

캐런 이모도 맞장구를 친다. 「우리 모두 다 그럴 거예요. 모는 우리한테 딸이나 다름없으니까. 안심해도 돼요.」

희미한 미소와 고맙다는 말을 조그맣게 중얼대고는 카민스키 아줌마는 모의 뺨에 살짝 뽀뽀를 해주고 재미있게 놀다 오라는 말을 전한 뒤, 혼자 있는 곳에서 방해받지 않고 마음껏 걱정하기 위해 서둘러 자리를 뜬다.

모가 안도의 한숨을 쉬자 나는 모의 어깨를 쿡 찌른다. 「그래도 이게 어디야. 얼마 전까지만 해도 이런 여행은 상상도 못 했잖아. 아줌마한테 한 시간마다 전화하기로 약속한 거야?」

「아니, 한 번도 안 하겠다고 했어. 그게 차라리 나아. 전화하면 온갖 사소한 것까지 다 물어보고, 내가 말하는 것마다 일일이 집착하고 조금이라도 잘못될까 봐 걱정하느라 정신을 못 차릴 테니까. 아는 게 없을수록 걱정할 거리도 적어질 거야. 겨우 사흘이잖아. 내 목소리 안 듣고 사흘 정도는 버티겠지. 게다가 이번 여행이 엄마에겐 좋은 연습이 될 거야. 2년만 있으면 대학에 가야 하니까 나랑 자주 연락 못 할 날이 곧 올 거 아냐.」

그렇다. 모는 이제 둥지에서 가능한 한 먼 세상으로 떠나기 위해 날개를 펴고 싶어 안달이 났다. 내가 가까운 캘리포니아 대학교나 샌디에이고 대학교로 가서 주말마다 집에 올 생각을 하는 반면에, 모는 되도록 나라의 반대편, 혹은 지구의 반대편에서 살 꿈을 꾸고 있다. 파타고니아에서 하이킹을 하고, 사하라 횡단 여행을 하고, 에베레스트를 등반하고 싶어 한다. 우리가 아주 어릴 때 우리 아빠가 젊었을 때 했던 여행과 모험의 이야기를 들려주곤 했는데, 모는 눈을 크게 뜨고 앉아서 경청했고, 아빠는 언제나 이렇게 말했다. 「모, 저 녀석, 속에 해적이 들어 있네.」

「가자.」 운전석에 앉아 희망에 부풀어 우렁차게 소리치는 아빠의 얼굴을 보니 이렇게 여행을 떠나는 것이 어쩌면 꽤 괜찮은 생각이고, 재미있겠다는 생각마저 들려고 한다.

모는 손뼉을 치면서 캠핑카로 폴짝폴짝 뛰어 간다. 밴스도 클로이 언니를 데리고 천천히 앞으로 나온다. 한숨을 쉬며 캐런 이모와 함께 걷는 엄마는 마치 용기를 내서 전기의자 쪽으로 걸음을 옮기는 사형수처럼 턱을 앞으로 내민다. 밥 삼촌은 오즈와 권투하는 시늉을 하며 차 문으로 다가가는 동안 슬쩍 엄마 쪽을 바라보며 혹시 자기를 보고 있지는 않는지 확인한다.

「가자, 핀.」 아빠가 말한다.

빠른 걸음으로 아빠 쪽으로 다가가자, 아빠가 창으로 손을 내밀어 지나가는 내게 하이파이브를 건넨다.

차에 올라타는 순간 엄마가 〈안전벨트〉라고 말한다. 하지만 그건 내가 아니라 모에게 하는 말이다.

모는 끙 소리를 내며 벨트를 맨다.

나는 웃으며 모 옆에 폴짝 올라앉는다. 벨트 없이 편하게.

밥 삼촌이 조수석에 앉자마자 아빠와 함께 곧바로 올해 슈퍼볼 경기에 대한 이야기를 시작한다. 나는 미식축구를 좋아하고 두 사람보다 선수들을 더 잘 알기 때문에 평소 같으면 나도 옆에서 듣거나 끼어들겠지만, 오늘 같은 날은 내 털리와 모를 저버릴 수가 없다. 그래서 대신 카드 게임을 하기 위해 우리 셋과 클로이 언니, 밴스에게 카드를 골고루 나누어 준다. 부디 빅베어까지 가는 장장 세 시간 동안 무사히 견디기를 바라면서. 게임의 승자는 산장에 갔을 때 잠자리 우선 선택권을 갖기로 한다. 오즈 근처에서 자는 건 되도록 피하고 싶기 때문에 모두에게 충분히 가치가 있는 상이다.

오즈는 좀 전에 아빠가 주스에 섞어 넣은 적정량의 베나드릴[3] 덕분에 차분해져서 창문으로 얼굴을 향한 채 코를 심하게 골며 자고 있고, 빙고는 그 발아래 웅크리고 있다. 뒤쪽에 있는 벤틀리 의자에서는 엄마가 무릎 위에 컴퓨터를 올려놓고 일을 한다. 몇 주 뒤에 아주 골치 아픈 큰 재판이 있기 때문이다. 캐런 이모는 잡지를 들춰 본다.

우리는 이제 여행을 떠난다.

3 항히스타민제의 일종. 상표명.

4

차가 산을 오르는 동안 구름이 떼를 지어 몰려들고, 세상의 모든 색과 빛이 점점 빠져나가 그 깊이와 시간을 알 수 없을 만큼 사방이 온통 뿌연 회색으로 변해 버린다. 이제 겨우 오후밖에 안 되었는데도 해 질 녘처럼 어둡다. 우리가 하던 게임은 내털리가 속임수를 쓰는 게 발각되고, 다들 상관없다고 했지만 클로이 언니가 절대 양보하지 않으려고 해서 끝나 버렸다. 모든 내기는 다 취소되었고, 오두막에 도착하면 원하는 침대를 차지하기 위한 육탄전이 벌어질 것 같다.

오즈는 여전히 코를 골며 자고, 엄마는 일하고, 캐런 이모는 우리들이 상냥하게 대해 주지 않아서 뿌루퉁해진 내털리의 발톱에 매니큐어를 칠해 주는 중이다.

모와 나는 그대로 테이블 앞에 앉아서, 머리를 맞대고 내 휴대폰을 함께 들여다본다.

「안 돼.」 내 휴대폰에 모가 대신 입력해 놓은 메시지를 보니 빰이 달아오른다. 안녕 찰리, 댄스파티 때 무슨 계획 있어?

없으면 우리 같이 갈까??? 핀.

메시지를 이렇게 간단명료하게 작성하는 데도 거의 20분이나 걸렸다. 내 손가락이 전송 버튼을 누르지 않고 머뭇거리자 지친 모가 대신 확 누르는 바람에 가슴이 덜컥 내려앉는다.

「이제 됐어.」 만족스러운 함박웃음을 지으며 모가 말한다.

바로 답장이 오기를 기대하는 마음과 두려운 마음이 섞여서 휴대폰 화면을 바라보는 내 배 속이 마구 요동친다. 갑자기 시간이 느리게 간다. 메시지를 보내기 전보다 일 분 일 초가 두 배는 더 느린 것 같다.

「뭐가 됐는데?」 클로이 언니가 밴스로부터 떨어지며 귀에 꽂았던 한쪽 이어폰을 빼고 묻는다. 귀에 거슬리는 음악이 이어폰에서 꽥꽥거리며 비어져 나온다. 현악기를 튕기거나 긁어 대는 듯한 불협화음이 마치 학대당하는 고양이, 공장의 환풍구, 쓰레기통 등을 연상시킨다.

「아무것도 아니야.」 제발 들어 주기를 바랄 때는 무시하고, 안 들었으면 할 때는 찰떡같이 알아채는 클로이 언니의 능력이 새삼스레 감탄스럽다.

클로이 언니는 미처 막을 새도 없이 휴대폰을 가로챈다.
「찰리가 누구야?」

「아무도 아니야.」

모가 히죽거린다.

「그 버클 커다란 벨트에 부츠 신고 다니는, 축구하는 애는 아니지?」

「텍사스에서 와서 그래.」 내가 옹호하듯 말한다.

「왜, 나는 귀엽던데.」 모가 말한다.

클로이 언니는 내 폰을 다시 테이블에 툭 던지며 말한다. 「우리가 자매인 게 의심스럽다.」

나도 동감이다. 클로이 언니와 나의 공통점은 평생 같은 방을 쓴다는 것, 〈어마무시하다〉와 같은 어마무시한 단어를 좋아한다는 것, 불그스름한 구리색의 머리 그리고 눈동자가 초록색이라는 정도뿐이다. 클로이 언니는 다시 이어폰을 귀에 꽂고 슬며시 미소를 짓는다. 내가 행복한 게 언니도 좋은 것이다. 내가 비록 외모에 전혀 신경 쓰지 않는 것처럼 굴어도 클로이 언니는 나에게 항상 예쁘다고 말해 주고 오래전부터 내 연애를 응원했다. 그런 말을 해주는 건 클로이 언니뿐이다. 가끔은 정말 언니의 말을 믿게 될 만큼 충분히 자주, 그리고 진심을 담아 말해 준다.

■

산장에 도착했을 때는 내가 이미 손톱을 다 물어뜯고, 2백 번도 넘게 메시지를 확인한 다음이다. 밀러 모바일이 멈추자 모두가 기지개를 켜며 일어난다. 눈이 내리기 시작해서 그런지 오후 5시가 안 되었는데도 세상은 온통 칠흑같이 어듭다.

내리는 눈 사이로 눈을 가늘게 뜨고 산장을 바라보니, 마음이 부풀어 오른다. 어린 시절 정말 행복했던 추억들 중 몇 가지가 이곳에서 생겼다. 작은 샬레[4]에 가까운 우리 산장은 외할아버지가 은퇴했을 때 지은 집이다. 소나무 숲에서 살고 싶었던 할아버지는 그 꿈을 고작 2년밖에 못 누리고 돌아가셨다. 하지만 할아버지의 꿈은 아직도 이곳에 남아 있다. 통나무와 유리만으로 지어진 삼각 모양의 산장은 사방 몇 킬로미터 반경에 유일하게 존재하는, 전용 소방 도로를 통해서만 접근이 가능한 곳이다.

캠핑카에서 내리자 찰리와 휴대폰에 대한 생각은 잠시 잊는다. 겨울 왕국이 내 숨을 훔쳐 가고 추위가 엄습한다. 나는 팔다리가 길고 머리색이 밝아서, 평소엔 내 자신이 아주 크고 눈에 잘 띈다는 생각을 한다. 하지만 이렇게 가파르고 광대한 산세에 둘러싸이니 갑자기 왜소하고 하찮게 느껴진다.

모도 나처럼 이 순간 분위기에 취해서, 하늘에서 떨어지는 눈송이를 받아먹으려고 혀를 내민 채 내 주위를 빙그르르 돈다.

「눈이 얼마나 더러운데.」 내털리가 말한다.

모가 여전히 혀를 내민 채로 내털리 쪽으로 돌아서자, 홱 토라져 가버린다. 우리는 키득거린다.

4 스위스 산간 지방의 지붕이 뾰족한 목조 주택.

음료수가 잔뜩 든 아이스박스를 캠핑카에서 내리려고 계단에서 씨름을 하던 아빠가 오즈에게 다른 아이스박스를 옮기라고 하자 오즈는 아빠 뒤쪽에 있는 상자를 아주 가볍게 들어 올린다. 그 뒤를 빙고가 바짝 뒤따른다.

「고맙다, 아들.」 아빠가 어깨너머로 말하자 오즈가 활짝 웃는다.

나는 내 가방과 식료품 봉지 두 개를 들고, 자기 가방만 달랑 들고 가는 밴스의 뒤를 따라간다.

발을 끌며 어깨를 늘어뜨리고 천천히 걸어가는 밴스의 걸음걸이는 게을러 보이는 동시에 건방져 보이기까지 해서 아주 신경에 거슬린다. 주머니에서 휴대폰이 진동하자 나는 누가 옆구리를 쿡 찌르기라도 한 것처럼 화들짝 놀란다.

뒤에서 따라오던 클로이 언니가 들고 있던 봉투로 내 엉덩이를 치며 묻는다. 「남친한테 온 거야?」

코웃음을 치려고 어깨너머로 돌아보다가 클로이 언니의 기뻐하는 표정에 나도 모르게 얼굴이 빨개진다.

휴대폰으로 온 선물부터 얼른 확인하고 싶은 마음이 간절하지만, 찰리의 메시지는 지금 최우선 순위가 아니다. 왜냐하면 산장의 문턱을 넘은 지금, 좋은 침대를 차지하기 위해 맹렬히 돌진해야 하기 때문이다. 나는 봉투를 조리대 위에 놓고, 이게 얼마나 중요한지 전혀 알 리 없는 밴스를 황급히 지나친다. 오즈는 벌써 다락방으로 향하는 계단을 느릿느릿 올라간다. 오즈는 뭘 원하는 게 있으면 무서울 만큼 집요해진다. 나는 그런 오즈가 이층 침대의 위쪽을 원한다는 걸 안다.

좋은 신호다. 오즈가 왼쪽을 선택하면 나는 오른쪽을 선택하면 된다. 그가 어떤 침대를 선택하든, 나는 모와 나를 위해 그 반대쪽을 차지하면 그만이다. 내털리가 내 뒤를 바짝 쫓아와서 나를 방해하려 든다. 내가 어떤 침대를 고르든 바로 그 옆에 붙은 침대를 차지해서 모와 나를 떼어 버리려는 속셈이다.

어떤 전략을 써야 할지 머리를 굴려 본다. 일단 간이침대 세 개 중 가운데를 선택하기로 한다. 내가 가운데 있는 걸 선택하면 내털리가 어떤 것을 선택하든 나는 모 바로 옆에서 잘 수 있으니까.

오즈는 왼쪽으로 방향을 틀고, 나는 앞으로 돌진해서 가운데 있는 간이침대 위에 가방을 던져 놓고, 입었던 외투를 벗어서 그 왼쪽 침대에 던져 놓는다.

내털리가 내가 던진 미끼를 덥석 문다. 「그쪽은 내 거야. 맡아 주기 없어.」 그러고는 내 외투를 바닥에 던지고 대신 자기 가방을 제일 별로인 간이침대, 히터 바로 밑인 데다 오즈 침대에서 가장 가까운 침대에 올려놓는다.

나는 외투를 집어서 사실 속으로 원하던 오른쪽 간이침대에 올려놓는다.

밴스와 클로이 언니는 오른쪽 이층 침대, 엄마 아빠는 거실의 소파 베드, 그리고 캐런 이모와 밥 삼촌은 안방으로 정해진다.

「다들 짐 풀어. 그리고 나가서 밥 먹자.」 아빠가 소리친다.

나는 내가 찜한 침대에 폴짝 올라 앉아 주머니에서 휴대폰을 꺼낸다. 모도 내 옆에 올라앉아 어깨너머로 들여다본다.

좋아. 나한테 파트너 신청해 줘서 정말 기뻐. 찰리.

우리는 작은 간이침대가 무너질까 걱정될 만큼 침대 위에서 폴짝폴짝 뛴다.

「신청해 줘서 기쁘대!」 모가 꺄악 하고 소리를 지른다.

건너편에서 클로이 언니의 얼굴에 미소가 번지더니 나를 향해 엄지를 치켜든다.

「걔 카우보이 부츠 신고 오는 거 아냐?」 내털리가 비웃는다.

얼마 전 내털리가 댄스파티에 사촌을 데려올 거라는 이야기를 들은 나는 그냥 무시해 버린다.

「얘들아, 어서 가자.」 아빠가 아래층에서 부른다. 「그리즐리 매너가 기다린다.」

그때 엄마의 목소리가 끼어든다. 「잭, 아무래도 오늘은 안 나가는 게 좋겠어. 눈이 너무 많이 내리는 것 같은데.」

「그럼 저녁으로 그리즐리 팬케이크랑 줄줄이 소세지 못 먹는데. 그건 안 되지.」 아빠의 목소리에 열의가 가득 차 있다.

그때 오즈가 흥분해서 고함을 지른다. 「저녁은 그리즐리 팬케이크야.」

오즈의 그 한마디로 모든 것이 결정된다. 팬케이크를 못 먹으면 저 소리를 끝도 없이 들어야 할 테니까.

「얘들아, 차에서 짐 내릴 동안 준비하고 내려와. 딱 10분 준다.」

이 말은 특별히 패셔니스타 모에게 하는 소리다. 모는 벌써 체크무늬 비닐 테이블보에 톱밥색 바닥으로 꾸민 그리즐리 매너 식당의 인테리어에 완벽히 어울릴 만한 외출복을 찾기 위해 거대한 자기 가방 속을 뒤진다.

내털리도 이에 질세라 커다란 자기 가방을 열고 똑같이 따라 한다. 나는 위아래 트레이닝복에 어그 부츠를 신고 침대 위에 책상다리로 앉아 찰리한테서 온 메시지를 뚫어져라 쳐다본다.

「빨강 아님 검정?」 모가 아주 예쁜 스웨터 두 벌을 들고 묻는다.

「빨강.」

「찢어진 거 아님 안 찢어진 거?」 이번에는 청바지다.

「밖에 엄청 추워.」

「그래도 빨간 스웨터랑 잘 어울리는 건 찢어진 청바지란 말이야.」 그러면서 모는 찢어지지 않은 청바지를 가방에 던져 넣는다. 나는 눈동자를 굴린다. 「차에서 식당까지 왔다 갔다 하는 동안만 참으면 돼.」

옷을 갈아입으러 화장실에 들어갔다 다시 나온 모는, 빅베어 산장에서 동네 식당에 아침 메뉴로 저녁을 먹으러 가는 10대 소녀가 아니라, 별 다섯 개짜리 레스토랑에 가는 뉴욕 런웨이 모델 같다.

「준비 됐니?」 아빠가 소리친다. 「차 출발한다.」

나는 파카를 집어 들고, 모는 헤링본 재킷을 들고 굽 높은 가죽 부츠를 신는다. 모가 선택한 의상을 본 내털리는 가방을 뒤져 비슷한 부츠를 꺼내 신더니 무릎까지 내려오는 긴 크림색 다운 코트를 입는다.

「코트 예쁘다.」 모가 말한다.

「이태리에서 산 거야. 7백 달러도 넘게 주고 샀어.」

이럴 때 모는 훌륭하게도 별말을 안 하고 넘어가 준다. 반면에 나는 고개를 저으며 불쑥 내뱉듯 대꾸한다. 「내 파카는 파리에서 샀는데 8백 달러짜리야.」

내털리는 내게 흥하고 코웃음을 치고는, 계단을 쿵쾅대며 내려가 밖으로 나가 버린다.

모가 나를 향해 돌아서는 순간 우리는 함께 웃음을 터뜨리고, 내털리의 거만한 걸음걸이를 흉내 낸다.

「얘들아.」 우리의 무례한 행동을 제지하려는 듯 엄마가 한마디 툭 던진다.

늦은 저녁 밖으로 나서자, 매서운 추위가 우리의 숨을 훔쳐간다.

5

우리가 안에 있는 동안 세상이 완전히 뒤바뀌었다. 하늘에서 끝없이 드리워지는 베일처럼 눈이 마구 떨어져 내린다. 눈발은 바람에 날려 춤을 추고 소용돌이치다가 바닥에 떨어져 하얀 담요를 만든다. 나는 너무 추워서 파카 속에서 몸서리를 친다. 따뜻했던 낮이 전혀 기억나지 않을 만큼 기온도 급격히 떨어졌다.

「어서 가자.」 밀러 모바일의 문을 열고 아빠가 말한다.

모와 내털리와 나는 발을 끌며 차로 다가간다. 모는 부츠를 신고 미끄럼을 타면서 간다.

「핀, 조수석에 앉아라.」 아빠가 말한다. 「눈길에서 어떻게 운전하는지 가르쳐 줄게.」

나는 앞자리에 올라탄다.

내 뒤에서 엄마가 말한다. 「모, 안전벨트.」

나도 벨트를 맨다.

차는 아주 천천히 간다. 우리가 신중하게 나아감에 따라

바퀴에 감긴 체인이 눈 쌓인 길을 오도독거리며 단단히 버텨 준다. 와이퍼가 휙휙 빠르게 움직이고 상향등도 켠 상태이지만 그 앞으로 진하고 굵은 눈발이 계속 떨어져 1미터 앞도 잘 안 보인다.

도로는 텅 비었다. 우리 차 말고 이 진입로를 이용하는 차는 소방차 그리고 간혹 가다 시더호[5]에서 슬로프 쪽으로 질러가는 사람들뿐이다.

운전을 가르쳐 주겠다던 아빠는 말없이 도로에만 신경을 집중하고 있다. 그래서 나는 찰리와 곧 있을 댄스파티에 대한 생각에 몰두한다.

「저게 뭐야?」 나는 앞쪽에 뭔가 알록달록 반짝거리는 것을 가리킨다.

거의 움직이지 않는 듯 속도를 줄이며 서서히 다가가 보니 작고 빨간 차가 보인다. 아빠가 차를 세우고 밖으로 나가서 정차된 차가 있는 곳까지 반쯤 다가가자 그 차 문이 열리고 내 또래의 한 남자아이가 내린다. 두 사람은 몇 마디를 주고받은 뒤 함께 우리 차가 있는 쪽으로 걸어온다.

「카일이야.」 아빠가 말한다. 「우리가 좀 태워다 줘야 할 것 같다.」

나는 상관없다. 카일을 태워 주는 건 얼마든지 좋다. 180센티미터 정도의 키에 넓은 어깨, 꿀색의 금발 그리고 몇 미터 떨어진 곳에서도 보일 만큼 밝은 초록색의 눈동자.

5 캘리포니아의 산베르나디노산에 있는 인공 호수.

그는 캠핑카 안을 훑어본다. 오즈는 차 문 바로 옆에 빙고를 안은 채 벨트를 매고 앉았고 엄마, 캐런 이모, 밥 삼촌은 뒤쪽에 있는 벤틀리 의자에 앉았다. 쾅쾅대는 이어폰을 귀에 꽂은 클로이 언니와 밴스는 창가 쪽 의자에, 내털리는 식탁 한쪽 옆에, 그리고 모는 그 반대편에 앉아 있다. 모와 눈이 마주치자 카일은 미소를 지으며 모 옆에 앉음으로써 똑똑하기까지 하다는 걸 보여 준다.

우리는 카일의 차를 조심스럽게 지나치며 다시 출발한다. 우리를 만나다니 카일은 운이 좋다. 오늘 같은 밤에 차들이 이 길을 지날 가능성은 거의 없고, 시내까지 가려면 이 추운 날씨에 아주 오래 걸어야 했을 테니까.

내 뒤에서 이미 모는 카일의 마음을 사로잡았고, 대화 내용이 들리진 않지만 카일은 이미 다 잡은 고기나 마찬가지다. 모의 묘한 매력에 빠져 가슴앓이를 하는 남자애들은 한둘이 아니다. 모는 〈한 번 마음을 줬다가도 마음이 식으면 상대를 정신 못 차릴 만큼 상실감에 빠뜨리는〉 종류의 여자아이니까.

그런 매력이 카일에게도 통하는지 확인 삼아 뒤를 힐끗 돌아보니 아니나 다를까, 카일은 모 쪽으로 완전히 돌아앉았다. 모가 자신의 아름다움과 다정한 말투로 정말 궁금하다는 듯 질문을 던지고, 또 그가 세상에서 가장 매력적인 사람이라는 듯이 경청하며 마음을 사로잡는 동안, 그는 모가 엮는 거미줄에 완전히 걸려들고 있다.

그 건너편에 앉은 내털리는 할 말을 잊은 채 앉아 있다. 나는 사실 그런 내털리와 아주 조금이나마 공감대가 생기는 걸 느낀다. 모가 저렇게 매력을 발산하는 동안 바로 건너편에서 전혀 보이지 않는 존재처럼 앉아 있어야 하는 게 내가 아니라는 것이 다행이다.

아빠가 브레이크를 밟는다. 나는 고개를 돌려 우리 앞에 나타난 수사슴의 놀라 껌벅거리는 눈과 마주친다. 우리가 탄 차는 휘청하고, 미끄러지고, 앞바퀴가 바닥을 움켜쥠과 동시에 뒷바퀴는 미끄러진다. 이 모든 것은 아주 천천히 일어난다. 우리는 거의 움직이지 않는다. 차의 뒷부분이 뭔가 단단한 것에 쿵 하고 부딪히고, 그 바람에 바닥을 붙잡고 있던 앞바퀴가 풀려 버린다. 고작 몇 센티미터밖에 안 벗어난 것 같지만 실제로는 몇 미터 이상 벗어났는지, 앞 범퍼가 가드레일을 긁으며 나아가고, 그 바람에 가드레일이 구부러지면서 금속이 삐걱거리는 소리가 난다. 그리고 차가 멈춘다.

나는 이 위험하고 좁은 길에 가드레일을 설치해야 한다고 생각했을 만큼 똑똑한 사람이 있었다는 사실에 안도의 숨을 내쉰다. 그리고, 그 작은 날숨에서 비롯된다. 마치 바늘땀이 뜯어지듯, 강철 가드레일을 잡고 있던 막대들이 산비탈로부터 뽑혀 나가기 시작한다. 툭, 툭, 툭.

그리고 우리는 떨어진다.

소리를 지를 시간조차 없다. 우리는 마치 미사일처럼 곤두박질친다. 산과 눈과 나무들이 휙휙 지나쳐 가고 나는 안전벨트에 걸린 채 앞 유리창 쪽에 매달린다. 운전석 쪽의 바퀴에 뭔가 딱딱한 것이 부딪히면서 우리는 또 앞으로 튕겨 나갔다가 다시 아래로 떨어지고, 차체가 옆쪽으로 90도 기울면서 내 어깨가 대시보드와 문 사이의 구석에 박힌다.

그다음 순간, 나는 캠핑카가 옆으로 누운 채 눈과 바위 위로 계속 미끄러지는 걸 바라본다. 대체 우리가 얼마나 많이 추락했는지 도저히 믿어지지가 않아서 위를 올려다본다. 저 멀리 산등성이에 있는 길은 더 이상 보이지 않는다.

나는 차 밖에 있는데도 전혀 춥지 않다. 무슨 영문인지 몰라 얼떨떨하지만, 그런 기분은 아주 잠시뿐이다.

6

나는 죽었다.

이 사실은 피를 흘리고 있다는 걸 깨달을 때 명확해진다. 그럴 때 보통은 날 내려다보면 피가 보여야 한다. 하지만 눈과 숲 외에는 아무것도 보이지 않는다. 꿈이라기엔 너무 순식간이었고, 너무 생생하다. 나는 몸을 느낀다. 내 팔과 다리, 심장, 호흡. 하지만 다른 것들은 느껴지지 않는다. 추위도, 축축함도, 중력도, 공기도.

충격적이지만 아주 자연스럽다. 마치 새로 태어난 것처럼. 태어날 때 세상으로 들어서던 그 고통을 기억하진 못해도 어떻게 숨 쉬고, 젖을 먹고, 우는지 이미 알았던 것처럼 말이다. 죽음도 그와 비슷하다. 죽을 때의 트라우마와 같은 명확한 기억은 없지만 이 새로운 상태에 대한 내 이해는 타고날 때부터 주어진 것이다. 받아들이기 조금 힘들고, 또 약간 믿기 어렵지만, 나는 내가 죽었다는 사실과 내 몸이 더 이상 나의 일부가 아니라는 것을 직감적으로 깨닫는다.

거세게 울부짖는 바람의 소리는 들리면서도 그 바람에 영향을 받지 않는 기분은 참 낯설다. 나는 캠핑카가 있는 곳을 따라가 본다. 어렵지 않다. 움켜잡으라는 신호를 뇌에서 손으로 보내듯 그저 따라가라는 의지만 가지면 그렇게 된다. 나의 영혼은 살아 있다. 하지만 더 이상 그 영혼을 속박하던 육체는 없다. 생각이 데려가는 대로 자유롭게 움직인다. 지금 이곳에는 내게 손짓하는 하얀 빛이나 블랙홀도 없고 내가 아는 한 나는 혼자다. 그리고 비록 더 이상 살아 있지는 않지만 여전히 이 세상에 속해 있다고 느끼고 나의 감정도 살아 있는 것만큼 절박하다.

캠핑카는 바위에 쾅 하고 부딪혀 빙빙 돌다가 다시 나무에 부딪힌 다음 마침내 멈춘다.

나의 공포감이 모에 대한 걱정으로 바뀌자마자, 차 안에서 모를 바라보는 상태가 된다. 모는 옆으로 누워 눈을 크게 뜬 채로 의자를 두 손으로 꽉 쥐고 있다. 건너편에 앉은 내 털리는 소리를 지르는 것만 빼고는 모와 비슷한 자세다.

오즈는 차가 옆으로 넘어지는 바람에 천장 쪽으로 가게 된 좌석의 안전벨트에 매달린 채 아빠에게 제발 멈추라고 울부짖는다. 오즈가 껴안고 있는 빙고는 그 팔에서 놓여 나려고 마구 몸을 비틀지만 신통하게도 풀려나기 위해 오즈를 물진 않는다.

클로이 언니와 밴스 그리고 우리 차에 얻어 탔던 카일은 수납장 안에 두었던 보드게임 상자들과 더불어 운전석 쪽으로 튕겨져 나가서 다 같이 포개져 있다. 모노폴리의 가짜 돈과 카드들, 스크래블의 점수판 등이 허공에서 마구 휘날린다. 엄마와 캐런 이모 그리고 밥 삼촌은 차의 뒤쪽 중간쯤에 뒤죽박죽 엉켜 있다.

아빠의 신음 소리에 나는 당장 그쪽으로 간다.

나는 엄마를 소리쳐 부른다. 소리치고 또 소리친다. 아빠에게 도움이 필요하다. 하지만 나의 외침에는 소리가 없다.

캠핑카의 앞쪽 끝부분이 아빠 쪽으로 우그러졌다. 아빠의 몸은 운전석 창과 핸들 사이에 끼여 있다. 다리는 부러지고 대퇴골의 아래쪽 반은 청바지를 뚫고 나와 피가 새어 나온다. 얼굴은 깨진 유리 파편에 온통 찢기고 눈과 함께 얼어붙었다. 사방은 온통 피투성이다.

제발, 나는 애원한다. 제발 와서 아빠를 좀 도와줘.

파르르 떨며 눈을 뜬 아빠는, 통증뿐 아니라 점점 선명해지는 시야로 들어오는 광경에 겁에 질려 한 번 더 신음을 내뱉는다.

아빠는 작은 소리로 내 이름을 중얼거리다가 나를 발견하고 끔찍한 비명을 내지른다. 아빠를 따라 같이 내 쪽을 돌아본 나는 재빨리 고개를 돌려 버린다. 나의 죽음은 생각했던 것만큼 순식간에 일어난 일도, 고통 없는 죽음도 아니었다. 반쯤 잘린 내 머리에 있는 눈과 입은 소리 없는 비명을 지르며 벌려진 채 굳어 있고 괴기하게 아빠 쪽을 향해 있다. 내 몸에 그 많은 피가 있었다는 게 믿어지지 않을 만큼 엄청

난 양의 피가 흘러 아빠 주변에 웅덩이를 만들고 있다.

아빠는 자리에서 벗어나 나에게 다가가려고 안간힘을 쓰지만, 끔찍한 통증이 뒤따른다. 그런 아빠에게 나는 제발 그대로 있으라고, 나는 괜찮고 더 이상 아프지 않다고 소리친다. 나는 이런 말들을 마구 쏟아 낸다. 고함도 질러 본다. 생각으로 전달해 보려고도 하지만, 아빠는 듣지 못한다. 계속 근육을 혹사시키며 고통에 얼굴이 일그러질 만큼 간절하게 그 자리에서 빠져나오려고 애쓴다. 하지만 내가 할 수 있는 것은 단지 지켜보며 기도하는 것뿐이다. 마침내 내 기도가 통해서 아빠가 고통으로 기절할 때까지.

뒤쪽에서 함께 엉킨 사람들 사이를 헤쳐 나온 엄마가 앞으로 비틀거리며 나가면서 얼굴을 찡그린다. 갈비뼈 부분을 손으로 누르며 몸을 제대로 펴지 못한다. 엄마는 옆으로 넘어진 캠핑카의 옆면을 밟고 지나가다가 원래 앉았던 자리에 그대로 있는 모와 내털리 그리고 위에 매달려 있는 오즈 쪽을 흘낏 본다. 하지만 오즈의 비명과 낑낑대는 빙고를 무시하고 운전석 뒤쪽에 뒤엉킨 사람들에게로 천천히 다가간다.

카일은 왼쪽 팔을 쥐고 비틀거리며 일어선다. 밴스도 자기 위에 있던 클로이 언니를 옆으로 옮기고 몸을 일으킨다. 주변에는 피가 가득하다. 운전석 벽 여기저기에 튀었고, 의자를 흠뻑 적시고, 클로이 언니의 얼굴로 떨어진다.

엄마가 클로이 언니의 감은 눈을 가리는 앞머리를 치우

자, 밴스는 흠칫 놀라며 혹시 피가 자기한테서 나오는지를 확인하려고 이리저리 몸을 살핀다. 클로이 언니의 이마 윗부분에 난 깊은 상처에서 붉은 피가 솟구친다. 엄마가 목에서 스카프를 풀어 그 상처에 대고 누르자 클로이 언니가 신음한다.

「괜찮아.」 엄마가 말한다.

이미 옆에는 밥 삼촌이 기어와 있다.

「얘 좀 데려가 줘.」 엄마의 부탁에 밥 삼촌은 클로이 언니의 몸 주변으로 팔을 둘러 이제는 바닥이 되어 버린 식탁 의자의 등받이에 데려다 눕히고 조심스럽게 스카프를 들어 올려 상처를 살펴본다.

그 뒤에서는 캐런 이모가 내털리가 있는 쪽으로 다가가 내털리를 일으킨 뒤 캠핑카 뒤쪽으로 데려간다.

엄마는 밴스와 카일을 지나쳐 운전석 쪽으로 가자마자 그 자리에 얼어붙는다. 엄마의 비명은 너무 날카로워서, 속삭임에 불과할 만큼 작은 소리임에도 불구하고, 바람과 우박과 오즈의 비명 소리를 넘어 번개 소리처럼 울려 퍼진다. 눈을 감고, 조용히 기도를 드리는 카일의 입술이 조금씩 들썩인다. 밴스는 창백한 얼굴로 클로이 언니를 응시한다. 모는 공포와 걱정이 드러난 표정으로 엄마가 서 있는 곳 너머에 뭐가 있는지 보려고 안간힘을 쓴다. 밥 삼촌은 위를 올려다보더니 밴스의 손을 잡아 끌어 스카프를 쥐어 준 뒤 클로이 언니의 상처를 누르게 하고, 엄마를 도우러 앞쪽으로 서

둘러 간다.

「오, 맙소사.」 엄마 옆으로 간 밥 삼촌이 중얼거린다.

엄마가 비틀거리며 뒷걸음질을 치자 밥 삼촌이 뒤에서 부축한다.

나의 죽음은 눈 뜨고 못 봐줄 만큼 참혹하다. 엄마의 몸은 금방이라도 쓰러질 듯이 마구 떨리고 벌어진 입을 통해 가쁜 숨이 헉헉 내뱉어진다. 하지만 바로 그 순간 마치 스위치를 켠 것처럼 아빠의 신음 소리가 엄마를 벼랑 끝에서 돌아오게 만든다. 나는 엄마가 아빠 쪽으로 돌아서기 전에 눈을 질끈 감고 내부로부터 강한 기운을 끌어 올리며 마음을 단단히 먹는 모습을 바라본다.

아빠는 여전히 나를 향해 팔을 뻗고 있다. 엄마는 아빠한테 가기 위해 센터 콘솔 쪽으로 기어간다. 「잭.」 엄마가 아빠의 머리를 뒤로 부드럽게 쓸어 넘겨준다.

「핀이…….」 아빠가 신음하며 말한다.

「쉬…….」 엄마가 달래자 아빠의 신음이 잦아들며 다시 정신을 잃는다.

캠핑카 뒤쪽에서는 캐런 이모와 내털리가 서로 부둥켜안고 있다.

「뭐지?」 내털리가 자기를 안은 캐런 이모의 어깨너머로 목을 길게 빼고 운전석 쪽을 바라본다.

「쉬, 얘야, 보지 마. 별일 없을 거야. 보지 마.」 캐런 이모가 내털리의 얼굴을 자기 쪽으로 돌린다.

밴스는 클로이 언니 옆에 앉아 엄마의 스카프를 클로이 언니의 이마에 대고 있다. 모는 여전히 자기 자리에서 벨트를 풀어 보려고 안간힘을 쓰고, 오즈도 여전히 빙고를 안고 천장에 매달린 채 아빠를 소리쳐 불러 댄다.

카일이 도와주려고 오즈에게 다가간다.

「하지 마.」 모가 소리쳐 그를 말린다.

카일이 모를 바라본다.

「그냥 놔둬.」

오즈는 발버둥을 치고 소리를 지르지만, 모의 말이 맞다. 이건 학대가 아니라 불가피한 일이다. 오즈는 이런 상황을 감당할 수가 없기 때문에, 지금으로서는 저 상태로 두는 것이 낫다.

카일은 오즈에게서 돌아서서 대신 모가 안전벨트 푸는 것을 도와준다.

지금은 아드레날린 덕분에 모두 추위를 못 느끼지만 이제 곧 못 견딜 만큼 추워질 것이다. 캠핑카의 앞 유리창이 깨져서 눈과 바람이 운전석 쪽으로 휘몰아쳐 들어와 아빠가 하얗게 성에로 뒤덮였고 내 시체도 이미 반쯤 묻힌 상태다.

엄마가 휴대폰을 꺼내 든다. 「젠장.」 엄마의 얼굴에 당혹한 표정이 불현듯 스친다. 신호가 잡히지 않는다. 밥 삼촌도 초조함에 마른침을 삼키더니 자기 휴대폰을 꺼내 보고 고개를 젓는다.

「책을 뒤쪽으로 옮겨야겠어.」 내 예상대로 상황을 재빨리 파악한 엄마는, 현재 가장 큰 문제가 추위라는 것을 깨닫는다. 엄마와 밥 삼촌이 밴스와 카일의 도움을 받아서 아빠를 빼내 차 뒤편으로 옮기는 동안 아빠는 비명을 지른다. 그들은 좌석 뒤쪽의 나무 패널 위에 아빠를 눕힌다. 상태가 아주 좋지 않다. 얼굴에는 베인 상처가 열 군데도 넘고 청바지는 피로 흠뻑 젖었다. 엄마와 밥 삼촌은 아빠 옆에 무릎을 꿇고 앉고, 밴스는 클로이 언니에게로 돌아가고, 카일도 안전벨트를 풀려는 모에게로 돌아간다.

「내 가방……」 캐런 이모가 말한다. 「거기에 가위가 있어.」

카일은 다른 모든 물건들과 다 같이 앞쪽으로 날아간 캐런 이모의 거대한 가방 쪽으로 기어간다. 가방 속에서 잡다한 물건(화장품, 티슈, 항균 물티슈, 짭짤한 크래커 두 팩, 휴대폰, 수첩, M&M 한 봉지, 감사 카드 등)들이 든 거대한 주머니에서 손톱용 가위를 겨우 찾아내 서둘러 모에게 간다.

벨트에서 풀려나자마자, 모는 카일을 지나쳐 운전석 쪽으로 기어간다. 카일이 그 뒤를 따른다.

나를 발견한 모는 울부짖으며 뒤로 쓰러진다. 카일이 그런 모를 뒤에서 붙잡아 몸을 돌려 모의 얼굴을 가슴에 묻은 채 뒤쪽으로 데려가려고 하지만 모는 거부한다. 그의 팔을 뿌리치고 다시 앞으로 가서 내 손을 잡는다. 입술을 조용히 움직이며 나에게 말을 거는 모의 뺨에 눈물이 흐른다. 나도 마음이 두 쪽으로 찢긴 것처럼 아프고 벌써부터 모가 너무 그리워진다. 이 모든 상황이 사실이 아니길 간절히 소원하면서 모와 함께 눈물을 흘린다.

이제 눈을 뜬 클로이 언니는 밴스에게서 스카프를 받아 스스로 상처를 누르며 주변에서 일어난 상황을 멍하니 둘러본다. 자기 옆에 누워 있는 아빠를 본 다음 운전석 쪽을 바라보자 눈에 눈물이 가득 맺힌다. 언니는 파르르 떨리는 턱을 멈추려고 앞으로 내민다.

빙고가 낑낑거리자 클로이 언니가 올려다보고, 겨우 한 마디를 한다.「밴스, 빙고 좀 내려 줘.」

밴스가 씨름하듯 오즈의 손아귀에서 빙고를 빼내자 오즈가 더 크게 소리를 지른다. 화가 난 데다 계속 매달려 있던 탓에 오즈의 얼굴이 햄처럼 빨갛다.

오즈를 응시하는 카일을 보니, 그가 얼마나 오즈를 풀어주고 싶은지가 느껴진다. 턱을 힘주어 꽉 다문 그의 근육이 도와주고 싶다는 열망에 휘감겨 불끈거린다.

「어떤 것 같아?」 엄마가 쭈그리고 앉아 아빠의 상처를 살펴보는 밥 삼촌에게 묻는다.

밥 삼촌의 눈이 잽싸게 휙휙 움직이는 것을 보니 눈앞의 부상자를 어떻게 다루어야 할지 전혀 모르는 게 분명하다. 그는 치과 의사지, 일반 의사가 아니니까. 치아 성형 전문가일 뿐인 그가 지금 보는 상처는 치아 미백이나 라미네이트 시술과는 전혀 상관이 없으니까. 하지만 그는 아주 잠깐 동안 심각하게 고민하는 듯하다가 확신에 찬 듯 말한다. 「일단 부러진 다리를 맞추고 지혈부터 해야지.」

저런 허세는 과연 자존심에서 오는 건지 아니면 강인함에서 오는 건지 확실하지 않다. 아무것도 모른다는 사실을 인정하기에 너무 오만하거나 아니면 앞에 있는 한 여자를 걱정시키지 않으려는 것이거나 둘 중 하나일 것이다. 그의 진심이 어느 쪽이든 나로서는 두 번째 이유로 고맙다. 다행히 그의 자신감은 주변을 진정시키고, 오즈도 소리를 멈추고 매달린 상태로 훌쩍인다.

그 뒤쪽에서 서로를 더욱 꼭 끌어안고 있던 내털리와 캐런 이모는 아까부터 몸을 떤다. 모 역시 떨고 있어서 나는 모에게 조금이나마 덜 추운 뒤쪽으로 가라고 하고 싶지만 모는 내 손을 쥔 채 울면서 곁을 떠나려 하지 않는다.

내가 바라는 일은 어느 것도 일어나지 않기 때문에 내가 할 수 있는 건 바라보는 일뿐이다. 세상에 이보다 더 좌절스럽고 끔찍한 일은 없을 것이다. 제발, 나는 애원한다, 도와주세요. 하지만 내가 있는 이 새로운 세상에 신이 있다 해도, 그는 내가 인간이었을 때와 똑같이 눈에 보이지 않으며 내 간청에 어떠한 응답도 해주지 않는다. 모, 제발 뒤쪽으로 가.

모에게는 아무도 신경 쓰지 않을 때 카일이 나선다. 그가 내 말을 들었는지 아니면 단지 뭔가 도움이 되어야 한다고 생각했는지는 확실하지 않다. 이유가 뭐였든 다행히도 그는 다시 앞쪽으로 다가가 소용돌이치는 얼음장 같은 바람과 내 시체로부터 모를 멀리 떼어 낸다.

밥 삼촌이 아빠의 망가진 다리를 펴보려고 손을 대는 순간 아빠가 비명을 지르자 밥 삼촌은 그대로 손을 놔버린다. 그의 허세는 즉시 두려움으로 변한다. 「그냥 이대로 두는 게 낫겠어.」 더듬거리는 그의 설명을 굳이 듣지 않아도 상황은 누가 봐도 뻔하다. 남의 웃는 모습을 예쁘게 만들어 주는 것으로 벌어먹고 사는 그 역시, 결국 이런 일을 다루는 데는 다른 사람들보다 더 나을 게 없다는 것이 판명된다.

7

초기의 충격이 어느 정도 가시고 나자 현실에 대한 자각이 시작된다. 그들은 도움을 받을 수 있는 곳에서 몇 킬로미터나 떨어진 숲속 눈보라에 고립된 상태다. 나는 죽었다. 아빠는 상태가 위중하다. 밥 삼촌은 왼쪽 발목에 부상을 입었고, 클로이 언니는 봉합해야 하는 상처가 있다. 눈에 보이는 가족들의 상해만도 이 정도다.

부상보다 더 두려운 것은 매서운 추위와 창문을 통해 휘몰아쳐 들어오는 강한 바람이다. 카일과 오즈는 둘 다 기능성 방한복에 눈 장화와 장갑까지 기온에 대비해 가장 잘 입고 있다. 모의 복장이 최악이다. 얇은 모직 재킷에, 찢어진 청바지 그리고 방한에 전혀 도움이 되지 않는 디자이너 부츠. 모는 캐런 이모와 내털리 옆에서 추위에 떤다. 내털리는 징징대고, 캐런 이모는 다 괜찮아질 거라는 말로 달래며 딸을 부둥켜안고 있다.

「그래서 어떡할 거예요?」 밴스가 말을 꺼낸다. 「누가 도움을 청하러 가죠?」

모두가 엄마를 쳐다본다. 하지만 대답은 이를 악물고 있는 아빠의 입에서 나온다.「아무도 가면 안 돼. 아침까지 기다려야 해.」

모두 공포감에 몸서리를 친다. 아직 저녁 7시도 안 된 시간이라 아침이 되려면 적어도 12시간을 기다려야 한다.

「말도 안 돼요.」 밴스가 반대한다.

캐런 이모도 의견을 밝힌다.「그렇게 오래는 못 기다릴 것 같아. 이렇게 추운데.」

「그래도 기다려야 돼.」 아빠가 추위보다는 통증에 몸을 떨며 말한다.「밖은 깜깜하고 눈보라가 심해. 지금 나갔다가는 방향도 구분하기 어려워.」

「위로만 올라가면 되죠.」 밴스가 말한다.「그리고 여기서 밤새 아무것도 안 하고 기다리긴 싫어요.」

「밴스, 잭 말이 맞아.」 엄마가 말한다.「밝아질 때까지 기다려야 돼.」

「배고파.」 여전히 천장에 매달린 채 오즈가 말한다.

「오즈, 참아야 돼.」 엄마가 무심하게 대꾸한다.

「팬케이크 사준다고 했잖아.」

이번엔 아예 간단히 무시해 버린다.

「팬케이크!」

오즈는 무시해 봤자 소용이 없다.

밴스가 모자를 쓴다.「여기 있고 싶으면 원하는 대로 해요. 나는 도움을 요청하러 갈 거니까. 클로이, 같이 갈 거지?」

클로이 언니의 얼굴은 피투성이고, 아직도 엄마의 스카프를 상처에 대고 있다. 언니의 시선은 밴스에게서 다른 사람들에게로 옮겨 갔다가 다시 돌아간다.

「안 돼, 클로이는 여기 있어.」 엄마가 말한다. 「그리고 밴스, 너도 여기 있어. 잭 말이 맞아. 아침까지 기다려야 해.」

「클로이?」 밴스는 그에 맞서듯 언니를 부른다. 반항심에 차서 눈을 가늘게 뜬 그의 코가 벌름거린다.

클로이 언니가 현기증에 약간 비틀거리며 일어난다.

「클로이.」 엄마가 부른다. 목소리에 두려움이 배어 있다. 「여기서 기다려야 돼.」

밴스가 언니를 끌어당기더니 소유권을 주장하듯 언니의 어깨를 자기의 팔로 감싼다.

엄마가 언니에게 다가간다. 「클로이, 이런 때일수록 함께 뭉쳐야 돼.」 엄마는 눈치채지 못하지만, 공교롭게도 엄마의 이 말은 오히려 언니의 결심을 벼랑 끝으로 밀어붙인다. 클로이 언니는 엄마의 스카프를 내려놓고 몸을 돌려 비틀거리며 깨진 앞 유리창으로 다가간다. 내 시체를 보지 않으려고 노력하는 언니의 몸이 떨리고 턱은 앙다물린 채이다. 밴스는 클로이 언니를 밤의 어둠 속으로 내몰 듯 그 뒤를 따라간다.

「앤, 제발 말려.」 아빠가 신음하며 말하지만 엄마가 할 수 있는 건 없다. 엄마는 운전석 근처로 가서 깨진 앞 유리창을 통해 어둠 속을 응시해 보지만, 이미 눈보라가 두 사람의 모습을 삼켜 버린 다음이다. 그들은 가버리고 없다.

「팬케이크.」 오즈가 계속해서 소리친다. 「배고프단 말이야.」

모두 오즈가 없는 것처럼 행동한다. 단지 아빠만이 조용히 타이른다. 「오즈. 팬케이크가 없어, 오늘은. 너는 빙고를 잘 돌봐야 해. 빙고도 배가 고플 테니까. 하지만 지금은 먹을 게 없어. 빙고는 아무것도 모르니까 더 무서울 거야. 그러니까 네가 잘 돌봐 줘야 돼.」

아빠가 이 말을 가까스로 마치자마자, 눈이 뒤집어지며 까무러친다. 하지만 아빠가 한 말은 놀라운 효과를 나타낸다. 오즈를 완전히 이해하는 사람은 아빠뿐이다. 동생은 갑자기 지르던 비명을 멈추고, 자기에게 주어진 새로운 임무에 관심을 돌린다.

「모, 나 내려 줘.」 오즈가 말한다. 「아빠가 나보고 빙고 돌봐야 한댔어.」

오즈가 부탁을 한 대상이 모라는 점이 뜻밖이다. 하지만 모 외에 나머지 사람들을 둘러보니 역시 모가 최선의 선택이다. 내가 이미 다른 사람으로 대체되었다는 사실에 마음 한구석이 아리다.

지금도 엄마는 자기 아들 쪽은 쳐다보지도 않는다. 세상 사람들에게 자신이 어떻게 보이는지 확인하고 싶지 않아서 거울을 보지 않으려는 사람들처럼. 하지만 씁쓸한 진실은, 오즈는 누구보다도 엄마랑 가장 닮았다는 것이다. 연한 황금빛 피부, 긴 눈썹과 녹갈색 눈동자. 그렇지만 유령의 집 거울처럼 오즈는 엄마의 왜곡되고 지나치게 확대된 상(像)이다. 그래서인지 엄마는 오즈가 태어났을 때부터 그 아이와 마주하는 것을 거부해 왔다.

엄마는 주먹을 꼭 쥔 채 그 자리에 계속 서서 어두운 밖을 바라본다. 이대로 클로이 언니를 따라가야 할지 아니면 남아야 할지를 고민하고 있다. 엄마는 선택을 하려고 하지만 그건 불가능하다. 딸 하나가 험한 길을 떠났다. 아들과 다친 남편이 이곳에 있다. 그리고 모도. 이기적이지만 나는 엄마에게 제발 남아 있으라고 애원한다.

모가 일어선다. 오즈에게 가기 위해 아빠 주변을 조심스럽게 지나치는 모의 몸이 추위에 부들부들 떨린다. 카일이 벌떡 일어나 도와준다. 그리고 둘은 오즈를 벨트에서 풀어 주고 내려오도록 돕는다.

오즈는 운전석 뒤 한구석에 앉아 빙고를 불러 무릎에 앉힌다. 그러고는 조용히 속삭인다. 「배고픈 거 알아. 하지만 기다려야 해. 괜찮아. 괜찮을 거야. 내가 돌봐 줄게.」 털을 쓰다듬어 주자 빙고는 잠자코 있다.

「일단 저 창문을 막아야 할 것 같아요.」 카일이 산산이 깨진 창문을 힐끗 보며 말한다. 그 말은 무아지경에 빠져 있던 엄마를 불러들인다. 이미 결정은 내려졌다. 이제 여기에 남는 것 외엔 별 방도가 없을 만큼 이미 시간이 너무 지나 버렸기 때문이다.

「카일 말이 맞아.」 눈을 깜박여 눈물을 떨궈 내며 엄마가 대답한다. 「여기서 밤을 무사히 보내는 유일한 방법은 어떻게든 폭풍을 막는 것뿐이야.」

모두가 주위를 둘러본다. 밀러 모바일에는 별 도움이 될 만한 물건이 없다. 캠핑을 목적으로 한 차가 아니라 서핑 보드, 카약, 자전거, 의자와 테이블 등을 담는 철제 상자 등을 싣고 간단히 여행하는 데 최적화된 서핑 여행용 차이기 때문이다.

「눈이요.」 모가 말한다. 「보드게임 판이랑 막대기 같은 걸 찾을 수 있으면 그런 걸 이용하면 될 것 같아요. 에스키모들처럼 그런 것들을 이용해 눈을 쌓으면 되니까.」

모는 영리하다. 언젠가 아주 멋진 일을 하게 될 것이다. 모에게 클립과 강력 테이프만 쥐여 주면 맥가이버처럼 제트기를 만들어 낼지도 모른다.

카일에겐 두 번의 설명이 필요 없다. 그는 곧장 일어나서 장갑을 끼고 창문 쪽으로 향한다. 밥 삼촌도 다친 발로 절룩거리며 앞으로 나간다. 그리고 엄마와 모도 그 뒤를 따른다.

엄마가 갑자기 뒤로 몸을 돌리다가, 그 동작 때문에 생긴 통증에 멈칫한다. 침착하게 깊은 숨을 내쉬고 찡그려진 얼굴을 펴며 엄마가 말한다. 「모, 너는 여기 있어.」

「저도 도울 수 있어요.」 모가 말한다. 푸른 입술 사이로 치아가 맞부딪힌다.

「그래도 있어.」 엄마가 단호하게 말하자 모는 두말없이 수긍한다.

엄마가 나가고 난 뒤 모는 아빠에게 관심을 쏟는다. 모의 손은 억제할 수 없을 만큼 떨리고 있지만, 간신히 아빠의 파카 지퍼를 열고 팔을 소매에서 빼내는 데 성공한다. 두 팔을 아빠의 몸 앞에서 교차시킨 다음 다시 지퍼를 올리고 옷소매를 묶는다. 이제 아빠의 파카는 보호막처럼 맨손을 보호한다.

모가 그런 조치를 하는 틈에 아빠가 깨어난다. 「핀?」 정신이 혼미한 상태에서 아빠가 눈을 껌벅이며 뜬다.

「저예요, 아저씨.」 대답하는 모의 목소리가 울컥한다.

내가 아니라는 것을 깨달은 아빠의 눈에서 눈물이 흘러 상처 난 뺨에 얼어붙는다. 「고맙다.」 아빠는 이렇게 말하고 다시 정신을 잃는다.

모는 아빠의 다리에 난 상처를 내려다보고 움찔한다. 상처 때문이 아니라 아빠가 느낄 아픔에 대한 연민 때문이다. 그리고 나는 아빠가 차라리 계속 정신을 잃고 있기를 기도하는 모를 바라본다. 다시 아빠의 얼굴 쪽으로 향하던 모의 시선이, 파카 주머니에서 무언가 삐져나와 있는 것을 발견한다. 장갑이다. 나는 모가 그것을 보이지 않게 안으로 밀어 넣는 것을 지켜본다.

8

캠핑카 안도 너무 추웠지만, 밖은 상상이 불가할 정도로 훨씬 더 춥다. 바람은 포악하게 아우성을 치며 눈을 단단한 덩이로 뭉쳐 얼굴을 가격하고 상처를 입힌다. 엄마는 그런 맹공격에도 얼굴을 쳐든 채 칼날 같은 눈의 장막 사이를 뚫고 클로이 언니를 찾아보려고 노력하지만, 클로이 언니와 밴스의 모습은 흔적도 없다.

장갑을 낀 사람은 카일뿐이다. 엄마는 스카프를 손에 두르고 있다. 밥 삼촌은 다시 캠핑카로 기어들어 간다. 나는 그 뒤를 따른다.

「오즈, 네 장갑 좀 쓰자.」 그는 내 동생에게 다가가 말한다.

좋은 생각이 아니에요.

오즈는 여전히 빙고를 안고 장갑 낀 손으로 쓰다듬고 있다. 오즈는 추위에 맞게 옷을 입었다. 저녁을 먹은 뒤에 아빠와 눈사람을 만들기로 약속했기 때문이다. 눈사람 만들기는 그리즐리 매너에서 저녁을 먹을 때마다 하는 두 사람

만의 약속이다.

모의 눈이 아빠의 장갑 쪽으로 향했으나, 아무 말도 하지 않는다.

「오즈, 곧 다시 돌려줄게.」 밥 삼촌이 말한다. 「바람을 막으려면 장갑이 있어야 해.」

「싫어.」 오즈가 두 손을 교차해서 겨드랑이 사이에 끼워 넣으며 오즈만의 직설적인 방식으로 대답한다.

「오즈, 장갑 이리 내.」 밥 삼촌이 이번에는 강압적인 태도로 손을 내밀며 명령조로 말한다.

나는 눈동자를 굴린다. 오즈가 원하지 않는 일을 하게 하려고 다투고, 설득하고, 요구하고, 회유하는 것은 온전히 시간 낭비다. 절대 불가능하다. 하지만 밥 삼촌은 영리한 만큼 꽤 멍청할 때도 있다. 내 동생이 태어날 때부터 봐왔으면서도 오즈의 장애를 제대로 이해하지 못하고 있으니 말이다.

오즈는 단순하다. 어떤 사람은 멍청하다고 하지만, 그렇게 간단한 문제가 아니다. 내 동생의 사고는 아주 기본적인 방식으로 작동한다. 삶을 살아가는 데에 생각보다는 충동에 주로 의지한다. 눈에 쿠키가 보이면, 먹는다. 화장실에 가고 싶으면, 바지를 내리고 그냥 볼일을 본다. 그의 인지 능력은 동정, 공감, 연민과 같은 복잡한 감정이나 계산된 사고에까지 미치지 못한다. 그는 자신의 욕구를 감지하면 그걸 성취하기 위해 기본적인 본능에 따라 행동한다. 하지만 그것이 누군가를 사랑하고 배려하지 않는다는 의미는 아니다. 오즈의 심장은 코끼리의 것만큼 크다. 하지만 그가 이해할 수 있는 방식으로 설명해 주어야 한다. 만일 밥 삼촌이 오즈에게 창문을 막는 것을 도와달라고 했다면 오즈는 쓰러질 때까지 도왔을 것이고 조금도 불평하지 않았을 것이다. 아니면 장갑을 〈공유하자〉라거나 〈너 한 짝, 나 한 짝〉이라는 식으로 물어봤다면 오즈는 그렇게 했을지도 모른다. 어쩌면, 장갑을 〈돌아가면서〉 꼈을지도 모른다. 이런 것이 바로 오즈가 그동안 배워 왔던 방식이고 오즈가 이해할 수 있는 방식이다.

하지만 밥 삼촌은 그런 걸 알지 못한다. 그저 오즈를 단순히 창문을 가릴 때 필요한 장갑을 낀 바보로만 보고 있다. 삼촌은 성미 급하게 동생 쪽으로 다가선다. 가장된 친절함은 이미 사라졌고 눈빛은 어둡고 완고하다.

오즈는 이제 열세 살이다. 밥 삼촌은 그래서 장갑을 빼앗을 수 있다고 여긴다. 어리석은 생각이다. 아무리 밥 삼촌이 5센티미터가량 더 크고 훨씬 똑똑하다 해도 그렇다. 더 키가 크고, 나이가 많고, 똑똑하면 회색 곰과 싸워서 이길 수 있다고 믿는 것과 마찬가지다.

밥 삼촌은 오즈의 팔을 잡아 장갑 낀 손을 자기 쪽으로 빼내려고 한다. 하지만 오즈는 재빨리 몸을 숙여 상어처럼 밥 삼촌을 물어 버린다. 아주 세게.

밥 삼촌은 오즈의 손을 홱 밀친다. 잇자국이 피부에 선명히 나 있다. 「짐승 같은 놈.」 그는 짤막히 내뱉는다. 「망할 짐승 같은 녀석.」

오즈는 다시 장갑 낀 손을 겨드랑이 사이로 밀어 넣고, 밥 삼촌은 욕을 하면서 장갑 없이 밖으로 절룩거리며 나간다.

그는 엄마와 카일을 차의 밑바닥 옆에서 발견한다. 두 사람은 앞 유리창을 눈으로 막을 때 묻히지 않도록 내 시체를 운전석에서 끌어낸 후 차의 앞쪽으로 옮겨 어느 정도 주변으로부터 보호되도록 앞바퀴 옆에 눕혀 놓았다.

엄마는 내 어그 부츠와 양말 그리고 운동복 바지를 벗기면서 훌쩍거린다. 카일은 내 파카와 티셔츠를 벗긴다. 나는 날이 어두워 나의 벗은 몸이 카일에게 보이지 않아 다행이라고 생각하며 바라본다. 이미 죽은 다음에도 살아 있을 때와 똑같이 부끄러운 마음이 들다니 참 웃기는 일이다.

다 끝나자, 엄마가 앞 유리창을 통해 옷을 가지고 차로 들어간다.

「모, 이거 입어.」 엄마가 옷 더미를 옆에 내려놓으며 말한다.

모가 침을 삼키며 추위 때문에 떨던 것보다 더 심하게 몸을 떤다. 어둠 속에서도 내 파카에 묻은 피가 보인다.

「핀 옷이에요?」 물어보는 내털리의 목소리가 딸꾹거린다. 내털리는 내가 거기 없다는 사실을 지금에서야 깨달았거나 아니면 잊고 있다가 이제야 다시 생각난 것처럼 행동한다. 내털리의 뇌는 지금 일어나는 상황을 제대로 처리하지 못하는 것 같다.

내털리의 말에 엄마는 갑자기 고개를 들어 캐런 이모와 내털리를 발견하고는 마치 그들이 있다는 사실을 잊었던 듯 흠칫 놀란다.

캐런 이모의 눈이 이리저리 움직이고 동공이 확장된다. 「부츠는 내털리가 신어야 될 것 같아.」 내털리를 껴안은 이모의 거친 눈길이 내 옷더미 위를 잽싸게 내달린다.

엄마의 얼굴이 캐런 이모의 말을 처리하느라 옆으로 기운다. 마치 데이터가 추가로 입력되어 사고를 재편성하려는 것처럼. 모와 내털리 둘 다 방한에 적합하지 않은 부츠를 신었다. 엄마 역시 더 나을 것도 없는 발목까지 오는 군화식 부츠를 신었다.

어쩌면 캐런 이모가 엄마를 바라볼 때 보인 표독한 눈길 때문이었는지도, 아니면 엄마가 창문을 막는 데 이모가 아무런 도움을 주지 않아서인지도, 아니면 나는 죽었고 모가 나의 가장 친한 친구여서인지도, 아니면 엄마가 카민스키 아줌마에게 모를 잘 돌보겠다고 한 약속 때문인지도, 또 아니면 엄마는 이미 내린 결정을 번복하지 않는 사람이어서인지도 모른다. 이유가 뭐든, 엄마는 캐런 이모에게서 고개를 돌리고 다시 말한다. 「모, 네가 신어.」 그리고 말없이 몸을 돌려 다시 전장으로 되돌아간다.

모는 추워서 몸을 제대로 가누지도 못한다. 모의 근육은 격렬히 떨리고, 손가락은 얼어서 곱은 상태다. 그래도 가까스로 내 티셔츠와 파카를 껴입는 데 성공한다. 그리고 부츠를 벗고, 찢어진 청바지 위에 내 운동복 바지를 겹쳐 입은 뒤 내 작은 어그 부츠에 발을 밀어 넣는다. 내 양말은 장갑처럼 손에 낀다. 그리고 마지막으로, 캐런 이모의 쏘아보는 눈길과 바람을 차단하기 위해 내 파카의 후드를 뒤집어쓰고 턱까지 조여 맨다.

9

엄마와 밥 삼촌 그리고 카일은 폭풍이 캠핑카 안으로 휘몰아쳐 들어오는 것을 막기 위해 용맹스럽게 일한다. 몸서리가 쳐질 만큼 추위가 지독해서, 거대한 배들을 통째로 삼켜 버렸다는 바다의 돌풍 이야기가 떠오른다. 맹렬한 추위는 이 혹한 속에 갇혀 있을 클로이 언니를 소리쳐 부르게 만들고, 그 결과 갑자기 언니의 옆으로 가게 된 나는, 클로이 언니가 처한 상황을 보고 숨이 턱 막힌다.

밴스와 클로이 언니는 잘못된 선택을 했다. 아주 끔찍한 선택을. 이미 완전히 길을 잃은 두 사람은 어느 쪽으로 나아가야 할지 갈피조차 못 잡는다. 사방은 완전히 깜깜한 데다, 땅이 고르지 않은 툰드라 지역을 만나 군데군데 움푹 파인 곳에 발이 무릎까지 빠지기도 하고, 화강암과 얼음에 미끄러지고 넘어지기도 하면서 보이지 않는 앞을 더듬거리며 나아간다. 매서운 바람과 추위가 두 사람을 마구 공격해 댄다. 밴스는 직감으로 오르막과 내리막을 구분하려고 하지만, 오르막은 곧바로 내리막이 되거나 아니면 갑자기 가팔라지거나 더 나아갈 수 없는 막다른 곳으로 바뀌어 버리기 때문에 구분이 불가능하다.

논리적으로 생각하면 가는 것을 멈추고 나무 뒤와 같이 은신할 만한 곳을 찾아 밤을 지내야 하겠지만 절망감과 추위는 밴스의 모든 이성을 얼어붙게 만든다. 그래서 그는 종종 뒤를 돌아 클로이 언니를 확인하거나 언니가 비틀거릴 때마다 도와주고, 괜찮을 거라는 말을 하면서 앞으로 계속 나아가기만 할 뿐이다.

언니의 상태는 좋지 않다. 상처에서는 더 이상 피가 나지 않지만, 뭔가 잘못된 것 같다. 균형 감각을 잃고 마치 취한 사람처럼 비틀거린다. 「그냥 계속 가.」 눈 더미에 발이 빠져 밴스가 도우러 오자 클로이 언니가 말한다.

「안 돼, 널 내버려 둘 수 없어.」 그렇게 말하기 전 잠깐 주저하는 밴스의 모습에 내 몸 속 깊은 곳까지 오싹한 냉기가 퍼진다.

클로이 언니는 훌쩍이며 고개를 끄덕인다. 그러고는 둘은 다시 앞으로 터덜터덜 느리게 나아간다. 아직도 자신이 영웅처럼 모두를 구할 수 있다고 굳게 믿으며 고집스럽고 용감하게 길을 헤쳐 나아가는 밴스의 뒤에서 클로이 언니는 비틀거리며 어떻게든 따라가려고 안간힘을 쓴다.

10

차가 옆으로 넘어진 탓에 이제는 위쪽을 향하게 된 차의 옆문으로 들어오는 엄마, 밥 삼촌 그리고 카일은 아주 심하게 몸을 떨고 있다. 카일이 민첩한 운동 신경으로 날렵하게 차 안으로 착지해 들어온다. 그다음 엄마가 밖에서 넘어 들어올 때, 잘 내려오도록 카일이 밑에서 허리를 잡아 안아 주자 고통스러운 듯 얼굴을 움찔한다. 엉거주춤하게 내려오는 밥 삼촌을 두 사람이 도와 바닥에 내리는 중에 그의 왼쪽 발목이 못 버티고 휘청대다가 바닥에 넘어진다.

캐런 이모가 벌떡 일어나 삼촌을 일으켜서 뒤쪽으로 데려가 자기와 내털리 사이에 앉힌다. 그러고는 삼촌의 손을 자기 손으로 비벼 주고 자기의 목도리로 그의 귀를 감싸 준다.

아빠 옆에 주저앉은 엄마의 몸이 너무 격렬하게 떨려서 금방이라도 발작을 일으킬 것만 같다.

카일은 구석 자리를 찾아 무릎을 가슴에 끌어다 붙이고 혼자 앉아서 떤다.

이제 8시다.

몇 분이 더 지나고 비참한 현실이 피부에 와닿기 시작하자 캐런 이모가 말한다. 「사람들이 우릴 찾으러 올 거야.」

그 말에 모두가, 여기서는 아무도 돌봐 주지 않는 고아들이나 마찬가지지만 집에서는 걱정할 가족이 남아 있는 카일과 모를 희망에 찬 눈으로 바라본다.

카일이 고개를 젓는다. 「내 룸메이트는 내가 여자 친구네 간 줄 알 거예요. 여자 친구는 집으로 간 줄 알 거고.」

「엄마한테 절대 전화하지 말라고 맹세까지 하게 만들었어요. 나도 절대 전화하지 않을 거라고 했고요. 그것 때문에 엄청 심하게 싸웠어요.」 이렇게 고백하는 모의 아랫입술이 떨린다.

부풀었던 희망이 곧 꺼져 버린다. 그들을 찾으러 올 사람은 아무도 없다. 오늘도, 내일도. 적어도 이틀 동안은 아무도 그들이 실종된 사실조차 모를 것이다. 엄마는 눈을 질끈 감고는 클로이 언니를 생각한다. 어떻게든 정신을 붙들려고 어금니를 악물어서 턱에 힘이 잔뜩 들어가 있다. 모는 감정을 숨기려는 노력도 하지 않는다. 무릎에 얼굴을 파묻은 모의 눈에서 눈물이 흐른다.

1분이 한 시간처럼 더디게 흐른다. 추위와 바람이 캠핑카를 덜그럭거리게 하며 위협한다. 아직은 상황을 받아들이는 자세들이 각기 다르다. 내털리는 시종일관 자기를 달래며 참으라는 캐런 이모에게 불평을 하거나 운다. 밥 삼촌은 몸을 따뜻하게 하기 위해서 잠시도 가만히 있지 않고 왔다 갔다 한다. 엄마와 모는 샌드위치처럼 아빠 양 옆을 지키고 앉아 나에 대한 생각과 아빠와 클로이 언니와 밴스에 대한 걱정에 조용히 눈물을 흘린다. 아빠는 다행히도 의식을 잃은 상태이다. 쌕쌕거리는 숨소리와 간간이 나는 신음 소리만이 아빠의 생존을 확인시켜 준다. 파카 속에 몸을 파묻은 카일은 떨고 있다. 그래도 무릎 위에 빙고를 안고 주변에서 일어나는 극적인 상황과 추위에 영향을 전혀 받지 않고 잠든 오즈를 제외하고는, 다른 사람들보다는 잘 버티는 것 같다.

위에서 내려다보고 있는 나는 그들의 고통을 느끼고 절실하게 도와주고 싶지만 아무 것도 할 수가 없다.

처음 몇 시간 동안은 모두 이렇게 버틸 수 있다. 하지만 자정이 가까워지면서 믿어지지 않을 만큼 온 세상이 추워지고, 각자가 겪는 고통의 차이가 줄어들면서 모두 생존의 욕구만 간신히 붙어 있는 동일한 상태가 된다. 이제 더 이상 아무도 움직이거나 불평하거나 울지 않는다. 모두 눈을 감고 턱을 옷 안으로 밀어 넣고, 몸은 공처럼 똘똘 만 채로 아침이 오기를, 그리고 그때까지는 이 참담한 상태를 견딜 만한 인내심을 가지기를 기도한다.

그들의 고통을 더 이상 지켜보기 힘들어서 나는 클로이 언니에게 간다. 어떤 신성한 인도자가 개입해서 기적적으로 클로이 언니와 밴스가 구조되고, 나머지 사람들을 위한 구조대가 오고 있기를 기도하면서.

11

신은 잔혹하거나 기도를 듣고 있지 않는 게 분명하다.

클로이 언니와 밴스는 얼어붙을 듯이 추운 광활한 어둠 속을 계속 터벅터벅 걷고 있다. 지난 여섯 시간 동안 걸어온 것과 구별되지 않을 만큼 똑같이 얼어붙을 듯이 춥고 광활한 어둠 속을. 두 사람 사이는 훨씬 멀어져 있다. 매 걸음마다 클로이 언니는 점점 뒤처지고, 밴스가 클로이 언니를 돌아보는 횟수도 점점 줄어든다.

나는 비틀거리며 앞으로 나아가는 클로이 언니 옆을 지킨다. 기운이 다 빠져서 위태롭게 보일 만큼 온몸이 덜덜 떨린다. 그러다 눈 더미를 밟고 휘청하더니 그 자리에 무릎을 꿇고 주저앉은 채 다시 일어나려고 하지 않는다.

일어나, 언니.

언니는 손을 주머니에 넣고 턱이 가슴에 닿도록 고개를 떨군다. 뒤를 돌아본 밴스가 그런 언니를 발견하고 발걸음을 떼다가 허벅지까지 발이 빠진다. 어마어마한 노력을 들여 겨우 발을 빼낸 밴스는 다시 단단한 땅을 딛고 선다. 베일처럼 쏟아져 내리는 눈발 사이로 클로이 언니를 바라보며 아주 오랫동안 그 자세로 서 있다. 나는 그의 내면의 갈등, 그의 망설임, 그의 두려움을 느낀다. 두 사람 사이에는 서로에게 닿기 위해 건너야 할 가상의 바다, 30여 미터의 간격이 놓여 있다.

그의 눈물은 흐르자마자 물집 잡힌 뺨에 얼어붙는다. 마침내 그가 언 손등으로 눈물을 닦아 내고 다시 돌아서서 비틀거리며 앞으로 나아간다. 그런 그를 미워하는 만큼, 내 안의 일부는 그를 이해한다. 밴스는 단지 어린 소년일 뿐이다. 게다가 지금은 눈보라 속에서 길을 잃은 상태이며, 죽고 싶지 않다는 생각밖에 없다. 그리고 그가 가지 않고 여기 머문다면, 그렇게 될 것이다. 두 사람 다 죽을 것이다. 그래서 그는 한 걸음을 떼고 또 다른 걸음을 뗀다.

한 열두 걸음 후에 밴스가 멈춘다. 그는 갑자기 자기가 무슨 일을 저질렀는지를 깨닫고 수치심에 몸서리친다. 휙 돌아서서 눈을 가늘게 뜨고 소용돌이치는 어둠 속을 바라보는 그의 얼굴에 공포감이 서린다. 방금 한 행동을 되돌려 자신이 굳게 믿어 왔던 자신의 본모습을 되찾고 싶은 마음이 간절하다. 하지만 언제나 되돌리고 싶은 많은 것들이 그렇듯이, 이미 너무 늦어 버렸다. 그가 걸어온 발자국은 이미 다 지워졌고 클로이 언니의 모습도 사라지고 없다.

왔던 길을 그대로 다시 따라가면 될 거라고 생각하지만

그렇게 간단하지 않다. 두 사람의 거리는 가깝지만, 클로이 언니가 그의 목소리를 듣기에는 멀고, 또 밴스에게는 언니가 보이지 않을 만큼 멀다. 나에겐 두 사람이 다 보이고 밴스에게 길을 안내하고 싶지만, 비록 내가 바로 옆에 있어도 그는 혼자일 뿐이고 그로서는 클로이 언니와 얼마나 가까운지를 전혀 알 수 없다.

망연자실한 밴스는 결국 포기하고 자신이 옳다고 믿는 방향으로 다시 돌아서서 간다. 지금 그에게 남은 유일한 희망은 어떻게든 여기서 벗어나 구조를 요청하고 언니에게 구조대를 보내는 것뿐이다.

둘을 바라보면서 나는 얼마간 지금 내가 처한 이 상태가 지옥일지도 모른다는 생각을 한다. 보이지도 들리지도 않는 존재로 남아 사랑하는 사람들을 돕지도 못한 채 시달리고 고통받는 모습들을 억지로 지켜봐야 하는 지옥 말이다. 살아 있을 때 나는 기도도 하지 않았고, 우리 가족은 교회에 나가지 않았다. 어쩌면 그래서 내가 지금 이렇게 지옥에서 신을 숭배하지 않고 지은 죄를 회개하지 않은 벌을 받는지도 모른다.

그래서 지금이라도 나는 그렇게 한다. 온 마음을 다 바쳐 기도한다. 나의 가족, 모, 캐런 이모, 밥 삼촌, 내털리와 밴스와 카일을 이보다 더한 고통에 들지 않게 해주시고 나를 이곳에서 데려가 주시기를, 천국이 아니더라도 내가 사랑하는 사람들이 고통받는 광경을 더 이상 목격하지 않아도 되는, 평화가 있는 곳으로 보내 달라고 신에게 애원한다.

클로이 언니는 눈 속에 무릎을 꿇고 손은 주머니에 넣은 채 입김을 내뿜으며 그 자리에 그대로 있다.

이겨 내, 클로이 언니. 나는 간청한다. 제발, 클로이 언니. 꼭 버텨야 해. 노력해야 돼.

그러자 언니가 일어선다. 장렬한 노력을 들여 간신히 다리를 펴고 일어나, 오른편의 커다란 소나무 쪽으로 비틀거리며 다가가서 그 앞에 푹 쓰러진다. 그러고는 그 아래쪽의 구멍으로 기어들어 가서 동그랗게 몸을 웅크리고 휴식을 취한다.

12

영원할 것 같던 밤은 마침내 검은색에서 회색으로 밝아지기 시작한다. 엄마는 입김이 눈에 보일 만큼 주변이 밝아지자, 아빠 옆에서 뻣뻣하게 몸을 굴려 일어나 얼어붙은 근육을 억지로 편다.

아빠의 얼굴이 너무 창백해서 죽었을지도 모른다는 생각으로 슬픔이 밀어 닥치려고 할 때, 모가 몸을 일으키는 기적에 아빠가 신음을 한다. 나는 코를 훌쩍여 눈물을 삼키면서 엄마도 나와 똑같은 행동을 하는 것을 지켜본다.

사고에서 얻은 부상이 밤새 자리를 잡았는지, 다친 갈비뼈 때문에 허리를 제대로 펴지 못하는 엄마를 보니 통증이 심한 것 같다. 아빠의 얼굴은 퉁퉁 부어오르고 멍이 들어 알아볼 수가 없을 정도다. 피로 물든 청바지는 검게 변했고 호흡도 아주 얕다. 밥 삼촌은 창의적인 방식으로 동상을 예방하기 위해 밤새 자기 코트 소매 속에 넣었던 내털리의 발을 빼낸 다음, 다친 발을 올리며 얼굴을 찡그린다. 그의 발목은 평소보다 두 배로 부어 있다.

왼쪽 뺨에 멍이 든 카일은 통증을 풀어 보려고 어깨를 돌린다. 그것 말고는 그럭저럭 괜찮아 보인다. 캐런 이모, 내털리, 모 그리고 오즈도 탈진, 갈증, 배고픔과 추위에 시달리는 것 외에는 건강해 보인다.

밥 삼촌이 테이블 모서리를 밟고 뛰어올라서 문을 밀어 여니 차가운 공기가 밀어 닥친다. 그는 열린 문 밖으로 머리를 내밀 정도로 키가 크지만, 다치지 않은 한 발로만 지탱해 밖으로 몸을 들어 올릴 만한 힘은 없다. 삼촌이 불편하게 안절부절 못하는 것으로 보아 방광을 비울 때가 된 것 같다.

카일이 옆에 있는 벤치의 옆부분을 밟고 올라서더니 손을 받침대처럼 모으고 그를 위로 올려 준다.

「화장실 갈래?」 카일이 오즈에게 묻는다.

오즈가 고개를 끄덕이자, 카일이 말한다. 「그럼 이리 와.」

「빙고도.」 오즈가 말한다.

「그래, 빙고도.」

카일의 친절한 행동을 바라보는 모의 눈이 촉촉해진다.

오즈는 올려 줄 필요가 없다. 테이블 옆을 밟고 혼자 쉽게 밖으로 나간다. 카일이 빙고를 위로 올려 주자, 오즈가 위쪽에서 팔을 내밀어 빙고를 캠핑카 밖으로 끌어 올린다. 그 뒤로 카일도 혼자서 몸을 끌어 올려 밖으로 따라 나간 뒤 문을 닫는다.

엄마는 아빠를 살핀다. 아빠의 다친 다리를 살펴보고 맥박을 확인한 다음 이제까지 두 사람이 같이 있던 그 어느 때보다도 부드럽게 아빠의 입술에 자신의 입술을 포갠다.「가서 도움을 구해 볼게.」엄마는 이렇게 말한 뒤 아빠의 주머니에서 장갑을 꺼내 자기의 코트 안에 밀어 넣는다.

나는 아주 잠깐 동안, 엄마가 어떻게 장갑에 대해서 알았고, 또 밤 동안에는 왜 끼지 않았는지 궁금해진다. 하지만 곧 밥 삼촌, 카일, 오즈가 좀 전에 나간 문 쪽을 계속 주시하는 모를 슬쩍 쳐다보는 엄마의 시선에서 그 답을 얻는다. 두 사람 사이의 신뢰다. 모가 엄마에게 장갑에 대한 이야기를 한 것이다. 두 사람은 서로를 신뢰하지만, 다른 사람은 완전히 신뢰하지 못하고 있다.

남자들이 돌아왔다. 카일이 제일 먼저 들어와 빙고를 받기 위해 팔을 뻗자 오즈가 빙고를 내려 주고, 다음에는 밥 삼촌이 내려오도록 돕는다.

「거기 그대로 있어, 오즈.」카일이 말한다.「이제는 여자들 차례야. 그러니까 네가 도와줘야 해.」

카일이 여자들을 밑에서 한 명씩 받쳐 주자, 오즈가 밖으로 끌어내 준다. 그럴 때마다 카일은 매번 〈잘했어, 친구〉라고 말하고, 오즈는 자랑스럽게 활짝 웃는다.

눈보라는 어젯밤의 반 정도로 수그러들었다. 여전히 바람은 거세고 날은 춥지만, 나무들도 눈에 보이고 오르막과 내리막을 구별할 정도는 된다.

캐런 이모와 내털리는 볼일을 빨리 끝내고 얼른 캠핑카

로 돌아간다. 그때 엄마가 모의 소매를 끌어당겨 따라 들어가지 못하게 막는다. 오즈는 옆에 서서, 두 사람을 캠핑카로 들여보내기 위해 기다린다.

「도움을 청하러 갈 거야.」 엄마가 말한다.

모가 눈에서 눈물이 떨어지지 않도록 가까스로 애쓰면서 떨리는 몸을 진정시키려고 아랫입술을 물어뜯는다. 그런 모를 엄마가 팔로 끌어당겨 안아 주자, 결국 댐이 터지고 만다. 모가 엄마의 어깨에 얼굴을 묻고 흐느끼는 모습, 엄마가 모를 안고 머리를 쓰다듬어 주는 모습을 지켜보는 나의 마음이 이상하다. 엄마가 나를 저런 식으로 안아 주거나 부드럽게 대했던 기억이 전혀 없기 때문이다. 내가 아는 한, 엄마는 클로이 언니나 오브리 언니 역시 저렇게 안아 준 적이 없다. 그래서 모가 아니라 나였어도 엄마가 저렇게 부드럽게 안아 줬을까 하는 생각에 갑자기 질투심이 솟구친다.

엄마는 되도록 목소리를 낮추어 말한다. 「오즈와 잭을 보살펴 줘. 내가 사람들을 데려올 때까지 꼭 잘 보살펴야 한다.」 엄마의 말에는 조심하라는 뜻이 섞여 있다.

그때 모가 엄마에게서 떨어지며 눈물을 닦고 놀라운 행동을 한다. 믿을 수 없을 정도로 모다운 행동에 나는 내 친구가 미치도록 그리워진다. 「이 부츠 신고 가세요.」 모는 눈이 쌓인 바닥에 털썩 주저앉더니 어그 부츠를 비틀어 벗은 다음 눈에 젖지 않도록 다리를 허공으로 들어 올린다.

「모…….」

「거절할 생각 마세요. 도움을 청해야 하잖아요. 핀의 부츠가 거기까지 데려다줄 거예요.」 단어를 신중하게 골라 말하는 모의 말에 엄마는 고개를 끄덕여 보인 후 모의 옆에 앉아 부츠로 갈아 신는다. 나의 어그 부츠는 엄마 발에 꼭 맞는다. 지난 2년간 우리는 같은 사이즈의 신발을 신었다.

카일이 캠핑카에서 얼굴을 내민다. 「무슨 일 있어요?」

「이제 추위 속에서 놀 만큼 놀았으니까……」 엄마가 모를 위해서 되도록 씩씩하게 말한다. 「이제 그만 기병대를 불러야 할 때인 것 같아. 도움을 청하러 가려고.」

조금의 망설임도 없이 카일이 문에서 나오며 말한다. 「같이 갈게요.」

엄마는 고개를 끄덕인다. 이것이 그들이 캠핑카 추락 지점을 향해 길을 떠나기 전에 나눈 대화의 전부다. 오즈가 모를 다시 차 위쪽으로 올려 주고 자기도 뒤따라 기어오른다. 둘은 카일과 엄마가 하얀 눈발 너머로 사라져 가는 모습을 바라본다. 엄마가 오즈에게 작별 인사를 하지 않은 사실을 알아챈 건 나뿐이다.

13

「어디 가는 거야?」 오즈가 묻는다.

「도움을 청하러.」 모가 대답한다.

「나 배고파.」

「나도 배고파.」 모의 이런 솔직한 말은 놀랍게도 오즈의 공감을 끌어내고 온순하게 고개를 끄덕이게 만든다.

캐런 이모, 밥 삼촌 그리고 내털리가 캠핑카 뒤쪽에서 서로 옹기종기 모여 앉은 상태에서 차 안으로 들어오는 모와 오즈를 빤히 쳐다본다.

「앤은?」 밥 삼촌이 묻는다.

「도움을 청하러 갔어요.」

「오, 다행이다.」 캐런 이모는 이렇게 말하지만 밥 삼촌은 걱정하는 표정으로 눈으로 막아 놓은 앞 유리창 쪽을 바라본다. 그러고는 얼굴을 찡그리며 다친 발목을 돌리는 행동을 보임으로써 자기가 대신 구조를 요청하러 가는 영웅이 될 수 없었던 이유를 자기 스스로에게, 혹은 다른 사람들에게 분명히 확인시킨다.

「그 남자애도 같이?」 엄마에 대한 걱정이 가득한 목소리로 밥 삼촌이 묻는다.

「네, 카일하고요.」 모가 아빠 옆에 앉으며 말한다. 모는 북받치는 감정을 다스리느라 입술을 입 안으로 말아 넣는다. 오즈는 아까 앉았던 구석으로 가서 빙고를 무릎에 끌어다 앉힌다.

밥 삼촌이 쌓아 놓은 눈 쪽을 계속 바라보는 동안, 캐런 이모는 엄마의 작은 군화 부츠를 벗고 얼음같이 차가워진 자기 부츠로 갈아 신는 모를 바라본다. 모는 손이 얼어붙어서 딱딱한 가죽 신발을 잡는 것조차 어려워 보인다. 엄마가 내 부츠를 내털리가 아닌 모에게 준 것에 대한 씁쓸한 뒤끝이 아직 캐런 이모의 표정에 남아 있다.

내털리의 표정은 도통 가늠하기가 어렵다. 이마를 살짝 찌푸린 내털리의 표정은 확신하긴 어렵지만, 그래도 내가 틀리지 않다면, 겉으로는 자기 엄마와 똑 닮은 경멸의 표정을 짓고 있지만 그 너머에 희미하게 존경심 같은 것이 어려 있다. 그건 아마도 엄마가 내 부츠를 모가 아니라 자기에게 주었다면, 자기는 결코 그걸 엄마에게 다시 돌려주지 않았을 것을 알기 때문일 것이다.

모가 부츠의 지퍼를 올린 후 운전석 쪽으로 기어간다. 엄마와 클로이 언니의 가방은 차가 추락할 때, 게임 카드와 칩들과 스크래블 글자들과 함께 운전석 뒤쪽으로 떨어진 상태 그대로이다. 캐런 이모는 이미 자기 가방을 가져가서 옆에 끼고 있다.

모는 엄마의 가방을 먼저 뒤져 본다. 현금 몇백 달러, 신용 카드, 선글라스, 화장품, 빗, 수십 장의 영수증, 펜 여섯 자루, 탐폰, 우리 집 근처 타이 식당 메뉴. 클로이 언니의 가방은 좀 더 내용이 풍부하다. 별 쓸모 없는 화장품과 빈 사탕 봉지들 외에도 『오만과 편견』 책 한 권, 검정 타이즈, 빅 라이터 한 개가 있다. 모는 몰래 타이즈를 주머니에 넣고 책과 라이터를 영수증 및 현금과 함께 따로 챙긴다. 운전석으로 들어간 모는 피에 젖은 좌석을 보고 살짝 동요하지만 그래도 콘솔 박스를 뒤져 지도 몇 개, 아빠의 모자, 아빠가 오즈와 눈사람을 만들 때 쓰려고 넣어 둔 듯한 당근을 발견한다. 당근도 타이즈를 넣은 주머니 속에 넣는다. 모는 불쏘시개로 쓸 것들과 더불어 아빠의 모자도 차 뒤편으로 가지고 간다.

아빠의 모자를 본 밥 삼촌의 표정이 어두워진다. 밥 삼촌도 머리에 아무것도 쓰고 있지 않다. 나는 걱정스런 마음에 피부가 따끔거린다. 엄마와 카일이 가고 난 뒤 미묘하게 변화된 관계에서 느껴지는 불안함 때문이다. 밥 삼촌, 캐런 이모, 내털리는 이제 한편이다. 아빠, 모 그리고 오즈는 다른 편이다. 캐런 이모의 가방 자리를 보니 이미 가방을 더 깊숙한 곳에 숨겨 놓았다.

모가 아빠의 후드 끈을 풀자, 밥 삼촌이 스위치를 켠 듯

정신을 차린다. 마치 멍한 상태에서 깨어나듯 고개를 마구 저은 뒤 자리에서 일어나며 말한다. 「내가 도와주마.」 그러고는 다친 발목을 올린 채로 모 옆으로 깡충거리며 가서 쭈그리고 앉아 아빠의 머리를 들어서, 모가 아빠 머리에 모자를 씌우도록 돕는다.

「고마워요.」 모가 아빠의 후드를 다시 조이며 말한다.

밥 삼촌은 그의 손을 아빠의 가슴 위에 얹는다. 「기운 내. 잭.」 그리고 우리 가족 옆에 남아 있는 모를 두고, 절룩거리며 자기 가족이 있는 곳으로 바로 돌아간다.

14

엄마와 카일은 우리가 떨어졌던 쪽으로 곧장 올라갈 수 없다는 것을 바로 깨닫는다. 얇게 얼어붙은 화강암 표면이 발을 디디기에는 너무 미끄럽고, 나무의 높이보다 위로 올라가면 거센 바람으로부터 몸을 피할 곳이 없어서 아주 강한 산악인들조차도 쉽게 죽음으로 내몰릴 게 뻔하기 때문이다.

대신 엄마와 카일은 시내가 있는 북쪽으로 제대로 향하게끔 태양빛이 계속 뒤쪽에서 비추도록 유지하면서 비스듬히 나아가기로 한다. 가능할 때면 위쪽으로 올라가지만 대부분은 그러지 못하고, 때로는 더 나아갈 길이 없어 낮은 쪽으로 다시 내려갈 때도 있다.

처음에는 엄마가 앞장서서 가다가, 곧 카일이 앞에서 끌어가는 편이 훨씬 낫다는 것이 확실해지면서 카일이 앞장서기 시작한다. 경사가 가파른 곳을 만나면 카일이 땅에 단단히 발을 지탱하고 엄마의 스카프를 이용해 엄마를 끌어

올린다.

두 사람은 느리고, 일관성 없이 전진한다. 내가 보기에는 점점 도로에 가까워지고 있지만 그들은 그 사실을 알 길이 없다. 엄마의 입술은 다 부르트고 뺨의 피부가 다 벗겨졌지만, 그나마 열심히 움직이는 덕에 몸이 따뜻하게 유지되는 듯하고 추위 때문에 발에만 통증이 좀 있는 것 같다.

카일은 아무렇지도 않아 보이지만 어쩌면 그건 그가 불평하는 성격이 아니기 때문일 수도 있다. 꾹 참고 길을 만들어 가면서 그는 가끔씩 엄마를 돌아보며 앞으로 꿋꿋이 나아간다. 그를 보면 볼수록 감탄스러운 마음이 커지고, 그는 누구인지, 그의 가족, 그의 여자 친구, 어떻게 빅베어에서 살게 되었는지, 지금 무슨 생각을 하는지, 또 얼마나 두려운지 등이 궁금해진다. 이 사고를 같이 겪고 있는데도 불구하고 그에 대해 아는 것이 거의 없다는 사실이 참 이상하게 느껴진다.

걸으면서 매의 눈처럼 이리저리 주변을 살펴보는 엄마를 보면서, 어떻게든 클로이 언니와 밴스를 우연히 발견할지도 모른다는 희망을 여전히 품고 있음을 느낀다. 오직 나만이 클로이 언니와 밴스가 전혀 가까운 곳에 있지 않고, 광활한 숲속의 눈과 바위 그리고 나무들이 그들 사이를 가로막고 있다는 것을 안다. 밴스가 비틀거리며 점점 더 깊은 숲속으로 향해 가는 동안, 클로이 언니는 아직도 지난밤 우연히 발견한 나무의 구멍 안에 웅크리고 있다.

15

「오즈, 나 좀 밖으로 나가게 도와줄래?」 모가 부탁한다.

「어디 가려고?」 밥 삼촌이 의심스러운 듯이 묻는다. 서로에 대한 불신의 기운이 매순간 암암리에 자라난다.

「물을 좀 구해 보려고요.」

이 말에 내털리가 갑자기 생기를 띠고 캐런 이모는 혀로 입술을 핥는다. 모두 열다섯 시간 전에 산장을 떠난 이후로 먹을 거나 마실 것을 전혀 입에 대지 못한 상태다.

밥 삼촌은 눈을 깜박이고, 의심의 눈초리가 순식간에 부끄러움으로 바뀐다. 「도와줄까?」

모는 조금 성급히 고개를 젓는다. 「그냥 눈만 좀 가져오면 돼요.」

오즈는 카일이 했던 것처럼 두 손을 깍지 껴서 모를 문 쪽으로 올려 준다. 밖으로 나간 모는 문을 닫고, 이제는 눈부시게 환해진 태양 빛에 눈을 깜박인다. 자꾸 여닫아서 눈이 쌓이지 않은 문에 살짝 걸터앉은 모가 덜덜 떨며 내 트레이닝복과 자신의 바지를 벗고 클로이 언니의 타이즈를 신는 것을 바라보자 나도 같이 몸이 떨린다.

가방이나 콘솔 박스에서 뭘 꺼냈는지 다른 사람들이 의심하지 않을 만큼 일부러 충분한 시간을 기다렸다 행동하는 영리한 모를 바라보며 내 얼굴에 미소가 떠오른다.

모는 재빨리 옷을 다 껴입는다. 우리는 둘 다 지금 클로이 언니에게 절실히 필요한 한 겹의 옷을 모가 입은 것에 미안한 마음을 가진다. 눈을 감고 조용히 기도를 하는 모를 따라서 나도 함께 기도한다. 클로이 언니가 나의 간절한 기도를 느끼기를 바라면서.

옷을 다 입은 모는 당근을 재빨리 두 입 베어 먹고 다시 주머니에 넣은 뒤, 캠핑카 위쪽에 쌓인 눈을 떠서 클로이 언니의 가방에 담는다. 다시 문으로 들어오려고 하자 오즈가 밑으로 내려오는 걸 도와준다.

밥 삼촌, 캐런 이모 그리고 내털리는 옆 창문 쪽의 좌석으로 기어가는 모를 궁금한 듯 바라본다. 모는 엄마의 선글라스 케이스를 두 쪽으로 부숴 나눈 뒤, 케이스 안쪽에 붙은 펠트 천을 떼어 내고 그 사이에 붙은 접착제도 뗄 만큼 다 떼어 낸다. 그러고는 빅 라이터로 『오만과 편견』 몇 장을 태워 선글라스 케이스에 담은 눈을 녹인다. 케이스가 너무 얕아서 아주 적은 양밖에 담을 수 없지만 그래도 책을 여러 장 태운 후에 소중한 물 한 접시를 얻어 낸다.

모가 아빠의 바짝 마른 입술 사이로 물을 흘려 넣는다. 아빠가 물을 삼키는 모습을 보고 나는 환호성을 지른다.

다음으로 녹인 물을 오즈에게 주자 게걸스럽게 들이켠 오즈가 또 배가 고프다고 한다.

「나도 그래.」 모는 말한다.

다음에 녹인 것을 받은 내털리는 고맙다고 말한다.

「빙고도.」 모가 눈 한 더미를 더 녹이려고 돌아서자 오즈가 말한다.

밥 삼촌과 캐런 이모는 다음에 녹인 소중한 물을 과연 누구에게 줄 것인지에 대한 모의 결정을 기다리며 조용히 바라본다. 모도 아직 물을 마시지 않은 상태다.

다음 눈을 거의 다 녹이자, 모가 오즈를 올려다보며 말한다. 「오즈, 빙고는 개잖아. 사람보다 물 없이 더 오래 버틸 수 있어.」

「안 돼.」 오즈가 빙고를 가까이 끌어오며 말한다. 「빙고도 목말라.」

모가 떨리는 손으로 물이 담긴 케이스를 캐런 이모에게 내밀자 아주 조심스럽게 받아든다.

안 돼. 내가 소리친다. 이번엔 모가 마실 차례예요. 모가 그다음으로 어리잖아요. 나는 순식간에 캐런 이모를 향해 참기 어려운 혐오감을 느낀다. 사고 이후 캐런 이모가 했던, 그리고 하지 않았던 모든 일들 중에서 지금의 이 행동이 날 가장 화나게 만든다.

캐런 이모는 케이스를 입에 가져다 대지만, 동작이 너무 느리다. 그때 오즈가 달려들어 케이스를 그러쥐고, 캐런 이모는 뺏기지 않으려고 잡아당기며 고개를 숙여 물을 마시려고 한다.

그때다. 4분의 1컵도 안 되는 양의 물을 두고, 오즈가 캐런 이모를 때리고 만다. 정확히 말하면 때리는 것보다는 팔을 휘두르는 것에 가깝고, 오즈의 주먹이 캐런 이모의 뺨을 스치듯 빗나가지만, 그 힘은 그녀의 얼굴을 옆으로 밀쳐 내기에 충분하다.

꺅 하는 비명과 함께 캐런 이모가 케이스를 놓아 버리자, 물의 반이 철벅거리며 쏟아진다.

하지만 오즈는 눈치채지 못한다. 오즈는 조심스럽게 남은 물을 빙고에게 내밀고, 빙고는 열심히 핥아 마신다.

밥 삼촌은 캐런 이모를 감싸 안고 두려움에 찬 눈으로 내 동생을 노려본다.

오즈가 케이스를 모에게 내밀며 요구한다. 「더 줘.」

모가 온몸을 떨며 오즈가 원하는 대로 해준다. 추위에 하얗게 질린 손으로 케이스에 눈을 담고 책에서 몇 페이지를 더 찢어서 불을 피운다.

「이러다 쟤 때문에 우리가 죽겠어.」 캐런 이모가 밥 삼촌의 가슴에 얼굴을 묻고 훌쩍이며 말한다. 「쟤가 우리를 죽이거나 아니면 쟤 때문에 우리가 죽게 되거나 할 거야. 그 개한테 했던 것처럼.」

〈그 개〉라는 말에 내 몸속 피가 차가워지는 느낌이 든다.

3개월 전, 외로운 빙고에게 친구가 필요하다고 생각한 오즈는 이웃집의 비글을 친구로 만들어 주기로 마음을 먹었다.

그 이웃이 자신의 집 뒷마당에 들어온 오즈를 발견하고 다가가려 하자 당황한 오즈가 그 비글을 너무 꽉 쥐는 바람에 어깨뼈가 탈골되고 갈비뼈도 몇 개 부러졌다.

이웃이 소송을 제기했고, 동네 주민들로 이루어진 공동체에서는 우리 가족에게 경고를 했고, 엄마는 분통을 터뜨렸다. 엄마는 우리가 오즈를 감당하기 어렵다며 대안책을 찾아야 한다고 했고 아빠는 초조감에 휩싸였다. 그래서 모든 문에 어린이 보호용 잠금장치를 달고, 모든 방에 모니터를 설치하고, 2주 동안 오즈 방 문 밖에서 잠을 잤다. 정말 끔찍하고 비극적이며 극도로 고통스러운 일이었다.

모는 밥 삼촌을 바라보고, 오즈를 바라본다. 모의 얼굴에 오즈에 대한 걱정과 두려움이 동시에 드리운다. 나 역시 같은 감정에 휩싸인다. 오즈는 결코 고의로 남을 해칠 아이는 아니지만, 그건 결코 그가 위험하지 않다는 의미는 아니다.

모는 선글라스 케이스를 또 오즈에게 내밀고, 그것을 받아 든 오즈가 빙고에게 준다. 모가 다시 눈을 채우려고 하는데 밥 삼촌이 말한다. 「오즈, 나 화장실 가야 하는데 좀 도와줄래? 빙고도 가고 싶을지도 모르고.」

나는 그의 계획에 미소를 짓는다. 좋은 생각이에요, 밥 삼촌. 주의를 다른 곳으로 돌리는 것은 오즈를 다루는 아주 좋은 방법이다.

빙고와 두 사람이 캠핑카에서 나가자 다 같이 안도의 한숨을 쉰다. 모는 몇 장을 더 찢어서 더 큰 불을 만들어 빨리 눈을 녹인다. 녹인 것을 캐런 이모에게 주자, 게걸스럽게 꿀꺽꿀꺽 들이켠다. 나는 밥 삼촌이 오즈를 데리고 시간을 어떻게 끌고 있는지 궁금해서, 그가 모에게 물을 마실 만한 시간을 몇 분이라도 벌고 있길 바라며 차 밖으로 나가 본다.

「핀이네.」 오즈가 바퀴 근처에 눕혀진 나를 보면서 말한다. 나의 시체는 휘날리는 눈에 쌓여 완전히 묻히고 얼굴만 드러나 있다.

「자는 거야.」 밥 삼촌이 손을 주머니에 넣고 턱은 코트에 박은 채 추위를 이기려고 다치지 않은 발로 폴짝폴짝 뛰어다니며 말한다.

오즈가 눈을 가늘게 뜬다. 내 동생은 똑똑하지는 않지만 이상하리 만치 직감이 발달해서 그에게 거짓말을 하는 건 대체적으로 좋은 생각이 아니다. 금세 표정이 어두워진 오즈는 아랫입술을 밖으로 삐죽 내밀며 머리를 앞뒤로 흔들기 시작한다. 「우리 누나.」 그 말에 내 심장이 부풀어 오른다. 오즈가 아주 뜻밖의 행동을 한다. 아무 말 없이 내가 있는 곳으로 다가가더니 내 옆에 무릎을 꿇고는 내 얼굴을 눈으로 덮는다. 그러고는 속삭인다. 「잘 자, 누나.」

오즈가 일어서자, 밥 삼촌이 말한다. 「오즈, 난 걱정이 돼.」 왠지 삼촌의 말투에서 느껴지는 기운이 내 몸의 털들을 쭈뼛쭈뼛 곤두서게 만든다.

오즈가 고개를 갸웃한다.

「네 엄마가 떠난 지 한참이 지났잖아. 가다가 길을 잃었을까 봐 말이야.」

오즈가 미간을 찌푸리고, 나의 맥박이 요동친다.

「누군가 너희 엄마를 찾으러 가야 할 것 같아.」 밥 삼촌이 말한다.

오즈가 고개를 끄덕인다.

「내가 가고 싶은데, 발목을 너무 심하게 다쳐서.」

나는 고개를 흔든다. 너무 믿어지지가 않아서 공포감마저 천천히 찾아 든다.

「내가 갈 수 있어.」 오즈는 아주 좋은 생각이라는 듯이 신이 나서 말한다.

안 돼! 나는 두 사람 사이에 끼어든다. 나는 밥 삼촌 앞에 코가 닿을 만큼 가까이 다가간다. 이러지 마세요.

「엄마를 찾을 수 있겠어?」 밥 삼촌은 마치 오즈의 생각에 감동이라도 한 듯이 눈썹을 치켜 올리며 말한다.

「빙고가 같이 가면 돼.」 오즈가 말한다. 「빙고는 누구든 찾을 수 있어. 핀이랑 숨바꼭질하면 언제나 빙고가 찾아냈어. 누나는 아주 잘 숨는데도.」

「아주 좋은 생각이네!」

제발요. 나는 애원한다. 제발, 밥 삼촌, 지금 무슨 짓을 하려는 건지 다시 생각해 봐요.

「빙고가 같이 가면, 엄마랑 여기로 다시 돌아오는 길을 찾을 때도 도움이 되겠네.」

나는 오즈를 돌아본다. 아주 진지하게 고개를 끄덕이는 오즈의 얼굴은, 남자들끼리 뭔가 심각한 대화를 할 때 짓는 아빠의 표정을 따라하고 있다.

모, 도와줘. 나는 울부짖는다.

하지만 모는 이 상황을 전혀 알 리가 없다. 모는 안에서 오즈가 돌아오기 전에 되도록 빨리 눈을 녹이는 데만 집중한다.

「가기 전에 말이야.」 밥 삼촌이 말한다. 「내가 줄 게 있어.」

오즈는 여전히 아빠의 표정을 흉내 내며 고개를 끄덕인다. 그리고 내 공포감이 차가워진다. 상황이 이보다 더 나빠질 수 없다고 생각하지만, 뭔가 더 나빠지는 게 확실하다.

「너하고 빙고가 엄마를 찾다 보면 힘을 내기 위해 먹을 게 필요할 거야.」

「배고파.」 오즈가 말한다.

「맞아. 자, 그러니까 우리 이렇게 하자. 나한테 크래커 두 봉지가 있어.」 밥 삼촌은 캐런 이모 가방에 들어 있던 셀로판지에 포장된 짭짤한 크래커를 주머니에서 꺼낸다. 「이거랑 네 장갑이랑 바꾸자.」

나는 더 이상 애원하지 않는다. 오즈는 조금도 주저하지 않고 방금 세상에서 가장 훌륭한 거래를 성사시킨 것처럼 장갑을 홱 벗어서 밥 삼촌에게 건네고, 크래커를 얼른 빼앗

듯이 가져간다. 내가 할 수 있는 일이라고는 이런 믿기지 않을 만큼 섬뜩한 장면을 바라보는 일밖에 없다.

「나 좀 올려 줘.」 밥 삼촌의 말에 오즈는 장갑을 끼지 않은 손으로 그가 차 문 쪽으로 올라가도록 받침대를 만들어 준다.

밥 삼촌은 오즈를 돌아보지도, 행운을 빌어 주지도 않는다. 그는 오즈와 빙고에게 춥고 광대한 숲속을 헤쳐 엄마를 찾아오라는 불가능한 임무를 맡기고 밖에 놔둔 채 문을 열고 차 안으로 들어간다.

16

바람이 점점 거세진다. 엄마의 피부가 바람에 밀리고, 바람에 맞서 몸을 굽히고 억지로 앞으로 나아가는 모양으로 보아 바람이 얼마나 센지 알 수 있다. 두 사람의 기운은 점점 빠지고 성공에 대한 자신감도 약해지고 있다. 아직은 이른 오후이고, 두 사람은 과연 문명의 이기에 가까워지고 있는지 멀어지고 있는지 전혀 알 수 없는, 그래서 희망을 저버리지 않는 일조차 버거운 상태로 하루 종일 걷고 있다. 엄마는 계속 해가 뒤쪽에서 비치도록 신중하게 방향을 잡고 있지만, 여러 번 길을 돌아가는 바람에, 아직도 마을이 북쪽에 있는지, 아니면 완전히 지나쳐 버렸는지조차 확신하지 못한다.

두 사람 앞에 삐죽삐죽 솟은 산 위쪽을 향해 하얀 뱀 모양으로 눈이 쌓인 도랑이 나타나자 나는 그것을 따라가라고 소리친다. 바로 그 위에 길이 있다. 나는 두 사람이 그쪽으로 방향을 틀기를 바라며 내가 가진 모든 에너지를 다 끌어

모아 엄마에게 보낸다.

하지만 나의 조언은 굳이 필요 없다. 「카일.」 엄마가 쉰 목소리로 말한다. 목소리는 탈수와 피로로 인해 바싹 말랐다. 엄마는 그 뱀 모양의 눈 더미를 가리킨다. 태양이 너무 오른쪽으로 치우쳐 있다. 제대로 된 길로 가려면 방향을 바꾸어야 한다.

저항도 질문도 하지 않고 카일은 방향을 바꾸어 깊고 구불구불한 눈더미를 향해 길을 만들어 나아간다.

두 사람은 더할 나위 없이 좋은 팀이다. 카일은 순탄한 길을 잘 고르면서 산을 잘 오르는 재주가 있고, 엄마는 계속 제대로 된 방향을 유지시킨다.

출발한 이후 열 마디도 나누지 않을 정도로 말을 아끼고 있지만, 두 사람이 만들어 내는 자연스러운 시너지는 혼자일 때보다 그 둘을 훨씬 더 잘 이끌고 있다.

눈이 성글게 쌓인 틈을 밟을 때마다 엄마의 발이 푹 꺼지고 헐렁한 어그 부츠 속으로 눈이 들어찬다. 얼음 때문에 화끈거리던 통증에 더 이상 얼굴을 찌푸리지 않는 걸 보니, 아마 이미 살이 얼고 마비가 된 것 같다.

카일은 몇 미터마다 멈춰 서서, 헤치고 기어가다가 가끔씩 미끄러지기도 하는 엄마를 기다렸다가, 또다시 꾸준히 앞으로 나아가기를 반복한다.

어느 순간, 오르막의 경사가 갑자기 심해진 탓에 완전히 발을 헛디딘 엄마가 거의 6미터 가까이 미끄러져 내린다.

아주 잠깐 동안 엄마는 가슴을 들썩거리며 그 자세로 잠깐 누웠다가, 선택의 여지가 없다는 절실함과 초인과 같은 힘으로, 다시 발을 딛고 일어서서 비틀거리며 전진한다.

카일은 그런 엄마 쪽으로 반쯤 다가간다. 「스카프 좀 줘 보세요.」 엄마는 목에 둘렀던 스카프를 풀어 준다. 카일은 스카프의 한쪽 끝을 엄마의 손목에 단단히 매고 나머지 한쪽 끝을 자신의 오른손에 맨다. 이제 두 사람의 간격은 엄마가 발을 앞으로 겨우 내딛을 정도로 좁아졌다. 엄마는 약 30미터도 안 가서 또 살짝 미끄러진다. 하지만 이번엔 카일이 단단히 버티고 서서 스카프를 꽉 붙잡은 덕에 많이 미끄러지지 않고 그 자리에 넘어진다.

조금씩 전진함에 따라 출발한 곳에서 멀어지고 원하는 방향에 점점 가까워지면서 그들의 희망도 점점 다가온다.

■

그러다 갑자기 그 일이 벌어진다. 정상까지 거의 반 정도 간 상태에서 조금씩 앞으로 나아가는 두 사람에게 내가 응원을 보내는 순간, 카일이 밟은 주변의 땅이 푹 꺼진다. 단단한 땅으로 생각했던 부분이 단지 눈과 얼음 덩어리였던 것이다.

중심을 잃은 그의 오른발이 허공을 가르고 몸이 옆으로 휘청하면서 아래로 떨어진다. 손목에 맸던 스카프가 그를 낚아챈 덕분에 추락은 멈추지만, 그가 마치 시계추처럼 대롱거리며 벼랑에 매달리는 바람에 엄마가 중심을 잃고 넘어진다. 카일의 무게가 엄마를 점점 잡아당기자 엄마는 격렬하게 허우적댄다. 엄마의 오른손이 스카프를 거머쥐는 동안 왼손은 뭔가 움켜잡을 것을 찾기 위해 반대편 허공을 휘젓는다.

가까스로 바위틈에 자라난 어린 나무를 그러쥐었을 때 이미 엄마의 어깨는 거의 벼랑 끝까지 가 있다. 고작 60센티미터 남짓한 크기지만, 이미 뿌리가 제법 강하게 자란 나무를 움켜잡으면서 벼랑 쪽으로 밀리던 것이 멈추고, 필사적으로 매달리는 엄마의 팔다리가 마구 떨린다. 그때 엄마는 나무를 움켜잡은 장갑 낀 손에서 카일을 잡은 손으로 고개를 돌린다. 나는 엄마의 두뇌가 카일의 체중과 자신이 버틸 힘의 한계를 가늠하느라 빠르게 회전하는 것을 지켜본다.

카일도 그것을 목격한다. 엄마가 스카프를 쥐던 손가락을 펴는 순간 카일이 입을 벌리고 나도 소리 없는 비명을 지른다.

카일이 떨어진다. 하지만 다행히 몇 센티미터 정도만이다. 엄마의 손목에 감겨 있던 스카프의 매듭이 풀어지지 않고 오히려 단단히 조여진 덕분이다. 카일은 엄마가 그 매듭을 흔들어 풀기 전에 스카프를 타고 오른다. 그러자 엄마는 손을 놓을 결심을 했던 것만큼이나 빨리 마음을 바꿔 온 힘을 다해 스카프를 다시 잡아채고, 동시에 카일의 체중은 엄마의 사지를 찢어 낼 듯 잡아당긴다.

그리고 아주 잠깐 사이에, 카일은 혼자 힘으로 벼랑 끝에서 자신의 몸을 끌어 올린 후 엄마 옆에 털썩 쓰러진다. 그가 가쁘게 몰아쉬는 숨이 허공에서 얼어붙고, 죽음 직전까지 갔던 충격으로 눈이 커져 있다.

엄마는 몸을 돌려 등을 대고 누워서, 턱을 덜덜 떨며 마치 손이 어떻게 작동하는지 모르겠다는 표정으로 자신의 손을 들어 손가락을 쥐었다 폈다 한다.

「갈까요?」 눈을 마주치지 않으려고 하면서 카일이 일어난다.

엄마는 무슨 말을 하려고 입을 열지만, 할 말이 없다. 자신이 살기 위해서 상대를 죽게 만드는 쪽을 선택한 행동을 어떻게 사과할 수 있을까?

계속 나아가는 두 사람의 손목에 스카프는 여전히 묶여 있다. 하지만 카일은 이제 한 발을 내딛기 전에 매번 확인하면서 길을 더욱 신중하게 선택하고 있고, 그 때문에 앞으로 나아가는 속도가 기어가는 것만큼이나 느려진다.

17

오즈는 잘못된 방향으로 출발했다. 미등이 향하는 쪽으로 걷기 시작했기 때문이다. 아마 오즈는 사고가 난 걸 잊어버리고 그곳으로 우리가 차를 타고 간 거라고 생각했거나 아니면 단순히 미등이 집으로 가는 방향을 가리키는 나침반이라고 착각했을 것이다.

처음엔 엄마를 부르며 걸었다. 하지만 나무들이 울창한 곳에 이르러 완전히 길을 잃었다고 느꼈을 때부터는 아빠를 부르기 시작했다.

지난 두 시간 동안 빙고는 충성스럽게 오즈의 뒤를 따랐지만, 이제 신음 소리를 내며 멈추더니 눈이 없는 바위 위에 배를 대고 털썩 주저앉는다.

오즈가 빙고를 내려다본다. 「빙고, 힘들어?」

빙고는 두 앞발 사이에 얼굴을 올려놓은 채 미안하다는 듯이 오즈를 올려다본다.

「괜찮아.」 오즈는 그 옆에 앉으면서 말한다. 「잠깐 쉬자.」

빙고는 거의 열한 살이다. 정신과 의사가 오즈를 위해서 개를 키우는 것이 좋다고 추천한 이후로 빙고는 내 동생의 헌신적인 친구가 되어 주었다.

오즈는 주머니에서 크래커 두 봉지를 꺼낸다. 그중 한 봉지는 빙고에게 먹이고, 나머지 하나는 자기가 먹는다. 그러고는 빙고의 머리를 들어 올려 자기 무릎에 얹고, 꽁꽁 언 손을 주머니에 넣고는 다 괜찮아질 거라고 속삭인다.

18

이제 모는 완전히 혼자다.

아빠 옆에 앉아 몸을 부들부들 떨면서 몇 분마다 한 번씩 계속 손가락과 발가락을 억지로 움직이려고 노력하고, 그때마다 고통에 얼굴을 찡그린다. 시간이 지나면서 모는 자꾸만 문 쪽을 쳐다본다. 뭔가 일이 끔찍하게 잘못되었고, 그래서 오즈가 돌아오지 않는다는 것을 깨닫게 되면서부터 모의 공포감이 점점 자라나고 있다.

밥 삼촌과 캐런 이모와 내털리는 엄마와 카일이 떠났을 때부터 있던 자리에 그대로 모여 앉아 있고 내털리는 오즈의 장갑을 끼고 있다.

내털리는 모의 눈길에 안절부절못하고 손을 허벅지 밑에 숨겼다가, 잠시 후 밥 삼촌이 공격적인 눈빛으로 모를 노려보는 사이에 황급히 겨드랑이 사이로 밀어 넣는다.

모는 시선을 돌리고 아랫입술을 지그시 깨문다. 거짓말한 것을 들켰거나 난처한 상황이 생겼을 때 하는 버릇이다.

죄책감, 슬픔, 두려움. 이 모든 것이 다 복합된 감정이다.

모는 내 동생한테는 한없이 약하다. 오즈는 언제나 모를 좋아했고 그것을 증명하기 위해 온갖 다정하고 바보 같은 짓을 계속 하곤 했다. 지난여름 박람회에 갔을 때 하트 모양 점박이가 있는 거대한 치타 인형을 따내기 위해서 1년 치 용돈과 장장 세 시간을 고리 던지기에 다 쏟아부은 적도 있다. 그 게임은 조작된 것이라 거의 불가능했는데도, 모가 치타를 좋아한다는 것을 아는 오즈는 광적으로 그 게임에 몰두했다. 마침내 그 게임에서 일하던 청년이 오즈를 가엾게 여겨서 안 보는 사이에 고리를 슬쩍 건드려 병에 끼워지게 해주었다. 마침내 치타 인형을 모에게 건넬 때 오즈의 얼굴에 걸려 있던 함박웃음은 정말 볼 만했다.

모는 코를 훌쩍거려 눈물을 삼키며 발가락을 꼼지락거린다. 그에 따르는 통증 덕에 모는 자신을 덮치고 파괴하려는 괴로운 감정에서 잠시나마 벗어나게 된다.

한편, 밥 삼촌의 양심의 가책은 점점 심해지고 있다. 캐런 이모 옆에 앉은 그의 속은 타들어 가고 불안감이 점점 자라난다. 그가 느끼는 수치스러움은 마치 산(酸)의 성질을 가진 것처럼, 분노로 변하기 전에 그를 부식시키고 있다. 모는 그가 무슨 짓을 했는지 알고, 그는 모가 안다는 것을 안다. 그의 마음속의 시계가 째깍거린다. 그들이 이 상황에서 벗어나면, 모가 아는 사실을 다른 이들도 다 알게 될 것이다. 오즈를 속일 때는 이런 생각을 못 했지만 지금에서야 그 부분에 생각이 미친다. 그는 딸과 아내의 옆에 앉아 그들이 구조되면 일어날 일들을 생각하느라 비참한 시간을 보내고 있다.

모는 이제 아무도 목말라하지 않아도 될 만큼의 물을 녹였다. 더 필요할 때 태울 책과 지도는 아직도 반 정도가 남았다. 다들 침착하게 행동했더라면 빙고와 오즈까지 포함해서 모두에게 충분한 양의 물을 녹였을 거라는 슬픈 깨달음을 얻는다.

힘들게 버티고 있는 끔찍한 상황이 오후가 되어도 별 변화가 없자, 해가 지기 전에 구조될 거라는 희망이 점차 희미해진다. 엄마와 카일은 아침에 떠난 이후 소식이 없다. 그들에게 성과가 있었다면 이미 구조대는 도착했을 것이다.

점차 사라져 가는 믿음을 모두 각각 다르게 견디고 있다. 모는 아빠에게 곧 구조대가 올 거라고 조용히 속삭이며 안심시킨다. 아빠는 반응이 없다. 네 시간 동안 움직이지도, 신음하지도 않는다. 내털리는 아무 생각 없이, 자신을 걱정하는 부모에게 모든 것을 의지한 채 멍하니 앞만 바라보고 있다. 캐런 이모의 마음은 잠시도 쉬지 못하고 끝없이 방황한다. 또 하루를 더 여기서 보내야 한다는 생각에 휩싸인 이모는 계속 같은 말을 중얼거린다. 「여기서 빨리 나가야 해. 불을 피워야 할지도 모르겠어. 아니야. 소모품을 아껴야지. 누군가가 오즈를 찾으러 가야 해. 이대로 가만히 있어야 해. 누군가 우리를 찾으러 올 거야. 아 하느님, 여기서 하룻밤을 더 못 버틸지도 몰라…….」 거의 30분마다 한 번씩 이모는 내털리의 부츠를 벗기고 혈액 순환이 잘되어야 한다는 말을 중얼거리며 발가락을 계속 문질러 준다. 제발 입 좀 다물어 줬으면 좋겠다. 아마 다들 같은 생각일 것이다. 밥 삼촌은 이제 대꾸하는 것도 포기하고 그냥 계속 지껄이도록 놔둔다. 그의 마음은 이제 어떻게 될지 모르는 미래와 또 하룻밤을 보내야 한다는 두려운 현실 그리고 앞으로 하지 않으면 안 될 쉽지 않은 선택들에 사로잡혀 있다. 나는 그의 눈길이 아빠의 노스페이스 파카, 털모자, 청바지 그리고 눈 장화를 훑어보는 것을 지켜본다.

모는 아주 약간 몸을 움직여서 그런 밥 삼촌의 시선을 가로막는다.

「여기서 나가야 해.」 캐런 이모가 울부짖는다.

밥 삼촌은 아무 대답도 하지 않는다. 이미 여기서 나가는 것이 답이 아니라고 대여섯 번도 더 설명한 다음이다. 다섯 명이 이미 도움을 청하러 떠났고 그중 한 명도 돌아오지 않았다. 밥 삼촌은 영리한 사람이다. 사고에서 살아남은 열 명 중 지금 다섯이 남았고 그중에는 그의 아내와 딸이 있다.

또 다른 지옥 같은 밤을 향해 시간은 흐르고, 생존을 위한 요인들과 가능성도 계속 바뀌고 있으며, 밥 삼촌의 눈길은 또 아빠를 향한다. 생존의 유일한 증거인 희미한 안개 같은 입김이 아빠의 입에서 비어져 나오는 것을 유심히 관찰하는 그의 표정은 무슨 생각을 하는지는 도저히 알 수가 없다.

19

마침내 도로에 다다른 카일과 엄마 두 사람은 아주 잠깐 멈춰 안도의 전율을 공유하는 것 외에는, 기쁨의 순간을 기념하는 행동은 하지 않는다.

이제 단단한 땅에 발을 딛고 서서 서로를 묶고 있던 스카프를 풀고 잰 걸음으로 나아가기 시작한다. 엄마는 몇 분마다 휴대폰을 꺼내 신호가 잡히는지를 확인한다. 20여 분 뒤 화면에 한 줄의 신호 표시가 뜨자 감사의 빛이 눈에 비친다.

그 이후로 일은 일사천리로 진행된다. 몇 분 만에 보안관 차가 두 사람을 찾아내고 사고의 세부 사항들이 여러 매체를 통해 방송된다. 보안관보는 엄마와 카일을 병원으로 데리고 가려고 하지만, 엄마는 구조 현장에 같이 가겠다고 고집을 부린다. 카일 역시 괜찮다며 이에 동의한다. 구조 집결지인 썰매 공원 옆 주차장은 아주 극적인 상황을 연출하고 있다. 이미 열 대가 넘는 구급차와, 보안관 차 그리고 산림 경비대의 지프차들과, 각기 다른 유니폼들을 입은, 적어도

50여 명의 사람들이 모였다. 엄마와 카일은 대기하고 있던 구급차로 안내되어 따뜻한 담요와 물을 공급받는다. 응급 구조사 한 명이 그들의 상태를 살피기 위해 따라 들어간다.

나는 응급 구조사가 먼저 엄마를 검사하는 것을 지켜본다. 손가락에 심하지 않은 동상을 입었고, 부츠에 들어간 눈과 얼음 때문에 발가락 몇 개와 종아리 피부 일부에 동상을 입었다. 손상된 피부를 따뜻한 압박 붕대로 감아 주고, 두 발은 따뜻한 물이 담긴 욕조에 담근다. 응급 구조사가 갈비뼈가 몇 개 부러진 것 같다며 엄마에게 병원에 가서 엑스레이를 찍어 보자고 한다. 하지만 엄마는 고개를 저으며 대신 현장 지휘관에게 무전기로 연락해서 구조 상황이 어떻게 되어 가는지 물어봐 달라고 부탁한다. 그는 요청대로 연락을 취하고, 전화를 끊고, 고개를 저은 뒤, 참을성 있게 앉아 물을 마시며 자신에게 주어진 맥도날드 치즈 버거를 먹고 있는 카일 쪽으로 몸을 돌린다. 엄마에게도 주어진 음식 꾸러미가 있지만 엄마는 먹을 생각도 하지 않는다.

카일은 음식을 옆에 내려놓고 점퍼와 셔츠를 벗는다.

카일을 보는 순간 나도 모르게 숨이 턱 막히고, 엄마도 헉 하는 소리를 내며 눈을 커다랗게 뜬다. 카일의 몸 왼쪽 전체에, 어깨에서 엉덩이까지 아주 거대하고 잔뜩 부풀어 오른, 보랏빛을 띤 얼룩덜룩한 푸른색의 멍 덩어리가 있다.

「아야.」 응급 구조사가 팔을 들어 올리자 카일은 알 수 없는 미소를 짓는다.

카일의 용감무쌍한 태도를 보니 너무나 당혹스럽다. 자신의 몸이 저렇게 엉망이 되도록 그는 한마디 불평도 하지 않았던 것이다.

엄마는 침을 꼴깍 삼킨다. 짐작조차 못 했고, 물어보지도 않았다. 자신의 딸과 같은 나이의 남자아이가 끔찍한 사고를 당했는데도 괜찮으냐고 한 번도 물어보지 않았던 것이다. 나도 미처 생각하지 못했다. 이제야 생각해 보니 정말 이해가 가지 않는 부분이다. 나는 엄마에게 괜찮다고 말해 주고 싶다. 당신도 감당하기 어려울 만큼 힘들어서 그럴 수밖에 없었다고 말해 주고 싶다. 하지만 내 말을 듣는다 하더라도 소용이 없다는 것을 안다. 후회란 감정을 갖고 살아가는 건 힘든 일이고, 그것을 극복하고 나아가는 것도 불가능하다. 왜냐하면 이미 벌어진 일은 돌이킬 수 없기 때문에. 그래서 어떻게든 이미 벌어진 일을 조금이라도 받아들이기 쉽게 착각을 만들어 내는 것이 그 괴로움으로부터 자신을 보호할 방법의 하나지만, 엄마는 그런 착각에 빠지지도 못하는 사람이다.

「괜찮으세요?」 엄마의 안색이 창백해지자 응급 구조사가 묻는다.

엄마는 나중에 이 순간이 끊임없이 떠올라 자신을 괴롭힐 것이라는 걸 알지만, 더 이상 후회할 일을 만들지 않기를 바라며 당장 눈에 닥친 끔찍한 현재의 상황에 집중하기 위해 응급 구조사에게 고개를 끄덕여 보인 뒤 시선을 다른 곳으로 돌린다.

「병원에 가봐야 할 것 같은데.」 응급 구조사가 카일에게 말한다. 「이렇게 심한 멍은 정밀 검사를 받아 봐야 돼. 그리고 어깨가 탈골됐던 것 같아. 지금은 다시 맞춰진 상태지만 팔걸이 붕대가 필요할 거야.」

카일은 고개를 끄덕이며 응급 구조사가 한 말이 다소 문제는 있겠지만 별일 아니라는 식으로 어깨를 으쓱해 보인다. 그러고는 이상할 정도로 일상적인 어조로 묻는다. 「누가 저 좀 태워다 줄 수 있을까요?」

「밖에 나가면 또 다른 구급차가 있어.」 구급대원이 대답한다.

카일은 약간 민망해하면서 말한다. 「얻어 타기엔 너무 과한 차네요.」

응급 구조사는 문을 열고 뒤쪽을 향해 소리를 친다. 「어이, 메리 베스, 이 아이 좀 무상 치료 병원에 데려다줄래?」

한 여성의 목소리가 대답한다. 「물론이지, 영웅을 위한 특별 운행을 해드려야지. 응급실까지 무료로.」

카일은 점퍼를 입고 일어서며 얼굴을 붉힌다. 「감사합니다.」 그는 응급 구조사에게 감사를 표한 뒤 문 쪽으로 가려다 말고 잠시 머뭇대더니 엄마 쪽으로 돌아선다. 그러고는 다정한 목소리로 말한다. 「다들 무사했으면 좋겠어요.」

엄마는 카일의 친절한 말에 가슴이 무너져 내리고, 감정을 억누르느라 얼굴 근육이 딱딱하게 굳어진다. 엄마는 다리 위에 올려놓은 손을 오므렸다 폈다 하면서 겨우 고개를 끄덕이고는, 뭐라고 대답하려고 입을 벌리지만 때는 이미 늦었다. 카일은 이미 가버린 뒤이고, 나는 차라리 그가 뒤를 돌아보지 않았으면 더 좋았을 것이라고 생각한다. 흐느낌이 비어져 나오자, 엄마는 눈물샘이 터지는 것을 막아 내기 위해 주먹으로 입을 깊이 틀어막는다.

다른 구급차로 사라져 가는 카일의 뒷모습을 바라보며 그를 다시 보게 될까 궁금해진다. 어려울 것이다. 함께 싸웠던 전우들이 전쟁이 끝나면 각자의 삶으로 돌아가는 것처럼, 그들이 공유하는 유일한 유대감은 차라리 잊는 편이 나은 비극적인 기억뿐이니까.

20

모가 먼저 소리를 듣는다. 고개를 들고 천장을 올려다보며 고개를 갸웃한다. 쿵, 쿵, 쿵. 바람이라고 하기에는 꽤 규칙적이다. 쿵쿵거리는 소리가 가까워지자 모는 몸을 곧추세우고 더 열심히 소리에 귀를 기울인다. 자리에서 벌떡 일어나려다가 발이 너무 꽁꽁 얼어 버린 탓에 다시 주저앉고 만다. 모는 문 아래쪽에 있는 좌석 옆으로 손과 무릎을 이용해 기어간다.

「도와주세요.」 모는 갈라진 목소리로 희미하게 외친다.

모의 쉰 목소리를 듣고 밥 삼촌과 캐런 이모, 내털리도 알아차린다. 파묻었던 고개를 들고, 헬리콥터의 소리를 포착한다. 밥 삼촌은 황급히 자리에서 일어나 모 옆으로 절뚝거리며 다가가 간신히 문을 밀어 연다.

열린 문 사이로 헬기에 매달린 한 남자가 가만히 있으라고 신호를 보낸다. 모는 아빠 쪽으로 다시 기어간다.

「구조대가 왔어요.」 모가 외친다. 「이제 괜찮아요. 구조대가 왔어요.」

아빠는 대답하지 않는다. 나는 모의 말이 맞기를, 구조대가 제시간에 도착해서 아빠가 무사하기를 기도한다.

구조대원이 문에 나타난다. 서른 살가량의 해병처럼 보이는 그는 땅딸하고 단단한 근육질의 몸에, 짧게 깎은 머리가 곤두서 있다. 그는 차 안을 재빨리 살펴보고는 안으로 들어온다. 그가 차 안을 점검하는 동안 밥 삼촌이 그에게 악수를 건넨다.

「다섯.」 그는 쓰고 있는 헤드셋을 통해 말을 전한다. 「넷은 의식이 있고 한 명은 의식이 없음.」

「다섯이 맞는지 확인 바람. 여섯 명과 개 한 마리라고 들었음.」 무전기 너머에서 치직거리는 소리가 들려온다.

밥 삼촌은 순간적으로 눈을 내리깔았다가 바로 대답한다. 「나머지 한 명과 개는 오늘 아침 떠났어요.」 그리고 이렇게 덧붙인다. 「엄마를 찾으러 간다고 나갔어요.」

모는 내털리의 장갑 낀 손을 쳐다보지만 아무 말도 하지 않는다.

캐런 이모와 내털리는 구조된다는 사실이 너무 기뻐서 다른 것은 다 잊어버린 듯하다. 서로를 끌어안고 흐느끼면서 눈이 있는 곳은 어디든 다시는 가지 않겠다고 맹세를 한다. 제발 그만 닥쳐 줬으면 좋겠다. 제발 입 좀 다물어!

몇 분 지나지 않아서 엄마와 카일 그리고 밥 삼촌이 바람을 막기 위해 눈으로 쌓은 벽이 허물어지고, 두 명의 구조대원이 바퀴 달린 들것을 가지고 캠핑카 안으로 들어온다. 그리고 또 몇 분 뒤, 아빠를 들것에 실어 하늘로 올린다. 첫 번째 헬리콥터는 지체하지 않고 아빠만 태운 채 바로 떠난다. 헬기는 아빠가 타자마자 의사들이 이미 대기하고 있는 리버사이드의 외상 센터를 향해 서둘러 출발한다.

곧이어 두 번째 헬기가 도착한다. 내털리가 가장 먼저 올라가고, 그다음 캐런 이모가 앞으로 나서자, 밥 삼촌이 말한다. 「여보, 다음은 모 차례야.」 뒤로 물러나는 캐런 이모의 얼굴이 진홍색으로 붉어진다.

모두 탑승한 뒤 헬기가 병원으로 향한다. 나의 시신을 옮겨야 한다는 이야기가 잠깐 오고 갔지만 결국 다시 와서 옮기자는 쪽으로 결정된다.

나는 이미 너무나 힘든 일을 겪은 모가, 망가지고 꽁꽁 언 내 시신과 함께 헬기를 타고 가지 않게 된 것을 다행이라고 생각한다.

헬기가 날아가는 동안, 모는 창밖을 응시한다. 끝도 없이 펼쳐진 숲의 광대함 때문에 클로이 언니, 밴스, 오즈를 찾을 가망이 도저히 보이지 않자, 절망감에 휩싸인 모의 눈에서 눈물이 흘러내린다.

21

엄마는 혼자 구급차에 앉아 구조 소식을 기다린다.

산베르나르디노 카운티의 보안관 사무실에서 구조 작업을 총괄하고 모든 일을 총지휘하는 사람의 이름은 〈번스〉다. 그는 중대한 책임을 맡을 만하다고 모든 사람이 믿는 유형의 인물이다. 중간 체구에 운동선수처럼 민첩한 그는 상황 판단이 예리하고 자기주장이 확고한 사람으로, 특히 엄마와 같은 사람을 대할 때 적임자인 것 같아 다행이라는 생각이 든다. 실제로 30분 전쯤 엄마에게 구조에 간섭하지 말고 구급차에 있으라고 했을 때 엄마가 이의를 제기하려고 입을 열자 엄한 눈빛만으로 엄마의 행동을 제지하기도 했다.

번스는 보안관 차 뒤쪽에 앉아서 구조대원들에게 시각을 다투는 다급한 사항들을 전혀 당황하는 기색 없이 지시하면서 구조 작업을 총괄하고 있다. 그리고 몇 분마다 밖으로 나가 수평선을 바라보며 지나치게 빨리 다가오는 어둠과 임박한 폭풍의 상황을 주시한다.

구조 소식을 전해 들은 그는 재빨리 주차장을 가로질러 구급차로 향한다.

「뭐가 잘못됐어요?」 엄마가 그의 얼굴에 드러난 암울한 기색을 감지하고 묻는다.

「캠핑카를 찾았습니다. 남편 분은 리버사이드에 있는 인랜드 벨리 메디컬 센터로 이송 중입니다. 살아 계시지만 상태가 위중하다고 합니다.」

엄마는 아빠가 아직 살아 있다는 말에 눈을 질끈 감으며 안도의 한숨을 내쉰다. 그가 전하러 온 나쁜 소식이 이것이 전부라고 생각했던 엄마가 아직 또 다른 소식이 남아 있다는 것을 깨닫는 데는 약간의 시간이 걸린다.

「모린과 골드 씨 가족인 밥, 캐런, 내털리는, 두 번째 헬기로 빅베어 메디컬 센터로 이송 중입니다.」

엄마는 고개를 끄덕인다. 번스가 잠시 머뭇거리자 엄마가 고개를 갸웃한다.

「그런데 아드님은 같이 없었습니다. 구조대가 도착했을 때 캠핑카 안에 없었다고 합니다. 다른 사람의 말에 의하면, 아드님과 개는 아침에 나갔다고 하더군요.」

혼란스러워하는 엄마의 눈이 커진다. 「그럴 리가 없어요. 오즈가 거길 나왔을 리가 없는데. 절대 그럴 리가 없어요. 오즈는 그럴 행동을 할 애가 아니에요. 우리 아들은, 개는……」 엄마는 항상 이렇게 오즈를 설명하는 데 확신이 없고 어려워한다. 「그 애는 생각이 좀 단순해요.」 엄마는 결국 말을 해버린다. 「스스로 그런 생각을 할 수 있는 애가 아니에요.」

번스의 턱이 씰룩거린다. 아주 미세하지만 그의 감정에 동요가 있다는 것을 알리는 징후다. 「죄송합니다.」 그가 말을 이어 간다. 「하지만 같이 있지 않았답니다. 일단 아드님을 계속 찾도록 구조대에 지시를 내렸어요.」

엄마는 빨갛고 갈라진 손을 내려다보며 부정 혹은 당혹감, 과부하 때문인지 고개를 앞뒤로 흔든다.

「경찰견 부대가 곧 이리로 올 겁니다.」 번스가 말한다. 「그리고 아직 밤이 되기 전에 아직 한 시간 정도가 남아 있으니, 바라건대…….」

「한 시간이라뇨?」 엄마가 비명을 내지르듯 그의 말을 가로막는다. 「한 시간이라니 그게 무슨 말이에요? 내 딸과 아들이 숲을 헤매고 있어요. 밤이 온다고 구조를 멈춰선 안 돼요.」

엄마는 밴스는 언급조차 하지 않는다.

「밀러 부인, 저희는 클로이와 오즈, 밴스를 찾기 위해 최선을 다하고 있습니다.」

그제야 엄마는 길을 잃고 헤매고 있는 게 자기 자식들뿐이 아니라는 사실을 깨닫고 움찔한다. 엄마가 밴스를 미처 생각하지 못한 것을 비난할 마음은 없다. 나조차도 지난 밤 이후 밴스를 잊고 있었고, 온통 클로이 언니와 모, 오즈 그리고 아빠와 엄마만 걱정하고 있었으니까. 내 혈육, 우리 가족, 내가 사랑하는 사람들만 생각하느라 다른 사람을 신경 쓸 여력조차 없었다.

「내가 도울게요.」 엄마는 일어나며 말한다.

「밀러 부인, 지금 저희를 도울 가장 좋은 방법은 저희가 구조에 만전을 기할 수 있도록 해주시는 것이고 저희가 혹시 부인의 도움이 필요할 때를 대비해 여기에 계시는 일입니다. 그러니 이제부터 부인에게 부탁하고 싶은 것은 아드님에 대해 저희가 좀 더 알게끔 도와주셨으면 하는 겁니다. 아드님을 찾는 데 도움이 될 만한 아주 사소한 것이라도, 부인을 찾기 위해 어떻게 차 밖으로 나갔는지 단서가 될 만한 것이면 뭐라도 이야기해 주세요.」

「나를 찾으러 나갔대요?」

「밥이라는 사람이 오즈가 그래서 밖으로 나갔다고 했답니다. 그러니 이제 오즈에 대해서 좀 더 자세한 이야기를 해 주세요.」

엄마는 무릎에 팔꿈치를 괴고 손으로 얼굴을 가린다.

번스가 한 말이 엄마의 주의를 환기시키기 위해서였는지 아니면 정말 정보가 필요해서였는지 나는 알 수 없지만, 이렇게 엄마에게 생각할 거리를 준 것은 좋은 생각이다. 이렇게 함으로써 잠시라도 엄마가 정신을 잃지 않고 뭔가에 몰두할 수 있으니까 말이다. 잠깐 생각한 뒤 시작된 엄마의 이야기에 나는 감동을 받는다.

엄마는 결코 오즈를 바라보는 일이 없었다. 혹은, 적어도 그렇게 보였다. 하지만 오즈에 대한 엄마의 설명은 소름끼칠 만큼 세세하다. 아마 아무도 모르게 엄마는 오즈를 자세히 살펴보았던 것 같다. 엄마는 눈을 감은 채 오즈의 왼쪽 귀 밑의 작은 점, 손목에 있는 캘리포니아주 모양을 닮은 모반, 2년 전 자전거에서 떨어졌을 때 생긴 관자놀이의 상처, 이마가 끝나는 부분에 머리카락을 왼쪽으로 살짝 꼬이게 만드는 뻣뻣하게 솟은 잔머리 등을 설명한다. 게다가 지금 한쪽은 회색, 다른 한쪽은 갈색의 양모 양말을 신고 있다는 것도, 그리고 그 이유는 그의 왼발이 오른발보다 살짝 더 커서 회색보다 살짝 얇은 갈색 양말을 신고 신발을 신으면 양쪽 발이 똑같이 느껴지는 기분을 오즈가 좋아하기 때문이라는 것까지 설명한다. 그리고 엄마는 오즈는 위쪽으로 걸어 올라가기보다는 내려가야 한다고 생각할 거라고, 또 구조대가 다가오면 숨을지도 모른다는 것까지 이야기한다.

오즈가 얼마나 강인한지, 또 오즈의 허락 없이는 빙고에게 가까이 다가가서는 안 된다는 말을 할 때는 결국 울음을 터뜨린다. 오즈는 자신이 사랑하는 존재를 맹렬히 보호하려고 한다. 엄마의 한마디 한마디에 오즈가 머릿속에 그려질 정도로 생생한 설명이다. 오즈의 착한 마음에 대해 말할 때 엄마는 자랑스러움에 목소리가 떨리고, 그의 헌신적인 성격에 대해 말할 때는 부드러워진다. 그런 엄마의 말을 들으며, 나는 아빠가 이 말을 들었다면, 그리고 오즈가 이런 엄마의 마음을 알았다면 좋겠다고 소망한다.

22

나는 밝은 주황색 파카를 입은 용감한 구조대원들이 사고 현장 근처에서 명령을 기다렸다가 자일을 이용해 하강해서 수색에 착수하는 것을 지켜본다. 바람을 등지고 선 열두어 명의 구조대원들에게 우박이 몰아치고 강한 바람이 들이쳐 그들의 목소리를 집어삼킨다. 그들은 아무도 불평을 하거나 포기하려고 하지 않고, 오히려 폭풍 때문에 수색이 중단되었다는 소식에 절망한다. 클로이 언니, 벤스, 오즈의 사진을 각자의 휴대폰에 가지고 있는 구조대원들은 그 셋을 이 숲속에 하룻밤 더 놔둔 채 철수할 마음이 없다. 하지만 모두 마지못해 그들을 싣고 온 지프를 향해 걸어간다.

번스에게 수색 중단 소식을 듣고 직접 숲으로 가겠다는 엄마를 말리는 데는 경찰관이 세 명이나 동원된다.

「할돌.[6]」 번스가 누군가를 향해 소리쳐 부르자 한 명의 응급 구조사가 달려온다.

6 신경 안정제의 일종인 할로페리돌을 말함.

격렬하게 몸부림치는 엄마의 눈이 부풀어 오른다.

응급 구조사가 주사기를 꺼내, 엄마가 발로 차버리기 직전에 허벅지에 주사를 놓는다. 엄마는 즉시 구조사의 팔에 쓰러지고 구급차에 몸이 묶인 채 병원으로 실려 간다.

나는 비로소 안심이 된다. 엄마가 마지막으로 잠을 잔 게 벌써 서른여섯 시간 전이니까.

23

나는 모를 살피러 빅베어에 있는 병원으로 간다.

무감각. 의사가 설명 중에 계속 사용하는 단어다. 「따끔거릴 수도 있고, 며칠 동안은 아무것도 못 느낄 수도 있어요.」

나는 그 단어가 모의 손가락과 발가락에만 국한된 말이기를 바라지만, 사실 모는 지금 안팎으로 무감각한 상태이다. 모는 의사의 질문에 고개를 끄덕이거나 간단한 지시에 따르고 있지만 말은 전혀 하지 않고, 동공은 텅 빈 듯하고, 상처 부위를 확인하기 위해 의사가 몸의 이곳저곳을 찔러 볼 때는 마치 헝겊 인형처럼 몸이 풀썩거린다. 간호사가 신경 안정제를 처방해야 하는 게 아니냐고 의사에게 묻지만 의사는 고개를 젓는다. 나중에 꼭 필요하다면 처방하겠지만 적어도 모의 몸이 재적응하는 동안은 신경 안정제 없이 버티는 쪽이 낫다고 판단한 것이다.

모의 부상은 주로 추위로 인한 동상에 국한되어 있다. 모의 입술은 붓고, 피부가 다 벗겨지고, 귀에는 물집이 잡혔고, 손과 발은 동상 치료를 위해 거즈로 덮어 놓은 상태다. 처음에는 체온도 정상보다 낮았다. 이 모든 상황에도 불구하고 모는 여전히 아름답다. 이제 따뜻하게 만든 담요에 싸여 병원 안에 안전하게 앉아 있는 모의 모습은 내게 더할 수 없는 안도감을 준다.

카민스키 아줌마가 황급히 병원 문을 통해 들어오자 모가 아주 천천히 아줌마를 올려다본다.

〈엄마〉라고 중얼거리는 모의 몸이 떨린다. 처음 입술에서 시작한 떨림은 점점 퍼져서 결국 몸 전체가 격렬하게 떨린다. 카민스키 아줌마는 팔에 안긴 모의 머리에 입을 맞추고 이제 엄마가 왔으니 모든 것이 다 괜찮을 거라고 안심시키며, 모를 꼭 끌어안고 모든 충격의 여파를 흡수한다.

「그래, 우리 아가.」 카민스키 아줌마는 부드럽게 모를 침대에 눕힌다. 잔뜩 웅크린 모의 몸에 따뜻한 담요를 덮어 주며 모와 내가 어릴 때 불러 주었던 폴란드 자장가를 부른다. 몇 분 지나지 않아서 모의 눈이 감기고 호흡도 안정된다. 카민스키 아줌마는 그래도 자장가를 멈추지 않고 계속 부른다. 벽 옆에 놓인 의자를 침대 곁으로 끌고 와 앉으며 자장가를 쉬지 않고 부르고, 부르고, 또 부른다.

한 시간쯤 뒤, 여전히 잠들어 있는 모의 몸이 흔들린다. 잠든 상태에서 울부짖으며 내 이름을 부르는 모습을 더 이상 보기 힘들어서 나는 그 자리를 떠난다.

24

아빠가 수술을 받고 있다.

가운과 마스크를 쓴, 적어도 열두어 명의 사람들이 아빠를 에워싸고 있다. 아빠의 머리는 거즈로 싸여 있고, 입에는 호흡기를 달고 있다. 아빠의 왼쪽에 선 의사는 아마도 가슴 부분을 수술 중인 것 같고, 오른쪽에 선 의사는 허리 쪽에 있는 열상을 치료하는 것 같다. 오른쪽 다리는 부목을 대고 있고, 부러진 대퇴골로 인해 피부가 찢긴 상처는 소독된 상태로 벌어져 노출되어 있다. 손과 발은 모와 마찬가지로 거즈로 싸서 덧대로 고정해 놓았다.

굳이 의학 학위가 없어도 아빠의 상태가 얼마나 심각한지는 충분히 짐작이 가능하다. 그가 추락 현장에서 헬기에 의해 이송된 지 네 시간이 지났지만, 제대로 된 치료는 이제 겨우 시작에 불과하다. 아직 길고 긴 밤이 기다리고 있다.

25

내일 수색 작업 계획에 관한 이야기를 듣기 위해 번스를 찾아갈 생각이었던 나는 뜻밖에도 밥 삼촌과 캐런 이모 그리고 내털리가 있는 방에 가게 된다.

번스가 자신을 소개하자 밥 삼촌은 침대에서 악수를 나눈다.

「다른 사람들은 어떤가요?」 밥 삼촌이 묻는다.

창 옆 침대에 누워 있는 캐런 이모의 손은 따뜻한 압박 붕대로 싸여 있지만 덧대를 대지는 않은 상태여서, 이모의 동상이 아빠나 모의 상태보다 심하지 않다는 것을 짐작할 수 있다. 한쪽 구석에 놓인 안락의자에 몸을 웅크리고 앉은 내털리는 손가락 피부가 벗겨진 것 외에 다른 부상은 없는 듯하다. 두 사람 다 잠들어 있다.

밥 삼촌은 고무 압박 붕대로 감싼 발목을 스티로폼 상자 위에 얹고 있다.

내가 좋은 사람이라면, 세 사람이 부상이 심하지 않고, 손가락과 발가락, 갈비뼈와 폐와 다리 등이 다 무사한 것에 기뻐할 것이다. 하지만 지금 나는 좋은 사람이 아니다. 나는 죽었고, 나의 가족과 가장 사랑하는 친구가 고통받는 것에 잔뜩 화가 난 영혼이며, 그래서 저 세 사람이 무사하다는 사실이 짜증이 나고 싫다.

번스는 밥 삼촌에게 우리 가족과 모에 대한 소식을 전해준다. 수색이 중단되어 오즈와 클로이 언니, 밴스가 아직도 밖에 있다는 말을 전하자 밥 삼촌의 얼굴에 핏기가 가신다. 번스가 클로이 언니의 이름을 말했을 때의 느낌으로 미루어, 그가 가장 걱정하는 사람은 클로이 언니라는 걸 알 수 있다. 어쩌면 그에게도 딸이 있어서인지도 모르고, 또는 클로이 언니의 몸이 가장 약하다고 한 엄마의 말 때문인지도 모르고, 두 사람이 추위에 노출된 지 가장 오래됐다는 사실 때문인지도 모른다. 그가 걱정할 만한 이유는 충분하다. 실제로 클로이 언니는 잘 버티지 못하고 있다. 나무 구멍 속에 웅크린 채 매초마다 서서히 얼어 간다. 그 속도가 너무나 느려서 초침의 째깍 소리가 내 심장에 비수처럼 꽂히는 것 같고, 차마 지켜볼 수가 없을 정도다.

「밀러 부인은 몇 분 전에 이쪽으로 옮겨졌습니다.」 번스가 말한다.

「앤이 여기 왔어요?」 밥이 몸을 일으키며 묻는다. 「병원에요? 괜찮나요?」

「진정제를 투여해야 했습니다. 심각한 정도는 아니지만,

지금으로선 조금이라도 휴식을 취하도록 아침까지 그 상태로 두는 것이 좋겠다는 게 의사들의 의견이었습니다. 그래서 제가 여기 온 겁니다. 앤은 지금 안정 중이라서 기자 회견을 할 사람이 없기 때문에 혹시 그 가족 대신 취재에 응해주실 수 있는지 부탁하려고요. 아무래도 대중으로부터 더 많은 관심을 받을수록 수색하는 데 더 많은 도움이 될 것 같습니다.」

밥 삼촌은 거의 뛰어오르듯 침대에서 일어난다. 너무 빨리 일어난 나머지 현기증에 비틀거릴 만큼.

「천천히 하세요. 옷을 챙겨 입고, 기운을 좀 찾은 다음 준비가 되면 라운지에서 만납시다.」

밥 삼촌이 고개를 끄덕이자 번스는 문 쪽으로 걸어간다. 하지만 반쯤 가다가 다시 돌아서더니 말한다.「한 가지만 더 묻겠습니다. 제가 좀 이해가 안 가는 게 있어서요. 그 아이 말인데요. 오즈요. 그 아이 어머니 말로는 혼자서는 결코 차를 떠나지 않았을 거라더군요. 당신이 그 아이가 엄마를 찾아 떠났다고 구조대에게 말했다고 들었습니다. 왜 그랬을까요?」

질문에 대한 여러 가지 답이 머릿속을 스쳐 지나가는 동안 밥 삼촌의 눈이 좌우로 잽싸게 움직인다.「오즈는…… 글쎄요. 앤이 이미 말했겠지만, 그 아이는 정상이 아니에요.」

정상이 아니라니! 나는 비명을 지른다. 그게 대체 무슨 말이에요?

「그래서 성질이 나면, 갑자기 지나치게 감정적이 되고 도저히 논리적으로 설득이 안 돼요.」

번스의 표정에서는 아무것도 읽을 수가 없다. 단지 그의 날카로운 시선만이 밥 삼촌의 눈에 침착하게 고정되어 있다.

「아무래도 상황이 그렇다 보니 애가 견딜 수가 없었던 거죠. 그리고 폭력적으로 변하면…….」

「폭력적으로 변했습니까?」 번스가 말을 가로막는다.

밥 삼촌이 고개를 끄덕인다. 「캐런을 때렸어요.」 그러면서 잠들어 있는 자기 아내 쪽으로 고개를 돌린다. 「캐런이 물을 마실 차례였는데, 오즈가 개한테 먼저 주고 싶다면서 물이 담긴 용기를 낚아채려고 하다가 캐런이 놓으려고 하지 않자, 때리더군요.」

번스는 캐런 이모를 슬쩍 쳐다본다. 드러난 왼쪽 얼굴은 하얗고 창백할 뿐, 아무렇지도 않다.

「그래서 그때 제가 소변을 보러 가자고 하면서 오즈를 밖으로 데리고 나갔습니다. 사람들과 떼어 놓기 위해서요. 그러면서 좀 진정을 시키려고 했습니다. 하지만 밖으로 나가자 엄마를 찾으러 가야 한다는 생각이 들었나 봅니다. 말려 봤지만, 어떻게 해볼 도리가 없었습니다.」

번스는 고개를 끄덕이고 돌아서려다가, 잠시 주저하고는 다시 돌아서서 묻는다. 「캠핑카로는 어떻게 다시 들어가셨습니까?」

밥 삼촌은 고개를 갸웃하며 말한다. 「어떻게 들어가다뇨?」

「캠핑카 안으로 어떻게 다시 들어가셨나 해서요. 앤이 그러는데 캠핑카 안으로 들어갈 때 문쪽으로 스스로 기어오를 수 있는 건 오즈와 카일뿐이라고 했어요. 그래서 나머지를 위로 올려 줄 수 있는 사람이 오즈밖에 없어서, 다른 사람들을 올려 주는 걸 잊어버리고 혼자만 들어가진 않았을지 걱정을 하더라고요.」 순간적으로 주저하는 밥의 모습은 그의 이야기에 뭔가 이상한 점이 있다는 번스의 의심을 확인시키는 데 충분하다. 「난 캠핑카에서 아예 내려가질 않았어요. 내가 말한 것처럼, 오즈는 화가 나 있었고, 오즈가 화가 났을 때는 좀 떨어져 있는 게 상책이거든요. 그래서 오즈와 개가 내려간 후에 저는 계속 차 위쪽에 남아 있었습니다.」

「흠.」 번스가 고개를 끄덕이며 말한다. 「그러니까 당신이 캠핑카 위에 있는 동안 오즈가 떠났다는 말이군요?」

밥 삼촌이 고개를 끄덕인다.

「도움이 많이 될 것 같습니다. 그럼 어느 쪽으로 갔나요?」

나는 초조해서 침을 크게 삼킨다. 당연히 밥 삼촌은 구조대를 잘못된 방향으로 보낼 의도로 대답하지는 않을 것이다. 오즈가 어느 쪽으로 갔는지 모르니까. 오즈는 밥 삼촌을 캠핑카에 올려 준 뒤 떠났기 때문에, 오즈가 갈 방향을 잡았을 때 밥 삼촌은 이미 캠핑카 안에 있었다.

「앤과 카일이 간 방향과 같은 쪽으로 갔습니다.」 밥 삼촌의 대답에, 공포와 분노가 내 시야를 빨갛게 물들인다. 오즈는 완전히 반대 방향으로, 엄마가 말한 것처럼 내리막 쪽으로, 차의 미등 방향으로 떠났기 때문이다.

「좋은 정보네요. 몇 분 뒤에 뵙죠.」

문이 닫히는 소리에 내털리가 잠이 덜 깬 얼굴로 자리에서 일어난다.

「우리 천사, 아빠 좀 잡아 줄래?」 밥 삼촌이 말한다.

내털리는 밥 삼촌이 옷을 입고 일어나는 것을 도와준 뒤 목발을 건넨다. 그는 목발을 어떻게 짚는지 몰라 킥킥거린다. 그래도 내털리가 잘한 게 있다면, 그런 밥을 따라 웃지 않는 것이다. 마치 속이 안 좋은 것 같다. 그게 아니라면, 밥 삼촌이 15분의 명성을 얻기 위해 목발을 짚고 걷는 연습을 하면서 즐거워하는 모습을 지켜보는 내털리의 얼굴에 드러난 것은 혐오의 기색인지도 모른다.

26

카민스키 아줌마는 여전히, 아주 조용히 허밍하듯 모의 곁에서 자장가를 불러 주고 있다. 내가 기자 회견장으로 가려고 하자, 내 아이폰에서 메시지 도착 알림인 소의 음매-하는 울음소리가 울린다. 아마 모가 사고 현장에서 가져온 모양이다. 소리는 모의 침대 옆 테이블 쪽에서 들려온다.

나는 휴대폰 화면을 보기 위해 그쪽으로 둥둥 떠간다. 둥둥 떠간다는 말은 사실 맞는 표현이 아니다. 이 단어에는 움직임과 공기와, 감각 등이 내포되어 있지만, 사실 그중 어떤 것도 존재하지 않기 때문이다. 난 움직이는 것이 아니다. 내가 선택하는 곳에 존재할 뿐이다. 보이지 않고 소리도 없이. 나에게 허용된 것은 목격, 의식. 그 이상의 것은 없다.

휴대폰의 화면이 밝아진다. 엄마가 네 드레스의 색깔과 같은 색의 타이를 골라야 한다고 무슨 색인지 알고 싶대. 주말 즐겁게 보내. 화요일에 보자. 찰리.

침을 꿀꺽 삼키는 내 눈에 금세 눈물이 가득 차오른다. 가엾게 여겨야 할 사람들이 많은 지금, 스스로를 위해 슬퍼하면 안 된다는 건 알지만 어쩔 수가 없다. 댄스파티에 가고 싶다. 찰리와 함께. 모 옆에 앉아서 내 드레스 이야기를 하고 싶고, 무슨 색깔을 입을지 이야기하면서 모가 다른 생각을 하지 않게 해주고 싶다. 모는 그런 이야기를 좋아하니까. 내 동생과 언니와 밴스를 찾도록 번스에게 도움을 주고 싶다. 엄마에게 차를 망가뜨려서 미안하다고 말하고 싶고, 밥 삼촌이 오즈에게 무슨 짓을 했는지도 알리고 싶다. 모두를 찾아 다 같이 집에 돌아가고 싶다. 학교로 돌아가고, 대학에 진학하고, 메이저 리그 야구 팀의 첫 번째 여자 매니저가 되고 싶다. 이 모든 일을 다 이루고 싶다.

이제 다시 어두워진 내 폰의 화면을 응시하며, 내가 어떤 드레스를 입었을까를 상상해 본다. 아마 찰리의 눈과 어울리는 초록색을 골랐을 것이다. 찰리가 내 손을 잡고 댄스 플로어로 데려가는 모습, 그가 내 등 뒤로 팔을 두를 때 키득거리는 나의 모습, 그런 나를 보며 수줍게 웃는 찰리를 상상해 본다. 그는 아주 재미있는 아이라서 우리는 아마 함께 많이 웃었을 것이다. 찰리의 친구들은 언제나 그가 하는 이야기에 웃음을 터뜨리곤 했으니까.

모는 계속 몸을 뒤척이고 신음하며 내 이름을 부른다.

나 여기 있어. 비록 나는 없지만, 대답한다.

모가 고통스러운 듯 얼굴을 찡그리며 몸을 뒤척인다. 어쩌면 내 고통이 모에게 전해지는지도 몰라 나는 모를 떠난다.

27

교실만 한 크기의 방에 기자들과 카메라맨들이 가득하다. 문 근처에는 마이크가 있는 연단이 놓여 있다. 번스는 그곳에 서서 조사 내용을 발표하고 있다. 그를 본 이후에 그가 불편해하는 모습을 보는 건 처음이다. 대원들을 이끌 때 보였던 자신감과는 달리 그는 관심을 한 몸에 받는 것을 싫어하는 모양이다.

그는 밥 삼촌과 내털리가 뒤에 서 있는 동안 뻣뻣하게 서서 내일 있을 수색 계획과 함께 사건의 정황을 설명한다. 밥 삼촌은 면도까지 한 상태고, 내털리는 머리를 빗고 볼 터치와 립글로스를 발랐다.

번스가 발표를 마무리하고 밥 삼촌을 소개하자 그는 목발을 짚고 앞으로 껑충거리며 나와 선다.

「골드 씨.」 밝은 금발의 기자가 질문을 시작한다. 「선생님과 가족분께서 겪으신 시련에 대해서 한마디해 주시겠습니까?」

밥 삼촌은 카메라의 셔터와 예쁜 기자의 모습 때문인지 대답하기 전에 여러 번 눈을 끔벅거린다. 「아, 음, 글쎄요. 우리의 우선 과제는 밤을 무사히 보내는 것이었습니다.」

「그래서 가만히 기다리기로 한 겁니까?」

밥 삼촌이 끄덕인다. 「아래로 너무 많이 떨어진 데다, 칠흑같이 어두웠고 눈이 많이 왔습니다. 밤에 나가서 길을 찾는다는 것은 불가능했습니다.」

「하지만……」 기자가 수첩을 들여다보며 말한다. 「클로이 밀러 양과 밴스 해니건 군은 구조를 요청하러 나갔다고 하던데요? 두 사람이 떠난 건 모두 같이 내린 결정이었나요?」

밥 삼촌은 약간 비난조가 섞인 기자의 질문에 침을 삼키고는, 곧 방어 태세를 갖추며 눈을 가늘게 뜬다. 「아뇨, 그건 두 사람의 결정이었습니다.」 그가 말한다. 「그런 그들의 생각을 말려 보려고 했습니다만, 밴스의 태도가 워낙 강경했고, 클로이 역시 따라가겠다는 의지가 확고했습니다.」 그는 말을 멈추고 고개를 젓는다. 「우리가 어떻게 해볼 도리가 없었습니다.」 그는 다시 고개를 들더니, 정말 비통한 목소리로 이렇게 말한다. 「그 애들은 아직 어린애들이에요. 그 아이들을 여기에 우리와 같이 안전하게 데려올 수 있다면 뭐든 할 겁니다.」

기자는 공감한다는 듯 고개를 끄덕이고, 그녀 주변의 다른 기자들도 함께 고개를 끄덕인다. 「그리고 두 사람 말고 또 실종된 다른 아이는……」 그녀가 질문을 계속한다. 「그 오즈라는 아이 말이에요. 그 아이도 가지 못하게 말리셨습니까?」

「물론이죠.」 밥 삼촌은 충격적일 만큼 진심 어린 어투로 대답을 한다. 「설득하기 위해 온갖 노력을 했지만 그 애는 엄마를 원했어요.」 그는 감정이 북받치는 듯 말을 멈추고 크게 숨을 들이쉬더니 계속 이어 간다. 「오즈는 지적 장애를 가지고 있는 아이입니다. 고집이 세지만 마음은 여리죠. 수색대가 그 아이를 찾기를 바랍니다. 그 아이의 부모는 제 가장 친한 친구들입니다. 그리고 두 사람이 내게 아들을 맡긴 거나 다름없습니다. 그 아이에게 무슨 일이 생긴다면 전 제 자신을 용서할 수 없을 것입니다.」 그는 눈에 눈물이 차오르자 고개를 돌린다. 그의 말은 나조차도 거의 속아 넘어갈 만큼 설득력이 있었다. 그리고 기자들의 얼굴에 나타나는 강한 연민과 공감의 표정을 보니, 그들 역시 그를 믿는다는 것을 알 수 있다. 나는 아카데미상을 거머쥘 만큼 뛰어난 밥 삼촌의 연기에, 오스카 트로피로 그의 머리를 강하게 내려치고 싶은 충동이 인다.

「골드 씨.」 기자가 다시 질문을 이어 간다. 한층 누그러진 목소리다. 「그래도 다행인 것은 선생님 가족과, 잭 밀러, 모린 카민스키는 구조되지 않았습니까.」

밥 삼촌은 고개를 끄덕이고 그녀의 질문에 부응해 화제를 전환한다. 「그렇습니다. 상공에서 헬기 소리를 듣는 순간 신께서 우리의 기도에 응답하셨다고 생각했습니다.」

「구조대원 말로는 추락 당시 입은 부상을 제외하고 여러 분 중 다섯 명은 현명한 선택 덕분에 놀라울 만큼 건강한 상태라고 하던데요. 폭풍을 막기 위해 앞 유리창을 눈으로 막았다는 게 사실입니까?」

「그렇습니다. 눈이 단열재 역할을 했습니다. 에스키모가 사용하는 것과 같은 방법이죠.」

나는 그가 모를 언급하거나 모의 아이디어였다는 사실을 말하지 않는 것에 화가 솟구친다.

「그리고 눈을 녹여 마실 물을 만드셨다고요?」

「라이터와, 선글라스 케이스 그리고 『오만과 편견』 소설책을 사용했습니다.」 그는 여전히 모에 대한 언급을 하지 않는다. 「제인 오스틴이 그렇게 소설을 길게 써서 다행이었죠.」

사람들 틈에서 작은 웃음소리가 들려온다.

「정말 독창적이네요.」 여자 기자가 말한다. 「진정한 인디애나 존스세요.」

「아닙니다.」 밥 삼촌은 얼굴을 붉히며 말한다. 「정말 절박한 상황에 처하면, 뭐라도 하게 되죠. 그래야 하니까요.」

그때 밥 삼촌의 뒤에서 번스가 얼굴을 찡그리는 순간, 뜻밖에도 내털리가 앞으로 나서더니 이렇게 말한다. 「아빠, 그만 가요. 힘들어요.」

갑자기 현실을 자각한 밥 삼촌의 얼굴에 부끄러움의 그늘이 드리워진다. 「그래, 우리 딸.」 그는 그렇게 말하며 팔을 내털리의 어깨에 감싸고 머리에 격려의 입맞춤을 해주면서도 눈을 마주치지는 않는다. 그러고는 목발을 다시 제대로 짚더니 마침내 옳은 행동을 한 가지 한다. 그는 카메라를 향해 말한다.「아직 세 아이가 헤매고 있습니다. 내일 수색이 재개됩니다. 그 아이들을 위해 기도해 주시고 그 아이들을 찾는 데 할 수 있는 지원을 모두 해주십시오.」

내털리의 부축을 받으며 밥 삼촌은 절룩거리며 자리를 뜬다. 번스를 제외하고 그곳에 있던 모든 사람들은 감탄의 눈빛으로 그를 바라본다. 번스의 눈은 어떤 감정도 드러내지 않지만, 굳게 다문 그의 입꼬리는 의심과 불신을 드러내며 아래로 처져 있다.

28

나는 클로이 언니와 함께 밤을 보낸다. 오즈를 보러 갔었지만 아빠를 부르는 그 아이의 처참한 울음소리를 견디기 어려워 곁에 머물 수가 없었다. 비록 빙고는 가고 없고, 캠핑카로 돌아간 빙고의 발자국도 희미해지고 있었지만 오즈는 여전히 빙고와 마지막으로 휴식을 취하던 바위 위에 앉아 있었다.

나무 구멍 속에서 웅크린 클로이 언니는 후드를 쓴 머리를 무릎에 묻고 앉아 있다. 언니는 아무 소리도 내지 않는다. 언니의 추위, 고통, 비참함을 느끼며, 나는 언니가 이미 포기한 상태라는 것을 깨닫는다. 만일 그럴 수만 있다면 언니는 아마 스스로 심장을 멈추고, 폐가 호흡하는 것을 멈추었을 것이다. 하지만 그런 언니의 바람에도 불구하고, 심장은 계속 피를 내보내고 공기는 계속 몸 속을 흐른다.

나는 내 영혼이 아직 힘이 남아 있어서 언니의 옆에서 조금이나마 따뜻함을 전해 주기를 기도하고, 함께 기다리며 계속 말을 건넨다. 죽어 있다는 기분은 어떤 건지, 그리고 다른 사람들은 어떻게 됐는지를 말해 준다. 밥 삼촌이 재난을 마주한 상황에서 얼마나 멍청했는지 그리고 기자 회견 때는 얼마나 뻔뻔했는지도 말해 준다. 클로이 언니는 언제나 밥 삼촌을 싫어했기 때문에 이런 이야기를 들으면 재미있어 할 것이다.

중요한 이야깃거리가 다 떨어지자, 나는 찰리의 문자 메시지에 대해 털어놓는다. 찰리의 눈과 어울리는 초록색 드레스를 고르려고 했다고도 고백하고, 그런 나의 소녀 취향에 얼굴을 붉히기도 한다. 비밀이야. 나는 속삭인다. 이미 인생의 결승점에 도달한 마당에 이제 와서 내 쿨한 이미지에 먹칠하고 싶지 않거든.

그리고 찰리가 그 카우보이 부츠를 신고 와주기를 얼마나 바랐는지도 이야기해 준다. 빨간 스티치가 수놓인, 갈색이 아닌 검은색 부츠. 그리고 그동안 내가 했던 미안한 행동들에 대해서도 사과한다. 클로이 언니가 체육관 뒤에서 마리화나를 피우는 걸 교장에게 일러바쳐서 미안하다고 한다. 그리고 제발 이제 그만하라고, 그런 짓이 얼마나 한심하며, 그런 일을 하기에 언니는 너무 멋지다고 잔소리도 한다. 언니가 잃어버린 줄 아는 선글라스가 내 맨 아래 서랍 안에 체육복 상의 밑에 있다고도 말해 준다. 말 안하고 몰래 빌려 갔다가 깔고 앉는 바람에 렌즈가 깨져 버렸다고.

나는 그렇게 말하고, 말하고, 또 말하다 갑자기 멈춘다.

어디선가 내 것이 아닌 목소리와 개 짖는 소리가 들린다. 클로이 언니는 듣지 못한다. 언니는 꿈쩍도 하지 않는다. 언니는 지금 누군가 자기를 찾고 있다는 것도 알지 못하니까.

이쪽이에요. 나는 소리친다. 이쪽이요, 여기요, 여기!

허스키인지 셰퍼드인지 모르지만 기다란 회색 털을 가진 멋진 짐승 한 마리가 클로이 언니의 모자에 주둥이를 들이밀자 언니가 훌쩍인다. 개는 주둥이를 들고 높고 긴 울음소리를 낸다. 2분쯤 뒤에 주황색 파카를 입은 남자 두 명이 다가와 우리 옆에 쭈그리고 앉는다. 그중 한 명은 무전기에 대고 소식을 전한다.

「찾았습니다. 그 여자아이, 찾았어요.」 그는 감정에 북받쳐 목소리가 갈라진다.

다른 한 명은 클로이 언니의 목 부분을 손가락으로 눌러보더니 엄지손가락을 세워 보인다.

「살아 있습니다.」 무전기를 든 남자가 말한다.

「알았다. 헬기가 가고 있다.」 무전기 잡음이 섞인 대답이 돌아온다. 나는 환호하고 박수를 치고 빙그르르 돌며 함성을 지른다. 아무도 내 소리를 듣지 못해도 상관없다. 사람들이 클로이 언니를 찾아냈으니까. 이제 언니는 괜찮을 테니까.

29

엄마가 클로이 언니의 소식을 들을 때 옆에 있고 싶어서 나는 엄마가 있는 곳으로 간다.

엄마가 병원이 아닌 집결지에 있는 건 놀라운 일도 아니다. 엄마는 어제 앉았던 그 구급차의 뒷자리에 앉아 돌처럼 가만히 허공을 응시하고 있다. 엄마의 옆에서 엄마의 빨갛고 피부가 다 벗겨진 손을 잡고 있는 것은 밥 삼촌이다.

밥 삼촌의 구조 요청에 대한 탄원은 효과가 있었다. 1백 명도 넘는 자원봉사자들과 여러 기관의 사람들이 수색에 합류했다. 구급차와 소방차, 보안관 차 그리고 산림 경비대에서 나온 수십 대의 지프차들과 승합차들이 집결해 있다.

멀리서 검은 구름이 눈을 잔뜩 머금은 채 위협적인 모습을 취하고 있지만 그래도 아직까지는 그 무게를 지탱하고 있다.

계곡 위에서는 헬기 두 대가 빙빙 돌며 수색을 한다. 그 헬기가 오즈를 찾을 희망은 거의 없다. 오즈는 지붕 모양으로 우거진 나뭇가지 밑에 가려졌고, 게다가 밥 삼촌의 잘못된 정보 때문에 오즈가 걸어간 방향과 정반대 쪽에 수색이 집중되고 있기 때문이다.

번스가 구급차의 문을 열자, 강한 돌풍이 그와 함께 밀어닥친다. 벌떡 일어난 엄마의 눈은 번스의 표정을 읽으려고 노력한다.

「클로이를 찾았습니다. 살아 있답니다.」 그의 지쳐 보이는 얼굴에 미소가 번진다.

엄마는 팔을 벌려 그를 껴안는다. 「감사합니다. 오 하느님, 감사합니다. 지금 어디 있나요?」

「지금 남편분이 계신 병원으로 이송 중입니다.」

「괜찮은가요?」

대답이 지체되는 그 잠깐의 시간이 너무 길게 느껴져서 구급차 안의 공기를 다 빨아들이는 것 같다. 「아주 심한 뇌진탕을 일으켰었고, 손과 발의 상태는 아직 장담하기 어렵다고 합니다.」

엄마가 충격에 손을 입으로 가져가며 비틀거리자, 밥 삼촌이 엄마를 부축한다. 엄마는 마치 자석 그림판에 그린 그림을 지우듯 방금 들은 소식을 지워 버리려는 듯이 머리를 앞뒤로 흔든다. 그러자 밥 삼촌이 엄마를 자리에 앉힌다.

「내가 그쪽으로 가야 할까, 아니면 여기 있어야 하나?」 엄마는 멍한 상태로 누구에게인지 확실치 않은 질문을 던진다.

나는 엄마가 누군가에게 조언을 구하는 것을 본 적이 없다. 지금 엄마가 얼마나 제정신이 아닌지를 보여 주는 증거다.

번스가 단호하게 잘라 말한다. 「지금 따님에게 안정제를 투여했고, 몇 시간 동안은 깨어나지 않을 겁니다. 그러니 일단 지금은 여기 계시는 게 좋겠어요.」

소식을 전달한 그는 밖으로 나가려고 돌아선다.

엄마의 목소리가 그를 붙잡는다. 「밴스는요?」 엄마가 묻는다.

번스는 돌아서서 고개를 젓는다. 그러자 엄마는 자신의 두 손에 얼굴을 묻는다. 밥 삼촌이 엄마의 등을 쓸어 주며 괜찮을 거라고 말한다.

하지만 결코 괜찮지 않을 것이다. 구급차를 나서면서 어두운 수평선을 바라보다가 납덩이같은 무거운 구름이 눈을 떨어뜨리며 다가오는 것을 발견한 번스의 입가에 깊은 근심이 퍼지기 시작했기 때문이다.

30

나는 엄마와 밥 삼촌과 함께 구조 소식을 기다린다. 폭풍은 결국 다가왔고, 차 지붕에 떨어지는 우박 소리는 드럼의 브러시처럼 금속에 후추를 뿌리는 것 같은 소리를 낸다. 그 소리는 오즈와 밴스가 이런 날씨에 추운 밖을 헤매는 동안 두 사람은 따뜻하고 습기가 없는 장소에 있다는 것을 끊임없이 상기시킨다.

오늘이 내가 그렇게 고대했던 〈대통령의 날〉[7]이며, 사흘간의 주말이 끝나는 날이라는 것이 믿기지 않는다. 지금 이 시간쯤이면 스키 슬로프에서 보내는 마지막 아침이었을 테니, 사고가 없었다면 스노보드를 타거나 대부분은 스키를 타며 얼마나 즐거운 시간을 보냈을까 하는 생각을 해본다. 초보자용 슬로프에서 모 옆을 휙 지나치고, 밴스와 경주를 하고, 아빠와 리프트를 타면서, 결국은 죽을 운명인 모든 생명체들이 그러하듯 그 모든 하루, 즐거움 그리고 그 순간들

7 조지 워싱턴의 탄생일이자 매년 2월 셋째 월요일로, 법정 공휴일이다.

을 당연한 것으로 여기며 내 인생을 즐겼을 것이다.

엄마 옆에 앉은 밥 삼촌은 놀라울 만큼 다정하다. 엄마의 등을 쓸어 주기도 하고, 평소와는 달리 시끄럽게 굴지도 않고, 무슨 변화라도 있나 살피기 위해 계속 창밖을 내다본다.

「캐런은 어때?」 우박 소리가 특히 심해질 때 엄마가 물어본다.

「괜찮아.」 밥 삼촌이 대답했다. 「의사들이 혹시 하는 마음에 하루 더 병원에 있으라고는 했지만 괜찮아.」

엄마가 입술이 얇아 보이도록 입을 굳게 다문다. 상처받은 마음이 지금 엄마가 감당하는 모든 다른 감정들과 함께 복합적으로 뒤섞인다. 캐런 이모는 전화도 하지 않았고 지금 이곳에 오지도 않았다. 엄마의 부상은 캐런 이모보다 심각하고, 천배는 더 끔찍한 시련을 겪고 있는데도 캐런 이모는 아직 아무런 위로의 말도 건네지 않았다.

「너와는 다르니까.」 밥 삼촌이 말을 꺼낸다. 「캐런은 강하지 못해. 곧 회복할 거야. 단지 수습할 시간이 필요한 거야.」

「회복해? 수습할 시간?」 서운한 마음이 금세 씁쓸한 감정으로 변해 엄마가 날카롭게 받아친다. 「대체 그게 무슨 뜻이야? 내가 마지막으로 확인한 바로는 자기 자식은 완전 무사하던데.」

「캐런은 지금 화가 나 있어.」 밥 삼촌이 말한다. 「그리고 내털리를 걱정하고 있고. 캐런 성격 알잖아. 강박적인 거.」

엄마는 팔로 자신의 몸을 감싸 안는다.

「시간을 좀 줘.」 밥 삼촌이 말한다.

엄마는 대답하지 않는다. 때로는 시간이 해결하지 못하는 것들도 있다. 엄마와 캐런 이모는 20여 년간 친구로 지냈지만, 이 순간은 평생 결코 잊지 못할 것이다.

메리 베스라는 구급차 운전사가 운전석에서 고개를 돌려 그들을 바라보며 말한다. 「밴스를 찾았답니다. 헬기가 파인 넛 캠핑장 근처에서 발견했대요. 다행히 계속 걷고 있는 중이었다고 하네요.」

밥 삼촌이 엄마의 머리에 입을 맞추고 꽉 껴안아 준다. 두 사람은 이 소식을 오즈를 찾을 수 있다는 희망으로 받아들인다.

하지만 몇 분 후 그들의 새로운 희망은 메리 베스가 다시 뒤를 돌아보며 〈오늘은 헬기 수색을 그만 중단한다고 합니다. 날씨가 너무 안 좋아서요〉라고 말하자 곧 사라져 버린다.

엄마는 거의 반응을 보이지 않는다. 1천 번의 휘갈김을 당한 후 한 번 더 휘갈김을 당한 것처럼 엄마에게는 더 이상 반응할 여력조차 남아 있지 않다.

「기운 내.」 밥 삼촌이 말했다. 「오즈는 강한 아이니까. 그리고 육지에서는 아직 수색 중이잖아.」

■

정오 무렵 구급차로 걸어오는 번스는 얼굴을 때리는 매서운 찬바람 때문에 외투의 옷깃 안으로 턱을 밀어 넣고 있다.

밥 삼촌이 창문을 통해 번스를 발견하고는 엄마를 쿡 찌르자 엄마가 고개를 든다. 이번에는 번스가 그들에게 올 때까지 기다리지 않는다. 엄마는 따뜻한 차 안에서 밖으로 뛰쳐나가 그에게 서둘러 다가간다. 희망에 가득 찬 엄마의 얼굴을 보자 너무 잔인한 현실에 마음이 아파 온다.

엄마를 본 번스는 시선을 옆으로 피했다가, 엄마가 서 있는 바로 옆의 땅으로 떨군다. 엄마는 그제야 번스가 자기에게 소식을 전하러 오는 이유에는 다른 가능성도 있다는 사실을 새삼 깨닫고, 걸음과 숨을 멈추고 손을 입으로 가져가면서 머리를 마구 내젓는다.

「개를 찾았습니다.」 그는 엄마가 나쁜 결론을 내기 전에 서둘러 내뱉듯 말한다. 엄마가 희망을 완전히 놓아 버리지 않도록. 적어도, 아직은.

엄마는 재빨리 눈을 여러 번 깜박이며 소식을 받아들이더니, 말없이 돌아서서 다시 간절하게 기도하는 자세로 돌아간다. 빙고를 찾았다. 오즈는 아직 밖에 있다.

31

「어떻게 할까요?」 보안관보가 손을 주머니에 깊숙이 찔러 넣고, 옆으로 세차게 내리치는 눈으로부터 얼굴을 보호하기 위해 어깨를 귀까지 잔뜩 끌어 올린 채로 번스에게 다가가며 묻는다.

「20분만 더 하지.」 번스가 말했다. 「조금만 더 해보자고.」

한 시간쯤 뒤, 세상이 온통 하얗게 변하자, 그는 절대 내리지 않기를 바랐던 결정을 내리고 수색을 중단시킨다.

그건 내 동생에겐 사형 선고나 다름없다. 그리고 모두가 그걸 안다. 수색대원들, 번스 그리고 엄마도. 또 다른 폭풍이 다가오고 있었고 수색이 재개되려면 적어도 하루, 어쩌면 이틀이 걸릴지도 모르는 일이다. 그 누구도 그렇게 오랫동안 생존해 있을 수는 없다.

이것은 최악의 결과이며, 어쩌면 죽은 오즈를 발견한 것보다 더 안 좋은 결과일지도 모른다. 차를 향해 터덜거리며 걸어가는 수색대원들은 좌절감에 고개를 떨어뜨린다. 오즈가 살아 있기를 바라던 그들의 염원은 오즈가 더 고통받지 않도록 차라리 이미 죽어 있기를 바라는 마음으로 바뀌어 간다.

하지만 오즈는 살아 있다. 그는 더 이상 엄마나 아빠를 부르지도 않고 조용히 빙고가 떠난 자리의 바위 위에 웅크리고 있다. 혼자서 겁에 질린 채 떨고 있는 오즈를 바라보는 것만으로 내 마음이 무너져 내린다.

내 소리를 듣지 못한다는 것을 알면서도 나는 오즈에게 사랑한다고, 빙고는 안전하다고 말해 주고 그 자리를 떠난다. 그 자리에 차마 계속 머물지 못할 만큼 겁쟁이인 나 자신을 몹시 부끄러워하면서.

번스가 수색 중단 소식을 엄마에게 알리는 동안에도 엄마는 거의 반응을 보이지 않는다. 단지 오랫동안 수색을 해 준 것에 감사 인사를 한 뒤, 구급차에서 소지품을 챙겨 밥 삼촌과 대기 중이던 보안관보의 차로 걸어간다. 차는 두 사람을 아빠와 클로이 언니가 치료 중인 리버사이드의 외상 센터로 데려간다.

엄마는 전쟁 신경증[8]에 빠진 거야. 나는 소식을 접했을 때 엄마의 얼굴에서 비쳤던, 뭔가 이상한 느낌을 애써 떨쳐 내려고 애쓰면서 혼잣말을 중얼거린다. 엄마는 안도하는 것 같았어.

8 전쟁이나 전투 중에 군인들이 신체적, 정신적으로 견딜 수 없는 한계에 도달했을 때 나타나는 정신과적 증상.

아니야. 나는 소리친다. 체념이었을 거야. 어쩌면 엄마는 이미 알았고 또 그래서 예상했는지도 모른다. 그래서 그 소식은 새로 알게 된 사실이 아니었고, 따라서 엄마가 지나친 희망을 갖고 있을 때와는 달리 큰 충격을 받지 않았던 것뿐이다. 엄마에게 유일한 잘못이 있다면 나를 포함한 다른 사람들이 엄마에게 기대하는, 자식 때문에 무너져 내리는 모습을 연기하거나 그런 척을 할 만한 에너지도 없었던 것뿐이다.

「내가 같이 가줄까?」 밥 삼촌이 차 문을 열어 주며 엄마에게 묻는다.

엄마는 고개를 젓는다. 「그만 캐런과 내털리에게 가봐.」

밥 삼촌이 엄마를 당겨 끌어안아 주자, 엄마는 밥 삼촌의 가슴에 머리를 묻는다. 삼촌은 엄마의 머리에 턱을 댄다.

「언제든지 내가 필요하면 말해.」 밥 삼촌은 속삭인다. 그런 두 사람의 다정한 모습을 보자 혹시 두 사람 사이에 우정 이상의 감정이 있는 건 아닐까 하는 의문이 생긴다. 삼촌이 엄마에게 애정이 있는 건 확실하다. 언제나 그랬으니까. 하지만 그에 대한 엄마의 감정은 그만큼 확실하지 않다.

32

침대에 누워 있는 클로이 언니의 모습에 엄마는 소스라치게 놀란다. 이마 주변의 머리카락이 다 짧게 깎여 있고, 거즈 조각이 깊은 상처를 덮고 있다. 클로이 언니는 몸을 덮은 하얀 이불 위에 붕대가 감긴 손을 올려놓은 채 눈을 감고 있다. 창문으로부터 들어온 달빛이 언니의 창백한 피부에 닿으며 빛이 난다. 마치 상처를 입은 천사 같다. 클로이 언니를 본 엄마는 안도감에 마음이 누그러진다. 클로이 언니의 물집 잡힌 귀나 눈 주변의 깊고 푸른 멍, 손가락과 발가락 끝의 피부가 검게 변한 것 등은 거의 눈치채지도 못할 정도로.

나는 엄마 곁에 앉아서 클로이 언니가 깨어날 때까지 기다린다. 언니 주변에 있는 의료 장비들이 내는 기계음, 안정된 삐 소리와 구불구불한 전선들이 안심을 시켜 주는 동안 간호사가 가끔씩 들어와 언니를 살피고 거즈를 갈아 준다. 열이 펄펄 끓고 호흡이 가끔 불규칙하지만 맥박은 변함없이 안정적이다.

오브리 언니가 8시 조금 전에 도착한다. 이상할 정도로 변한 것이 전혀 없는 언니의 모습을 보니 당황스럽다. 마치 태양을 맨눈으로 바라본 것처럼, 오브리 언니를 바라보는 것은 좋기도 하고 동시에 아프기도 하다.

엄마가 일어나자 두 사람은 서로 끌어안는다. 오브리 언니는 엄마의 딸이다. 물론 오브리 언니가 아빠를 사랑하고 아빠도 오브리 언니를 사랑하지만 항상 오브리 언니는 엄마 딸이었다. 두 사람은 귀엽고 재미있고 편안한 모녀 관계를 만든다. 두 사람 다 쇼핑과 감상적인 영화를 좋아하고 스파에서 극진한 서비스를 받으며 몇 날 며칠이고 지낼 수 있으며, 매일 밤 오렌지카운티에 생긴 가장 최신 레스토랑의 음식을 맛보러 가는 걸 즐긴다. 그런 둘을 보고 우리는 모녀 음식 비평가를 해도 좋겠다고 놀리곤 했다. 아주 잘 어울렸을 것 같다. 오브리 언니는 점수를 후하게 주는 역할을, 엄마는 사소한 것에 트집을 잡는 냉혹한 역할을 하면서.

두 사람은 옆에 나란히 앉아서 똑같은 자세로 바닥에 발을 대고 허벅지 위에 올려놓은 손을 꽉 움켜쥐고 있다. 오브리 언니는 좀 전까지 울었던 것 같다. 마스카라를 하지 않은 빨간 눈을 보면 알 수 있다. 그건 언니의 민감한 눈물샘이 터진 걸 증명하는 트레이드마크나 마찬가지니까.

하지만 지금 엄마 옆에 앉아 있는 오브리 언니는 아주 잘 참고 있다. 말을 아끼고, 클로이 언니를 바라보고, 또 나를 생각하느라 근심이 가득한 얼굴로 무심코 약혼 반지를 자꾸 만지작거리면서 다이아몬드의 수를 센다. 오브리 언니는 처음 반지를 받았을 때 가운데 박힌 다이아몬드 주변에 벤과 자신이 사귄 지난 개월 수를 기념하는 스물 두 개의 작은 다이아몬드가 박혀 있다는 걸 아주 자랑스럽게 이야기했다. 나는 그때 반지를 잘 살펴본 뒤 오브리 언니를 놀리기 위해서 스물한 개밖에 없다고 장난을 쳤다. 내가 그 이야기를 한 후, 오브리 언니는 아마 백번도 더 다이아몬드의 수를 세었을 것이다. 그 농담은 유행처럼 번져서, 모두 오브리 언니를 보면 정말 스물두 개가 맞느냐고 놀렸다.

「아빠는 지금 인위적인 혼수상태로 놔둔 거래.」 오브리 언니가 잠시 후 이야기를 꺼낸다. 「그렇게 하면 부은 뇌를 완화하는 데 도움이 된대.」

엄마가 고개를 끄덕인다. 오브리 언니가 오기 전에 이미 의사들에게 들은 말이다. 아빠의 수술은 잘 끝났다. 다리는 접합했고 비장은 제거했지만 뇌 손상이 어느 정도인지 알려면 아빠가 깨어나길 기다려야 하는데 그 시간이 일주일이 넘게 걸리지 않기를 바란다고 했다.

「아빠는 괜찮을 거야.」 오브리 언니가 엄마에게 말한다. 「클로이도.」

하지만 오즈에 대한 이야기는 하지 않는다. 오즈는 아직 밖에 있으니 아직 희망이 있다는 이야기도 하지 않는다. 엄마 역시 언급을 피한다.

두 사람이 오즈 이야기를 해주기를 기다릴수록 점점 더 화가 나고, 결국 더 견딜 수가 없어서 나는 그들 곁을 떠나 버린다.

33

내가 도착한 순간 문이 열리고 캐런 이모가 들어온다. 침대 옆에서 기도하던 카민스키 아줌마가 고개를 돌려 문쪽을 돌아보더니 재빨리 일어나 캐런 이모를 복도로 끌어낸다.

「모는 좀 어때요?」 문이 닫히자 캐런 이모가 걱정스러운 얼굴로 묻는다.

캐런 이모는 손가락에 1도 동상을 입었고 약간의 정신적 충격을 받은 정도였다. 하지만 병원에서 하루 정도가 지나자 거의 정상으로 회복되었다. 이제 머리도 손질하고 화장도 신경 써서 한 상태다. 손에 번들거리는 연고를 바른 것을 제외하고는 사고 전과 전혀 다름이 없어 보인다.

카민스키 아줌마가 캐런 이모를 오랫동안 관찰하더니 대답은 하지 않고 이렇게 묻는다. 「내털리는 다친 데 없어요?」

「없어요.」 캐런 이모가 대답한다. 「운이 좋았죠.」

아줌마는 여전히 캐런 이모의 눈에서 시선을 떼지 않은

상태에서 말한다.「모린도 운이 좋은 편이지만 그래도 손가락 발가락을 다치지 않은 내털리만큼은 아니에요.」

캐런 이모는 고개를 끄덕인다. 카민스키 아줌마가 자신을 오랫동안 바라보더니 다음과 같이 말하자 모를 걱정하던 캐런 이모의 마음이 경직된다.「그 밖에서 얼마나 추웠을까, 그리고 우리 딸이 얼마나 무서웠을까 생각하면 온몸이 다 떨려요.」

캐런 이모는 다른 쪽 발로 체중을 옮긴다.

「모린 발가락 봤어요?」카민스키 아줌마가 말한다.

캐런 이모는 고개를 저으며 침을 삼킨다.

「손가락보다 훨씬 심해요.」그녀는 캐런 이모의 발을 내려다본다.「지금 당신이 서 있는 것처럼 몸무게를 지탱하지 못할 만큼.」

캐런 이모가 신발 속에서 발가락을 오므리는 것이 느껴진다.

내털리의 7백 달러짜리 코트는 결국 그 값을 톡톡히 했다. 길고 두꺼운 다운 코트는 내털리를 추위로부터 지켜 주었을 뿐 아니라 부모의 발까지 품어 줄 여유가 있어서 캐런 이모와 밥 삼촌이 신발을 신은 채 발을 밀어 넣을 수 있었다.

「손가락은 그래도 전부 하얀색이에요.」카민스키 아줌마가 말을 계속 이어 간다.「그건 좋은 조짐이라고 하더군요. 창백하다는 건 겉 피부만 동상을 입은 거라고요. 검은색이면 이미 괴사한 거고요. 몸이 주요 장기의 열을 보존하기 위해 끝부분의 혈액 순환을 차단한 거라고 하더군요.」

침을 삼키는 캐런 이모의 얼굴이 창백해진다.

「그런데 발가락은 거의 다 검어요. 돌덩어리 같아요. 살과 뼈로 이루어진 게 아니라 식어서 굳은 용암 같아요.」

아줌마는 잠시 말을 멈추지만 다시 말을 시작할 때까지 캐런 이모의 눈을 계속 바라본다. 「추위 때문에 그렇게까지 된다는 것은 상상조차 안 돼요. 하지만 그래요, 당신이 이야기한 것처럼, 우리 딸들은 그나마 운이 좋았어요. 나는 그 사실이라도 붙잡아야 견뎌요. 그 애들이 얼마나 운이 좋았는지.」

캐런 이모는 무슨 말인가를 하려고 입을 열지만, 카민스키 아줌마는 그치지 않고 말을 계속 이어 간다. 아줌마의 말은 날카롭게 간 칼날 같다. 「내가 저 방에 앉아 있는 매 순간, 매초, 핀은 죽었는데 우리 딸은 여기 있어서 다행이라고 계속 되뇌고 있어요. 하지만 모린의 발가락을 보면, 그리고 그만큼 심했을 추위를 생각하면, 내털리를 생각하지 않을 수가 없더군요. 내 딸의 발가락은 저 모양인데 왜 내털리는 멀쩡한 건지 궁금해져요. 그리고 생각하죠. 정말 운 때문이라면, 그 운이란 건 참으로 잔인하고 불공평하다고요. 두 아이 다 같은 캠핑카 안에 있었는데, 둘 다 똑같이 춥고 무서웠을 테고, 둘 다 얇은 부츠를 신고 있었는데 왜 우리 딸만 지금 발가락을 잃을 수도 있는 지경에 처하게 된 건지, 왜 당신

딸은 그렇게나 운이 좋았고 우리 딸은 아니었는지 정말 이해할 수가 없어요.」

대답을 듣지도 않고 카민스키 아줌마는 벌벌 떨고 있는 캐런 이모를 복도에 남겨 둔 채 돌아서서 병실로 들어간다. 나는 캐런 이모가 떨리는 몸을 진정시키느라 벽에 손을 뻗는 것을 바라본다. 캐런 이모는 입을 벌리고 얕은 숨을 몰아쉬면서 마치 꿈에서 깨어나려고 발버둥치는 것처럼 고개를 젓는다.

나는 언제나 모가 카민스키 아줌마의 딸이라는 점이 의아했다. 어떻게 그렇게 온순한 사람이 모처럼 정열적인 사람의 부모인지 말이다. 하지만 이제 알 것 같다. 사람은 겉모습으로는 알 수 없고 본성도 보이는 것과는 다르다. 캐런 이모는 이제 내털리의 발가락을 볼 때마다 모를 떠올리지 않을 수 없을 것이고 거울을 볼 때마다 카민스키 아줌마의 말이 들릴 것이다. 왜 당신 딸은 그렇게나 운이 좋았는데 우리 딸은 아니었는지 정말 이해할 수가 없어요. 카민스키 아줌마는 결코 온순한 사람이 아니다. 그리고 캐런 이모는 이타심도 없으며 마음이 너그러운 사람도 아니다. 비록 이 두 사람을 아는 1천 명의 사람들에게 물어봤을 때 대부분 이 사실에 동의하지 않더라도 말이다.

34

모가 내털리만큼 운이 좋지 않았다고 한다면, 클로이 언니는 철저히 저주를 받은 것이나 다름없다.

의사들은 환자의 보호자들에게 아픈 진실을 말하기 꺼려하기 때문에 솔직한 이야기는 자기들끼리 모였을 때만 이야기한다. 그들이 하는 이야기에 따르면 클로이 언니는 발가락 몇 개와 어쩌면 손가락도 잃을 수도 있다. 몇 개인지는 아직 확실하지 않지만, 모두 온전하게 살릴 수 없다는 것은 확실하다. 귀의 상처도 예후가 좋지 않아서 자문을 얻기 위해 성형외과 의사가 호출되었다.

나는 클로이 언니가 어떻게 지내는지 보기 위해 의사들이 모여 있는 복도에서 입원실로 들어간다. 내가 들어간 지 얼마되지 않아 클로이 언니가 갑자기 경련을 일으키며 눈을 뜬다. 언니의 눈이 이리저리 마구 움직이고, 얼굴은 공포에 일그러지고, 그러고는 다시 까무러친다.

「방금 왜 그런 거야?」 오브리 언니가 묻는다.

「두려워서.」 엄마가 중얼거린다. 의자를 침대 가까이 당겨 앉고 자신이 옆에 있다는 것을 알려 주기 위해 클로이 언니의 손목을 자신의 붕대 감긴 손으로 잡아 준다. 그리고 아주 조심스럽게 어루만진다. 마치 클로이 언니가 부서지기라도 할 것처럼. 정말 그렇다. 클로이 언니의 피부는 너무 하얗고 투명한 수정 같고, 하얀 시트에 덮인 몸집이 너무 작아서 나뭇가지처럼 금방 부러질 것 같다. 클로이 언니가 뭐라고 중얼거리자 엄마의 미간에 주름이 진다. 클로이 언니가 뭐라고 하는지는 나만이 알아듣는다. 그 말을 듣는 나의 눈이 부풀어 오르고 심장이 쿵쿵 뛴다. 언니는 분명히 이렇게 말했다. 빨간 스티치가 수놓인 검은 부츠.

클로이 언니는 신음을 하며 다시 깨어난다. 이번에는 고통에 몸부림치며 조금 더 서서히.

「간호사 불러.」 엄마가 소리를 치자 오브리 언니가 벌떡 일어나 방을 뛰쳐나간다. 엄마는 아주 조용히 클로이 언니에게 말한다. 「여기 있다, 아가. 엄마 여기 있어.」

클로이 언니는 다시 의식 불명인 상태로 돌아가기를 간절히 소망하며 엄마의 손으로부터 자기 손목을 빼내며 눈을 질끈 감는다. 다행히 클로이 언니의 애원에 응답이라도 하듯 간호사가 뛰어 들어와 링거에 뭔가를 주입한다.

35

나는 오즈에게 간다. 클로이 언니가 나의 말을 들었다. 빨간 스티치, 검은색 부츠. 클로이 언니는 눈 속에서 자는 동안 내가 하는 말을 들었다.

나는 오즈 옆에 웅크리고 앉아 내가 옆에 있다고 말해 준다. 클로이 언니가 구조되었고 그래서 이제 괜찮으니 걱정 말라고 이야기해 준다. 아빠는 병원에 있고 이미 깨어나서 오즈, 너를 찾았고, 그리고 빙고도 안전하다고. 빙고가 얼마나 잘해 냈는지, 그리고 얼마나 많은 도움이 되었는지도 말해 준다. 덕분에 엄마가 발견되었고, 너의 흔적이 수색대를 엄마 쪽으로 이끌어 주었다고 말이다. 네가 얼마나 특별하며, 그리고 얼마나 강하고 용감한지도, 모두 너를 얼마나 사랑하는지 또 얼마나 그리워할지도. 천국이란 곳에 대해서도 말해 준다. 그곳은 아름다운 곳이며 규칙도 없고 빙고가 실수해도 아무도 화내지 않는 곳이라고. 그곳에서는 모든 음식에, 심지어 스테이크에 빙고가 좋아하는 마시멜로를 없어도 되는 곳이고, 모든 천사들은 아름다운 황금빛 날개가 있고 모처럼 예쁘고, 물싸움과 눈사람 만들기도 좋아한다고. 나는 검은 암흑이 회색빛으로 옅어지고 지평선이 밝아질 때까지 쉬지 않고 오즈에게 이야기를 한다.

오즈의 떨림이 멈추는 순간에도 나는 계속 말한다. 오즈의 죽음은 거의 눈치채기 어려울 만큼 아주 조용히 찾아온다. 그의 가슴이 마지막으로 부풀었다 내려앉고, 입이 힘없이 벌어지고 마침내 조용해진다.

나는 그의 영혼을 위해, 내가 오즈에게 이야기해 준 것과 같은 그런 천국으로, 친절하고 이해심 가득한, 오즈와 같은 특별한 아이에게는 더욱 관대하고 덜 혼란스러운 곳으로 빨리 데려가 달라고 신에게 기도한다.

나의 슬픔이 증오심으로 변하자 나는 그 근원을 찾아간다. 밥 삼촌이 지옥에서 자기가 한 짓의 대가를 치르길 기도하면서.

36

그건 착각이다. 혹시 살아남은 사람들이 괜찮을 거라고 생각한다면.

사고가 난 지 일주일이 지났고, 엄마가 구조를 요청하러 캠핑카를 떠난 후 엿새, 그리고 클로이 언니와 밴스가 발견된 지 닷새가 지났다.

오즈는 끝내 발견되지 않았다. 폭풍이 걷히고 바로 수색이 재개되었지만, 이틀 후 다시 중단되었다.

두 명이 죽었다. 다른 사람들은 회복 중이고 그들은 삶이 중단되었던 곳에서부터 다시 새로 시작할 수 있다.

모두 그렇게 생각할 것이다. 그렇지 않은가?

틀렸다.

가시나무로 뜬 담요를 덮은 것처럼 사고로 인한 상처투성이의 후유증은 생존자들의 인생에 습관처럼 자리를 잡고, 살아남기 위해 몸부림치던 절박한 감정은 완전히 다른 무언가로 변형되어 간다. 이제 아무리 몸을 혹사시켜도 아드레날린은 분비되지 않는다. 탈진과 충격은 더 이상 뇌를 마비시키지 않는다. 사고 후 마주하게 되는 삶의 현실은 아주 느린 출혈과도 같이 의식에 스며들고, 숨을 쉴 때마다 떠오르는 추위와 고통에 대한 기억은 그들을 찢어발긴다.

나는 아직 최악의 상황이 오지 않았음을 알고 있기 때문에 그것에 대한 두려움이 지속적으로 내 창자를 휘감고 복통을 일으킨다. 부정과 후회, 부끄러운 고마움과 죄책감, 슬픔과 절망 등이 엄마와 클로이 언니 그리고 모의 꿈과 생각 속에서 끝없이 맴돈다. 그들은 사고로 인한 공포에 사로잡혀서, 꿈속에서 무언가를 기억해 낼까 봐 잠을 회피하려고 한다.

나는 차창 밖에서 놀란 눈을 깜박이던 사슴을 생각한다. 그 사슴은 과연 자기가 어떤 피해를 입혔는지 알까, 아니면 자신의 생명을 살리는 대신 치러야 했던 희생에 대해 모른 채 계속 살아갈까 궁금해진다.

밥 삼촌, 캐런 이모 그리고 내털리는 오렌지카운티의 집으로 돌아갔다. 그들이 가버렸다는 사실이 기쁘다. 밥 삼촌이 옆에 있는 것이 엄마에게는 위로가 되었지만, 나에겐 화가 치미는 일이었다. 그런 일을 저지르게 한 그의 양심 부족이, 다른 사람들이 모두 겪고 있는 외상 후 스트레스로부터도 그를 보호해 준다는 사실이 역겨울 만큼 불공평하게 느껴진다. 그의 발목은 이제 거의 다 나았고, 그의 가족은 건강하고 온전하며, 그는 사람들에게 영웅으로 알려졌고, 밤에는 편안히 잠든다.

내 동생이 당한 고통을 그에게 재생시켜 보여 줄 수 있다면, 그렇게 할 것이다. 그가 눈을 감을 때마다 오즈의 울음소리, 공포, 아빠와 나 그리고 모를 찾는 소리, 처절하게 외롭고 끔찍하게, 서서히 찾아왔던 그 죽음의 모든 소리를 끝없이 반복해서 재생해 그를 고문할 것이다. 그러다가 가끔은 멈추고 조용히 기다릴 것이다. 그가 이제 괜찮아졌다고 믿고 방심하는 순간에 다시 가장 큰 음량으로 재생해서, 끊임없이 잔인하게 괴롭혀 줄 것이다. 그가 마침내 잠을 무서워하게 될 때까지.

하지만 나는 오즈가 겪은 고통의 소리를 재생할 수 없다. 그래서 그 사슴처럼, 밥 삼촌도 잘못을 의식하지 못한 채 뉘우침도 없이 삶을 지속한다. 밥 삼촌의 생각은 결코 그 끔찍했던 밤이나 그가 오즈를 보내 버린 그 순간으로 감히 돌아가지 않으려 하고, 여러 가지 유감스러운 사건들 속에서 그가 했던 행동들 역시 돌아보려고 하지 않기 때문에, 그는 자신이 저지른 짓에 대한 어떤 결과로도 고통받지 않으며, 책임감이나 회한도 느끼지 못한다.

하지만 나머지 사람들은 그런 〈참회의 결핍〉이라는 축복을 받지 못했다. 그들의 양심은 끊임없이 아우성을 치고, 그들의 뇌에서는 〈했어야 할 일〉과 〈했으면 좋았을〉 일들이 끊임없이 떠오른다. 그들은 지금 자신의 모습을 견딜 수가 없다. 자신들의 진정한 상(像)은 너무나 선명하고, 추하며,

너무 잔혹하고 정직하다. 그리고 나는 어떤 가장된 자아나 일말의 무지 없이, 우리가 우리 자신을 그렇게 숨김없이 적나라하게 봐서는 안 되며, 또한 우리의 본성이 날 것 그대로 드러나서도 안 된다는 것을 깨닫는다.

엄마와 모와 클로이 언니는 각기 다른 후회로 고통스럽다. 물론 그 근본적인 원천은 시간을 되돌리고 싶고, 운명을 뒤바꾸고 싶고, 그리고 그때의 자신보다 더 나은 자신이기를 바라는 강렬한 욕망이라는 점에서는 같지만 말이다.

엄마가 주로 떠올리는 것은 오즈였다. 내가 작별 인사를 했던가? 엄마는 거울을 향해 큰 소리로 혼잣말을 한다.

엄마는 자신이 작별 인사를 하지 않은 사실을 기억하지 못한다. 그래서 나는 엄마가 인사를 했다고 믿기를 간절히 바란다.

그리고 클로이 언니에게 일어난 일 때문에 자신을 고문하고 있다. 엄마는 오브리 언니에게 그 이야기를 털어놓으며 주체하지 못할 정도로 흐느꼈다. 그리고 아무리 오브리 언니가 여러 번 엄마의 잘못이 아니라고 말을 해도, 정작 자신은 스스로를 그렇게 믿도록 설득하지 못했다. 밥 삼촌 역시 엄마는 분명 클로이 언니를 말렸다고 여러 번 상기시켰다. 그는 강력하게, 거의 화를 내면서 분명히 그때 엄마가 할 수 있는 일은 없었다고 말했다.

나는 그를 증오하지만, 그래도 그가 그렇게 말해 준 것은 다행이었다.

하지만 불행하게도 클로이 언니는 그렇게 생각하지 않는다. 엄마가 옆에 있을 때면 비난의 감정이 뿜어져 나올 정도로 노골적으로 엄마를 증오하고 있다. 언니는 그 나무 구멍에서 거의 30시간을 보냈고, 그 시간은 혼자서 머릿속으로 온갖 생각을 하며 보내기에는 너무나 길었고, 현상에 대한 관점이 왜곡되기 충분할 만큼 아주 긴 시간이었다. 클로이 언니가 그때를 어떻게 기억하는지는 모르지만, 지금 언니의 왜곡된 관점 때문에 엄마를 용서할 여지가 없는 것만은 확실하다.

입을 다물고 있는 클로이 언니가 과연 무슨 생각을 하는지는 알 수가 없다. 구조된 이후에 클로이 언니가 말을 한 것은 밴스에 대해 물어봤을 때뿐이었다. 밴스가 살아 있다는 말을 들었을 때 언니의 눈에 눈물이 그렁그렁 고였다. 간호사한테 부탁해 밴스에게 전화를 걸었지만 전화를 받은 밴스의 엄마가 그가 전화를 받고 싶어 하지 않는다고 전했고, 그래서 클로이 언니는 깊은 상처를 받았다.

그 이후, 언니는 한마디도 하지 않았고 거의 아무것도 하지 않고 있다. 하루 종일 창 쪽으로 얼굴을 돌린 채 옆으로 누워 있을 뿐이다. 아주 가끔 눈을 뜰 때도 있지만 대부분은 눈을 감고 있다. 식사도 거부하고 화장실도 가려고 하지 않는다. 영양분이 정맥 주사로 공급되고, 기저귀를 차고 있으며, 그러다 자기도 모르게 변을 보는 경우에도 움직이려고 하지 않는다.

그런 모습을 보는 것은 너무 끔찍하다. 괴사된 피부, 소변 그리고 대변 등이 섞인 냄새도 분명히 지독할 것이다. 엄마는 익숙해진 듯이 그런 냄새에 전혀 반응하지 않지만 그 외의 사람들은 얼굴을 찡그리며 해야 할 일을 재빨리 마치고 도망치듯 서둘러 방을 나간다.

이미 클로이 언니의 왼쪽 새끼손가락의 위쪽 3분의 1가량과, 왼발의 발가락 하나와 오른발의 발가락 두 개를 절단했다. 성형외과 의사가 귀에 감염된 물집을 여러 군데 제거해서, 귓불은 이제 한쪽이 치우친 기형이 되었다. 의사들은 남은 발가락들은 살릴 수 있을 거라며 희망적인 의견을 보이지만 너무 검게 변해서 당장이라도 부러질 것 같다.

이 모든 과정이 진행되는 동안 엄마는 클로이 언니의 옆에서 조금도 주의를 소홀히 하지 않고 눈도 거의 깜박이지 않으면서 곁을 지킨다. 매일 아침 엄마가 그 방에 들어설 때마다 호흡을 깊이 들이쉬며 용기를 내려고 노력한다는 사실을 아는 건 나뿐이다. 하지만 일단 방에 들어서서 침대 옆 의자에 앉으면 엄마는 강한 극기심으로 버틴다. 클로이 언니가 숨 쉬는 것을 바라보며 말도 안 하고 꼼짝도 않고 앉아 있는 엄마의 얼굴에 드러나는 헌신의 표정은 내 심장을 쥐어짠다. 어떻게 한 사람이 다른 사람을 이렇게 사랑할 수 있으며, 그러면서도 가까이 다가가기를 두려워할 수 있는지 궁금해진다. 사고 전에도 그랬다. 두 사람은 서로에게서 숨으려고 했고, 둘 중 하나가 가려는 방향을 몰래 알아 두었다가 그 길을 피해 가려는 습관이 있었다.

「물과 기름.」 아빠는 언젠가 두 사람을 그렇게 표현했다. 하지만 오브리 언니는 고개를 저으며, 〈기름과 기름이지〉라고 정정했다. 「저 두 사람이 완전히 닮은 거 안 보여?」 두 사람의 말은 어쩌면 다 맞는 것 같다. 두 사람은 겉으로 보면 완전히 정반대이지만 그 내면에는 완전히 동일한 고집스러운 근성이 있어서 서로 잘 지내는 것이 불가능한 건지도 모른다.

엄마는 이따금씩 카일을 생각하기도 한다. 가끔 오른손을 오므렸다 폈다 하는 엄마의 표정이 일그러지는 것으로 알 수 있다. 그리고 아주 많은 시간 동안 나를 떠올리고, 그럴 때마다 입술이 떨리며 눈에 눈물이 고인다.

그렇게 클로이 언니와 아빠가 회복되기를 기다리는 동안 엄마에게는 오즈, 클로이 언니 그리고 카일에 대한 후회, 아빠에 대한 걱정 그리고 나에 대한 비탄과 같은, 끝나지 않는 슬픔과 고문이 되풀이되고 있다.

모의 고통은 조금 다르다. 너무 많은 것을 순식간에 잃어버린 모는 어찌할 바를 모른다. 유리 버블과 같던 세상이 산산이 깨진 후의 현재의 세상을 이해할 수가 없다. 모의 완벽한 삶, 완벽한 친구, 완벽한 손가락과 발가락들. 모의 용감무쌍함, 축복받은 천진함, 불굴의 정신. 선량함과 낙천주의, 옳고 그른 것에 대한 믿음, 자신에 대한 믿음과 스스로가 보던 자신의 모습. 이 모든 것이 수많은 날카로운 조각들로 산산이 부서져서, 모가 그 사실을 받아들이지도, 그것으로부터 벗어나 앞으로 나아가지도 못하게 마비시키고 있다.

「핀이라서 다행이라고 생각했어.」 모는 병원에서 깨어난 아침에 자신의 엄마에게 통곡하며 말했다. 「어떻게…… 어떻게 내가 그런 생각을 하지? 핀이 죽었는데, 개를 보자마자 처음 든 생각이, 내가 아니라서 다행이라는 거였다니.」

「괜찮아, 아가.」 카민스키 아줌마가 달래며 말했다. 「우리는 우리의 반응을 통제하지 못해. 행동만 통제할 뿐이야.」

「맞아.」 모가 대답했다. 「오즈가 밥 아저씨랑 같이 안 들어왔을 때, 난 아무것도 하지 않았어. 아무것도. 가만히 있었어. 난, 아무것도, 하지 않았어.」

이 말에 카민스키 아줌마는 그저 눈에 눈물이 그렁그렁한 채 고개만 끄덕일 수밖에 없었다.

모는 요즘 아주 많이 운다. 거의 잠을 못 자고, 깨어 있을 때는 울기만 한다.

모의 주치의가 라구나 비치에 있는 미션 병원으로 옮겨도 좋다고 허락을 내렸다. 이제 그곳에서 발가락이 더 이상 감염의 위험이 없을 때까지, 적어도 2주 정도는 입원해야 한다.

보기에는 더 나빠지는 것처럼 보였지만 의사들은 모의 발 상태가 점점 더 좋아지고 있다고 한다. 썩은 양파처럼, 맨 겉 피부는 검은 반점이 섞인 갈색과 금색으로 얼룩덜룩해졌다. 물집이 생겼고, 괴사된 살점들이 벗겨지면서 그 안쪽에서 부드러운 분홍색 피부가 드러나는 중이다.

모는 자기의 발이나 새로 시작된 삶을 들여다보려고 하지 않는다. 모는 그런 기괴한 부분이 자신의 일부라는 것을 받아들일 수가 없다.

37

의사들은 이제 아빠를 깨워야 할 때라는 결정을 내린다. 뇌의 부종이 마침내 가라앉았고 생체 리듬도 안정적이다. 지금은 아주 늦은 저녁이다. 밤에 근접한 시간을 선택한 것은, 의식을 회복하는 데는 때로는 몇 시간이 걸릴 정도로 오랜 시간이 필요하고, 또 조용함과 어둠이 스트레스를 최소화시키기 때문이다.

아빠의 오른발은 붕대와 나사, 용수철과 같은 복잡한 기계 장치에 맞물려 있고, 수십 개의 튜브와 코드들이 마치 밀림의 덩굴들처럼 팔에서 뻗어 나와 있다. 나는 이런 장치들이 경이롭게 느껴지고, 아빠를 살린 현대 의학과 훌륭한 의사들에게 감탄한다.

아빠의 얼굴은 일주일간 무성하게 자란 수염으로 뒤덮였고, 살이 너무 많이 빠져서 볼은 움푹 들어가고, 튼튼했던 몸은 거의 부서질 듯 허약해진 상태다. 하지만 턱 부분의 기품 있는 강인함과 눈가 주름에 남아 있는 호탕한 웃음기는 여전히 우리 아빠다. 그런 모습을 보자 아빠가 너무 그리워져서 의사들에게 빨리 서두르라고 소리를 지르고 싶다.

침대 옆에서 아빠의 손을 잡고, 공포와 염려가 뒤섞인 표정을 짓는 엄마가 대체 무슨 생각을 하는지 알 수가 없다.

마취과 의사가 주사기로 링거를 통해 주사액을 주입한다.

몇 분 후, 기계 장치의 맥박이 빨라지고, 아빠의 몸이 동요하기 시작한다. 다치지 않은 다리가 시트 밑에서 마구 요동치고 엄마가 잡고 있지 않은 다른 손이 주먹을 불끈 쥔다. 목의 정맥이 뛰기 시작하고 내 이름을 부르는 아빠의 입이 찌그러진다. 그다음에 클로이 언니의 이름을 부를 때, 마취과 의사가 아빠의 주치의를 걱정스러운 표정으로 바라본다.

「잭, 괜찮아.」 엄마가 가까이 다가가 두 손으로 아빠의 손을 감싸며 다독이자, 마치 엄마의 말에 마취제라도 섞인 것처럼 아빠의 몸은 다시 시트 속으로 꺼져 버리듯 잠잠해진다. 아빠가 다시 깨어난 뒤 겪을 통증과 모든 일들을 알게 된 후 받게 될 고통이 고스란히 느껴져서, 나는 코를 훌쩍이며 눈물을 삼킨다.

다들 같은 생각에 숨을 내쉰다. 몇 분 후, 마취과 의사가 주사기를 손에 들고 대기하는 사이에 다시 아빠의 몸이 흔들린다. 하지만 다행히 이번에는 처음처럼 심하지 않다. 엄마가 아빠를 부르는 소리에 갈 곳을 잃고 이리저리 헤매던 아빠의 시선은 엄마의 모습을 발견하고 필사적으로 매달린다.

「괜찮아.」 엄마가 말한다. 「이제 우린 괜찮아.」 그건 거짓말이지만, 아주 훌륭한 거짓말이다.

「클로이는?」 쉰 목소리로 아빠가 묻는다.

「여기 있어. 클로이도 괜찮아.」

아빠는 깊은 안도감에 눈을 감는다. 그는 오즈의 소식을 물어봐야 한다는 사실조차 모른다. 분명 자신과 같이 구조되어 별일 없을 거라고 짐작할 테니까.

「밀러 씨.」 의사가 앞으로 나서며 입을 열자 엄마가 뒤로 물러난다. 의사는 뇌 손상 여부를 확인하기 위한 몇 가지 질문들을 한다, 다행히 뇌에는 문제가 없는 것 같다.

「운이 아주 좋았습니다.」 그가 질문을 마치고 말한다.

아빠가 그 말에 동의하는지는 알 수 없다. 아빠는 감정을 꽉 억누르고 있고, 그로 인해 온몸이 떨린다. 의사가 비장을 제거했고 다리는 회복되는 데 4주에서 6주가 걸리며 평생 다리를 절게 될 것이고, 앞으로 2주 동안 더 입원해야 하고, 5주간 휠체어 사용을 해야 하며 적어도 1년 동안은 매주 수차례 물리 치료를 받아야 한다는 이야기를 하는 동안 아빠는 전혀 듣지 않는다.

그저 엄마의 시선을 붙잡은 채 산속에 있는 동안 주지 못했던 용기와 힘을 전해 준다. 아빠의 죄책감은 말할 수 없이 크다. 나는 느낀다. 사고가 일어난 것 때문이 아니라(아빠는 언제나 운명을 통제할 수 없다고 믿는 사람이었기 때문에), 일단 사고가 발생했을 때 그것을 멈추지 못한 것, 상황을 변화시키거나 해결하지 못해서 결과적으로 가족을 보호하지 못한 것에 대한 죄책감이다.

마침내, 의사가 나가고 문이 닫히는 소리가 들리자, 엄마는 울음을 터뜨린다. 건잡을 수 없이 터져 나온 격렬한 흐느낌과 슬픔에 휩싸여 엄마의 어깨가 마구 들썩인다.

아빠가 얼굴을 찡그리며 옆으로 몸을 조금 움직이며 손을 뻗자 엄마는 어린애처럼 좁은 침대 위로 기어올라 아빠의 옆에 눕는다. 엄마는 자신의 몸을 아빠의 몸에 맞추어, 왼쪽다리는 아빠의 다치지 않은 다리에 올리고 팔은 아빠의 가슴 위를 감싼다. 아빠는 그런 엄마의 손을 잡고 엄마의 머리 위에 턱을 댄다.

두 사람은 그렇게 뒤엉킨 자세로 밤을 지낸다. 아빠가 밤새 의식을 잃고 깨고를 반복하는 동안, 엄마는 일주일만에 처음으로 깊은 잠을 잔다.

38

오브리 언니는 클로이 언니의 병실에서 웨딩 잡지를 들춰 보는 중이다. 문이 열리자, 잡지를 재빨리 의자 밑으로 숨긴다.

그런 언니를 비난할 마음은 전혀 없다. 이미 사고가 난 지 열흘이 지났고, 삶은 계속되고 있으니까. 언니의 결혼식은 이제 3개월 남짓 남았고, 죽음이나 주변에서 벌어지는 고통스러운 일보다는 결혼식을 생각하는 편이 훨씬 좋다. 그래서 나는 이해한다. 한편으로는 가여운 생각이 들기도 한다. 언니는 자신의 삶과 결혼식에 관련된 모든 기쁨을 순식간에 송두리째 빼앗겼고, 이제 그런 기쁨은 모두로부터 숨겨야만 하는, 죄책감을 동반하는 사치스러운 감정으로 변해 버렸다.

병실에 들어온 여성은 병원의 사회 복지사가 배정한 정신과 의사다. 난 그녀가 마음에 들지 않는다. 키가 작고 뚱뚱한 몸에 푸석푸석하게 부푼 갈색 머리 그리고 새처럼 작은 눈을 가진 의사는 클로이 언니를 다섯 살짜리 다루듯 하고, 클로이 언니의 말문을 열기 위해 위협에서부터 뇌물에 이르는 온갖 방법을 동원하고 있다. 성모송을 읊거나 정신과적 요법을 쓰는 등 별짓을 다했지만 결과는 모두 실패였다. 아무리 좋게 표현해도 형편없는 의사이고, 나는 클로이 언니 역시 그렇게 생각한다는 것을 안다.

「잠깐 나가서 이야기 좀 할까요.」 의사가 오브리 언니에게 말한다.

「아, 그러죠.」 오브리 언니는 그녀를 따라 문밖으로 나간다.

그동안 오브리 언니는 사고 후의 일들에 전혀 관여한 적이 없다. 지금 병원에 있는 것은 어제 아빠가 깨어나서 엄마가 클로이 언니를 혼자 두기 원하지 않았기 때문이고, 사고가 난 직후 처음 병원에 왔을 때를 빼고는 계속 집에 있으면서, 엄마가 클로이 언니와 아빠를 돌보는 동안 벤과 함께 빙고와 집을 돌보고 있다.

「동생에 대해서 좀 더 말해 줬으면 해요.」 의사가 말을 시작한다.

오브리 언니가 미간을 찡그리며 묻는다. 「그게 무슨 말이에요?」

「그러니까, 뭘 좋아하는지 같은 거요. 취미라든지, 관심사라든지? 좀 더 동생을 이해할 만한 정보를 알면 소통할 방법을 알게 될 것 같아서요.」 오브리 언니가 생각을 하는 동안 눈동자가 좌우로 움직인다. 그 모습을 보면서 나는 오브리 언니가 클로이 언니에 대해 얼마나 아는 것이 없는지를 깨닫는다. 오브리 언니와 나는 아주 친했고, 클로이 언니와 나 역시 잘 지냈지만, 두 언니는 잘 통하는 사이가 아니었다. 5년이라는 나이 차가 있는 데다, 오브리 언니가 대학에 간 다음에는 엄마 외에 다른 가족과 거의 연락을 하지 않은 이유도 있었다.

오브리 언니, 제발. 나는 응원했다. 클로이 언니는, 음악 듣기와 해변 산책을 좋아해. 조개껍데기를 모으고 1970년대 로큰롤 앨범을 수집해. 시나몬이 들어간 건 뭐든지 좋아하고 베이킹을 좋아해. 스니커두들[9]을 가장 좋아하는 이유도 시나몬으로 만든 거고 이름이 재밌어서야. 그런 특이하고 재미있는 단어를 좋아해서 말할 때 그런 단어를 섞어 쓰는 걸 좋아해. 허튼소리, 방탕, 사혈 전문의, 짐바브웨 같은 단어들 말이야. 뭐든 불쌍하고 힘없는 것들에 약해. 길 잃은 고양이, 토끼, 도마뱀 같은 것들. 그리고 비기스트 루저[10]나 러브 인 더 정글[11]같은 어이없는 리얼리티 쇼에 사족을 못 쓰지. 너무 한심할 만큼 낭만주의자라서 자기를 눈 속에 버려 두고 간 밴스를 아직도 미치도록 사랑하고 있어. 제발, 오브

9 시나몬이 들어간 설탕 쿠키.

10 2004년부터 2016년까지 17시즌 동안 방송된 미국 방송. 과체중 참가자들의 체중 감량 경쟁 쇼.

11 원제는 〈러브 인 더 와일드〉. 2011~2012년 미국에서 방송된 임의로 짝지어진 커플들이 팀을 이루어 정글 속의 장애를 극복하며 경쟁하는 프로그램.

리 언니, 잘 좀 생각해 봐!

오브리 언니는 고개를 저으며, 진심이 담긴 사과의 눈빛으로 의사에게 말한다. 「미안해요, 잘 모르겠어요.」

정신과 의사는 눈살을 찌푸려 오브리 언니를 당혹스럽게 만든다. 그래서 오브리 언니는 뭐라도 도움이 될까 싶은 조급한 마음에 불쑥 아무 말이나 털어놓는다. 「아주 형편없는 음악을 들어요. 째지는 기타 소리나 드럼을 두들겨 대는 그런 음악이요. 한 달 전에는 머리를 싹둑 자르고 검은색으로 염색했어요.」

「그러면 지금 화가 난 걸까요?」 정신과 의사가 뭔가 돌파구라도 발견한 듯 말한다. 「혹시 우울증에 걸렸던 걸까요?」

「어……, 그게, 저는…….」

아니야. 클로이 언니는 우울증에 걸렸던 게 아니야. 오히려 가장 행복했어. 4개월 후면 졸업하고, 사랑에 푹 빠져 있었고, 단지 관습과 사회, 엄마를 향해 거리낌 없이 반항했던 것뿐이라고. 클로이 언니는 이유 없는 반항아, 고스[12] 애호가였고, 반항적이었지만 자신의 삶을 사랑했고 그래서 행복했어.

「아마도요.」 오브리 언니가 대답한다.

나는 좌절감에 신음 소리를 내뱉는다. 세상에, 오브리 언니, 진심이야? 지금 장난해?

「맞아요.」 오브리 언니가 덧붙인다. 「지금 생각해 보니, 그랬던 것 같아요.」

12 세상의 종말이나 죽음 등을 주제로 한 1980년대에 유행한 록 음악.

39

아빠 엄마가 부둥켜안은 채 잠에서 깬 오늘은 울고 싶을 정도로 너무 아름다운 날이다. 창을 통해 보이는 파란 하늘이 지평선까지 뻗어 있고, 떠돌이 구름들이 유유히 떠다니고, 태양은 도도하게 빛난다.

엄마가 한마디의 말도 없이 아빠에게 안겼던 몸을 펴자, 그들을 하나로 결속시켰던 절망감은 아침의 환한 빛과 그들이 마주한 끔찍한 현실 앞에서 증발해 버린다. 두 사람의 몸이 닿은 순간에도 마치 자석에 끌리듯 어두운 기운이 그들에게 스며들었고, 고작 몇 분 만에 두 사람은 지난 몇 년간 익숙해진 각자의 고립된 영역으로 되돌아간다.

엄마는 손바닥으로 눈에 붙은 잠을 털어 내고, 일어나면서 팔을 머리 위로 올려 기지개를 켜다가 다친 갈비뼈의 통증 때문에 얼굴을 찡그린다.

「오즈는?」 아빠가 밝은 빛에 눈을 가늘게 뜨며 묻는다.

지난 2년간, 아빠 말고는 아무도 동생을 돌보지 않았다.

아빠가 샤워를 해야 하거나, 이발소에서 아빠가 머리를 깎을 차례이거나 할 때 내가 잠깐씩 도왔던 것들을 제외하고는, 대부분은 아빠만이 동생을 지켜보는 유일한 사람이었다. 다른 사람이 감당하기에는 오즈의 힘이 너무 세졌기 때문이기도 했다.

오즈를 돌보게 되면서 시간적 여유가 부족해진 탓에 부모님 사이에는 그랜드 캐니언만큼 큰 불화가 생겼고, 그 문제로 두 사람은 끊임없이 다퉜다. 엄마는 보육원이나 시간제 보육사와 같은 좀 더 장기적인 해결책을 원했지만 아빠는 거부했다.

「오즈가 약에 취해 있거나 사슬에 묶여 있길 바라는 거야?」 아빠는 이런 식으로 자기 의견을 주장했다. 「그런 데 가면 그런 취급을 받을 거라고, 앤. 지금 당신이 하려는 일이 그런 거야.」

「나는 주말만이라도 오즈가 안전한 곳에서 지내면 우리도 우리의 삶을 살 거라는 말이야.」

「우리는 지금도 우리의 삶을 살고 있어. 그리고 오즈는 그 일부고.」

「무슨 말인지 알아, 잭. 하지만 점점 삶의 전부가 되어 가잖아. 우리는 나가지도 못해. 아무것도 함께 할 수 없어. 그리고 오즈는 점점 위험해져 가.」

「오즈는 위험하지 않아.」

「그 개를 다치게 했잖아.」

「일부러 그런 게 아니잖아.」

「하지만 결국은 그렇게 됐어. 그럴 의도가 없었다고 해도 그 동물을 다치게 했다고. 오즈는 자기가 얼마나 힘이 센지 몰라. 그리고 지금 사춘기잖아. 이 두 가지의 조합이 얼마나 위험해질지 생각해 봐.」

사실이었다. 나도 목격했다. 오즈는 여자가 지나갈 때마다 상사병에 걸린 듯한 눈을 하고 쳐다보곤 했다. 특히 가슴이 큰 금발 여자일 때는 욕망에 녹아든 표정으로, 만지고 싶어 어쩔 줄을 몰라 했다.

「내가 잘 돌볼게.」 아빠가 말했다.

「매순간을 지켜볼 수는 없어.」

엄마 아빠는 소리를 죽여 이야기했지만, 다툴 때면 언제나 그랬던 것처럼 한껏 격앙된 어조였다. 상대방을 몰아세우고 할퀴는 두 사람의 성난 목소리는 조마조마한 긴장감과 함께 집 안을 가득 채웠고 그런 분위기는 며칠 동안이나 지속되었으며, 마침내 그런 팽팽한 긴장 상태가 귀가 먹먹한 침묵으로 변할 때면 차라리 싸우는 소리가 그리워지기도 했다.

엄마는 몰랐겠지만, 사실 아빠와 나는 오즈를 데리고 엄마가 말한 보육 시설 중 한 곳인 코스타 메사에 있는 시설을 둘러보러 간 적이 있었다. 우리는 그곳의 정문 근처에도 가지 못했다. 그곳에서 마당을 산책하고, 잔디밭에서 몸을 앞뒤로 흔들고, 혼잣말을 중얼거리는 원생들을 본 오즈가 갑자기 겁을 먹고 흥분했기 때문이다. 아빠는 도로로 뛰어들려는 오즈를 말리기 위해 주차장에서 한바탕 씨름을 해야 했다.

우리는 그 일을 엄마에게 말하지 않았다. 아빠는 오즈를 시설에 보내는 것을 다시는 고려하지 않았다. 나도 마찬가지였다. 오즈는 우리 가족이었다. 오즈를 그런 시설에 보낼 수 없었다.

「오브리랑 같이 있어?」 별로 걱정하지 않는 목소리로 아빠가 묻는다. 정말 필요하다면, 베나드릴 같은 것으로 안정시켜 놓으면 클로이 언니나 오브리 언니가 데리고 있어도 괜찮다는 생각에서일 것이다.

엄마는 살짝 흔들리는 몸의 균형을 잡기 위해 침대의 난간을 붙잡는다.

아빠가 고개를 갸웃한다.

엄마는 말을 꺼내려고 입을 열지만, 차마 말이 입 밖으로 나오지 않는다. 마침내 고개를 흔들더니 시선을 아래로 떨군다.

나는 아빠의 표정이 의아함에서 혼란으로, 그리고 불안으로 바뀌었다가, 또다시 그 과정을 반복하는 것을 바라본다.

「내가 도움을 청하러 나왔는데……」 엄마가 더듬거리며 입을 뗀다. 「오즈가 날 찾겠다고 따라 나왔대.」

「오즈를 놓고 나왔다고?」 아빠의 고통은 완전히 다른 것으로 변해 가고 있다. 안색이 붉어지고 얼굴이 일그러진다. 분노가 가득한 그 얼굴을 도저히 지켜볼 수가 없다. 나는 이런 고통을 받을 만큼 우리가 잘못한 것이 대체 무엇일까 하는 비참한 마음이 들어 그 곁에서 멀어진다.

40

우리는 집으로 돌아왔다. 아빠와 클로이 언니는 오늘 아침 구급차로 집에서 3킬로미터 정도 떨어진 미션 병원으로 이송되었다.

나는 엄마가 빙고와 함께 텅 빈 우리 집으로 들어가는 모습을 지켜본다. 빙고를 보니 너무나 기쁘다. 빙고가 다친 곳 하나 없이 살아 돌아왔다는 사실이 믿어지지 않는다. 빙고의 배가 둥실하게 나온 걸 보니 그동안 벤이 꽤나 잘 먹인 것 같다.

집이 너무나 적막해서 마치 우리 집이 아니라 낯선 곳에 온 것 같다. 거실은 13일 전 우리가 여행 준비로 어질러 놓은 상태 그대로다. 스키복을 보관하는 수납함은 열린 채 거실에 놓여 있다. 학교에 들고 다니던 가방도 계단 옆에 던져진 채 그대로다. 오즈의 플라스틱 병정들은 전쟁에 대비하여 바닥에 일렬로 줄지어 서 있다. 클로이 언니의 군화 스타일 부츠도 소파 옆에 벗어 던진 상태다.

그 부츠를 보자 클로이 언니가 떠나기 전 마지막으로 그 군화 대신 안쪽에 펠트 천이 덧대진 낡은 소렐 부츠로 바꿔 신었던 기억이 떠오른다. 지금 생각해 보니 그 선택이 언니의 생명을 구한 것인지도 모르겠다.

엄마는 그 모든 것들을 지나쳐 침실로 비틀거리며 올라간다. 지난 열흘 동안 입고 지냈던 옷들을 벗어 쓰레기통에 버리고 물이 차가워질 때까지 아주 오랫동안 샤워를 한다. 두툼한 목욕 가운으로 몸을 감싸고, 튼 손에 로션을 바르고, 아래층으로 내려가 와인 한 잔을 마신다. 그리고 또 한 잔을 마신다. 세 번째 잔을 마신 뒤 다시 위층으로 올라가 침대에서 몸을 웅크리고 잠을 청한다.

내일은 나의 장례식이다.

41

나는 내가 이렇게 인기가 많은 줄 몰랐다. 교회 안을 둘러보니, 정말 많은 조문객들이 있다. 의자는 다 찼고, 복도에도 사람들이 가득하다. 교회는 우리 학교의 거의 모든 사람들(학부모들, 선생님들, 학생들을 포함해서)과 수백 명의 이웃들, 지난 12년간 내가 활동했던 스포츠 동아리의 팀원들, 전 세계에서 온 일가친척들로 꽉 찼다. 그중 내가 아는 얼굴은 반 정도밖에 안 되고, 잘 아는 사람은 4분의 1도 되지 않는다.

관을 닫고 하는 장례식이라 다행이다. 나도 내 시신을 더 보고 싶지 않고 다른 사람들이 보는 것도 원하지 않는다. 어쨌든 나의 가장 매력적인 모습은 아니니까. 아빠와 클로이 언니가 참석하지 않은 것도 나로서는 감사한 일이다. 두 사람은 이렇게 많은 구경꾼들의 관심이 집중되는 것도, 자신들이 슬퍼하는 모습을 보이기도 싫었을 것이다. 엄마도 마찬가지다. 구경꾼들이 엄마가 얼마나 잘 버텨 내는지를 관찰하는 동안, 엄마는 내 관에 시선을 고정한 채 오브리 언니와 벤 사이에 꼿꼿이 앉아 있다.

엄마의 눈은 말라 있고 표정은 읽기 어렵다. 이 많은 사람들이 있는 곳에서 엄마는 결코 울지 않을 것이다. 하지만 나는 오늘 아침 엄마가 주체하지 못할 만큼 통곡했다는 것을 알고 있다. 기절이라도 할까 봐 걱정할 만큼 끔찍한 슬픔을 격렬하게 쏟아 내고, 침대 시트가 찢어졌다 해도 이상하지 않을 만큼 움켜쥐고 울었다. 여기에 있는 사람들은 아무도 그 사실을 모른다. 그들에게는 엄마가 자기 자식을 땅에 묻어야 하는 끔찍한 일을 앞두고도 아무 표정 없이 예배를 기다리는, 얼음같이 차가운 눈의 여왕처럼 보일 것이다.

엄마는 내가 가장 좋아했고 엄마 결혼식의 부케용 꽃이었던 해바라기가 드리워진 광택 나는 마호가니 관을 응시하고 있다. 나는 엄마가 내가 좋아하는 꽃을 기억해 준 것이 뿌듯하고, 그런 마음을 엄마에게 전하고 싶다. 내가 지금 그 꽃을 보고 있다고, 그 꽃을 골라 주어서 기쁘다고 말하고 싶다.

밥 삼촌과 내털리도 왔다. 캐런 이모는 오지 않았다. 캐런 이모의 불참이 과연 이모와 엄마 둘 중 누구에게 더 힘든 일일지는 알 수 없다. 어느 쪽이든 화가 난다. 그래서 이제 이 순간부터 그녀는 더 이상 내게 이모가 아니라고 선언한다. 그리고 밥 삼촌 역시 더 이상 내게 삼촌 같은 존재가 아니다. 나는 죽었다. 그러니까 그 정도의 권리는 내게 충분히 있다.

가장 나중에 도착한 사람들 사이에 모도 있다. 카민스키 아저씨가 모가 탄 휠체어를 앞쪽의 지정 좌석으로 밀고 가는 동안 사람들이 고개를 돌려 바라본다. 조문객들은 붕대를 감은 모의 손과 발을 병적인 호기심을 갖고 음흉하게 바라본다. 예배가 끝나고 모는 병원으로 돌아갈 예정이다. 퇴원하려면 일주일을 더 기다려야 한다. 엄마와 마찬가지로, 모의 얼굴도 가면을 쓴 것처럼 보인다. 하지만 모의 가면은 겸허한 슬픔을 가장한, 보기만 해도 모두 마음을 빼앗기고 마는 상처 입은 공주의 얼굴이다.

모에게 마음을 빼앗기지 않는 건 밥뿐이다. 모가 그의 옆을 지나치다가 두 사람의 시선이 마주쳤을 때 모의 표정에 약간의 그늘이 드리워졌고, 밥은 시선을 피한다.

찰리는 발코니 쪽에 있다. 검은 재킷에 고동색 아가일 스웨터를 입고 어두운 색 타이를 맨 그는 아주 잘생겨 보이면서도, 동시에 아주 슬퍼 보인다. 나는 그가 그렇게 가까이 있다는 사실이 좋아서 잠시 그 옆에 앉는다.

갈색 머리에 바리톤의 음색을 가진 작은 체구의 목사는 나를 만난 적이 한 번도 없다는 것을 고려했을 때, 이야기를 아주 잘 끌어 가고 있다. 추도사가 끝나자, 추도 연설을 할 다른 사람을 소개한다.

아주 많은 사람들이 이야기를 하고, 모두 좋은 말들을 해준다. 그중에서도 특히 소프트볼 코치 선생님이 한 이야기가 가장 마음에 든다. 그가 나와 관련된 재미있는 일화를 들려주자 모두가 웃는다.

가족 대표로 나온 오브리 언니는 우리 모두의 생각을 잘 대변한다. 이야기를 하면서 벤을 많이 쳐다본다. 그가 바로 언니가 추도사를 잘 끝낼 힘의 근원이다. 여동생으로서의 내가 어떤 사람이었는지, 그리고 오즈와의 관계에 대해 이야기할 때는 많은 조문객들이 눈물을 흘린다.

그리고 모의 차례다. 다친 발가락 때문에 서 있을 수 없어서 휠체어를 타고 앞으로 나가 손에 마이크를 들고 이야기한다. 검은 드레스를 입었지만 천사 같다. 모의 머리카락은 교회 조명 아래에서 황금빛으로 빛나고 몇 주 동안 햇빛 없이 병원에서만 지냈던 피부는 맑게 빛난다.

붕대를 감은 두 손으로 마이크를 든 모가 관중을 장악하며, 루시와 에텔,[13] 라버른과 셜리,[14] 톰과 헉의 이야기 같았던 수많은 우리의 순간들, 모두가 부러워할 만큼 멋지고 즐거웠던 우리의 훌륭한 우정에 관한 많은 이야기들을 들려주자 사람들은 모두 감정에 북받쳐 동요한다.

모의 이야기를 들으면서, 지금 이 순간을 슬픔이 아니라 나를 기념하는 순간이 되도록 애쓰는 모, 그것이 내가 진정으로 원하는 것임을 알고 불굴의 용기를 다 끌어모으는 내 용감한 친구에 대한 감사와 존경의 마음이 더욱 커진다. 오

13 미국의 1950년대 TV 시트콤 「아이 러브 루시」에 나오는 등장인물들.
14 미국의 1976년부터 1983년까지 방영된 TV 시트콤의 제목.

늘 아침 모는 자신이 대면해야 할 하루에 대한 긴장감 때문에 토스트 한 입도 먹지 못했다. 화장을 할 때는 손이 너무 심하게 떨려서 결국은 카민스키 아줌마가 대신 해줘야 했다. 멍과 푹 꺼진 눈 주위를 감추기 위해 파운데이션을 두껍게 바르고 행복해 보일 순 없어도 밝아 보일 만큼만 가볍게 립스틱을 발랐다. 화장을 세 번이나 다시 고쳐야 했고, 그러는 동안 단 한 번도 웃지 않았다. 하지만 지금은 자기의 힘든 감정을 숨기고 조문객들을 위해, 나를 위해 그리고 혹은 이야기 중에 자꾸만 쳐다보는 우리 엄마를 위해, 내가 어떤 사람이었으며, 얼마나 멋진 삶을 살았는지 상기시켜 주고, 또 내가 얼마나 사랑받았었는지를 이야기하고 있다. 그래서 나는 내 인생과 모가 더욱 그리워진다.

난 죽고 싶지 않다. 절실하게. 그리고 아무리 시간이 흘러도, 지금 이 상태에 결코 익숙해질 수 없다. 난 떠났다. 영원히. 완전히. 세상은 나 없이 나아간다. 모와 나는 이제 다시는 환상적이고 멋진 모험을 함께할 수 없다.

모가 이야기를 끝마치자 교회 안에 울지 않는 사람은 아무도 없다. 조문객들이 사랑과 슬픔의 감정으로 하나가 된 지금, 나는 이것이 나를 위한 것임을, 죽은 사람은 나 자신이고, 이 모든 것이 나에게 보내는 인사라는 것을 자꾸만 잊어버린다.

42

의사들은 클로이 언니가 좋아져 간다고 생각한다. 이제는 식사도 하고 화장실에도 스스로 간다. 나이가 많아서 자꾸 많은 것을 잊어버린다는 흠이 있긴 하지만 그래도 클로이 언니를 어른처럼 대하는 새 정신과 의사에게는 말을 하기도 한다. 하지만 진실을 아는 것은 나뿐이다. 클로이 언니는 새로운 계획을 갖고 있다. 약이 정맥 주사로 주입돼서 모든 것을 거부해 봐야 원하는 대로 되지 않는다는 것을 깨달은 클로이 언니는 식사를 시작한 다음부터 진통제와 항우울제를 먹는 약으로 처방받는다. 아침에 받는 약은 삼킨다. 밤에 받는 약은 간호사가 돌아설 때까지 손바닥에 가지고 있다가 가방의 안감 속에 숨긴다.

방에 아무도 없을 때 클로이 언니는 근육을 풀고 스트레칭을 한다. 노래를 흥얼거리기도 하고 혼잣말을 하기도 한다. 하지만 누가 옆에 있으면, 거의 탈진한 상태처럼 보일 만큼 무기력한 표정으로 지낸다.

거의 매일 밤 언니는 유서를 고쳐 쓴다. 침대 옆에 놓인 일기장은 유서로 가득하다. 가장 최근의 유서의 내용은 다음과 같다. 아빠, 아빠 잘못이 아니야. 그건 단지 사고였을 뿐이야.

엄마, 엄마는 그저 엄마일 뿐이야. 그러니 엄마 탓이 아니야. 엄마는 최선을 다했어. 하지만 그런 엄마의 최선도 결코 엄마가 원하는 모습의 나를 만들 수는 없었어.

밴스, 정말 너를 사랑했어.

언니는 가장 마지막 단어의 시제를 어떻게 해야 할지 망설인다. 사랑했어? 사랑해? 밴스, 너를 사랑했어. 밴스, 너를 사랑해. 하지만 언니가 주로 많이 고친 내용은 엄마에 관한 것이었다. 마지막으로 쓴 내용은 그중에서도 가장 다정한 편이다. 그래도 나는 엄마가 이 편지를 읽지 않기를 바란다.

지난 밤, 엄마가 잠들었을 때, 나는 클로이 언니가 무엇을 하는지, 언니의 계획이 뭔지 말해 주려고 해보았다. 하지만 내가 말을 꺼내자마자 엄마가 소스라치며 잠에서 깨어나 과호흡을 하며 비명을 질러 댔고, 그래서 나는 엄마의 꿈에 다시는 찾아가지 않기로 결심했다.

43

엄마는 내 침실 문 앞에서 잠시 멈춰 서서 깊은 숨을 내쉬고는 용기를 내 안으로 들어간다. 빙고도 엄마를 뒤따른다. 엄마의 신경을 끝없이 거슬리게 했던 지저분한 내 방은, 지금과는 모든 것이 달랐던 18일 전의 상태 그대로다. 내 축구 유니폼은 똘똘 뭉쳐진 채로 침대 밑에 들어가 있고 정강이 보호대와 스파이크 운동화는 옷장 근처에 널부러져 있다. 교과서와 공책과 카드와 트로피는 작은 책상 위에 어지럽게 늘어져 있고 반밖에 안한 미술 숙제들이 한쪽 구석에 쌓여 있다.

클로이 언니와 아빠가 일주일 뒤에 퇴원할 예정이기 때문에, 클로이 언니가 돌아오기 전에 클로이 언니의 방(우리가 함께 쓰던 방)을 정돈해 두어야 한다. 나는 너무 매정하다 싶을 만큼 효율적으로 방을 정돈하는 엄마의 모습에 마음이 오싹해진다. 오염된 폐기물을 처리하는 환경 파괴 물질 처리반처럼, 엄마는 내 소유였던 물건들을 모두 쓰레기

봉투에 담아, 굳이 아래층까지 가지고 나갈 수고를 덜기 위해 침실 창문에서 잔디밭으로 던진다.

빙고가 그런 모습을 지켜본다. 빙고는 가장 좋아하는 자리, 창문을 통해 들어오는 오후의 햇볕이 바닥에 만들어 놓은 밝고 따뜻한 네모 프레임 속에 누워 있다. 환한 빛이 빙고의 황금빛 털을 하얗게 물들이는 동안, 갈색 눈은 계속 엄마를 쫓아다닌다. 엄마가 내 침대 밑에서 이빨 자국이 가득한 프리스비를 꺼내자, 머리를 들고 귀를 쫑긋 세웠다가, 그것 역시 인정 사정 없이 다른 것과 함께 쓰레기봉투에 던져지자 다시 바닥에 납작 드러눕는다.

놀랍게도, 나의 일생은 커다란 정원용 쓰레기봉투 여덟 개로 모두 정리된다. 내 옷, 내가 수집하던 돼지 모형들, 트로피, 스크랩북, 학교 물건들, 마이크 트라우트[15]가 사인한 야구공까지.

단 하나도 남기지 않는다.

마지막 봉투를 창문 밖으로 던진 다음, 엄마는 내 침대를 공격한다. 시트와 커버, 더스트 러플[16]까지 헉헉거리며 격렬하게 찢어발기느라, 셔츠가 땀으로 다 젖을 지경이다. 내 베개와 이불들도 모두 쓰레기봉투 더미 위로 던져 버린다.

엄마가 창문을 닫을 때 밖에서 노크 소리가 들린다.

15 미국 출신의 메이저 리그 LA 에인절스의 야구 선수.

16 침대 스커트 자락이 더러워지는 것을 막기 위해 안쪽에 헝겊을 주름 잡아 댄 것.

엄마는 온몸이 떨릴 정도로 숨을 몰아쉬며 어깨를 펴고 머리를 매만진 다음, 현관으로 나가기 위해 아래층으로 내려간다. 문을 열자 밥이 서 있다. 그의 얼굴에는 걱정이 어려 있다. 엄마는 그의 팔에 안긴다.

「창밖으로 쓰레기봉투를 던지는 걸 봤어.」 그가 엄마의 어깨를 쓰다듬으며 말한다. 「전화하지 그랬어. 이런 걸 혼자 하면 어떡해.」

엄마는 대답하지 않고, 밥이 이끄는 대로 소파로 간다. 웅크린 자세로 그에게 기대자 눈물이 밥의 셔츠에 스며든다. 밥이 와주어서 다행이란 생각을 할 수밖에 없는 이 상황이 너무 싫다.

44

모가 다시 학교에 등교하는 날이다. 모는 사흘 전에 병원에서 퇴원했다. 의사와 간호사들은 병실에서 애플사이다로 퇴원 축하 파티를 열어 주며 모의 발가락이 위험에서 벗어났다는 기쁜 소식을 전해 주었다. 하지만 모는 파티가 다 끝나기를 기다리지도 않고 집으로 돌아가기 위한 소지품을 챙겼다.

나는 학교에 돌아가는 첫날을 준비하는 모의 방에서 서성거린다. 신체적인 것만 따지자면 모는 훨씬 건강해졌다. 빠졌던 체중도 다시 회복했고, 손가락의 피부도 거의 대부분 나았다. 모에게 남은 가장 큰 고통은 잠이다. 모는 밤새 공포 때문에 몸이 떨리고 움찔거려 수면에 방해를 받고, 그래서 깨어나면 항상 피곤해한다. 피로가 쌓여 생긴 눈 밑의 다크서클을 감추느라 20분이 걸리고, 화장을 마치자 거의 예전의 모습처럼 보이지만, 신발만은 예외다. 아직 부어 있는 발가락 때문에 모에게 맞는 신발은 3년 전에 우리가 알래스카에 갔을 때 샀던 낡은 양가죽 모카신밖에 없기 때문이다.

모는 전신 거울에 비친 자신의 발을 보고는 얼굴을 찡그리고, 숨을 깊이 들이쉰 다음 머리를 어깨 뒤로 넘기고 문을 나선다.

■

모가 학교 안뜰에 들어서는 순간부터 마치 유명인이라도 나타난 것처럼 모든 눈이 모를 향하지만, 모는 모르는 척하며 1교시 수업으로 대담하게 들어간다. 몇몇은 연민의 눈으로 대놓고 쳐다보고, 또 다른 아이들은 몰래 훔쳐보다가 모와 눈이 마주칠 것 같으면 황급히 시선을 피한다.

오전 내내 모는 원치 않는 관심의 시선을, 마치 그런 것들에 면역이 된 사람처럼 케이트 미들턴 같은 우아한 태도로, 태연하고 품위 있게 피해 다닌다. 그러다 3교시 후 화장실에서 무릎에 머릴 대고 변기 위에 앉은 후에야, 사고 전과 다름없는 척을 하거나, 내가 없이도 학교에서 충분히 버티는 척을 해야 했던(모에게 있어서 나는, 함께 있을 때 가장 모다울 수 있는 유일한 친구였다) 고달픈 상황에서 비로소 벗어난다.

나는 모가 점심을 먹는 동안 함께 있어 준다. 모는 카페테리아에서 구운 감자를 사서 혼자 조용히 먹기 위해 빈 교실로 가지고 들어간다. 알루미늄 호일을 벗기고 플라스틱 칼로 자른 감자의 단면에서 김이 모락모락 올라오는 것을 바라보는 모의 입 안에 군침이 돈다. 모는 지금 따뜻함이란 것을 생각한다.

다른 많은 것들과 마찬가지로, 구운 감자도 이제 결코 예전과 똑같은 것이 될 수 없다. 구운 감자는 배고픔과 추위의 정반대이며, 그 자체로서 안락함이란 요소가 내장된 것이다. 모는 나중에 나이가 들면, 그런 안락함과 따뜻한 온기를 가진 것들이 주변에 있다는 것을 확실히 하기 위해 감자 한 봉지를 집에 항상 비축해 놓을 것이다. 모가 한 입을 베어 물자 입 안 가득 채워지는 따뜻함과 맛이 나에게도 느껴지고, 그 순수한 훌륭함에 취해 눈을 감는 모를 바라보며 미소를 짓는다.

창을 통해 찰리의 모습이 보이자, 아무의 방해도 받지 않고 편하게 그를 바라볼 수 있다는 호기심에 나는 잠시 그와 시간을 보내 보기로 한다. 찰리는 뜻밖에도 축구를 같이 하는 친구들과 놀기 위해 외야석 쪽으로 가지 않고 학교를 벗어나 야구장 뒤편에 있는 작은 공원으로 걸어가 남들 눈에 띄지 않도록 나무 뒤에 앉는다.

그는 가방에서 샌드위치, 과자 그리고 물 한 병을 꺼낸 뒤 이어폰을 귀에 꽂고, 무릎 위에 공책을 놓고 그림을 그리기 시작한다. 그는 그림을 그리며 미소를 짓고, 나도 그림을 보자 미소가 떠오른다. 미소는 점점 퍼져 내 얼굴 전체를 가득 채운다.

찰리가 그리는 만화는 그와 나에 관한 것이다. 그림 속의 그는 턱시도를 입고 맨발에 바지를 접어 올렸다. 잔뜩 부푼 드레스의 치마를 들어 올리고 서 있는 나 역시 맨발이다. 우리 둘 사이에는 축구공이 놓여 있다. 그는 그 우스꽝스러운 그림을 다 그리고, 〈퍼스트 댄스〉라고 제목을 붙인 다음 그림을 들어 올리고 조용히 키득거린다.

샌드위치를 먹으면서 공책을 넘겨 보며 낄낄 웃는 찰리를 따라 나도 함께 웃는다. 그림은 전부 다 재미있다. 아마도 지난 몇 달 동안 계속 그려 온 것 같다. 모두 나에 관한 그림은 아니다. 어떤 것은 선생님들의 모습이고 닥터 수스[17]를 연상케 하는 이상한 동물 그림들도 있다. 그림을 썩 잘 그리지 않고 비율도 이상하고 기교도 거칠지만 그래도 아주 재미있다.

내가 마치 곡예사처럼 한쪽 다리로 몸을 휘감은 채 골을 넣는데, 반대 골대로 들어가는 그림도 있다. 그 그림의 제목은 검비[18]인데, 당황하는 내 입의 말풍선에는 〈젠장!〉 이라고 쓰여 있다. 또 내가 공책 위로 침을 줄줄 흘리며 책상에 엎드려 자고 있는 〈잠자는 숲속의 공주〉란 제목의 그림도 있다.

날 가장 놀라게 한 부분이 바로 이런 점이다. 그림은 다 과장되었고, 미켈란젤로 같은 재능은 없지만, 그가 그린 모든 그림의 나는 아름답게 묘사되었다. 난 한 번도 스스로를 그

17 미국 아동 문학 작가.
18 미국의 대표적 클레이 애니메이션 시리즈 〈검비 쇼〉의 캐릭터.

렇게 생각해 본 적이 없다. 귀엽다거나 아주 좋게 봐주면 예쁘장하다고 할 수는 있어도, 난 키가 너무 컸고, 깡마른 무릎에 깡마른 몸, 얼굴엔 주근깨가 너무 많아서 삐삐 롱스타킹의 삐삐 같은 매력 이상으로는 봐줄 수가 없었다. 아름답다는 말은 모나 오브리 언니 같은, 굴곡 있는 몸에 속눈썹이 길고, 주근깨 없는 무결점 피부를 가진 사람에게 어울린다.

하지만 찰리는 나를 귀여운 모습으로 그리지 않았다. 물론 재미있게 그렸지만, 아름답게 표현되었다. 내 모든 장점들이 한층 과장되어 있다. 큰 눈, 긴 다리, 웃을 때 생기는 왼쪽 보조개. 그림 속 내 모습은 마치 그려야 할 만한 가치가 있는 진정한 여신 같았고, 너무 긴 턱과 뼈만 앙상한 어깨는 마치 세상에서 가장 매혹적인 턱과 어깨처럼 표현되었다.

샌드위치를 다 먹고 노트북을 덮고 학교로 돌아가는 찰리를 바라보면서, 나는 우리 둘이 사귀었으면 얼마나 완벽한 커플이 되었을까 하는 생각에, 진작 그걸 깨닫지 못했던 것이 아쉬워 한숨을 내쉰다.

찰리와 내가 이야기를 나눈 건 딱 한 번뿐이었다. 그렇게 의미 있는 대화도 아니었다. 「핀, 맞지?」 연습이 끝나고 탈의실로 들어가는 내게 그가 말했다. 갑자기 모든 피가 얼굴로 몰리는 듯 화끈거렸다. 그동안 내가 찰리를 상대로 상상했던 모든 로망의 장면들이 내 뇌에서 5급 경보[19] 사이렌을

19 화재의 경중도에 따라 소방차 대수와 소방수의 인원수가 달라지는데 1급이 가장 낮다.

울리며 요란하게 전송되는 것만 같았다. 나는 고개를 겨우 끄덕였다.

「골 멋지더라.」 그가 말했다.

「고마워.」 나는 그렇게 대답하고 황급히 자리를 떴다. 단어의 수를 다시 세면서. 넷. 찰리 매코이가 내게 네 개의 단어를 건넸다. 그다음 날, 나는 공책에 미래의 사인을 연습했다. 핀 매코이. 손이 아플 때까지 공책에 수도 없이 말이다.

후회가 된다. 그날 더 많은 이야기를 나눌걸. 내게 주어진 시간이 그렇게 짧은 줄 알았다면 좀 더 용기를 내볼걸. 키스를 할 수도 있었는데. 찰리와 키스하지 않았다는 사실이 너무 슬프다.

45

모는 친구들과 함께 서 있다. 모와 더불어 5학년 때부터 〈밀크셰이크 갱〉이라고 불리는 섹시하고 예쁜 세 명의 친구들과 함께. 모와 나는 가장 친한 친구였지만 학교에서는 각각 다른 그룹의 친구들과 어울렸다. 모는 학교에서 가장 인기 있고 예쁜 아이들과, 나는 운동반 아이들과.

「네가 돌아와서 정말 기뻐.」 샬럿이 말한다. 「그 사고가 얼마나 끔찍했는지 내털리가 애들한테 다 이야기했어.」

모가 긴장한다.

「그래.」 클레어가 맞장구를 친다. 「정말 끔찍했다며. 네가 눈을 녹여서 물을 만들기도 했다던데.」

「그런데 이해가 안 가는 건…….」 프랜시가 말한다. 「불을 피울 수 있었는데 왜 좀 더 크게 만들어서 따뜻하게 하지 않았어? 내털리 말로는 나무가 젖어서 그랬다고는 하던데, 거기 하루 종일 있었다면서 말릴 수는 없었던 거야?」

모의 얼굴에 그늘이 진다. 마음이 아주 불편할 때 짓는 아슬아슬한 표정이다. 하지만 곧바로 표정을 바꾸고 상냥하게 웃으며 말한다.「우리 손과 발을 따뜻하게 할 불이라니, 어떻게 바보같이 그 생각을 못 했을까?」그러고는 돌아서서 자신을 바라보는 친구들을 놔둔 채 가버린다.

프랜시가 먼저 말을 꺼낸다.「계집애. 그런 사고 한 번 당했다고 우리보다 잘난 줄 아나 보네.」

「내털리가 이야기한 것보다 더 끔찍했는지도 모르잖아.」 샬럿이 대답한다.「내 말은, 모는 꽤 똑똑하잖아. 그런데 불을 크게 피울 수 있었다면 왜 안 그랬겠어?」

「그러게. 사람들이 너무 급박해지면 어떻게 행동해야 할지 모를 때가 있잖아. 내털리 말로는 거기 정말 잘생긴 남자애도 있었다면서. 그 남자애 앞에서 너무 나대기 싫었을지도 모르지.」클레어가 말한다.

「그런데 쟤 모카신 예쁜 것 같아.」샬럿이 말한다.

「진심이야?」프랜시가 받아친다.「저런 건 죽어도 안 신어. 꼭 자동차에 치어 죽은 동물을 신은 거 같잖아.」

46

클로이 언니와 아빠는 내일 퇴원한다. 그 생각을 하니 소름이 끼친다. 클로이 언니의 가방 안에는 이제 알약이 수십 개 들어 있다. 그 정도가 얼마나 치명적인 양일지는 잘 모르지만 한 알만 먹어도 완전히 의식을 잃는 걸 보면, 생명에 위협이 될 가능성은 충분하다.

이래서 죽은 채로 이 세상에 남는 것이 싫다. 모든 것을 알아도 그들을 도울 방법이 없으니까. 잠자고 있는 그들의 무의식에 스며들어 어렴풋하게 전달하는 일이 내가 가진 유일한 능력이다. 하지만 그건 그들을 너무 공포에 떨게 하고, 단편적이고 왜곡된 상태로 전해지는 경우가 많아서 하고 싶지 않다.

엄마를 공포에 떨게 했던 일 이후에 나는 살아 있는 이들의 생각에 관여하지 않으려고 노력했다. 하지만 오늘은 선택의 여지가 없다.

잠든 아빠의 잘생기고 평화로운 얼굴, 한때는 깨어 있을 때도 평온했던 그 얼굴을 바라보려니 그 평화를 차마 깨고 싶지 않다. 그래서 오랫동안 기다린다. 혹시나 아빠가 깨어나 버려 내가 말할 기회를 놓치진 않을까 걱정될 만큼 아주 오래.

아빠. 나는 조용히 속삭인다. 아빠의 눈이 눈꺼풀 아래서 움직인다. 나는 그의 고통을 최소화하기 위해 빨리 말한다. 지금 클로이 언니가 힘들어하는 건 발가락 손가락 때문이 아니야. 밴스 때문이야. 밴스한테 상처받아서…….

아빠의 이목구비가 뒤틀리더니 비명을 지르기 시작한다. 그리고 내가 채 말을 끝내기도 전에 눈을 번쩍 뜬다. 클로이 언니가 약을 숨긴다는 것과 유서에 대한 이야기를 꺼내기도 전에.

숨을 헉헉대며 미친 듯이 사방을 둘러보는 아빠를 보며 다시는 아빠의 꿈에 나타나서는 안 된다는 것을 깨닫는다. 내가 어딘가에 여전히 존재한다는 희망을 주는 건 아빠에게는 너무나 잔인한 일이므로.

47

밥과 벤이 휠체어에 탄 아빠를 현관 앞 계단으로 들어 올린다. 그 뒤에서는 오브리 언니와 엄마가 한 발자국 걸을 때마다 얼굴을 찡그리는 클로이 언니를 부축하고 있다. 빙고는 새끼 강아지처럼 그들 주변을 돌고 뛰어오르고 깽깽거린다. 그런 빙고를 보면서 빙고는 과연 우리에게 일어난 일들을 어느 정도 이해할까 궁금해진다. 사람들과는 달리 빙고는 슬퍼하기보다는 행복해한다. 돌아온 사람들을 반기고, 여기에 없는 사람들은 잊어버린 것 같다.

나는 하루하루 벤이 점점 더 좋아진다. 그는 모범생 같은 매력이 있다. 웃는 얼굴이 보기 좋고, 시원하고 편안한 이목구비와 두꺼운 안경테 너머에 아주 착한 눈을 가졌다. 사실 그를 처음 보았을 때는, 적잖이 실망을 했다. 밀크토스트[20]라는 단어를 항상 어디엔가 써먹고 싶었는데, 벤이 우리 가

20 만화가 H. T. 웹스터의 『카스파 밀크토스트』라는 미국 만화에 나오는 캐릭터로 소심하고 겁 많은 성격이다.

족의 일원이 되면서부터 마침내 그 단어를 항상 사용할 이유가 생겼다. 그는 딱 봐도 지루한 사람 같아 보였고, 대체 오브리 언니가 그에게서 어떤 매력을 느꼈는지 전혀 이해할 수가 없었다.

오브리 언니가 벤과 결혼하겠다고 선언했을 때 나는 실제로 울기까지 했다. 모는 그에게서 우리가 보지 못한 무언가를 오브리 언니가 보고 있을 거라며 믿어 보라고 했다. 나도 이제 그것이 보인다. 살아 있을 때는 결코 보지 못했을 그의 다른 면이.

오늘 아침, 오브리 언니를 병원에 데려다주기 위해 언니의 아파트에 나타난 벤은 화장지로 만든 장미꽃 부케를 내밀었다. 언니는 꽃을 너무나 좋아하지만 꽃가루 알레르기가 있다.

「예쁜데 실용적이기까지 하잖아.」 그는 그중 하나를 빼서 코를 풀며 말했다.

난 대체 느끼한 건지 좋은 건지 판단이 안 섰다. 그래서 정말 별로인데 막상 먹으면 이상하게 괜찮은, 영화관에서 파는 나초 위에 뿌려 주는 끈적끈적한 치즈처럼 〈느끼하지만 좋다〉로 정했다.

자신의 이런 부분을 숨기고, 밀크토스트 같은 모습으로 살아가는 그를 보면서 어쩌면 그게 자신을 보호하기 위한 행동이 아닐까 하는 생각이 든다. 나는 죽고 난 후에야 사람들이 서로에게 얼마나 끔찍해질 수 있는지를 알게 되고, 상대방의 좋은 점을 보지 못하게 만드는 냉소주의가 우리들에게 만연해 있음을 깨달았다. 아마도 이것이 이 상태로 존재하는 좋은 점일 것이다. 전보다 모든 것을 더욱 있는 그대로 바라보게 된 능력. 내가 살아 있을 때보다 화장지로 만든 꽃을 훨씬 더 밝고 아름다운 것으로 보게 된 능력을 가지게 된 점 말이다.

오브리 언니가 클로이 언니와 함께 계단을 오르면서 어깨너머로 벤에게 이런 일을 하게 해서 미안하다는 표정을 지어 보인다. 벤은 그런 오브리 언니에게 바로 전혀 그럴 필요 없다는 식으로 한쪽 입가가 올라가게 씨익 웃어 보인다. 그때 나는 화장지로 만든 꽃다발과 같은 벤의 마음은 언니를 위해서라면 뭐든 마다하지 않고 하리라는 것을 느끼고, 그런 그가 정말 좋아진다.

아빠와 클로이 언니의 귀환을 위한 대대적인 축하 파티는 없다. 단지 우리 가족과 밥뿐이다. 아빠는 부축을 받으며 침대 시트와 베개가 준비된 소파로 향하면서 자신이 환자라는 사실을 상기시키는 그 소파를 못마땅하게 노려본다. 그러고는 절룩거리며 위층으로 올라가는 클로이 언니를 바라보다가 머리 모양에 눈길을 보낸다. 그사이 염색한 검은 머리를 밀어내고 뿌리 쪽에 새로 1~2센티미터 정도 자라난 구리색 머리는, 아빠로 하여금 그동안 시간이 경과했다는 것과 나를 떠올리게 한다.

「클로이.」 아빠가 말했다.

클로이 언니가 돌아본다.

「이제 집에 왔어. 힘내라, 우리 딸.」

미약하게나마 고개를 끄덕이는 클로이 언니를 보며 나도 미약하게나마 감사의 기도를 드린다. 아빠가 지난밤 내가 속삭인 것 때문에 그런 말을 한 건지, 아니면 원래 하려던 말을 한 건지는 모르지만, 클로이 언니는 아빠를 사랑하기 때문에 아빠 말대로 할 것이다. 적어도 오늘 하루는.

잠시 후 돌아온 오브리 언니는 벤과 계단 아래서 다른 사람이 눈치채지 못하도록 말없이 표정을 주고받는다. 이기적인 사람처럼 보이지 않으려면 얼마나 더 오래 있다 가야 하는지 의견을 나누는 것이다. 벤은 오래 있어도 전혀 상관없다는 응원의 미소를 지어 보인다. 오래 남기 싫어서 괴로운 사람은 오히려 언니 쪽이다.

두 사람의 심정도 이해가 간다. 집은 꼭 시체 영안실 같으니까.

아빠가 에인절스 경기를 보기 위해 텔레비전을 켜자 두 사람은 그만 가겠다는 인사를 한다.

몇 분 후, 밥이 서브웨이 샌드위치를 사가지고 돌아온다. 하나는 아빠에게 주고, 다른 하나는 엄마에게 주려고 부엌으로 간다. 엄마는 봄 날씨를 느끼고 싶다며 밥을 밖으로 데리고 나간다. 하지만 진짜 이유는 벤과 오브리 언니처럼 고통에서 벗어나기 위해서다.

우리 집 뒷마당 한복판에는 레몬 나무가 있다. 거의 20년

전 이 집에 이사 왔을 때 부모님이 심은 것이다. 아빠의 아이디어였다. 아빠는 부부로서 두 사람이 얼마나 오래 함께해 왔는지 상기시켜 줄 지표를 원했다. 그 주변에는 허브, 토마토, 당근, 호박 등과 같이 엄마가 요리할 때 사용하던 실용적인 작물들을 키우던 텃밭이 있었다. 나는 엄마도 한 때 정원을 손질하고 요리를 한 적이 있다는 것을 자주 잊어버린다. 직업 이외의 다른 일을 안 한 지 꽤 오래되었으니까.

몇 년 전부터 잡초 같은 태만의 징표들이 정원을 뒤덮기 시작했지만 엄마는 레몬 나무만은 계속 돌봐 왔다. 봄마다 가지를 치고, 매달 나무 주변에 비료를 주고, 죽은 열매를 따거나 가지치기를 하면서.

아빠는 집 안에 있는데 두 사람이 이렇게 밖에 나와 이야기하는 상황이 나는 싫다. 밥이 우리 집에 와 있다는 사실 자체가 마음에 들지 않는다. 지금 우리 가족에게 힘이 되어 주는 걸 고맙게 생각해야 한다는 건 알겠지만, 그리고 내가 그를 이렇게 끔찍하게 싫어하지만 않는다면 고맙게 생각했을지 모르지만, 나는 밥을 너무 증오하고, 제발 어서 돌아가 주기를 바란다.

밥은 내털리와 캐런에게 골프장이나 피트니스 센터에 간다고 거짓말을 하고는 코스트 하이웨이에 있는 빨래방 뒤에 차를 세우고 엄마를 위로해 주러 몰래 우리 집 뒤편으로 들어온다. 그렇게 거짓말을 하는 이유가 그의 의도가 순수하지 않아서인지 아니면 엄마와 캐런 이모 사이의 갈등 때문인지는 확실치 않다. 밥이 아직까지는 엄마에게 좋은 친구가 되어 주고 있지만, 그의 노골적인 헌신의 눈빛은 그 이상의 감정을 가진다는 것을 드러낸다.

엄마는 나무를 손질하며 현재 진행 중인 사건에 대한 이야기를 하고, 밥은 자신의 환자에 대한 이야기를 한다. 밥에게는 엄마를 웃게 만드는 유머 감각이 있고, 나는 그런 점을 싫어하면서도 인정한다. 이제 엄마는 밥과 있을 때를 제외하고는 더 이상 웃지 않으니까. 그는 사고나 오즈, 나에 대한 이야기를 전혀 꺼내지 않고 엄마는 캐런에 대한 이야기를 하지 않으려고 조심한다.

두 사람이 샌드위치를 다 먹은 후, 밥은 엄마를 필요 이상으로 오래 끌어안고 뭐든지 필요하면 전화하라고 한다.

그가 떠난 후 한동안 엄마는 텅 빈 허공을 응시한 채 테라스에 앉아 혼자 시간을 보낸다. 그러고는 깊게 숨을 들이쉰 뒤, 점심을 먹고 난 쓰레기를 집어 들고 아빠를 보러 거실로 들어간다. 아빠는 텔레비전에 나오는 자동차 보험 광고에 시선을 고정한 채 엄마의 존재를 모른 척한다.

「뭐 좀 갖다 줄까?」 엄마가 묻는다.

아빠는 대답 없이 음량을 더 키운다.

2주 전 혼수상태에서 깨어난 이후 아빠가 되찾은 기력은 모두 곧바로 분노로 바뀌었고, 그중 대부분은 엄마를 향해 있다. 나로서는 그런 모습을 지켜보기가 너무 힘들다. 산을 타고 바다를 항해하던 영원한 낙천주의자였던 아빠는 마음이 뒤틀리고 패배한 사람으로 전락해 버렸다.

「사무실에 가서 몇 시간 정도만 밀린 일 좀 하고 올게.」 엄마가 말한다.

아빠는 아무 대답도 하지 않는다.

48

지금까지 어디에 있다 왔는지 캐런에게 뭐라고 거짓말을 할까 궁금해진 나는 밥에게 찾아간다. 그의 복장은 골프나 휘트니스 클럽용 운동복 차림이 아니니까.

「어떻게 지내?」 밥이 문을 들어섰을 때, 캐런이 묻는 말을 듣고 나는 밥이 사실대로 말했다는 사실에 놀란다.

캐런은 흠잡을 데가 없는 종류의 사람이다. 집, 옷, 차, 딸까지 모두. 하얀색을 좋아하고 때, 먼지, 조그만 흠도 참지 못한다. 타파웨어의 여왕이며 옷장 정리의 전문가다. 그래서 난 그 집이 싫다. 집에 있는 느낌이 전혀 들지 않고 화분의 식물은 다 플라스틱이고, 나무 바닥도 라미네이트이며, 모든 물건들이 방금 포장을 뜯은 새것 같은 모델 하우스의 느낌을 풍긴다. 지금 죽은 다음에서야 광적인 집착이 없이는 집을 그렇게 유지하기가 쉽지 않다는 것을, 캐런이 거의 정신 이상에 가까운 강박적인 하루를 보낸다는 것을 알게 되었다.

밥은 집에 들어서자마자 신발을 벗어 외투를 넣어 두는 장 속의 선반에 올려놓으며 캐런의 말을 못 들은 척한다.

그녀는 손에 든 항균 물티슈를 비비 꼬면서 부엌까지 밥을 따라가며 묻는다.「클로이는 어때? 좀 나아졌어?」

밥은 냉장고에서 맥주를 꺼내 뚜껑을 따고 단숨에 반병을 들이켠다.

「잭은?」캐런은 여전히 물티슈를 비틀면서 계속 묻는다. 「다리는 좀 어때?」

그러자 밥은 캐런이 한 발자국 뒤로 물러날 정도로 그녀 앞으로 확 다가선다.「직접 가서 당신 눈으로 보지 그래?」 그가 쏘아붙인다.「바로 두 집 건너에 있잖아. 궁금하면 가서 직접 물어봐. 앤은 당신 가장 친한 친구잖아. 가서 도움이 좀 되어줘 봐.」

들고 있던 물티슈가 찢어지자 캐런은 그것을 내려다보고 놀라는 표정을 짓는다. 잠시 바라보다가 다시 그것을 정갈하게 두 번 접는다. 그러고는 밥이 마신 맥주병을 집어 들고, 밑에 남은 동그란 물자국을 닦아 낸다.「오늘 저녁은 갈비야.」그녀가 말한다.「포테이토랑 먹을래? 아니면 밥이랑 먹을래?」

49

아빠에게 말한 것과는 다르게 엄마는 일하러 가지 않았다.

사람들이 얼마나 많은 거짓말을 하며, 그것도 얼마나 감쪽같이 하는지 보면 놀라지 않을 수 없다. 모든 사람이 그렇다. 언제나. 그들은 어떤 말을 하고, 그리고 그것과는 전혀 다르게 행동한다. 엄마는 아빠에게 거짓말을 한다. 아빠는 클로이 언니에게 거짓말을 한다. 클로이 언니는 엄마에게 거짓말을 한다. 완벽하고 완전한 기만의 악순환이다.

엄마는 쇼핑몰에서 목표 없이 상점들을 배회한다. 요즘 엄마에게는 평범한 척을 할 수 있고 아무도 엄마의 삶에 벌어진 비극을 알지 못하는, 혼잡하고 사람이 많은 곳으로 가는 버릇이 생겼다. 한 시간 동안 윈도 쇼핑을 한 뒤, 커피를 마시며 벤치에 앉아서 지나가는 행복한 사람들(아이들과 함께 온 가족, 자기 또래의 여성, 나와 클로이 언니 같은 10대 여자아이들)을 바라본다. 사람은 자신의 삶이 한순간에 강탈당할 수 있다는 것을 전혀 모른 채 살아간다.

커피를 다 마신 뒤 엄마는 조금 더 돌아다닌다. 록키마운틴 초콜릿팩토리 밖에서 초콜릿을 입힌 마시멜로를 바라보는 엄마가 오즈를 생각한다는 것을 나는 안다. 몇 분 뒤 엄마는 웨첼스프레첼 앞에 멈춰 서고, 그런 엄마가 나를 생각하고 있다는 걸 느낀다.

집에 돌아가야 한다는 부담감에 자꾸 시계를 들여다보면서도, 그럴 때마다 엄마는 자신에게 몇 분씩을 더 허락한다. 결국 마지못해 엄마의 삶으로 돌아갈 때까지.

50

쉬고 있어야 할 소파에 아빠가 없다.

사용하라고 한 휠체어도 사용하고 있지 않다.

의사의 지시대로 휴식을 취하는 중도 아니다.

지금 택시의 뒷자리에서 다친 다리를 좌석에 올려놓고 앉아 있다. 아빠가 어디로 가는지 전혀 모르지만, 그곳이 어디든, 뭔가 예감이 좋지 않다.

20분 뒤, 우리는 알리소 비에호에서 모든 길에 새 이름이 붙은 오듀본 지역에 도착한다. 택시는 블루 해론 쪽으로 들어서서 갈색 잔디가 깔린 회색 복층 아파트 건물 앞에서 멈춘다.

택시 운전사가 택시에서 내리는 아빠를 돕는다. 「진짜 괜찮으시겠어요, 손님?」 그가 묻는다.

아빠는 전혀 괜찮아 보이지 않는다. 호흡은 쌕쌕대고, 온몸은 부들부들 떨린다. 지난 2주 동안 아빠가 가장 멀리 이동한 거리는 병실 침대에서 화장실까지 절뚝거리며 간 게 전부였다.

「좀 기다려 주시오.」 남자의 걱정은 들은 체 만 체하며 아빠가 말한다. 「몇 분 뒤에 돌아올 테니.」

아빠는 복층 아파트의 문을 주먹으로 두드린다. 아무 반응이 없다. 다시 한번 문을 두드린다.

손잡이를 돌려보고 문이 그냥 열리자 바로 안으로 들어간다.

나는 심장이 쿵쾅거린다. 지금 이 상황이 뭔지는 모르지만, 왠지 불안해서 할 수만 있다면 막고 싶은 심정이다.

「밴스.」 아빠가 우렁차게 소리를 지르자, 순간 나의 가슴이 서늘해진다.

젠장. 빌어먹을. 이래서 내가 사람들의 꿈에 나타나면 안 되는 거야. 나는 지난밤 아빠의 생각 속에 침범했던 일을 깊이 후회하며 소리친다. 아빠에게 말을 거는 게 좋은 생각이 아닌 건 알았지만, 어쨌든 나는 실행에 옮기고 말았다. 사람이 죽으면 더 똑똑해지고, 현명해지고, 더 신중해진다고 생각할지 모르지만, 천만에. 나는 여전히 예전의 어리석은 나일뿐이다. 내가 더 이상 속하지 않은 세계를 기웃거리고 생각 없이 일을 저지른다. 지금도 멍청한 나 때문에 클로이 언니는 몰래 모아 놓은 약과 함께 집에 혼자 남아 있고, 집에서 안정을 취해야 하는 아빠는 자기 딸에게 상처를 준 남자아이를 죽이러 가는 미친 짐승처럼 밴스의 집에 무단으로 침입하고 있다.

「밴스. 집에 있는 거 다 알아. 당장 나오지 못해!」

아무 반응이 없다.

나는 아빠의 추측이 틀렸고 밴스가 집에 없기를 바라면서 밴스가 있는 곳으로 가본다. 하지만 고작 6미터도 안 되는 복도 끝 그의 방에서 아빠의 고함소리를 들으며 침대에 웅크리고 있는 그를 발견한다.

이 허수아비 같은 사람과 클로이 언니가 사랑했던 소년의 모습이 도저히 일치가 안 돼서 나는 침을 꿀꺽 삼킨다. 독특한 그의 회색 눈이 아니었다면 전혀 알아보지 못했을 것이다. 길고 마른 체격은 뼈대만 남았고, 볼은 움푹 들어가고, 눈은 깊고 검푸른 동굴에서 툭 불거져 나온 것처럼 보인다. 입고 있는 격자무늬 사각팬티와 찢어진 티셔츠는 더럽고 몸이 너무 야위어서 헐렁하다. 검은색으로 염색했던 머리는 수감자처럼 빡빡 깎아서, 회색빛 솜털이 얇은 막처럼 뒤덮였다. 동상 때문에 손상된 양쪽 귀는 기형에 상처투성이다.

방 안에 교과서나 공책이 하나도 보이지 않는 걸 보니 아마 학교를 그만둔 것 같다. 그는 전에도 성실한 학생은 아니었지만 클로이 언니의 도움으로 그럭저럭 잘 다녔고, 그의 미친 테니스 실력 덕분에 체육 특기생 장학금을 받고 샌타바버라 캘리포니아 대학교에 입학할 예정이었다. 나는 이제 그 모든 것들이 다 사라져 버린 건 아닐까 궁금해진다.

그의 책상 위에는 수십 개의 테니스 대회 트로피, 그 앞에 마구 으깨진 담배꽁초들이 가득 찬 재떨이가 놓여 있고 나무 상자 안의 작은 봉투에 웃는 얼굴이 새겨진 라벤더색의 알약들이 들어 있다. 엑스터시다. 예쁜 파스텔 색깔에 웃는 얼굴, 손바닥 모양, 피스 마크 등이 새겨진 이 약은 인사불성과 중독으로 빠지는 관문과도 같은 마약이라고, 신입생 때 학교에서 억지로 참석하게 만들었던 〈마약 퇴치〉 강의에서 봤다.

「좋아. 그럼 내가 가지.」 아빠가 소리를 지른다.

밴스의 눈이 이리저리 머릿속을 헤집듯 씰룩거린다. 그건 단지 두려움 때문만은 아니다. 그는 지금 약에 취해 제정신이 아니다. 밴스와 클로이 언니가 가끔 마리화나를 피우는 것은 알았지만 클로이 언니는 결코 이 정도까지 가지는 않았을 것이다.

밴스가 무릎을 가슴 쪽으로 끌어당기는 순간, 나는 검지를 제외하고 모든 손가락의 끝부분과 엄지 두 개가 모두 잘린 그의 손을 발견한다. 그 광경에 놀라 침을 삼키다가, 구석에 놓인 그의 테니스 가방을 보고 목구멍이 꽉 막힌다.

그때 문이 벌컥 열리고 아빠가 돌진해 들어온다. 아드레날린이 좀 전까지만 해도 없었던 힘을 뿜어내며 아빠를 추진시키고 있다. 그리고 오즈의 죽음이래 내가 목격한 모든 것들 중에서 가장 슬픈 장면이 펼쳐진다. 클로이 언니를 사랑하는 두 사람, 그날의 사고로 인해 완전히 만신창이가 되고 언니를 보호하는 데 실패한 한 남자와 한 소년의 모습.

아빠는 지체하지 않는다. 침대로 돌진해서 왼쪽 목발에 체중을 실으며 오른쪽 목발로 밴스의 관자놀이를 후려쳐서 옆으로 쓰러뜨린 후 침대 아래로 굴려 떨어뜨린다. 밴스가 바닥에 무릎으로 떨어지자, 이번엔 밴스의 갈비뼈 부분을 내리치기 위해 목발을 다시 들어올린다. 순간 밴스가 헉 하면서 바닥에 납작 엎드려 태아와 같은 자세로 몸을 구부리고, 기형이 된 두 손으로 그의 머리를 감싼다.

아빠는 클로이 언니보다 훨씬 더 심한 밴스의 손가락을 보자 얼굴을 찡그린다. 새끼손가락은 반이, 약지는 첫 번째 마디가 없고, 중지는 검지 길이에 맞게 잘렸다. 손가락의 손상의 정도를 드러내는 그의 손은 마치 막대그래프 같다.

하지만 아빠의 연민은 오래가지 않는다. 목발을 다시 들어 밴스의 등을 가격한다.

그만해. 나는 절규한다. 하지만 아빠의 공격은 이제 막 시작됐을 뿐이다. 분노로 이성을 상실한 채 자신 외에 원망할 수 있는 유일한 사람에게 화를 쏟아 내고 있다. 밴스는 맞을 때마다 끙끙대지만 머리를 가리는 것 외에는 방어도 하지 않는다. 그의 입술에서 피가 흐르고, 팔과 다리의 맞은 자국이 부풀어 오른다. 아빠가 힘이 없어서 차라리 다행이다. 지금 때리는 정도는 건장할 때에 비하면 반에 반도 못 미치는 강도니까.

한 번 때릴 때마다 힘이 점점 빠지면서 세기가 약해지고 마침내 목발을 들 힘조차 없어지자 아빠는 때리는 것을 멈춘다. 「이 건방지고 한심한 놈. 그렇게 데리고 나가서 버리고 가다니.」 쌕쌕거리는 호흡에 섞여 아빠의 말은 거의 알아듣기가 어렵다.

밴스가 사실상 동의의 뜻으로 고개를 끄덕이자, 그게 아빠를 더 격분하게 만든다. 남은 힘을 끌어모아 아빠가 목발로 밴스의 팔뚝을 내리치자, 뼈에 맞아 금속이 우그러지는 소리가 난다. 그 바람에 아빠는 휘청거리며 거의 넘어질 뻔하다가, 가까스로 목발을 붙잡고 어설프게 몸을 일으키며 가슴을 들썩인다. 「이 빌어먹을 나쁜 놈. 너 때문에 개가 죽을 뻔했어. 내 딸이 죽을 뻔했다고.」 콧물과 눈물이 범벅이 되어 아빠의 얼굴에 흘러내린다. 그가 차마 입 밖으로 내놓지 못한 말들이, 소리 없는 외침이 되어 울려 퍼진다. 핀이 죽은 건 나 때문이야. 클로이는 나 때문에 죽을 뻔했어. 오즈가 죽은 건 나 때문이야.

밴스는 몸을 더욱 웅크리고 아무 말도 하지 않는다. 그리고 현명하게도 이제는 고개를 끄덕이지도 않는다.

아빠에게 힘이 남아 있었다면 계속했겠지만 실은 지금 혼자 서 있는 것도 벅차다. 「지옥에나 가라. 밴스. 제발 빌어먹을 지옥에서 썩어 없어져.」

그러고는 술에 취한 사람처럼, 비틀거리며 문으로 향한다.

문을 나가기 전 아빠는 서랍장에 있는 알약을 발견하고 뒤에서 흐느끼는, 약에 취한 밴스를 힐끗 돌아본다. 아빠는 혐오감에 얼굴이 일그러지고, 약을 바닥으로 쓸어내 버린 뒤 문을 나간다. 그런 모습을 바라보면서 대체 이런 잔혹한 앙갚음이 아빠 자신에게 무슨 도움이 됐는지, 분노가 조금이라도 희석됐는지, 아니면 이것은 단지 더한 파멸을 향한 시작에 불과한 건지 알고 싶어진다. 아빠의 일그러진 얼굴에 새겨진 대답을 읽고, 등줄기가 서늘해진다.

51

아무도 없는 집에 들어가던 엄마는 곧 집이 비어 있을 리가 없다는 사실을 깨닫는다.

「잭?」 엄마가 아빠를 부른다.

아빠의 휠체어가 소파 옆에 있고, 목발이 보이지 않는다.

부엌으로 갔다가 뒤뜰로 향하는 미닫이문으로 가는 엄마를 빙고가 뒤따른다. 계단을 올라 자신의 침실과 오즈의 방을 둘러보는 엄마의 발걸음이 점점 빨라진다. 클로이 언니의 방문 앞에서 엄마는 숨을 내쉬고 안으로 들어간다.

클로이 언니는 창문에서 고개를 돌리고는 아무 말도 하지 않는다.

「아빠 어디 가셨니?」 엄마가 묻는다.

클로이 언니는 외면한다.

「빌어먹을, 클로이! 대체 아빠 어디 있어?」

고개를 휙 돌린 클로이 언니의 눈은 냉정하고 어둡다.

「대답해.」

클로이 언니가 증오에 찬 눈을 가늘게 뜨자, 엄마도 똑같이 가늘게 뜨고 노려본다. 두 사람의 매서운 눈길이 마주치자 그 기운이 너무 강렬해서 마치 부딪히는 소리가 들리는 것만 같다. 사고 이후 처음으로 클로이 언니가 엄마한테 말을 한다. 「내가 그걸 대체 어떻게 알아?」

클로이 언니가 말을 한 것에 너무 놀라서, 엄마는 순간 클로이 언니를 안아 줘야 할지 아니면 계속 소리를 질러야 할지 알 수 없는 표정을 짓는다. 하지만 엄마는 애초에 클로이 언니의 반응을 이끌어 낸 후자 쪽을 선택한다. 「그럼, 당장 침대에서 나와서 찾는 걸 도와.」 엄마는 소리를 빽 지른다.

클로이 언니는 방금 엄마가 아빠를 찾는 걸 도우라는 말이 아니라 오른쪽 신장을 내놓으라는 말이라도 한 것처럼 눈을 재빨리 여러 번 깜박거린다.

「당장 일어나.」 엄마가 다시 말한다. 「심각해. 지금 아빠가 없어졌어.」

놀랍게도, 클로이 언니는 시키는 대로 한다. 갑자기 일어나다가 현기증이 나서 비틀거린다.

엄마는 못 본 척한다. 「해변 쪽으로 가서 찾아봐. 난 차를 타고 동네를 돌아보고 올 테니까.」

클로이 언니는 경고등처럼 계속 눈을 깜박이면서도 계속 엄마가 하라는 대로 한다. 엄마가 방을 뛰어나가는 사이 클로이 언니는 침대 옆에 걸려 있던 후드 티를 집어 입는다.

서랍장 옆을 느리게 지나치던 클로이 언니는 거울에 비

친 자신의 모습에 흠칫한다. 머리가 이상하다. 마치 머리카락의 끝부분을 잉크에 담갔다 뺀 것처럼 2센티미터 정도는 검은색이고 뿌리 부분의 2센티미터 정도는 구리색이다. 피부는 유령처럼 창백하고 눈 주변은 움푹 파여 푸른색이 돌고, 이마의 상처는 불에 그을린 것처럼 핑크빛이 돈다. 그리고 살이 너무 빠져서 광대뼈가 뾰족하게 불거져 보인다. 언니는 거울을 향해 고개를 갸웃거리고, 혀를 내밀어 보고, 두어 번 사팔눈을 만들어 보더니, 곧 밖으로 나간다.

클로이 언니가 계단에 도달했을 때 엄마는 이미 문밖으로 뛰어나가는 중이다. 처음에는 엄마가 너무하다고 생각했다. 아무리 그래도 클로이 언니는 아직 약하고, 발가락도 다친 상태라 그 발로 걸으면 아플 거라는 생각 때문에. 하지만 나는 곧 이 방법밖에 없었다는 것을 깨닫는다. 아무도 보는 사람이 없자 클로이 언니는 아무렇지도 않게 행동한다. 사실상 다친 부분에 거의 신경을 쓰지 않아서 나는 클로이 언니의 발가락이 여전히 아프기는 한 걸까, 아니면 알약을 계속 숨기기 위해 아픈 척을 하는 걸까 하는 의문이 생긴다.

52

해변으로 나 있는 경사로를 절룩거리며 내려가는 클로이 언니의 모습을 모가 자기 집에서 발견하고, 클로이 언니를 만나러 달려간다.

카민스키 가족은 바다가 보이는 집에 살고, 모린 공주님의 방에서는 아름다운 경치가 내려다보인다.

사고가 났던 밤 이후에 클로이 언니를 본 적이 없는 모는 처음으로 클로이 언니를 가까이서 보고 갑자기 그 자리에 멈춰 선다. 이상한 머리 스타일, 야윈 몸, 슬리퍼 사이로 보이는 붕대가 친친 감긴 발. 모는 충격 받은 표정을 얼른 떨쳐 버리고 클로이 언니를 황급히 따라간다. 발가락이 일곱 개밖에 없는 발로 모래가 흩뿌려진 콘크리트 길을 아주 조심스럽게 나아가는 클로이 언니를 따라가는 건 어렵지 않다.

「클로버.」 모가 걸음마를 배우던 어린 꼬마였을 때부터 부르던 클로이 언니의 별명을 부른다.

클로이 언니가 돌아본다. 언니의 얼굴은 뭔가 단단히 각오를 한 표정이다. 하지만 모라는 것을 확인하자마자 얼굴 전체에 안도감 같은 것이 퍼져 나간다. 모는 옆에 있을 때 세상에서 가장 마음이 편한 사람이니까.

클로이 언니는 모를 머리부터 발끝까지 훑어보며 부상의 정도를 살핀다. 그런 클로이 언니를 모가 돕는다. 손을 들어 앞뒤를 보여 주고, 맨발도 올려 보여 주면서. 번들번들하고 누렇게 죽은 피부의 얼룩덜룩한 표면이 분홍빛 새 살을 드러내며 벗겨지는 중이다. 발은 더 흉측하다. 발가락은 다 붙어 있지만 끝부분에는 여전히 군데군데 갈색과 붉은색의 멍이 들어 있다. 클로이 언니도 자신의 상처를 들어 보여 준다. 밴스를 따라간 언니의 결정이 얼마나 큰 값을 치렀는지를 확인한 모는 얼굴을 찌푸리며 고개를 끄덕인다.

「아주 심하네.」 모가 사실을 담백하게 말해 버리자, 그동안 클로이 언니의 얼굴에 드리웠던 뒤틀리고 꼬였던 감정들이 흔적도 없이 사라지고, 그 끔찍한 사고 이후 처음으로 언니의 입가에 아주 희미한 미소 같은 것이 비친다.

「여기서 뭐해?」 모가 화제를 바꾸며 묻는다.

「아빠가 행방불명이야. 그런데 엄마가 여기 있을지도 모른다고 해서.」

모가 이마를 찡그린다. 「휠체어 타시지 않아?」

「타고 있어야 하긴 하지.」

모는 더 이상 질문을 하지 않는다. 모래사장에 들어선 클로이 언니의 발걸음이 갑자기 위태로워져서 걷는 데 집중하는 것을 방해하고 싶지 않기 때문이다. 나는 이제야 발가락의 진가를 새삼 깨닫는다. 균형을 잡는 데 발가락이 그렇게 중요한 역할을 하는지 전혀 몰랐다.

두 사람은 바위의 능선 너머로 탁 트인 바다가 보일 만큼 멀리 가자 멈춰 선다. 클로이 언니가 짭짤한 바닷바람을 깊게 들이마시자, 너무 부러워서 나도 모르게 끙 소리를 내뱉는다.

나는 바다의 모든 것을 사랑한다. 물, 파도, 모래, 바람, 거듭되는 밀물과 썰물. 하지만 그중에서도 냄새를 가장 사랑한다. 내가 살아 있을 때 거의 매일 들이마시던, 소금기 가득한 그 싸한 냄새. 핫도그와 스모어[21]와 배구와 서핑과 돌고래와 조개껍질 모으기와 모래성 쌓기와 오즈를 모래 속에 묻었던 수많은 추억들을 마법처럼 불러내는 그 냄새를.

클로이 언니의 아랫입술이 떨리고, 모는 팔짱을 끼고 자신의 몸을 감싼다. 두 사람이 그곳에 서서 나를 생각하지 않기란 불가능하다. 그곳은 내 놀이터였으니까.

「보고 싶다.」 모가 말한다.

클로이 언니가 눈을 감고 고개를 끄덕인다.

「핀이 없으니까 커다란 구멍이 생겨 버린 것 같아. 아주 거대한 공허함이.」

클로이 언니가 코를 움켜잡는 걸 보니 울음을 터뜨리기

21 구운 마시멜로와 초콜릿을 크래커 사이에 끼워 넣어 만든 캠핑용 간식.

일보 직전이다. 구조된 이후 한 번도 운 적이 없는 클로이 언니가 지금 울려는 건 과연 좋은 징조인지 아닌지 알 수가 없다.

모는 눈치를 못 채고 있다. 여전히 바다를 응시하며 말을 잇는다. 「그리고 그 구멍이 언제나 내 주변의 모든 곳에 있는 것 같아. 그게 모든 빛을 다 흡수해 버리고 모든 소리를 다 빨아들여서 모든 것이 덜 밝고, 덜 재미있고……」 모는 한숨을 내쉬면서 고개를 숙였다가 다시 들어 바다를 응시한다. 「덜…… 나도 모르겠어. 모든 것이 다 덜한 것 같아.」

클로이 언니의 눈에서 눈물이 새기 시작한다. 눈물을 막아 보려고 코를 움켜쥐는 데도 눈물이 뺨을 타고 흘러내린다.

「핀을 생각할 때는……」 모가 또 이야기를 꺼낸다. 「지금처럼, 나는 행복하려고 노력해. 왜냐하면 그게 핀이 원하는 거라는 걸 알고, 핀도 아주 좋은 곳에 있다는 걸 믿으니까. 하지만 문제는 그 외의 시간이야. 내가 핀을 생각하지 않을 때는, 너무 힘들어. 왜냐하면 그때가 내가 핀을 가장 보고 싶을 때거든. 너무 외로워서 마치 거대한 바다에 떠 있거나 우주를 떠도는 것 같고 마치 중력이 나를 놓아 버린 것 같고, 공기가 다 없어져 버릴 것 같아.」

클로이 언니가 훌쩍거리자 모가 휙 돌아본다. 「미안해, 클로버.」 클로이 언니가 울고 있다는 것을 갑자기 깨달은 모가 재빨리 말한다.

클로이 언니가 고개를 젓는다. 「아니야, 괜찮아.」 언니가 눈물을 닦으며 숨을 깊게 들이마신다. 「나도 핀이 그리워. 언제나.」

「그러니까, 나도 알겠어.」 모 역시 눈에 눈물이 가득해서 말한다. 「사람들은 다 죽는다는 거, 그리고 난 아직 살아 있고 삶은 계속된다는 것도 알겠어. 그리고 그 구멍도 결국은 작아질 거라는 것도. 적어도 그게 사람들이 다들 입버릇처럼 하는 말이니까.」

「그냥 다들 입 좀 다물어 줬으면 좋겠지?」 클로이 언니가 말한다.

모가 고개를 끄덕이고, 위를 올려다보며 미소를 지을 듯 말 듯하다가, 다시 바다를 바라본다.

「맞아. 사람들이 하는 말을 이해 못 하겠다는 게 아니잖아. 이해는 해. 하지만 지금은, 그 구멍이, 너무너무 커. 정말 아주 많이 외롭고, 아주 많이 보고 싶은 걸 어떡해.」

잠시 동안 두 사람은 그 상태로 조용히 서 있다. 바다를 바라보며, 감정을 억누르면서. 슬퍼하는 두 사람을 바라보자니 너무 고통스럽다. 나는 둘의 행복을 빨아들이거나 울게 만드는 검은 구멍이고 싶지 않다. 그리고 그 둘이 공허함 대신 충만함을 느끼기를 바란다. 사람들이 나를 그리워하는 것도, 나를 생각하면서 불행해지는 사람들에게도 진절머리가 난다. 내 생각이 날 때 행복해지려고 노력하지 마. 그냥 행복해져. 바다를 바라보고 미소를 지어. 바다 냄새를 들이마시면서 현재의 삶을 축복해. 나를 기억해. 하루 이상, 아니, 한 시간 이상 슬픈 감정을 지속시킨 적이 거의 없던 나를 기억해. 우리가 함께했던 멋진 시간들과 내가 얼마나 엉뚱한 아이였는지를 기억해. 다리가 네 개 넘게 달린 건 뭐든 무서워했지만 그래도 모험을 두려워하지 않았던 나를. 제발 기억해 줘. 너의 세상을 밝히고 모든 것을 더 좋게 바꿔 주는 빛과 같은 존재로서 나를 간직해 줘. 난 공허함도, 구멍도, 그림자도 되고 싶지 않아. 그냥 〈나〉를 기억해 줘!

「내가 무슨 생각하는지 알아?」 클로이 언니가 말한다. 「내가 염색하고 머리를 짧게 잘랐을 때야. 내 머리를 보고 다들 한 마디도 안 하더라. 가족들도, 선생님들도, 친구들조차도. 다들 마치 내가 항상 그런 남자 같은 까만 머리를 했던 것처럼 모른 척했어. 하지만 핀은 안 그랬어. 핀은 날 보자마자 바로 〈와, 완전 버터컵인데〉라고 했어. 알지? 그 파워퍼프 걸스.[22] 핀은 거짓말도 안 했고 좋아하는 척도 안 했어. 하지만 그렇다고 아무 일이 없었던 척을 하지도 않았어. 사실, 핀에게는 상관없었던 거야. 내 머리가 까만색이든, 초록색이든, 보라색이든, 핀에게 나는 여전히 나였던 거야. 내가 아는 사람 중에는 그런 사람은 없어.」

「핀이 언니 머리 되게 싫어했어.」 모가 코를 훌쩍거리며 웃는다.

아주 희미하게나마 미소를 지어 보이는 클로이 언니를 보고 나는 모에게 박수갈채를 보낸다. 모는 단지 10분 만에

22 미국의 슈퍼히어로 만화 TV 시리즈. 버터컵은 캐릭터 중 하나임.

수많은 정신과 의사나 의사들이 몇 주 동안 했던 것보다도 더 많은 성과를 이루었다. 나는 클로이 언니가 나에 대해 기억하는 유일한 소중한 추억이, 나로서는 전혀 기억하지 못하는 일이라는 점 때문에 웃음이 난다. 참 이상하면서도 멋지다. 우리가 하는지조차 깨닫지 못하면서 어떤 행동들을 한다는 건.

「내가 구조를 요청하러 나간 다음, 둘째 날 밤에,」 클로이 언니가 긴장된 목소리로 은빛 수평선에 시선을 고정한 채 말한다. 「난 정말 죽고 싶었어.」 언니는 그때의 추위가 기억나 몸을 떤다. 모도 자신의 몸을 스스로 감싸 안는다. 「내가 스스로 심장을 멈출 수 있었다면 그렇게 했을 거야. 사람들은 불에 타 죽는 게 가장 끔찍하다고 생각하지만, 그건 틀렸어. 추위는 불길보다도 더 심한 화상을 입혀. 그리고 그 시간은 훨씬 더 오래 걸리지. 한 번에 세포 하나씩을 얼려 나가듯 아주 서서히. 너무 고통스러워서 도저히 감당할 수가 없을 정도야.」

모 역시 자신이 겪은 기억이 떠올라 얼굴이 창백해진다. 하지만 클로이 언니는 눈치채지 못한다. 그동안 그렇게 자신의 말을 들어 주었으면 했던 사람들에게는 하지 않았던 고백에만 집중한다.

「그래서 그걸 멈추기 위해서라면 뭐든 하고 싶어져.」 언니가 말을 계속한다. 「그리고 자신이 얼마나 겁쟁이인지, 자신에게 인생이란 게 얼마나 하찮은지 깨닫게 돼. 단지 그 삶을 끝내고 싶을 뿐이야. 핀이 너무 부러워. 스스로 결정하지 않아도 그 결정이 이미 내려졌고, 그냥 끝나 버렸다는 것이.」

모가 그 자리에 선 채로 얼어붙는다. 모도 들은 것이다. 클로이 언니가 말할 때 현재형을 사용한다는 것을. 이미 많은 일을 겪은 모에게 그런 부담까지 떠안기는 건 너무하지만, 나는 그래도 다행이란 생각이 들면서 모가 방금 들은 것을 떨쳐 버리거나 무시하지 않기를 기도한다.

클로이 언니가 몸을 펴고 수평선에서 시선을 거두어들인다. 「핀이 거기에 있었어. 둘째 날 밤에 나와 함께 있었어. 미친 소리처럼 들리겠지만 사실이야. 핀이 와서 나와 함께 앉아 있었어.」

모의 반응이 궁금해진 클로이 언니가 모를 슬쩍 바라보지만 언니가 읽을 수 있는 건 연민의 감정뿐이다.

「나에게 말을 했어. 어렴풋했지만, 그리고 정확히 뭐라고 했는지는 기억나지 않지만, 분명히 핀이었어. 정말 백 프로 핀이었어. 아주 빠른 속도로 이 이야기 저 이야기를 마구 해 댔어. 바로 전에 한 이야기를 끝내지도 않고 다음 이야기로 넘어가면서 말이야.」

나는 내가 정말 그랬던 것이 생각나 웃는다.

「핀을 봤어?」 모가 약간 부러운 듯이 묻는다.

「아니. 하지만 지금도 가끔 날 찾아와.」

「핀이 말을 걸어?」

「아니.」

「그럼 어떻게 알아?」

「그냥 알아. 가끔 우리 방에 와서 나와 함께 시간을 보내기도 해.」

나는 한 발로 빙그르르 돌며 환호성을 지른다. 클로이 언니가 나의 존재를 안다!

모가 뭐라고 말하려고 할 때 뒤에서 누군가의 목소리가 들린다.

「클로이.」

모와 클로이 언니는 고개를 돌려 경사로를 내려오는 오브리 언니를 바라본다.

「아빠를 찾았어. 지금 집에 계셔.」 오브리 언니가 큰 소리로 외친다. 「엄마가 너 데려오래. 안녕! 모.」

「안녕, 언니.」 모는 오브리 언니가 자신에게 기대하는 완벽하고 순응적인 10대의 모습으로 변신해 대답하고, 클로이 언니 역시 오브리 언니가 예상하는 대로 몸을 다쳐 넘어지지 않고는 한 발자국도 제대로 걷지 못하는, 망가지고 상처받은, 문제 있는 10대의 모습으로 되돌아간다.

모는 클로이 언니의 행동을 모르는 척해 준다. 오히려 그런 클로이 언니의 행동에 동조하며 한 걸음 한 걸음 걸을 때마다 얼굴을 찡그리는 클로이 언니를 부축해서 해변을 가로질러 돌아가기 시작한다.

「내가 차를 가져올게.」 오브리 언니가 말한다.

오브리 언니가 시야에서 사라지자, 클로이 언니가 다시

바다를 바라보며 모에게 말한다. 「바다도 핀을 그리워할 거야.」

나는 클로이 언니의 말이 너무 맞는 것 같아서 미소를 지으며 약간 눈물을 글썽인다.

53

집으로 돌아가 보니 한창 격앙된 말다툼이 오가는 중이다.

「젠장, 잭. 지금 죽고 싶어서 이래?」

「그래. 그게 내가 원하는 거야.」 아빠는 소파에서 소리를 지른다. 안색이 창백하고 땀에 흠뻑 젖은 채 베개 위에 다리를 얹고 있다.

「대체 어디 갔었어?」

「몰라도 돼.」

「알아야겠어. 오브리가 당신을 찾아 헤맸어. 클로이도 찾아 다녔고. 밥한테도 전화했다고.」

「그래? 밥한테 전화하셨어?」 아빠가 내뱉듯 말한다. 「놀랍지도 않군. 요즘 당신한테 아주 훌륭한 벗이 되어 주고 계시니까.」

「대체 그게 무슨 의미야?」

「무슨 말인지 당신이 정확히 알잖아. 내가 궁금한 건, 캐런도 그 자식이 무슨 짓을 하고 돌아다니는지 아느냐는 거야. 아니면 당신이 전화할 때마다 그가 달려온다는 사실은 당신 가장 친한 친구인 캐런한테는 숨기고 계신 건가?」

화가 난 엄마의 코가 벌름거린다. 정말 가능만 하다면 엄마의 귀에서 수증기가 뿜어져 나올 것만 같다. 「나랑 밥 사이에는 아무 일도 없어. 그리고 잘 모르는 것 같아서 하는 말인데, 밥은 정말 믿을 수 없이 큰 의지가 되어 줘. 사실상 오즈를 위한 수색을 요청한 것도…….」

「당장 나가.」 아빠가 고함친다. 분노가 폭발하면서 숨을 못 쉴 정도로 격렬한 기침을 유발하지만 기침을 하면서도 말을 계속 내뱉는다. 「당장 꺼져. 그렇게 서서 감히 밥이 우리 아들을 찾는 데 큰 도움이 되었다는 말을 하려거든. 오즈는 죽었어. 당신이 버린 거야. 그리고 밥은 그 아이를 방치했고.」

엄마는 그 말에 뒤로 한 발자국 물러난다.

「당장!」 아빠는 몸을 일으키려고 하지만 기운이 다 빠져서 오히려 기침만 더 심해진다.

도망치듯 부엌으로 간 엄마가 어깨와 목 그리고 몸 전체를 잔뜩 웅크린 자세로 조리대에 기대어 선다. 한 번도 그런 식으로 몸을 웅크린 엄마를 본 적이 없다. 부모님은 내가 기억하던 것보다 훨씬 더 나이 들고 왜소해 보인다.

54

오브리 언니가 가지 않고 집에 남아 준 것은 하늘이 준 선물이나 다름없다. 오브리 언니가 주변에 있으면 가족들은 모두 행동을 조심한다. 고난 속에서도 꿋꿋한 가정을 꾸려 나가는 부부의 표상처럼 부모님은 사고 전의 모습과 똑같이 행동하는 놀라운 연기력을 보인다. 아빠는 엄마를 여보라고 부르고, 엄마는 아빠에게 맥주를 갖다 주며 하인이 시중드는 것 같다며 농담을 던지기도 한다. 모두 오브리 언니를 위한 연극이지만 나는 어제보다 나은 하루를 보낸다면 그게 거짓이라도 상관없다.

엄마는 아침으로 레몬 리코타 팬케이크를 거실의 커피 테이블 위에 차리고, 아빠 역시 기분이 좋은 듯이 행동한다. 아빠가 오브리 언니에게 벤의 엄마가 주례를 부탁한, 아주 나이 많은 목사에 관한 농담을 한다.

「걱정 마라. 혹시 그 목사가 결혼식 도중에 쓰러져도 내가 심폐 소생술을 할 줄 아니까. 그래도 안 되면 내가 주례를 서주마. 나도 주례 면허는 있어.」

사실이다. 엄마와 결혼하기 전, 아빠는 한 개인 요트의 선장이었고, 그 요트의 소유주는 자기가 네 번째 결혼식을 하게 되면 결혼을 공증할 수 있도록 면허를 따두라고 했다고 한다.

「그럴 일은 없어.」 오브리 언니가 말한다.

「그럴 수도 있어. 얼마나 멋지냐. 우리는 오늘 여기 이렇게 멋지고 사랑스럽고 아름다운 신부와, 별로 신통치 않은 신랑이……」

오브리 언니가 아빠의 팔을 쿡 찌른다.

「이런 힘이 이렇게 약해서 쓰나.」 아빠가 말한다. 「클로이, 언니한테 펀치 날리는 법 좀 가르쳐 줘라.」

클로이 언니는 억지로 미소를 지어 보인다.

사실 클로이 언니는 오늘 아침을 먹으러 스스로 내려왔다. 엄마가 더 이상 식사를 방까지 갖다 주지 않겠다고 선언했고, 언니 역시 다른 사람들이 갖다 주는 것을 원하지 않았기 때문에, 결국 침대에서 나올 수밖에 없었다.

「팬케이크 정말 맛있다. 이게 내가 이 집에 안 살아서 아쉬운 이유야. 물론 가족들도 다 그리워. 하지만 정말 엄마 요리 없이 사는 게 가장 힘들어.」

엄마의 뺨이 붉어진다. 「갈 때 레몬 좀 가져가.」 엄마가 대답한다. 「레몬이 잔뜩 열렸더라.」 엄마는 두 사람이 같이 해온 삶, 그들의 역사와 결혼 생활을 암시하며 아빠를 쳐다본다. 하지만 엄마의 시선은 아빠의 돌에 새겨진 것 같이 진심 없는 친근한 표정에 튕겨 나오고 만다.

오브리 언니는 이런 것들을 전혀 눈치채지 못한다. 「나야 너무 좋지. 그러면 팬케이크 만드는 법도 좀 알려 줘! 벤이 정말 좋아할 텐데.」

그런 사고가 일어났음에도 불구하고 오브리 언니는 이상할 만큼 변하지 않은 채로 남아 있다. 아마겟돈 이후의 시대로 떨어진 시간 여행자처럼, 그 비극에 대해서 알지만 동시에 경험하지 못했기 때문에 스스로는 변한 게 하나도 없고 따라서 주변의 모두가 이상한 생명체처럼, 즉 파멸 직전의 기로에 아슬아슬하게 서 있는 외계인처럼 변이된 상황에도 언니는 전혀 영향을 받지 않고 있다.

그리고 놀랍게도 그런 언니의 무지함은 마치 주변의 모든 것을 끌어들여 다시 정상으로 만들어 버리는 평범함의 자극(磁極)처럼 작용한다. 오브리 언니가 결혼, 꽃 장식 그리고 청첩장에 대한 수다를 떨면 엄마와 아빠 그리고 클로이 언니는 지난 26일간 그들이 몰두해 왔던 비극에서 벗어나고 싶은 절실한 마음과 뭔가 다른 집중할 거리가 있다는 사실에 감사하는 마음으로, 이전보다 훨씬 더 열심히 언니의 이야기를 경청하고 관심을 보인다.

나는 오브리 언니가 자신이 원해서라기보다 가족들의 그런 절실함을 훨씬 더 잘 알고, 그래서 자신의 즐거움을 과장한다고 생각한다. 아무도 모르지만 사고 직후 오브리 언니와 벤은 결혼식을 미루자는 이야기를 나눴다. 그런 비극적인 사고 직후에 결혼식을 치르는 것이 왠지 옳지 않다고 생각한 언니는 힘들어했다. 그래서 예비 시어머니와 의논했고 시어머니는 주례에게 그 이야기를 전했다. 하지만 결국 결혼식을 진행하기로 결정하게 만든 건 캐런이었다.

아빠와 클로이 언니가 오렌지카운티의 병원으로 이송되던 날, 오브리 언니의 아파트에 소포가 하나 배달되었다. 카드에는 이렇게 적혀 있었다.

넌 가장 아름다운 신부가 될 거야. 그리고 암울한 시기에 한 줄기 밝은 빛이 되어 줄 거야. 네 결혼식에 우리가 못 가게 될 것 같아서 미안해. 우리의 사랑을 담아서, 캐런 이모, 밥 삼촌 그리고 내털리가.

편지와 함께 연한 푸른색의 티파니 케이스에는 진주와 다이아몬드로 된 아름다운 귀걸이 한 쌍이 들어 있었다. 우리가 산으로 떠나기 전 날, 웨딩 숍에서 엄마와 캐런 이모가 감탄하며 바라봤던 것과 같은 종류의 귀걸이였다. 오브리 언니는 케이스를 닫고 아주 오랫동안 손에 들고 있었다. 그리고 그 귀걸이와 카드를 서랍장 맨 위 서랍에 넣은 뒤 엄마에게 드레스에 어울리는 완벽한 귀걸이를 찾았다고 말했다. 엄마는 억지로 밝은 목소리로 귀걸이에 대해 물었고 오브리 언니는 그 귀걸이를 설명하면서 아주 열심히 즐거운 듯 행동했다.

그 뒤로 결혼식 취소와 관련된 이야기는 더 이상 거론되지 않았다. 그리고 오브리 언니는 우리 가족이 필요로 하는 〈한줄기 빛〉이 되기로 결심하고 우리 가족과 함께 있을 때면 어떻게든 밝은 모습을 보이려고 노력했다. 비록 그러고 싶은 기분이 아닐 때가 아주 많았어도.

「벤이랑 나는 피로연 음악을 어떻게 골라야 할지 모르겠어. 우리 둘 다 음악엔 젬병이잖아. 손님들이 다들 괴로워할 게 분명해.」

「내가 도와줄게.」 클로이 언니가 말한다. 엄마 아빠가 동시에 놀라서 돌아보고 오브리 언니도 눈을 크게 뜨고 바라본다.

클로이 언니가 눈동자를 굴린다. 「걱정 마, 언니. 록은 질색하는 거 아니까. 좋아, 아델이나 마룬 파이브, 유치한 테일러 스위프트의 간지러운 발라드 쪽으로 골라 볼게.」

그러자 엄마는 제발 클로이 언니의 제안을 받아들여 달라는 간절한 눈길을 커피 테이블 너머 오브리 언니에게 보낸다.

오브리 언니는 있는 힘껏 최대한의 가짜 열의를 동원해서 태연한 미소를 지으며 말한다. 「좋아.」

나는 오브리 언니의 등을 철썩 때리고는 신이 나서 촐랑거린다. 잘했어, 오브리.

오브리 언니가 약혼을 발표한 순간부터 나는 그 모든 준비 과정을 질색하며 싫어했지만 지금은 너무 좋아진다. 이젠 리본과 레이스든 가터나 들러리든 뭐든 이야기해도 좋다. 음악을 선곡하는 데 돕겠다며 마이클 잭슨과 마돈나도 포함시키자는 아빠의 말에 클로이 언니는 눈동자를 굴리고, 오브리 언니가 그런 아빠에게 손가락으로 악마를 물리치는 십자가 모양을 만들어 보이는 모습을 바라보며 엄마는 미소를 짓는다. 그런 그들을 바라보자니, 정말 거의 정상적인, 행복한 가정처럼 보인다.

55

오브리 언니가 떠나자, 들떴던 기운이 가라앉고 거의 온종일 행복을 연기하느라 지친 모두는 일제히 한숨을 쉰다. 클로이 언니는 자기 방으로 사라진다. 엄마는 설거지를 시작한다. 아빠는 TV를 본다.

휴대폰이 울리자, 엄마는 뒤뜰로 가서 레몬 나무 아래에 앉아 받는다. 「나야.」 엄마의 목소리가 부드럽다. 「괜찮아……. 그래. 애들 아빠도 괜찮아. 어디 갔었는지는 말 안 했어. 도통 말을 안 해……」 웃음을 터뜨린다. 「그럴 리가. 소변도 겨우 보는 사람이 무슨……」

두 사람의 대화는 듣고 있기가 거북할 지경이다.

엄마는 이야기를 듣다가 또 수줍게 웃는다. 「전화해 줘서 고마워. 캐런과 내털리는 잘 지내? 아, 그래……. 다행이네……. 그래 내일 전화할게. 퇴근 후에? 그래, 그거 좋겠다. 나도 한잔하고 싶어.」 엄마는 또 웃는다. 「그래 맞아, 사실은 여러 잔 하고 싶어.」

엄마는 전화를 끊고 숨을 깊이 들이마신 다음 집 안으로 들어간다.

「밥인가 보지?」 아빠가 묻는 말에, 엄마는 정원 쪽 문으로 들어서다가 조리대 앞 스툴에 기대서 다리를 풋말처럼 뻣뻣이 내민 채 어정쩡하게 서 있는 아빠를 발견하고 흠칫 놀란다.

「잘 지내나 안부 전화 한 거야.」 엄마가 방어적으로 대꾸한다.

「당연히 그러시겠지. 그리운 밥이니까.」 아빠는 비꼬듯 내뱉는다. 「둘이 다시 그렇고 그런 사이가 된 건가?」

나는 엄마와 동시에 아빠를 바라본다. 엄마의 얼굴이 분노로 새빨갛게 변한다. 하지만 반응할 때까지의 시간이 너무 오래 걸리는 바람에, 그 시간은 결국 그의 비난을 부인하지 않는다는 사실을 드러낸다. 「어떻게 감히?」

「감히, 뭐? 내가 어떻게 감히 그놈과 같이 잤던 사실을 비난할 수 있느냐는 거야? 아니면 그놈과 또 그런 사이가 된 것을 비난할 수 있느냐는 거야?」 아빠가 몰아세운다.

엄마가 표정이 경직된다.

아빠는 계속 노려본다.

「알고 있었어?」 눈을 내리깔고 한층 작아진 목소리로 마침내 엄마가 대답한다.

「당연히 알았지.」 아빠는 내뱉듯 말한다. 하지만 나는, 아빠의 화가 빠져나가고 뼈아픈 상처가 그 자리를 차지하는 것을 느낀다. 나는 온몸이 화끈거린다. 아빠가 안돼서, 엄마한테 화가 나서, 그러면서도 엄마도 안됐다는 생각에.

엄마는 두 사람 사이의 타일 바닥을 빤히 바라본다. 「그런데도 떠나지 않았네.」 엄마가 중얼거린다.

「내가 어디로 갈 수 있었겠어?」 아빠가 대답한다. 단지 선택의 여지가 없었기 때문에 떠나지 않고 남았다는 말보다는 차라리 엄마의 가슴에 직접 칼을 꽂는 것이 훨씬 덜 고통스러웠을 것이다. 나는 엄마에게 남은 마지막 기운이 빠져나가는 것을 느낀다. 엄마는 비틀거리며 테이블 주변의 의자에 쓰러지듯 주저앉아 무릎 위에 팔꿈치를 대고 두 손에 얼굴을 묻는다. 그러자 아빠는 엄마에게서 돌아서서 잠시 창밖의 레몬 나무를 바라보고는 그대로 절룩거리며 거실로 돌아간다.

두 사람이 행복한 부부가 아니라는 건 알았지만, 불행의 깊이가 이 정도인 줄은 전혀 몰랐다.

56

나는 학교에서 모와 함께 아침을 보내면서 스스로를 고문하고 있다. 죽었다는 사실이 가장 힘들 때는 나 없이 계속 나아가는 세상을 바라봐야 할 때이다. 사고가 난 지 4주가 지났다.

내가 속했던 축구팀은 플레이오프 중이다. 팀원들을 생각하면 신이 나지만 개인적으로는 슬픈 감정이 든다. 나와 같은 학년의 애들은 운전면허를 따고 새 차를 샀다. 그리고 지난주에는 댄스파티가 있었고 모두 그 이야기를 하느라 정신이 없다.

모는 이제 드라마 반 아이들과 주로 어울리는데, 그런 모가 걱정된다. 우리는 정말로…… 그 드라마 반 애들을 싫어했기 때문이다. 그 아이들은 언제나 너무 드라마틱하니까. 난 그것이 모가 그들을 선택한 이유라고 생각한다. 다들 자신의 문제에 몰두하느라 모에게는 깊이 신경을 쓸 여력이 없는 유일한 그룹이기 때문에. 적어도 대부분의 시간 동안에는 그렇다. 하지만 오늘은 예외다.

「애, 모. 사고 났을 때 같이 있었다던 그 잘생긴 남자애 이야기 좀 해주지 그래?」 모가 나타나자 그 그룹의 리더 격인 아니타가 말을 건다. 「내털리가 그러는데 정말 잘생기고 행동하는 것도 멋있었다며? 자기가 너무 괴로워할 때 핀의 시체로부터 멀리 데려가 주기도 했다던데.」

〈내털리가 그러는데〉는 요즘 오고 가는 많은 대화의 말머리처럼 된 것 같다. 사고에 관한 이야기들이 가졌던 신선함이 시들해지면서 내털리가 얻었던 인기도 함께 사그라졌고, 게다가 내털리의 성가신 성격은 소위 그 아이의 〈사회적 계급〉을 급속히 떨어뜨리는 데 일조했다. 그래서 가능한 한 오래 그 명성을 붙잡기 위해서 내털리는 사고에 대한 이야기를 떠벌리기 시작했고, 그 내용은 점점 더 진실에서 빗나가기 시작했다.

「나 그만 갈게.」 모는 일어나서 학교 안뜰을 가로질러 내털리가 새 남자 친구 라이언과 함께 앉아 있는, 운동하는 아이들의 테이블로 다가간다. 라이언은 축구 경기에서 끝까지 뛴 것보다 스포츠맨답지 않은 행동으로 경기 중 퇴장당한 경우가 더 많기로 악명 높은 아주 한심한 자식이다.

「오늘 멋진데, 모.」 라이언은 눈을 가늘게 뜨고 모를 위아래로 훑어본다.

모는 그를 무시한 채 말한다. 「내털리, 나랑 이야기 좀 할까?」

「밥 먹는 중이잖아.」 내털리가 샐러드를 접시 가장자리로 밀어내며 말한다.

라이언이 내털리를 엉덩이로 툭 밀쳐서 의자 밖으로 밀어내자 그 바람에 내털리가 의자에서 떨어져 콘크리트 바닥에 엉덩방아를 찧는다. 「모가 이야기 좀 하자잖아. 자기야.」 그는 웃으면서 말한다. 「나한테 약속한 그 스리섬 이야기도 잊지 말고.」

내털리는 전혀 창피하지 않다는 듯이 털고 일어난다.

「원하는 게 뭐야?」 내털리는 테이블이 보이지 않는 한쪽 구석으로 가서 모에게 앙칼지게 말한다.

「왜 저런 애랑 어울려?」

내털리는 코를 벌름거린다. 「원하는 게 뭐냐고?」

모는 숨을 깊이 들이쉬고, 놀라울 만큼 차분한 목소리로 말한다. 「사고에 대해서 이야기하고 다니지 않았으면 좋겠어.」

「무슨 말을 하든 그건 내 맘이야.」

모는 내털리의 표정을 살피며 아무 말 없이, 마치 뭔가를 알아내려는 것처럼 미간을 찡그린다.

「하고 싶다는 이야기가 그게 다야?」 내털리가 짜증을 낸다.

겉으로 보면 내털리가 사고로부터 가장 상처를 덜 받은 사람처럼 보인다. 사고가 났을 때 멍한 상태였던 것이 어쩌면 지속적인 사고의 여파로부터 내털리를 보호하는 역할을 했던 것 같다. 하지만 나는 내털리가 전과 다르다는 것을 안다. 내털리는 노이로제에 걸릴 만큼 항상 불안에 시달린다. 집에 가면 자기 방으로 올라가기 전에 적어도 여섯 번 이상 현관문이 잠겼음을 확인하고, 세 블록이나 멀리 돌아가더라도 신호등이 있는 횡단보도로만 건너고 가방과 사물함, 침대 옆의 테이블에 음식을 잔뜩 챙겨 놓는다.

부모님이 사준다고 약속한 미니 쿠퍼는 사지 않았고, 여러 번 온갖 핑계를 대서 운전면허 시험도 보지 않으려고 했다.

가장 놀라운 것은 나의 죽음에 대한 집착이다. 내털리의 옷장 속 신발 상자에는 사고에 관한 기사들, 교통사고로 인한 사망과 어떻게 하면 부상을 피할 수 있는지에 대한 자료들로 가득하다. 그렇게 병적으로 모아 놓은 기사 자료들과 함께, 우리가 산에 가면서 카드 게임에 사용했던 카드와 지난 몇 년간 나와 찍은 사진들도 들어 있다. 내털리는 그 사진들을 자주 들여다본다. 그런 내털리를 바라보는 건 너무나 마음이 아프다. 모든 사진 속의 내털리는 아주 열심히 웃고 있는 반면, 그 옆에서 찡그린 표정조차 감추려고도 하지 않는 나를 보면서 내털리가 얼마나 진심으로 나와 친구가 되고 싶어 했는지, 그리고 내가 얼마나 내털리에게 매정하게 대했는지를 깨닫고 마음이 저려 온다.

마침내 모가 말을 꺼낸다. 「난 이해가 안 가. 왜 자꾸 그 사고 이야기를 꺼내? 너무 끔찍하잖아. 그만 잊어버리고 싶지 않니?」

내털리는 모의 말이 이해가 안 간다는 표정으로 고개를 갸웃한다.

「그리고 네가 이야기를 하는 방식도 그래. 네 맘대로 지어서 말하잖아. 네가 겪은 일과 실제 일어난 사고는 완전히 다른 두 사고였던 것처럼.」

내털리는 여전히 혼란스러운 표정을 짓고 있고, 나는 그 마음속에서는 진실이 정말 다르게 변형된 것일 수도 있겠다는 생각이 든다. 내털리가 그 사고에 대한 뉴스 기사들을 볼 때, 마치 그 기사들을 이해하고 거기에서 몰랐던 정보를 얻으려는 듯 열심히 읽고 또 읽으면서 골똘히 생각하던 모습이 떠오른다. 그리고 사고가 났을 때의 내털리의 상태, 부모가 내털리를 돌보는 동안 짓고 있던 그 멍한 표정이 생각나면서, 어쩌면 내털리는 사고가 났을 때의 상황을 제대로 기억하지 못할 가능성이 있고, 그래서 그것을 알아내기 위해서 허우적거리는 걸지도 모른다는 사실을 깨닫는다.

「넌 정말 그렇게 기억하는 거야?」 화난 목소리가 아니라 정말 알고 싶은 진심이 담긴 목소리로 모가 묻는다.

내털리는 두 사람 사이에 놓인 인도를 내려다보며, 어깨를 으쓱하고는 천천히 고개를 젓는다. 「사실 난 거의 생각이 안 나. 물론 기억은 하지. 사고가 일어났던 거, 내가 거기 있었던 거, 하지만 기억이 아주 흐릿해. 아주 오래전에 다른 사람에게 일어난 일처럼. 너도 그래?」

모의 표정이 굳어진다. 그리고 코로 아주 긴 숨을 내쉬고 대답을 하기 전에 충분히 긴 시간을 들인다. 모의 말 한마디 한마디는, 그 일에 대해 이야기하기 위해서 얼마나 큰 필요한 노력이 필요한지가 드러날 만큼 아주 느리고 신중하다.
「아니.」 모가 말을 시작한다. 「나한텐 정반대야. 기억이 너무 생생해서 지난 일 같지가 않고 마치 어제 일어난 일처럼, 아니면 금방이라도 다시 일어날 것처럼 가깝게 느껴져.」
모의 말을 듣는 내털리의 눈이 커진다.
「사소한 일들까지 다 너무 생생하게 떠올라서 대부분은 그것을 똑바로 직시하기 어려울 정도야.」
「아.」 내털리가 말한다.
안절부절못하는 내털리와 차분히 서 있는 모 사이에, 짧지만 긴 침묵이 흐른다.
「나한테 뭐 좀 이야기해 줄 수 있어?」 모가 말한다.
이제 원래 있던 테이블로 돌아갈 생각이 없어진 듯 내털리가 고개를 끄덕인다.
「너희 아빠가 오즈의 장갑을 어떻게 얻었어?」
내털리가 어깨를 으쓱한다.
「몰라?」
「그때 우리랑 같이 있던 남자애는 어떻게 됐는지 알아?」
내털리는 대답 대신 묻는다.
「나도 몰라. 다시 살던 대로 살고 있겠지.」
「그 애 진짜 잘생겼었는데.」 내털리가 말한다. 「넌 그렇게 생각 안 했어?」

모가 살짝 미소를 지어 보인다. 이런 게 내털리다. 추위에 거의 얼어 죽을 뻔했던 일 대신 잘생긴 남자애에 관한 이야기를 하고 싶어 할 만큼 가벼운 사람, 그러고는 몰래 어두운 곳에서 아무도 안 볼 때 자기 방 옷장 속에서 제대로 이해가 갈 때까지 그 이야기를 여러 번 곱씹어 본 뒤 자기가 이해할 수 있는 형태로 바꿔 버리는 그런 사람이다.

「성격도 정말 괜찮았는데. 넌 그런 생각 안 했어? 우리가 밖에 나갔다 들어갈 때 발을 올려 주면서 걔가 뭐라고 했는지 알아? 괜찮을 거라고 말했어. 하지만 틀렸지. 그 애가 틀리단 건 알았지만, 그래도 그렇게 이야기해 주는 게 멋지다고 생각했어.」

「그 애가 틀렸어?」 모가 묻는다.

「그럼, 말이라고? 괜찮은 건 하나도 없지. 그래, 그 애는 괜찮을지 몰라도, 우리는 하나도 괜찮지 않잖아. 핀이랑 오즈는 죽었고. 클로이 언니는 완전 이상해졌고 발가락도 많이 잃었고. 밴스는 자퇴했고. 우리 엄마 아빠도 엉망이고. 너도, 더 이상 너답지가 않잖아.」

모가 웃음을 터뜨린다. 고음의 경쾌한 웃음소리에 나도 미소를 짓는다. 「내가 그래?」

「그래. 널 좀 봐.」

모는 자신을 내려다본다. 컨버스 운동화에 청바지, 서핑 티셔츠. 패셔니스타와는 거리가 먼 차림이다. 모가 또 웃음을 터뜨리자 내털리도 함께 키득거린다.

「네 말에도 일리는 있다.」 모가 말한다.

「내털리. 그만 가자.」 라이언이 건물 한쪽 구석에서 소리친다. 「스리섬 이야기 하는 게 아니라면. 뭐, 그 이야기 중이라면 천천히 해도 좋고.」

모가 눈동자를 굴리며 가운데 손가락을 들어 보인다. 그는 엉덩이를 앞으로 밀어붙이는 동작을 몇 번 하더니 빠른 걸음으로 가버린다.

「한심한 자식.」 모가 말한다.

내털리는 발가락으로 땅을 비빈다.

「뭐, 이제 그만 수업 들어가야겠다.」 모가 말한다.

내털리는 가려고 하지 않고 말을 꺼낸다. 「말 안 할 거지?」

「뭘?」

「왜 오즈가 아빠한테 장갑을 줬는지?」

내털리가 이런 말을 한 게 놀랍긴 하지만, 사실 털어놓을 마음이 생긴 점도 이해는 간다. 사람들이 모를 신뢰하는 것을 보면 놀랍다. 아마 모의 눈이 큰 몫을 하는 것 같다. 커다랗고 파란 눈이 너무 순수해 보여서 전혀 남을 속일 수 없을 것만 같다. 적어도 사람들은 그렇게 믿는다.

「크래커. 아빠가 크래커 두 봉지랑 바꾸자고 했대.」

모의 오른쪽 보조개가 씰룩거렸지만 그 외에는 별다른 반응을 보이지 않는다. 모의 눈은 차분히 내털리의 눈을 바라보고 있고 장미꽃 봉오리 같은 입술은 여전히 이해심 가득한 미소를 띠고 있다.

「어느 날 밤인가 아빠가 술에 취해서 말했어.」 내털리가 계속 이어 말한다. 「아마 나한테 말한 것도 모를 거야. 술이 많이 취했었거든. 가끔 그렇게 한심하게 행동할 때가 있어.」 그러고는 자기가 아빠를 배신했다는 생각이 들었는지 이렇게 덧붙인다. 「말 안 할 거지?」

모의 푸른 눈이 감정을 숨기지 못하고 떨린다. 그러고는 금세 모만의 가장 매력적인 미소를 지어 보이며 말한다. 「절대 말 안 할게.」

57

엄마는 일하는 중이다. 그래서 집에는 클로이 언니와 아빠만 있다. 나에게 아직 손톱이 있다면 다 물어뜯어서 없어졌을 것이다. 대체 뭘 숨기는지는 모르지만, 두 사람 다 자기 파멸 직전이며 어쩌면 지금이 그들이 그 계획을 실행에 옮길 첫 번째 기회가 될 수도 있다는 건 알고 있다.

간호사가 9시에 도착한다. 리사라는 이름의 간호사는 아주 명랑하고, 금발에 지나치게 푸른 눈과 풍만한 가슴의 소유자다. 나는 나이 많은 여자 대신 그녀 같은 사람이 간호사여서 좋다. 그녀가 문을 열고 들어올 때면 마치 신선한 공기가 확 밀려오는 느낌이다.

간호사는 먼저 클로이 언니를 진찰한다. 클로이 언니는 침대에 앉아 노트북을 무릎 위에 얹고 초소형 이어폰을 꽂고 있다. 자진해서 시작한 피로연 음악을 선곡하는 중이다.

「통증은 좀 어때요?」 리사가 클로이 언니의 발가락을 살펴보며 묻는다.

「하이드로코돈[23]이 이제 거의 안 남았어요.」 클로이 언니가 대답한다.

나는 언니의 거짓말에 침을 꿀꺽 삼킨다. 전에 병원에서 보낸 여덟 알이 고스란히 남았기 때문이다.

「내가 처방을 다시 받아서 수요일에 가져올게요.」 리사가 전혀 의심의 기색 없이 대답한다. 「발가락은 좋아 보여요. 뭐 다른 거 필요한 건 없어요?」

클로이 언니가 고개를 젓자, 리사는 엄지손가락을 세워 보이고는 빠른 걸음으로 방을 나가 아빠가 있는 아래층으로 내려간다.

「좋은 아침이에요.」 아빠가 밝게 인사한다.

리사가 위층에 있는 동안 아빠는 셔츠를 갈아입고, 면도를 하고, 머리까지 빗고 기다린다.

「안녕하세요, 잭. 오늘 보기 좋아요. 목욕부터 먼저 할까요, 아님 나중에 할까요?」

「먼저요. 어서 가서 옷을 벗어요. 내가 물을 틀어 놓을 테니까.」 아빠는 말을 하면서 일어서려고 한다.

그녀는 장난스럽게 아빠를 다시 앉힌다. 「아주 재밌네요. 제가 그런 농담을 한두 번 들었을 것 같아요?」 그녀는 혈압 측정기를 가방에서 꺼낸다.

「그래도 나처럼 매력적인 사람한테서 들은 건 처음이죠?」 아빠는 이를 다 드러내며 활짝 웃는다.

23 마약성 진통제.

추파를 던지는 아빠를 보면서 나는 웃음이 난다. 정말 형편없는 농담인데도 이상하게도 웃기다. 아마도 젊고 예쁜 여성이 그를 돌보는 상황에서 무력하기만 한 자신에 대한 보상 심리가 작용해서일 수도, 이런 식으로라도 엄마를 괴롭히고 싶었을 수도, 어쩌면 회복해 나가는 과정이 너무 무료해서 분위기라도 가볍게 해보려고 그러는 걸 수도 있다. 하지만 심하게 훼손된 다리를 대자로 벌리고 앉아서 랜슬롯 경[24]처럼 끼를 부리는 모습은 정말 웃기다.

리사의 가지런한 양 눈썹이 혈압을 측정하는 데 집중하느라 거의 맞붙을 것 같다.

「너무 불공평하잖아요.」 아빠가 말한다.

「뭐가요?」 리사가 무심하게 대답한다.

「남자의 혈압을 올려놓고 그걸 재고 있으니까요.」

그녀는 유치한 발언에 얼굴을 찡그리면서도 뺨이 붉어진다. 그래서 나는 정말 그녀가 저런 말에 마음이 흔들리는 건 아닐까 하는 걱정마저 든다.

말도 안 돼. 아빠 나이는 당신의 두 배라고요.

「소처럼 튼튼하시네요, 잭.」 그녀의 손가락이 아빠의 팔에 필요 이상으로 더 머물다가 압박대를 떼어 낸다.

「그럼 이제 〈모든 종류〉의 활동을 해도 되는 겁니까?」 눈썹을 두 번 올렸다 내렸다 하면서 말하는 아빠 때문에 나는 민망해진다. 웃기던 농담이 갑자기 징그럽게 바뀌려고 한다.

24 『아서 왕과 원탁의 기사들』에 나오는 바람둥이.

리사가 키득거린다. 「그 부목이 아무래도 걸림돌이 되겠네요.」

나는 아빠가 대답을 하기 전에 자리를 뜬다. 아빠가 아닌 남자로서의 아빠를 보는 일은 기이하고, 결코 유쾌한 일은 아니다.

58

정오가 되기 약간 전에 클로이 언니는 배가 고파 침대에서 일어난다.

클로이 언니가 땅콩버터와 잼을 바른 샌드위치와 콜라를 가지고 부엌에서 나오자 아빠가 TV를 끈다.

「클로이. 잠깐 앉아서 이야기 좀 할까?」

언니는 가려던 방향을 바꾸어 아빠 건너편에 놓인 소파에 앉아 준비한 점심을 무릎 위에 걸쳐 놓는다. 아빠는 누워 있다가 약간 몸을 일으킨다. 클로이 언니를 흘끗 쳐다보다가 이내 시선을 피하고, 뭔가를 결심하거나 생각해 내려는 것처럼 두 사람 사이에 놓인 테이블에 시선을 고정한다.

「이런 이야기, 하기 싫어하는 건 아는데…….」 아빠가 마침내 이야기를 꺼낸다.

클로이 언니가 음식을 씹던 것을 멈춘다. 언니는 분명히 그때 일에 대해서는 이야기하고 싶지 않다고 말했었다.

「그냥…… 아빤 그때 밖에서 무슨 일이 있었는지 몰라도 돼, 하지만…….」 아빠는 이야기를 어떻게 계속해야 할지 몰라서 말을 중단한다.

「내가 왜 갔는지 알고 싶은 거잖아.」 클로이 언니가 대신 말을 꺼낸다.

아빠는 여전히 클로이 언니를 보지 않는다. 클로이 언니의 결정이 초래한 고통이 마치 수천 와트의 전구처럼 두 사람 사이에서 왕왕대는 것 같아서 차마 쳐다볼 수가 없는 것이다.

클로이 언니는 무릎 위에 놓인 접시를 바라보며 한숨을 쉰다. 그러고는 여전히 고개를 숙인 채 말한다. 「혼자 가게 둘 수가 없었어. 아빠 말이 맞는다는 것도 알았어. 하지만 밴스가 그 순간 자기가 옳다고 생각한다는 것도 알았거든. 그건 무슨 일이 있어도 걔는 갈 거라는 걸 의미했고, 난 걔를 혼자 가게 둘 수 없었어. 아빠도 그랬을 거잖아. 아빠도 나 혼자 가게 놔두지 않았을 거잖아.」 클로이 언니의 눈이 벽난로 위 선반과 아빠 엄마의 결혼식 사진으로 향한다. 사진 속 엄마의 앳된 얼굴에 시선을 고정하는 클로이 언니의 얼굴에 상처받은 마음이 드러나는 걸 보며, 비로소 클로이 언니가 왜 그렇게 화가 났는지 이유가 불현듯 선명해진다. 언니는 엄마가 그날 자신과 함께 가주지 않은 것이 자신을 그만큼 사랑하지 않아서라고 믿고 있다.

「밴스를 사랑했어…… 아니, 사랑해.」 클로이 언니가 말한다.

아빠는 클로이 언니가 아직도 밴스를 사랑한다는 고통스러운 사실에 갑자기 얼굴을 쳐든다. 게다가 토요일에 밴스의 그런 모습을 본 이후에는 그 사실을 더욱 받아들이기 힘들다.

하지만 클로이 언니는 눈치채지 못한다. 턱을 가슴까지 떨군 클로이 언니의 뺨에 눈물이 흐른다. 「그런데 이제, 걔는 날 떠났어.」 흐느낌에 온몸이 경련하듯 부들부들 떨린다.

「맞아.」 아빠가 매서운 목소리로 말한다. 「걔는 널 떠났어.」

클로이 언니는 얼굴을 들고 젖은 눈을 깜박인다. 「그날은 안 그랬어. 그날 밖에서는 그렇게 하지 않으면 안 돼서 그랬던 거야.」

「하지만 방금 네가 널 떠났다고 말했잖아.」

「그다음을 말하는 거야.」 언니는 울면서 말한다. 「날 떠난 건 그 다음이야. 내 전화를 받지 않으려고 해. 그리고 날 보러 오지도 않았어…….」

「클로이. 걔도 나름대로 자기만의…….」

「자기만의 뭐?」 언니가 비명을 지른다. 「난 걔랑 같이 가줬어. 걜 따라 갔다고. 아빠랑 엄마랑 오즈도 놔두고. 그런데 이제 내가 존재하지도 않는 것처럼 날 한편으로 밀어내. 내가 아무것도 아닌 것처럼, 하찮은 존재처럼.」

「클로이 —」

「그만해.」 클로이 언니는 자리에서 일어나 계단을 향해 달려가다가, 올라가기 전에 돌아선다. 「이런 건,」 클로이 언니는 새끼손가락이 반만 남은 손을 들어 보이며 말한다. 「아무것도 아니야. 난 사랑하는 사람을 위해서라면 손가락 열 개, 발가락 열 개 다 잃어도 상관없어. 문제는, 그만큼 사랑했는데 그 사람이 날 사랑하지 않는다는 걸 알게 되는 거야.」

클로이 언니는 비틀거리며 계단을 올라가 버린다. 딸들과 관련된 문제에 직면하면 항상 그랬던 것처럼, 어떻게 할지 몰라 가만히 바라보기만 하는 아빠를 남겨 둔 채.

59

남자들은 감정을 뭉근히 절제하지 못한다. 적어도 아빠 같은 남자는 그렇다. 지루함과 묵은 감정은 짜증과 좌절감으로 이어지고, 그것이 테스토스테론과 결합하면 쉽게 불붙어 결국 비이성적인 행동, 세계 전쟁 그리고 대량 파괴 등을 촉발한다.

「일어나.」 아빠는 이틀 전 이 방에 쳐들어왔을 때와 완전히 똑같은 자세로 누워 있는 밴스에게 바닥에 있던 운동복 상의를 던지며 말한다. 그때와 다른 점이 있다면 아빠가 목발로 때린 뺨에 멍이 들었고 입술 옆에 피가 마른 자국이 있다는 점이다.

「당장!」

밴스는 옆으로 누우며 베개를 머리에 뒤집어쓴다.

「맞고 갈지, 아님 순순히 갈지 정해.」 아빠가 말한다. 엄마의 음식 그리고 새로 찾은 목표 의식으로 재충전된 아빠의 기운은 기적적으로 빠르게 회복되고 있다.

「날 죽이시든지, 그게 아니면 그냥 내버려 두세요.」 밴스가 중얼거린다.

「나라면 죽이는 걸 택하겠지만, 그렇게 할 수 없어. 그러니 어서 일어나.」

밴스가 여전히 일어나지 않자 아빠는 복도 끝에 있는 화장실에 가서 그곳에 있는 휴지통을 비운 뒤 찬물을 채우고 어정쩡한 자세로 껑충껑충 뛰어와 베개를 치우고 밴스 위에 물을 끼얹는다.

「젠장, 아저씨.」 밴스는 침대의 반대쪽으로 몸을 굴려 엉덩이로 바닥에 떨어진다. 「대체 왜 이러세요? 말했잖아요. 날 좀 놔두라고요.」

「그렇게는 못 하겠다. 자, 가자. 운전은 네가 해.」

「제발 좀 꺼져요.」

「너나 꺼져.」

밴스가 아빠에게 달려든다. 약에 취한 데다 한 번도 싸움을 제대로 배운 적이 없는 남자아이의 어설픈 공격이다. 비록 지금은 목발을 짚었지만 한때 권투 선수였던 아빠에게는 상대가 되지 않는다. 밴스는 앞으로 뻗은 목발을 향해 바로 돌진해 보지만, 고무로 된 목발 끝에 찔려 헉 하고 거칠게 숨을 내뱉으며 바닥으로 넘어진다.

「젠장, 날 좀 내버려 둬요.」

「네가 클로이와 이야기를 좀 해야겠어.」 아빠가 말한다.

뭐라고? 야윈 얼굴에서 눈이 툭 튀어나올 것처럼 놀라는 밴스만큼, 나도 아빠의 말에 놀라지 않을 수 없다.

「못 해요.」 그가 더듬거린다. 방금 전까지 소리치던 공격적인 태도는 온데간데없고, 갑자기 겁에 질려 턱을 덜덜 떨면서 기형이 된 손으로 콧물을 닦아 내는 그의 모습은 그냥 겁먹은 작은 아이 같다.

「그래? 그래도 해야 돼.」 연민의 감정을 숨긴 채 아빠가 말한다. 「자, 가자.」

「날 보고 싶어 하지 않을 거예요.」 밴스가 신음처럼 내뱉는다. 「나도 마찬가지예요. 못 보겠어요.」

그의 말에 화가 온전히 다시 돌아온 아빠는 목발로 밴스의 어깨를 내리친다. 「감히 나한테 뭘 한다, 못 한다는 말 따위 하지 마. 클로이는 너를 만나야 해. 그러니 어서 일어나. 당장.」 이번엔 종아리를 내리치며 말한다.

밴스는 훌쩍거리면서 아빠로부터 멀리 몸을 굴려 비틀거리며 일어선다.

일어선 그의 모습은 침대에 누워 있을 때보다 더 처참하다. 여기저기 맞아 멍이 들고, 약에 취해 망가진 몸에서는 물이 뚝뚝 떨어지고, 머리부터 발끝까지 꼬질꼬질하다.

「젠장, 냄새가 지독하네.」 아빠가 말한다. 「샤워 먼저 해. 그 악취 때문에 클로이가 어떻게 되길 바라진 않으니까.」

밴스는 천천히 문으로 가면서 약이 담긴 나무 박스를 흘끔 쳐다본다. 동시에 그 상자를 발견한 아빠가 밴스와 그 상자 사이로 끼어들기 위해 몸을 움직인다.

밴스는 체념의 한숨을 쉬면서도 실낱같은 희망을 품고 아빠를 지나쳐 욕실로 들어간다. 아빠는 침대에 털썩 주저앉아 발을 들어 올리며 통증 때문에 얼굴을 찡그린다. 겨우 경계를 풀고 한숨을 돌리는 순간이다.

나는 믿기지가 않아서 아빠를 빤히 쳐다본다. 아빠가 제정신인가? 클로이 언니는 이런 모습의 밴스를 봐서는 안 된다. 지금 클로이 언니가 마지막으로 약을 받으려고 수요일까지 간호사를 기다리는 게 문제가 아니다. 밴스를 보면 아마 클로이 언니는 미쳐 버릴지도 모른다. 그날 밤을 넘기지 못할 수도 있다. 지금 클로이 언니가 계획을 실행하지 않고 버티게 만드는 유일한 희망은 밴스와 다시 화해할 수도 있다는 착각, 이전의 두 사람으로 돌아갈 수 있다는 순진하고 낙천적인 생각 때문이다. 만일 지금 언니가 이런 모습의 밴스를 본다면 언니가 붙들었던 모든 희망이 사라지고 말 것이다.

잘못된 생각이야, 아빠. 지금 정말 잘못 생각하는 거야.

60

나는 밴스와 아빠가 도착하기 전에 클로이 언니에게 어디 가 있으라고 말하거나, 아니면 적어도 앞으로 일어날 일에 대해 말해 주려고 언니가 낮잠에 들어 있길 바라며 그쪽으로 간다.

욕실에서 개운하게 샤워를 하고 머리를 새로 바싹 자른 클로이 언니를 보고 나는 충격을 받는다. 검은색 머리칼은 다 없어지고, 이제 예쁜 구리색으로만 덮여 있다. 언니는 발을 변기 위에 올리고 다리를 면도하며 세면대 위에 올려놓은 아이팟에서 흘러나오는 큐어의 「러브송」을 허밍으로 따라 부른다.

정신이 멍하다. 마치 누군가가 언니에게 해피 바이러스를 주입해서 살짝 자아도취적이고 근심 걱정 없던 원래의 우리 언니로 되돌려 놓은 것처럼 보인다.

면도를 끝내고 클로이 언니는 욕실 캐비닛을 열어 우리가 그동안 모은 매니큐어들을 둘러보고는 그중에서 〈루비 리벨

리언〉이란 이름이 붙은 색을 집어 든다. 순간 모든 게 선명해지면서 내 배 속이 차가워진다. 이 매니큐어는 전에 엄마와 함께 개학하면 입을 옷을 사러갔을 때 고른 색이었다.

그때 엄마는 이 매니큐어를 들어 보이며 말했다. 「자 이런 게 바로 창녀나 할리퀸들이 좋아할 색이야.」

그것이 클로이 언니가 그 색을 산 이유였고 지금 그 색을 선택한 이유다.

클로이 언니가 부어오르고 피부가 다 벗겨진, 부서지고 노랗게 변한 7개의 발톱에 매니큐어를 바른다. 엉망이 된 상처 위의 빨간색 매니큐어는 피가 분출하는 것처럼 보여 섬뜩하다.

나는 더 이상 밴스의 방문이 언니를 벼랑 끝으로 몰아갈 거라는 걱정을 하지 않는다. 클로이 언니는 이미 벼랑 끝에 서 있다. 언니는 그 추운 밤, 내가 옆에 앉아 있었을 때 이미 벼랑 끝까지 걸어간 상태였고, 그 이후 한 번도 돌아온 적이 없었다. 단순한 절망감이 아니라, 그날 밤 아무것도 할 수 없었던 상황에 맞서 적절하거나 유연하게 대처하지 못한 데서 생겨난 단호한 결단력 같은 것이 언니를 회복 불가능하게 바꿔 버린 것이다. 언니는 그때 심장이 멈추기를 바랐고, 죽음을 갈구했지만 맥박은 계속해서 뛰었다. 그리고 그것이 이제 자신의 운명을 스스로 결정할 만큼의 힘을 다시 얻은 언니가 실천하려는 일이다.

클로이 언니는 정말 완전히 망가져 버렸고, 아무도 그 사실을 인지하지 못한다. 다들 그것이 발가락과 손가락 때문이라고 생각한다. 난 밴스라고 생각했다. 하지만 둘 다 아니다.

나는 이제야 그 실마리를 찾기 위해 방을 훑어본다. 〈지금도 상관없다〉라는 것 외에는 다른 답이 떠오르지 않는다. 어쩌면 클로이 언니는 단순히 아무도 없이 홀로 남게 되는 때를 기다려 온 것인지도 모른다.

클로이 언니는 탑코트를 바르고 자신의 병적인 작품을 감탄하며 바라본다. 그러고는 아이팟에서 메탈리카의 「페이드 투 블랙」을 선택한 뒤 화장을 하면서 음악에 맞추어 춤을 춘다. 시간을 들여 준비하는 언니의 모습을 보며, 나는 아빠와 밴스가 왜 빨리 안 오는지 조바심을 내면서 이제는 오히려 그 둘이 어서 와주기를 기다린다.

이제 화장도 다 완성되었다. 눈에는 스모키 그레이색의 아이섀도와 차콜색 라이너를 하고, 파운데이션은 유령처럼 보일만큼 두껍게 바르고 와인색의 립스틱을 발랐다. 그러고 우리 옷장으로 가서, 원래 오브리 언니 것이었던 무릎길이의 흰색 새틴 원피스를 고른다. 오브리 언니가 열여섯 살 때 사교계 데뷔 파티용으로 고른 옷이다. 하지만 한 달 만에 오브리 언니한테 작아져서 클로이 언니 것이 되었다.

클로이 언니에게는 살짝 컸지만, 그래서 더 예쁘게 맞는다. 아이보리색 새틴 드레스가 팔과 가는 허리 부근에서 여유 있게 흘러내려서 언니를 더욱 여리여리하게 보이게 한다.

옷의 지퍼를 올리는데 현관 벨이 울린다. 처음에는 무시해 버렸다가 한 번 더 울리자 언니는 빙그르르 돌면서 옷장에서 나와 놀랍게도 발가락이 몇 개 없어도 아무렇지 않게 민첩한 동작으로 황급히 계단을 내려간다.

「모.」 클로이 언니가 문을 열며 말한다.

모는 클로이 언니의 이상한 옷차림을 받아들이느라 눈을 한번 깜박인다. 하얀 드레스, 버건디색 입술, 유령 같은 파운데이션 그리고 빨간색 발톱까지.

「안녕, 클로버.」 모가 아무렇지도 않은 표정을 지으며 말한다.

「무슨 일이야?」

「나 좀 도와줘.」

클로이 언니의 입이 옆으로 비죽 움직인다. 「나 지금 좀 바쁜데.」 언니는 사실 그대로 대답한다.

「지금 급해서 그래.」 자신이 아슬아슬하게 때를 맞춰 왔다는 것을 깨달은 모의 목소리가 약간 떨린다. 「제발 클로버. 언니 말고는 도와줄 사람이 없어. 나랑 좀 같이 가줘.」

1초도 안 되는 순간이 마치 한 시간처럼 느리게 흐르고, 마침내 클로이 언니가 어깨를 으쓱하자, 모가 언니를 문밖으로 끌어낸다.

클로이 언니는 맨발이지만 두 사람이 가는 곳은 멀지 않다. 목적지는 반 블록 정도 떨어진 모의 집 뒤뜰이다.

두 사람은 카민스키 댁의 건강하게 잘 손질된 잔디밭을 가로질러 해변 위에 놓인 데크로 간다. 그 한편에는 자쿠지가 있다. 그쪽으로 가던 클로이 언니는 갑자기 멈춰 고개를 갸웃한다. 나에게도 소리가 들린다. 내 가슴을 두근거리게 만드는 카랑카랑한, 삐익 하고, 끼익 하는 울음소리.

모가 먼저 걸어가서 자쿠지를 덮은 방수포 한쪽을 들어 올리자 게르빌루스 쥐만한 크기의 고양이 네 마리가 담긴 신발 상자가 보인다. 한배에서 난 고양이들은 눈도 아직 안 뜬 채로 필사적으로 한데 뭉쳐 울고, 서로 엉키고, 비틀거리고 있다.

클로이 언니는 앞으로 나아가지 않는다. 대신 언니는 발가락을 오므려 잔디가 깔린 땅을 움켜쥔다.

아직 고양이들이 눈에 보이지도 않을 만큼 멀리 떨어져 있는데도 그 작은 울음소리는 귀가 먹먹할 정도로 강렬하다. 손가락을 칠판에 긁는 것 같이 끔찍하고 고통스럽다. 결코 무시해 버릴 수 없는 이런 독특한 데시벨의 절박한 울음소리는 연약한 새끼들을 절대 무심히 지나칠 수 없게 하기 위해 신이 만든 방법이다.

모는 잔디밭으로 상자를 들고 가서 클로이 언니가 내려다볼 수 있도록 클로이 언니의 발치에 내려놓는다.

「어머나.」 클로이 언니가 무릎을 꿇으며 말한다. 「얘네 좀 봐. 불쌍한 애기들.」

모는 고개를 들어 별이 빛나는 하늘을 향해 입 모양으로 말한다. 감사합니다.

「얘네 엄마는 어디 있어?」 클로이 언니가 자기 형제들을 무턱대고 허우적거리며 찾는 회색 고양이의 등을 검지로 쓰다듬으며 묻는다.

「나도 모르겠어. 계단 근처에서 발견했어.」

모는 거짓말을 하고 있는데, 그건 모를 아주 잘 아는 나만이 알 수 있다. 모가 거짓말을 할 때는 특정 단어를 아주 날카롭게 강조해서 말하기 때문이다. 나도 모르겠어. 계단 근처에서 발견했어.

클로이 언니가 회색 고양이를 들어 올린다. 언니의 손바닥보다도 작은 고양이는 계속 쉬지 않고 울어 젖힌다. 「그래, 그래…….」 언니는 모에게 〈배가 고픈가?〉 하고 묻는다.

「그런가?」 모가 여전히 모르는 척하며 말한다.

「우유 있어?」

모가 끄덕인다.

「빈 안약 통도?」

모가 바로 집으로 달려간다.

「우유는 데워 와야 돼.」 문을 여는 모에게 클로이 언니가 지시한다. 「너무 뜨겁지 않게. 그냥 체온 정도로만 따뜻하게.」

카민스키 아줌마가 부엌에서 기다리고 있다. 테이블에 차 한 잔과 책을 놓고 앉아 있다. 「잘됐어?」 아줌마가 말한다.

「그런 것 같아. 지금 밖에 같이 있어.」

전자레인지에 우유를 데우면서, 모가 테이블 쪽으로 걸어가 아줌마의 머리에 입을 맞추며 말한다.「고마워.」

카민스키 아줌마는 모의 손을 토닥거린다.「엄마가 도울 수 있는 거라면 뭐든 말해. 힘들어한다는 이야기를 들으니 마음이 안 좋아. 너무 오래 걸려서 미안. 고양이 새끼를 찾는 게 쉽지가 않더라. 대부분의 보호소에서는 저 정도로 새끼가 어리면 안락사시키니까. 그래서 오션사이드까지 가야 했어.」

전자레인지가 울린다.「아, 그만한 보람이 있으면 좋을 텐데.」모가 우유와 안약 통을 가지고 뒤뜰로 가면서 말한다.

모는 현명하다. 현명하고 아름답다. 모가 내 베스트 프렌드였던 건 정말 행운이다. 모의 가장 훌륭한 재능은 사람들을 알아보는 것, 사냥개처럼 가장 중요한 본심을 알아차리는 능력이다. 세상 사람들이 다 클로이 언니를 바라보며 자기들이 보고 싶어 하는 것만 볼 때 모는 진심을 꿰뚫어 보았고, 무엇보다도 클로이 언니를 구할 완벽한 계획을 세웠다.

모는 클로이 언니가 우유를 회색 고양이의 입에 떨어뜨리는 것을 바라본다.「그래, 이제 괜찮아. 쉬…… 그래. 잘 먹네.」클로이 언니는 금세 사랑에 빠져 버린다.

회색 고양이를 다 먹이고 난 다음에는, 그보다 작지만 목소리는 사자처럼 우렁찬 얼룩무늬 고양이를 꺼낸다.

「핀.」언니가 말했다.「이제부터 네 이름은 핀이야.」

61

클로이 언니가 세 번째 고양이에게 우유를 주려고 할 때, 나는 아빠와 밴스가 왜 안 오는지 확인하러 간다. 이미 몇 시간이나 지났다. 오듀본에서 집까지는 고작 20분밖에 걸리지 않는데도.

지금 뭐 하는 거야?

내가 다다른 곳은 밴스의 집도 아니고, 집으로 오는 길도 아니다. 심지어 오렌지카운티도 아니다. 할아버지의 오두막으로 가는 밴스의 4륜 구동 트럭 안이다. 아빠는 뒷좌석에서 코를 골고 밴스가 운전을 하고 있다.

나는 밴스의 트럭이 사고가 일어났던 그 커브를 돌 때 몸서리를 친다. 밴스는 그 장소를 알아보지 못한다. 우리가 떨어졌던 산비탈 부근이나 새로 설치된 가드레일에는 눈길도 주지 않는다. 사고가 났을 때 뒷좌석에 있던 그는 사슴을 보지도 못했고 벼랑 아래로 떨어지는 광경을 앞 유리창을 통해 본 경험조차 없었기 때문일 것이다. 모든 사람의 관점이 이렇게 다르다는 것이, 열한 명의 완전히 다른 관점이 존재한다는 것이 이상하게 느껴진다.

새 가드레일은 이전 것보다 훨씬 튼튼하다. 시간이 지나면 썩을 수도 있는 나무는 사용하지 않고 전부 강철로만 만들어져 있다. 만일 밀러 모바일이 오늘 사슴을 만났다면 큰 사고가 나지 않았을 것이다. 하지만 이제는 밀러 모바일도, 나도, 오즈도, 밀러 가족과 골드 가족의 우정도 아무것도 남아 있지 않다. 모는 이제 더 이상 우리와 스키 여행에 함께 갈 수 없을 것이고, 카일은 이 지름길을 다시는 지나지 않을 것이다. 오늘은 길에 쌓인 눈도 없고 하늘에서 눈도 내리지 않고 하늘은 맑고 태양은 밝게 빛난다.

「아저씨.」 마지막 커브를 돌며 눈앞에 오두막이 보이기 시작하자 밴스가 말한다.

아빠가 끙 하고 앓는 소리를 낸다.

「꼭 이렇게 해야겠어요?」

밴스는 이제 전보다 한결 좋아 보인다. 샤워, 면도, 깨끗한 옷 덕분이다. 더 나빠진 것이 있다면 얼굴의 황달기와 핸들을 잡고 있는 기형이 된 손이 떨리고 있다는 점이다.

아빠는 밴스의 말은 들은 척도 하지 않고 눈을 비비며 일어난다.

「클로이 차는 어디 있어요?」 밴스가 진입로에 차를 주차하며 말한다. 「앤이 데려다주고 다시 돌아갔어.」 아빠가 거짓말을 한다.

밴스는 고개를 끄덕이고는 침을 크게 삼키고 용기를 내서 트럭에서 내린다.

「내가 오는 거 알아요?」 뒷좌석에서 내리는 아빠를 부축하며 밴스가 묻는다.

아빠가 고개를 끄덕이자, 밴스는 문 쪽으로 걸어가기 시작한다.

「잠깐만.」 아빠가 밴스를 불러 세운다. 「열쇠 좀 줘봐. 차에 약을 놓고 내렸어.」

밴스가 아빠에게 열쇠를 주고 다시 걸어가자, 아빠가 차 문을 열어 뭔가를 꺼내는 척하고는 다시 차 문을 잠그면서 열쇠를 자기 주머니에 넣는다.

「클로이는 어디 있어요?」 밴스가 텅 빈 오두막에 들어서며 묻는다.

「자, 이제부터 여기가 네 집이다.」 아빠가 대답한다.

오두막은 우리가 그리즐리 매너로 팬케이크를 먹으러 떠났던 그날 저녁의 모습과 으스스할 만큼 전혀 달라진 게 없다. 우리 스키 장비와 아이스박스 등이 여전히 입구 쪽에 놓여 있고 주말을 위해 샀던 식료품이 든 봉지들도 여전히 조리대 위에 놓여 있다.

밴스는 아빠를 바라본다. 혼란스러워하는 그의 이마에 주름이 진다. 「클로이는 없어요?」

「난 좀 자야겠다. 부엌 어딘가에 시리얼이 좀 있을 거야. 우유는 없지만 그래도 죽지는 않겠지.」

「대체 이게 뭔 짓이에요? 나한테 말한 거랑…….」

아빠가 그저 피곤하다는 얼굴로 돌아본다. 「내가 말했지. 클로이가 널 만나야 한다고. 그건 사실이야. 하지만 지금 그 꼴로 만나게 할 수는 없어. 클로이는 불쌍한 걸 못 지나치는 여린 애라서, 널 예전의 그 재수 없는 건방진 자식으로 돌려놓은 다음 만나게 해야겠어. 그래야 네가 얼마나 한심한 놈인지 알아차리고 너를 차버릴 거 아냐.」

아빠의 말에 밴스가 코웃음을 치자, 아주 잠깐 예전의 그의 모습이 비친다.

「바로 그거야.」 아빠가 말한다. 「그러니 이제부터 여기가 네 집이야.」

나는 밴스가 더 반항할 거라고 생각했지만 대신 부엌으로 돌진하더니 싱크대에 토를 한다.

마약 퇴치 홍보 비디오에서 본 마약 금단 현상에 대한 묘사는 놀라울 정도로 정확했다. 초록색과 하얀색 사이를 오락가락하는 피부나 점심을 게워 낼 때 마구 떨리는 몸은 마약을 끊으려는 사람의 표본 같다.

「그거 다 깨끗이 치우고 물을 좀 마셔.」 아빠가 말했다. 「토하면 탈수 증세가 생기고 이렇게 높은 고도에서는 두통도 생길 거야.」

「됐어요. 열쇠나 내놔요. 난 갈 거니까.」

아빠가 웃는다.

「이건 납치예요.」 밴스가 말한다. 그는 아빠와 더 이상 몸

싸움할 생각이 없어 보인다.

「네가 운전해서 왔잖아.」

「여기 클로이가 있을 거라고 해서 그런 거잖아요.」

「물이나 마셔.」

「닥쳐요.」

「맘대로 해.」 아빠가 돌아서더니 침실로 비틀거리며 들어간다.

「날 여기다 가둘 수는 없어요.」

「문은 저기 있으니 가고 싶으면 알아서 하든지.」 아빠의 목소리에 스며 있는 잔인함 때문인지 밴스는 사고가 났던 날처럼 감히 대들지 못한다. 오늘 밤은 한 달 전보다는 춥지 않지만 여전히 쌀쌀하고, 밴스는 티셔츠와 청바지만 입고 있다.

아빠는 침실로 들어가 문을 닫는다.

「빌어먹을!」 고함을 치자마자 다시 싱크대에 몸을 숙여 토하는 밴스의 온몸이 마구 떨린다.

그는 현관문을 바라본다. 그는 다시 또 선택의 기로에 서 있지만 이제는 전만큼 어리석지 않고, 한 발자국을 잘못 내딛는 것이 얼마나 큰 대가를 치를 수 있는지를 너무 잘 안다.

62

아빠가 왜 집에 없는지 엄마가 궁금해할지도 모른다는 생각에 찾아가 보니 그건 내 쓸데없는 걱정일 뿐이다. 엄마는 밥과 함께 더티버드라는 바의 맨 구석자리에 함께 앉아 있다. 바의 원래 이름은 〈도요새〉였는데, 그런지 스타일에 지저분하기로 악명이 높은 탓에 지난 20년간 같은 별명으로만 불리는 곳이다.

「……그리고 맹세코, 정말 신 앞에서도 당당해.」 밥이 말한다. 「그 여자는 마취 상태였어. 그런데 내가 드릴을 사용하기 시작하니까, 그 여자가 손을 쑥 내밀고 달라붙는데, 내가 어떻게 하겠어? 그 여자 입 안에는 드릴이 있고, 그 여자는 내 가장 중요 부위를 쥐고 있는데 말이야.」

엄마는 웃으며 술을 한 모금 더 마신다.

엄마도 밥도 많이 취한 상태다. 스툴에 앉아 몸을 흔들거리며 웃고 이야기하는 모습으로 알 수 있다.

밥은 술을 많이 마신다. 꽤 많이. 죽고 나니 그것이 눈에 보인다. 일하는 동안은 술을 마시지 않는다. 하지만 나머지 시간에는 언제나 취해 있다. 병원에서 일을 마치고 집으로 갈 때는 스카치를 마시러 간다. 그리고 집으로 걸어가는 도중에 맥주를 두어 잔 한다. 저녁을 먹을 때 캐런과 또 와인을 마신다. 그리고 자기 전에 황금색의 술을 텀블러 반 잔 정도 마신다.

캐런이 자주 잔소리를 하는 걸 보면 최근에 더 심해진 것 같다. 「여보, 이미 많이 마시지 않았어?」 지난밤 밥이 와인을 세 번째 따를 때 캐런이 말했다. 그에 대한 답으로, 그는 두 모금만에 그 잔을 꿀꺽꿀꺽 비운 다음 한 잔을 더 따랐다.

밥은 캐런의 입에서 나오는 모든 말을, 마치 뇌에 심한 가려움증을 유발하는 것처럼 성가시게 받아들인다. 한편 엄마는 그 정반대의 효과를 나타내는 것 같다. 엄마의 존재는 마음을 달래는 명약처럼 그를 더 재치 있고, 매력적이고, 다정하고 행복하게 만든다.

「집에 꼭 들어가야 돼?」 그가 묻는다.

엄마는 고개를 젓는다. 「잭이 떠났어. 당분간 산장에서 지내겠대.」

밥은 유감이라는 말도 하지 않는다. 그렇게 말한다면 너무 솔직하지 않은 거니까. 대신 그는 술잔을 비우고 약간 뒤뚱거리며 일어서서 말한다. 「여기서 그만 나가자.」

나는 엄마에게 싫다고 말하라고 사정해 보지만 그건 어

쩌면 너무 지나친 요구인지도 모른다. 엄마가 조금도 주저하지 않고 따라 일어나자, 밥은 엄마 손을 잡고 길 건너편의 호텔로 향한다.

63

이렇게 늦은 시간에 밥이 집에 없다는 사실을 캐런이 어떻게 받아들이는지 궁금해서 나는 캐런 옆에 잠시 머문다.

캐런은 잠시도 가만히 있지 못한다. 절대 빈둥거리는 법이 없다. 산에서 돌아온 이후, 그녀는 잠시도 쉬지 않았다. 생각할 시간을 조금도 허용하지 않으려고 온갖 활동과 의무적으로 해야 하는 일들에 의존해서 미친 듯이 분주하고 회피적인 생활을 하고 있다. 뉴스에서 눈에 대한 이야기라도 나오면 채널을 돌린다. 고속 도로에서 교통사고가 났다고 하면 출구로 나가서 우회로를 이용해서 집으로 간다. 그녀의 방어 기제는 〈과거란 그것을 용인할 때, 혹은 그것이 파고들 만큼 너무 오래 멈추고 있을 때만 나를 해칠 수 있다〉는 생각에 근거하는 것 같다. 곱씹어 생각하지 않는 게 최선이고, 아예 생각조차 하지 않고 아무 일도 일어나지 않은 척하고, 조금이라도 변화가 있었던 점 자체를 부정하는 것이 더더욱 나은 방법이라고 생각하고 있다.

그런 방법은 학부모회, 여성 보호 센터, 마트 또는 운동을 하러 피트니스 센터에 가는 낮 동안은 문제가 없다. 하지만 새벽 1시와 같은 시간, 그녀가 깨어 있고 나머지 세상이 다 잠들어 있고 남편이 집에 없을 때는 주의를 돌릴 만한 것들이 존재하지 않는다. 그래서 마치 밥이 집에 없다는 사실을 모르는 것처럼, 또는 단지 조금 늦는 것처럼, 그리고 평소에도 대체로 일찍 귀가하는 편이 아닌 척하면서 강박적으로 청소를 하며 시간을 보낸다.

어쩌면 그녀는 밥이 병원에서 같이 일하는 동료 의사와 한잔하거나 진찰실에서 잠이 들었을 수도 있다고 스스로를 납득시키는지도 모른다. 나도 모르겠다. 내가 아는 건 단지 그녀의 마음이 진실을 알기를 거부한다는 것이다. 그녀는 닦고 먼지를 털고 정돈을 한다. 화장을 고치고 진공청소기를 돌린다. 책상에 있는 영수증을 정리한다. 이메일을 정리하고 삭제한다. 그리고 다시 닦고, 털고, 정돈한다.

오직 나만이 그녀의 삶이 얼마나 비참한지, 얼마나 고독하고 외로워졌는지, 그녀가 방에 들어가면 밥은 그 방을 나갈 만큼 그녀의 결혼 생활이 얼마나 산산조각 났는지 안다. 사람들 앞에서 두 사람은 사이 좋은 부부처럼 보인다. 연기에 재능이 있는 밥은 캐런의 어깨를 팔로 감싼 채 사람들에게 자기 가족의 용감함에 대해 떠벌리고, 그러는 동안 캐런은 시종일관 예의 바른 미소를 짓는다. 그런 가식적인 연기를 하면서 따르는 희생으로 닥친 불행이 그녀의 눈빛에 스며 있음을 나 외의 그 누구도 알아채지 못한다.

최근 들어서는 위장에 자꾸 탈이 나는데, 밥이 그 사고에 대한 이야기를 하면 더욱 심해진다. 때로는 너무 심해서 양해를 구하고 화장실로 달려가 문을 잠그고 통증이 가라앉길 바라며 소화제를 입에 털어 넣는다. 예전 같으면 이런 일들을 다 우리 엄마에게 털어놓았겠지만 이제 둘은 더 이상 친구가 아니다.

3시쯤 되자 그녀가 가여운 마음이 들기 시작한다.

사고가 나기 전까지 나는 캐런을 정말 좋아했다. 정말 친이모나 다름없이 가장 가까웠고, 나를 위해서라면 뭐든지 해줄 걸 알기 때문에 문제가 생기면 가장 먼저 전화하는 사람이었고, 좋은 일이 생기면 그 일의 아주 사소한 것까지 다 알고 싶어해서 다른 사람들한테 전화할 시간이 없을까 봐 가장 나중에 전화하는 사람이었다.

하지만 사고 이후에는 그녀가 싫어졌다.

그 이유의 대부분은 배신당한 느낌 때문이다. 내가 살아 있는 동안 언제나 캐런은 박애주의자, 대의를 위해 행동하는 사람, 바자회 같은 데 제일 먼저 자원하고, 아프리카 어린이에게 신발 신기기나 가난한 사람들의 식탁에 음식을 지원하는 것과 같은 일에 제일 먼저 나서는 사람인 것처럼 행동했고, 그래서 나도 캐런이 그렇다고 믿었다.

그녀는 좋은 사람이고, 좋은 일을 하고, 이타적이고, 다른 사람들을 배려하는 것처럼 보였지만 실제로는 그러지 못했다. 어려운 상황이 닥치자 오직 내털리와 자기 자신만을 걱정했다. 마치 위대한 마법사 오즈가 커튼을 걷어 보니 진짜 마법사가 아니라 단지 여러 가지 도구를 가진 평범한 노인이었던 것처럼 말이다. 캐런은 자신이 좋은 사람이 아니기 때문에 그렇다고 주장할 자격이 없다.

하지만 내가 캐런에 대한 판단을 보류하는 이유는, 그렇게 싫어하고 싫어도 그 사고 이전에 내가 사랑했던 그녀의 부분들과 더불어, 우리가 함께했던 시간들은 여전히 존재하며 여전히 나는 캐런을 걱정하고, 가엾게 여기는 마음도 있기 때문이다. 지금 철저히 외롭고 비참한 그녀는, 그런 외로움과 슬픔에 어울리는 사람이 아니다. 밝은 웃음과 포옹이 어울리는, 풍만하고 부드럽고, 좀 유치할 때도 있지만 재미있고, 다정다감하고 좋은 사람이다. 그렇다. 좋은 사람. 그날 이전에는, 좋은 사람이었다. 그리고 그녀가 그렇지 않다는 사실을 알게 되는 건 정말 슬펐다.

그래서 고심할 수밖에 없다. 개인적인 희생을 치러야만 진실한 선일까? 풍족할 때는 누구나 관대할 수 있다. 가진 것이 많으면 누구든 이타적일 수 있다. 엄마는 아주 동정이 많다고 알려진 사람은 아니다. 어떤 사람들은 아주 냉정하다고 생각할지도 모른다. 하지만 엄마는 맨손으로 캠핑카의 창문을 막았다. 죽은 딸의 옷을 벗겨서 단 한 겹도 자기의 몸을 따뜻하게 하는 데 사용하지 않았다. 용감하게 자기 아들과 남편을 내버려 두고 구조를 요청하러 떠났다. 캐런

이 캠핑카 뒤쪽에서 내털리와 내내 앉아만 있는 동안.

하지만 과연 내가 캐런의 비겁함을 탓할 수 있을까? 너무 무서워서 자기 자신밖에 생각할 수 없었던 것을? 우리는 그런 용기와 힘을 갖고 태어났을까? 만일 그렇다 해도 용기를 갖고 태어나지 않은 사람을 비난할 수 있는 걸까?

나는 캐런이 가스레인지의 손잡이를 뽑아 싱크대에서 닦으려고 하는 것을 지켜보다가, 그녀를 가엾게 생각하지 않기로 마음먹는다. 두려움은 변명이 될 수 없다. 우리 엄마도 두려웠을 것이다. 카일도 두려웠을 것이다. 모도 두려웠을 것이다. 그리고 캐런 때문에 오즈가 죽었다.

캐런이 손잡이를 가스레인지에 다시 끼워 넣고 있을 때 밥이 문을 열고 들어온다.

그녀는 얼른 달려 나가 그를 반긴다. 「늦게까지 일이 많았구나?」 그녀가 묻는다.

그는 아주 지쳐 보인다. 머리는 다 헝클어지고, 옷은 다 구겨지고, 아직 취한 상태인지 얼굴은 벌겋다. 그는 고개를 들어 장갑 낀 손에 가스레인지 손잡이를 들고 있는 캐런의 가식적인 모습에 한숨을 쉬며 고개를 끄덕이고는 비틀거리며 침실로 올라간다.

그 자리에 서서 그가 올라가는 것을 바라보는 동안 캐런의 강박적인 행동도 잠시 멈춘다. 비참한 현실이 그녀를 덮치자, 의자에 털썩 주저앉으며 손잡이를 바닥에 떨어뜨린다. 아무리 쉴 새 없이 바쁘게 몸을 움직이고, 과거의 일을 언급하거나 맞닥뜨리기를 거부하고, 눈이 내린다는 일기 예보를 피해 채널을 돌려도, 결국 시간에는 어쩔 수 없는 일탈과 틈들이 존재하며, 과거라는 급물살이 폐의 모든 숨을 빨아들이고 당신을 쓰러뜨릴 만큼 맹렬하게 밀어닥치는 순간은 오게 마련이다.

캐런은 바닥으로 무너져 내리며, 몸을 동그랗게 웅크리고 흐느낀다.

64

엄마는 도둑처럼 몰래 집으로 들어간다. 다른 날 같았으면 문제없이 들어갈 수 있었겠지만, 오늘은 집으로 들어서자마자 바로 발각된다.

「엄마.」 클로이 언니가 소파에서 부른다.

「클로이?」 그럴 필요도 없는데 엄마의 말투에는 죄책감이 스며 있다. 클로이 언니는 엄마에게 돌을 던질 자격이 제일 없는 사람이다. 언니 역시 비밀을 감추고 있으니까.

클로이 언니는 아까 그 기괴한 복장 그대로이다. 잔디밭에 앉았을 때 묻은 얼룩이 아직 치맛자락에 묻어 있고 화장은 다 번졌다.

엄마는 클로이 언니의 이상한 차림을 모르는 척한다. 「그건 뭐니?」 엄마는 클로이 언니에게 가까이 다가간다. 「어머 세상에. 정말 작다.」

고양이 네 마리가 클로이 언니의 무릎 위에서 자고 있다. 핀은 인기척에 야옹 하며 하품을 하고는 자기 형제들 속으로 더 가까이 파고들어 다시 잠을 청한다.

클로이 언니의 발치에 누워 있던 빙고는 고양이 울음소리에 고개를 들었다가 다시 바닥에 드러눕는다.

클로이 언니가 끄덕이며 말한다. 「엄마가 버리고 갔대.」

엄마는 클로이 언니의 옆에 앉아 회색 고양이의 등을 쓰다듬는다. 「돌보지 못할 이유가 있었나 보다. 그래서 보호소에 데려다주려고?」

「그럴 수가 없어. 모가 얘들을 발견하고 보호소에 전화했는데 혼자서 뭘 마실 수 있기 전에는 맡아 줄 수 없다고 했나 봐.」

「모도 못 기른대?」

「아저씨가 아주 심한 알레르기가 있대.」

그때 엄마는 모의 생각이라는 것을 눈치채고 고마운 마음에 살짝 미소를 짓는다. 엄마는 클로이 언니가 처한 위험이 정확히 뭔지는 모르지만 적어도 힘들어한다는 것은 알고 있었으니까.

「그래서 키우려고?」

「어쩔 수 없잖아.」

엄마는 동의한다는 듯 고개를 끄덕인다. 「그럼 엄마가 봐 줄 테니까 넌 잠깐이라도 자는 게 어때?」

클로이 언니는 하품을 하며 고개를 끄덕이고는 그 작은 상자를 엄마의 무릎으로 조심스럽게 옮긴다. 그러자 고양이들이 깨어나면서 울어 댄다. 음량이 아주 작은, 낑낑대는 교향곡 같다.

「배고픈가 보다.」 클로이 언니가 말한다.

엄마가 눈을 굴린다. 「무슨, 아니야. 엄마가 애를 넷이나 키웠잖니. 언제 배가 고픈 건지 나는 알아. 가서 잠이나 자. 엄마가 알아서 할게.」

클로이 언니는 걱정스러운 미소를 힘없이 지어 보이고는 비틀거리며 계단을 올라간다.

「클로이.」 엄마가 클로이 언니를 불러 세운다. 「머리 예쁘다.」

「고마워.」 클로이 언니가 비몽사몽간에 대답한다.

핀이 더 크게 울자, 걱정에 클로이 언니의 눈살이 찌푸려진다.

「있잖니, 엄마가 생각해 봤는데, 엄마 상사가 토요일에 하는 퍼시픽 교향악단 표를 줬는데, 같이 안 갈래?」 엄마의 목소리에는 내 가슴이 두근거릴 만큼 큰 기대가 담겨 있다.

「내가 우유 가져올까?」 클로이 언니의 목소리는 점점 커져 가는 고양이들의 애처로운 울음소리에 대한 걱정으로 꽉 차 있다.

「아니, 엄마가 할게.」 엄마는 신발 상자를 내려놓으며 말한다. 이제 고양이들은 다 같이 빽빽거린다. 「어떻게 생각해?」

「뭐, 좋아.」 클로이 언니는 엄마의 말보다는 그 느린 동작이 더 신경 쓰이는 듯 엄마가 좀 더 빨리 움직여 주기를 바라며 무심히 대답한다.

엄마는 얼굴에 서서히 밝은 미소를 띄우며 고양이 상자를 주방 쪽으로 가져간다. 클로이 언니는 그제야 안도의 한숨을 내쉬고는 계단을 천천히 올라간다.

안약병으로 고양이들을 먹이고 달래고 쓰다듬는 엄마의 뺨에 눈물이 흘러내린다. 나는 그래서 오늘 밤의 엄마를 용서하며 엄마도 자신을 용서하기를 소망한다. 다른 사람들이 언제나 옳은 방향으로 나아가지 못하고 때로는 흔들거리는 것처럼, 엄마 역시 앞으로 한 걸음씩 더듬거리며 나아가고 있는 거니까.

엄마는 밥이 어떤 짓을 했는지, 그리고 지금 아빠가 밴스와 무엇을 하는지 아직 모른다. 엄마는 단지 아빠가 오즈를 지키지 못한 자기가 미워서 떠났고, 밥은 자기를 사랑해 주고 옆에 있어 준다는 잘못된 생각에 빠져 있을 뿐이다.

네 마리를 다 먹인 후, 엄마는 소파로 돌아가 상자를 옆에 놓고 보호하듯 팔로 상자 주변을 감싸고 눈을 감는다. 핀은 그중에서도 가장 혈기 왕성하다. 네 마리 중 가장 작을지는 모르지만, 가고 싶은 곳을 가려는 의지만큼은 누구보다 강하다. 핀은 엄마의 심장과 가장 가까운 곳을 차지하기 위해 자꾸만 브루투스(내가 회색 고양이에게 붙인 이름이다)를 밀어낸다.

65

「일어나.」 아빠는 코를 골며 대자로 누워 자고 있는 밴스의 발을 소파 밖으로 쳐내며 명령하듯 말한다. 밴스가 투덜거리며 다리를 가슴 쪽으로 끌어당겨 보지만, 아빠는 다시 밴스의 다리를 쳐낸다. 「당장.」

「젠장, 아저씨, 정말 왜 이러세요.」

「지금 해가 중천에 떴어.」

밴스는 퉁퉁 부은 두 눈을 게슴츠레하게 뜨고 컴컴한 창문을 바라본다.

「10분 준다. 아침은 테이블에 차려 놨어.」 아빠가 목발을 짚고 통통거리며 가버린다. 커피 테이블에는 그래놀라 바와 수돗물 한 컵이 수감자의 배식처럼 놓여 있다.

밴스는 몸을 동그랗게 말고 눈을 다시 감는다.

정확히 10분 뒤 아빠가 돌아와 목발로 밴스의 발바닥을 두드린다. 「가자.」

「어딜요? 지금 밤이잖아요.」

「지금 아침 6시야.」 아빠는 밴스가 일어나거나 계속 맞거나 둘 중의 하나를 선택할 수밖에 없을 때까지 발을 더 세게 두드린다. 「오즈 찾으러 갈 시간이야.」

밴스는 아빠가 혹시 미친 게 아닌가 하는 눈빛으로 고개를 옆으로 기울인다. 나 역시 같은 생각이다.

「아직 시체를 못 찾았어. 그러니 우리가 찾아야 해. 자, 어서 가자.」

밴스는 고개를 젓는다. 받아들이기엔 너무나 터무니없는 생각이다. 오즈의 시신은 한 달 전 두 사람을 거의 죽일 뻔했던 툰드라 지역에서 실종됐다. 그러니 내 동생의 썩어 가는 사체를 찾기 위해서 단 두 사람으로 구성된, 그것도 사지, 손가락, 제정신이 모두 부족한 수색대에 밴스가 자원할 리는 만무하다.

아빠는 코로 한숨을 내쉰다. 「이건 선택의 문제가 아니야, 밴스. 자, 잘 들어. 네가 망가지면, 그러니까 너의 실패는 내 딸과도 관련돼 있어. 나한테 우리 가족보다 소중한 건 없어. 그러니 확실히 해두마. 난 네가 어떻게 되든 상관없어. 내가 남을 배려하는 좋은 사람이고 너를 어떻게든 정신 차리게 하려고 이러는 게 아니야. 하고 싶은 대로 했다면 그냥 네가 방에서 썩어 가도록 놔뒀을 거다. 내가 걱정하는 건 오직 클로이야. 그리고 지금 클로이는 아직도 널 사랑한다고 착각하고 있어.」

밴스가 눈을 크게 뜨고 아빠 쪽으로 고개를 획 돌린다. 아빠는 밴스에게 클로이가 그를 보고 싶어 한다고는 했지만, 여전히 그를 사랑하고 있다는 말은 한 적이 없다.

난 밴스를 그다지 좋아하진 않았지만, 클로이 언니와 밴스 두 사람이 정말 사랑한다는 점에 대해선 항상 지지하는 쪽이었다. 그날 두 사람을 보지 못한 아빠는 몰랐겠지만, 밴스는 자신이 저지른 실수를 바로 깨닫고 클로이 언니를 살리겠다는 절박한 심정으로 이틀 동안이나 쉬지 않고 헤매고 다녔고, 그 목적을 이루기 위해 필사적인 노력을 감행했다. 게다가 그는 고작 열여덟이다. 나는 아빠가 밴스의 그런 면을 봐주기를 바란다.

아빠는 밴스의 희망 어린 눈빛에 얼굴을 찌푸린다. 「그래서, 그 생각만 하면 화가 나기 때문에, 클로이가 널 단념하게 하려면 널 만나게 해야 해. 하지만 안타깝게도 지금의 넌 재수 없기보다는 불쌍해 보이기 때문에 클로이가 널 끊어 버리지 못할 게 뻔해.」

「내가 싫다면요?」 밴스가 말한다.

「문은 열려 있어. 어제 들어온 그 문 그대로. 오늘 밤도 내일도 그다음 날도 계속 네가 나가고자 한다면 말리지 않아.」

밴스는 마음의 결정을 하고 자리에서 일어난다. 「그럼 클로이를 언제 볼 수 있어요?」 이 말에 나는 그가 아직도 클로이 언니를 얼마나 사랑하는지를 깨닫고 마음이 부풀어 오른다.

「오즈를 찾고 나면.」

66

사랑하는 사람들의 꿈에 다시는 나타나지 않겠다고 결심했지만 어쩔 수 없다. 모는 내털리가 한 말 때문에 너무나 괴로워하고 있고, 내털리에 관한 일이라면 우리는 언제나 서로를 도왔기 때문이다. 죽은 다음에도, 내털리는 여전히 최고의 골칫거리다.

모는 밥이 오즈의 장갑과 크래커를 맞바꾸었다는 내털리의 고백을 어떻게 해야 할지 몰라 고심한다. 모는 내털리의 그칠 줄 모르던 수다가 점차 수명이 다해 가면서 사람들도 이젠 싫증을 낸다는 걸 알았기 때문에, 그동안 내털리가 하는 과장된 이야기와 거짓말을 신경 쓰지 않으려고 노력했다. 하지만 캠핑카에서 구조되기를 기다리는 동안 오즈의 장갑이 계속 신경에 거슬렸던 것처럼, 지금도 여전히 그 장갑에 신경이 쓰였고 그래서 어찌할 바를 모른다.

아빠는 빅베어 산장에 있다. 클로이 언니는 심신이 미약한 상태다. 그리고 우리 엄마와 밥은 의심스러울 만큼 너무 친밀하다. 자기 엄마에게 말할까도 생각했지만, 카민스키 아줌마는 모가 그런 것에 관여하기를 바라지 않을 것이다. 아줌마는 현실적인 사람이다. 오즈는 이미 죽었다. 분명 사실을 밝혀 봐야 좋을 것이 없다고 생각할 것이다.

모도 그렇게 생각해 보려고 했지만, 양심의 가책에 시달린다. 아마 오즈에게 일어난 일에 대한 죄책감이 모를 짓누르기 때문일 것이다. 밥이 그 장갑을 손에 넣었고, 또 오즈가 돌아오지 않게 만든 어떤 일이 있었다는 것을 알기 때문이다. 모는 그때 그 사실을 알면서도 아무것도 하지 않았고, 뭔가를 더 알게 된 지금 또 아무것도 하지 않으려는 자신이 견디기 힘들다.

내가 살아 있었다면 나는 언제나 내가 일을 처리하던 방식으로 이 일을 처리했을 것이다. 밥이 한 짓을, 그가 어떻게 오즈를 추운 밖으로 내몰았고 장갑을 교묘히 빼앗았는지를 세상에 알릴 것이다. 거리마다 차를 몰고 다니며 확성기를 통해 골드 가족의 비겁함과 이기심을 모두 떠벌릴 것이다. 나는 사람들이 신뢰하는 솔직한 성격을 가진 사람이기 때문에 분명히 사람들은 내 말을 믿을 것이다. 그래서 내가 살아 있었다면 난 그렇게 했을 것이다. 하지만 모는 나랑 다르고 사람을 공개적으로 망신 주는 건 모답지 않은 행동이기 때문에 나는 모가 잠든 사이 꿈에 나타나 모에게 맞는 방법을 알려 준다. 아주 간단하게, 마치 숨결처럼 나직이 속삭인다.「글로 적어. 진실을 글로 적어 봐.」

67

아빠와 밴스는 모든 것이 시작되었던 그 끔찍한 장소에 서 있다. 사슴을 발견하는 순간 우리의 인생이 바뀐 그 좁은 커브 길에. 하지만 오늘은 길에 눈이 쌓이지도, 하늘에서 눈이 내리지도, 사슴이 보이지도 않는다. 특별히 위험해 보이거나 주목할 만한 것도 없는, 수많은 도로의 수많은 커브 길과 다를 바 없는 곳이다.

「여기가 우리의 베이스캠프야.」 밴스의 트럭 뒤쪽에서 안전벨트와 기다란 밧줄을 꺼내며 아빠가 말한다.

밴스는 옷을 너무 겹겹이 껴입어서 얼굴에 구슬 같은 땀방울이 흐른다. 「여기서부터 아래로 내려가자는 거예요?」 깎아지른 듯한 바위 절벽 아래를 흘낏 내려다보며 밴스가 묻는다.

「너만 내려가는 거야. 난 이래서 못 내려가.」 아빠가 깁스를 한 발을 흘끗 내려다보며 말한다. 「자일로 내려간 다음 구역대로 오즈를 찾아보면 돼.」

밴스는 미쳤다는 듯이 아빠를 바라보며 고개를 젓는다. 밴스는 오렌지카운티의 교외에서 아빠 없이 자랐다. 한 번도 캠핑이나 산악 등반을 해본 적이 없는 그에게 야외 활동이란 트럭이 정비소에 있을 때나 어쩔 수 없이 걸어서 스타벅스로 가는 정도였다.

「그건 못 하겠어요. 아저씨 계획에는 몇 가지 문제점이 있어요. 첫째, 나 혼자는 절대 안 내려갈 거고, 둘째는, 난 손가락이 없어서 줄을 타고 내려갈 수 없어요. 그리고 셋째, 난 절대 혼자서는 안 내려가요.」

「결국 두 가지뿐이네.」 벨트를 조정하며 아빠가 말한다. 「하강은 어렵지 않아. 올라오는 게 어렵지. 그리고 손가락은 대부분 남아 있기 때문에 괜찮을 거야.」

「괜찮을 거란 말은 그다지 용기를 주는 말이 아니네요.」

「큰일이 일어나 봤자 고작 몇 미터 아래로 떨어지는 것뿐이야.」

「절대 못 해요.」

아빠가 한숨을 쉰다. 「중요한 것부터 시작하자. 일단 앵커를 안전하게 박는 걸 배워야 해. 밧줄을 거기에 묶고, 하강하고, 이런 식으로 사고 현장에 내려갈 때까지 반복하는 거야. 아마 네 번 정도면 될 거야.」

밴스는 절대 하지 않을 것처럼 눈동자를 이리저리 굴리지만 그가 지금 눈치채지 못하는 것은, 아주 단호한 결심이 섰을 때 나타나는 결연함이 아빠의 눈에 서려 있다는 점이다. 일단 눈에 그런 의지가 보이면 그 어떤 것도 아빠의 마음을 바꾸지 못한다. 그러니 밴스는 아빠의 말을 잘 경청하는 편이 좋을 것이다. 왜냐하면 밴스가 동의하든 안 하든, 그가 아무리 이게 미친 짓이라고 생각하든 말든, 일단 아빠가 방법을 다 설명하고 나면 그는 절벽 아래로 내려가야 할 테니까. 그곳으로 내려 보내기 위해서 아빠가 그를 절벽 아래로 떨어뜨려야 한다고 해도 아빠는 그렇게 할 테니까.

68

엄마는 최근 달리기를 시작했다. 조깅이 아니다. 조깅이라는 말은 엄마가 하는 것을 묘사하기에 너무 순한 단어다. 엄마는 사지를 마구 흔들며 매일 골프 코스 주변의 길과 골목들을 질주한다. 아스팔트 도로를 따라 전속력으로 달리다가 더 이상 숨 쉬는 것이 불가능해지면 비틀거리면서 멈추고, 현기증 때문에 허벅지에 손을 얹고 숨을 헉헉거린다.

내 장례식 후, 텅 빈 집에 돌아온 날부터 참을 수 없는 고요와 정적이 엄마의 모든 근육을 휘감고 비틀었고, 한순간도 더 참을 수 없게 된 엄마는 미친 여자처럼 거리로 뛰쳐나갔고, 그 이후로 계속 뛴다.

주말에는 아침에 뛴다. 평일에는 퇴근 후 달린다. 근무 중에는 하루 종일 빅토리아 시대 코르셋처럼 꽉 졸라 매듯 스스로를 일로 혹사하고, 집으로 돌아오면 바로 운동화를 신고 거리로 뛰쳐나간다.

오늘 밤 터덜거리며 땅을 보고 집으로 걸어오던 엄마는

캐런과 마주친다. 캐런은 우편함 옆에 서서 우편함의 편지들을 뒤적거리느라 엄마 쪽으로 등을 보이고 있다. 거의 지나칠 무렵 서로를 알아본 두 사람의 얼굴에 놀라는 표정이 떠올랐다가, 점차 동일한 경멸의 표정으로 바뀐다.

캐런은 내 예상과는 달리, 피하지 않는다. 오히려 그녀는 어깨를 뒤로 펴고 그 자리에 버티고 선다.

엄마는 아무 말도 하지 않고 턱을 앞으로 내민 채 캐런 옆을 지나친다.

「네가 먼저 선택했어.」 캐런이 뒤에서 내뱉는다. 「내가 오즈한테 잘한 건 없지만 그래도 먼저 선택한 건 너야.」

엄마가 멈춰 서서 주먹을 불끈 쥐고 홱 돌아선다. 「지금 대체 무슨 소리를 하는 거야? 오즈는 죽었어. 너의 소중한 딸 내털리는 감기조차 안 걸렸고. 그런 식으로 사실을 왜곡하고 내 탓을 하는 건 너뿐일 거야.」

「난 내 가족을 보호하려고 했을 뿐이야.」 캐런이 말한다. 「네가 내 딸 대신 모를 선택했을 때 너의 진심이 어디에 있는지 확실하게 알았어. 그러니까 내가 우리 가족이냐 오즈냐 하는 똑같은 선택의 기로에 섰을 때, 나도 가족을 선택한 것뿐이야.」

엄마는 혼란스러워하며 대체 캐런이 무슨 이야기를 하는지 이해하려는 듯 눈을 가늘게 뜬다.

「핀의 부츠 말이야.」 캐런이 명확하게 짚어 주듯 말한다. 「그걸 모에게 줬잖아.」

캐런이 한 말, 즉 핀의 부츠라는 말을 처리하느라 엄마의 눈이 이리저리 움직인다. 엄마는 전혀 기억하지 못하는 것 같다.

나는 분명 기억한다. 하지만 더 또렷이 기억나는 건 모가 그걸 다시 엄마에게 돌려주었다는 점이다.

한 켤레의 지저분하고 다 낡은 어그 부츠가 엄마의 목숨을 살렸다. 그리고 그 부츠는 어쩌면 그날 모든 사람의 생명을 구한 것일지도 모른다. 그날 아침 그 부츠를 꺼냈을 때, 난 내가 그런 중요한 결정을 하고 있다는 생각은 못 했다. 엄마 역시 내 시신에서 부츠를 벗겨서 내털리 대신 모에게 주었을 때 그랬을 것이다.

「넌 나보다 나을 게 없어. 그날 우리는 각자 선택이란 걸 했고, 제일 먼저 한 건 너였어.」

엄마는 기억이 떠오르자 한 발자국 뒤로 비틀거리며 물러선다. 그랬다. 엄마는 모를 선택했다. 그런 사실을 새삼 깨달은 엄마의 얼굴이 일그러진다. 그러고는, 단 한 마디 말도 없이 돌아서서 집으로 향한다.

집에 무사히 돌아오자 엄마는 문에 기대어 바닥에 주저앉는다. 무의식중에 오른손 손가락을 오므렸다 폈다 하며 머리를 무릎에 묻는다. 요즘 새로 생긴 버릇이다.

그 결정은 엄마가 단지 모를 더 좋아해서라는 단순한 이유 때문이었을까, 아니면 카민스키 아줌마에게 했던 약속과 연관된 보다 복잡한 이유 때문이었을까, 아니면 더 형편

없이, 밥과 살고 있는 캐런과 그녀의 삶을 질투했기 때문이었을까?

엄마는 다리를 펴고 발을 내려다본다. 나는 엄마가 뒤늦게 자신의 우선순위를 다시 생각하며 클로이 언니를 떠올린다는 것을 안다. 클로이 언니, 오즈, 아빠…… 그리고 모 아니면 내털리? 나는 여전히 엄마가 누구를 선택할지 알 수 없다.

엄마의 시선이 벽난로 위에 놓인, 아기 때의 내털리와 나를 각각 안은 캐런과 엄마의 사진에 머문다. 사진 속 엄마의 어깨가 쳐져 있다. 사진을 바라보는 얼굴에 나타난 슬픈 표정으로 미루어 나는 여전히 엄마가 모를 선택할 거라는 사실을 깨닫는다. 아무리 여러 번 선택의 기회가 주어진다고 해도 선택은 같을 것이다.

엄마와 나를 생각해 보면 안타깝다. 나 역시 모를 선택했을 테니까. 그건 어떤 악의가 있어서라거나 카민스키 아줌마를 위해서가 아니라, 확실하게 그 이후에 일어난 일들과 관련되었을 것이다. 엄마는 모를 선택했고, 또 그래야 할 때가 왔을 때 모는 그 부츠를 엄마에게 양보했다. 내털리는 결코 그러지 않았을 것이다.

하지만 그래도 죄책감이 줄지는 않는다. 만일 모가 나에게, 엄마가 캐런에게 한 것과 똑같은 행동을 했다면, 나 역시 칼이 심장을 꿰뚫는 것과 같은 배신감을 느꼈을 테니까.

그날 한 선택의 대가는 점점 커지고 있다. 캐런과 엄마는 그들을 아는 사람이면 누구나 늙을 때까지 변치 않을 거라고 믿었던, 자매나 다름없는 놀라운 우정을 가지고 있었다. 그리고 지금 단 한 켤레의 부츠 때문에, 그 우정은 깨져 버렸다.

69

모는 팔에 턱을 괴고 내 침대에 누워 있다. 침대에는 새 이불과 시트가 깔려 있다.

클로이 언니도 모와 비슷한 자세로 자기 침대에 누워 있다. 둘 다 바닥에서 술 취한 해병들처럼 비틀거리며 돌아다니는 네 마리의 털뭉치를 바라본다.

「언니가 키울 거야?」 모가 묻는다.

「엄마가 한 마리는 키워도 된대. 난 핀을 키울 거야.」

「앤 아줌마도 얘를 핀이라고 불러도 괜찮대?」

클로이 언니가 어깨를 으쓱한다.

나는 그렇게 불러도 상관없다. 사실 나로서는 영광이다. 핀은 정말 귀엽고 아주 당차니까.

「나도 한 마리 키우고 싶다.」 모가 말한다.

「절대로 안 되는 거야?」

「아빠 알레르기 때문에 안 돼. 내가 말했지?」

나흘 전 〈고양이-클로이 언니 구조 작전〉 이후, 모는 습관처럼 클로이 언니와 오후 시간을 보내기 시작했다. 매일 모는 하교 후 바로 우리 집으로 온다. 처음에는 클로이 언니가 걱정돼서 오는 거라고 생각했지만 이제 그게 전부가 아니라는 것을 알게 되었다. 모 역시 외로웠던 것이다.

모는 언제나 어른스러웠다. 하지만 사고 후에는 또래의 모든 아이들을 다 제쳐 버리고 혼자 어른이 되어 버린 것 같다. 마치 그 사고가 일종의 타임 워프로 작용한 것처럼. 어른들이 늘, 고등학교 때 일어나는 사소한 일들(다른 애들의 생각, 몰려다니는 친구들, 소문 등)은 나중에 어른이 되면 아무것도 아닌 게 되어 버린다고 말하듯이, 모는 그런 〈나중〉으로 한순간에 뛰어넘어 버린 것 같다.

「댄스파티는 어땠어?」 클로이 언니가 화젯거리를 만들며 묻는다. 클로이 언니는 고등학교에서 하는 댄스파티는 분위기나 음악이 너무 유치하다면서 한 번도 간 적이 없었다.

「안 갔어.」 모가 대답한다.

「로버트한테 같이 가자고 하지 않았어?」

「그랬지. 그런데 내가 병원에 있을 때 앨리가 걔한테 다시 신청했고, 로버트는 내가 금방 안 나을 것 같았는지 오케이했나 봐.」

「너무하네.」

「뭐 별로. 어차피 별로 가고 싶지도 않았어.」

「핀이 신청했던 애는?」

나는 귀를 쫑긋 세운다.

「찰리 말이지. 갔어. 그 키 큰 카미랑 갔대. 알지? 그 축구팀 골키퍼.」

나는 가슴이 철렁 내려앉는다. 이제는 찰리가 나 대신 그 여자애의 그림을 그릴지도 모른다고 생각하니 씁쓸하다.

「클로버. 요즘 나한테 제일 큰 고민이 뭔지 알아?」

「네가 말 안 하면 난 모르지.」

모가 씩 웃는다.「내털리야.」

「뭐, 시간이 지나도 변하지 않는 게 있구나.」

모가 다시 미소를 지어 보인다.「언니도 정말 그 사고 이야기는 하고 싶지 않고, 나도 말하기 싫고, 또 언니네 엄마도 그렇잖아?」

「응.」

「그러니까, 그 일에 대해서 말하고 다니는 사람은 내털리하고 걔네 아빠뿐이야. 그리고 두 사람이 말하는 거랑 실제 일어난 일이랑은 너무 달라.」

「그게 뭐? 그렇게 한심하게라도 유명해지고 싶다면 그냥 둬.」

「알아. 나도 처음엔 그렇게 생각했어. 하지만 너무 신경이 쓰여. 아주 많이.」

「왜?」

「나도 모르겠어. 아마 나 스스로 이해할 수 있게 진실을 계속 되뇌어야 할 필요를 느껴서랄까. 그게 내가 이 사고의 후유증을 견디는 방법이야. 사고가 났고, 우리는 살아남았어. 나는 그 사고를 머릿속에서 계속 반복해서 되뇌어 봐. 아주 세세한 부분까지. 그래서 내가 이해할 수 있게 말이야.」

「그런데 내털리 이야기에 왜 그렇게 신경을 써? 어차피 아무도 걔 말은 믿지도 않는데. 그래 봤자 내털리잖아.」

「뭔가 놓친 것이 있다는 것을 내가 깨달아서 그런 것 같아. 나는 전체가 아니라 내가 아는 부분만 알지만.」

클로이 언니가 일어나 다리를 꼬고 앉는다. 「모, 그냥 잊어버려.」

「그게 잘 안 돼.」

클로이 언니가 초조해한다. 「그 사고 이야기는 하고 싶지 않아.」

「알아. 그리고 그러지 않아도 돼. 내가 다 적어 놨거든. 뭐, 대부분, 내가 아는 부분만. 그리고 언니에 관한 부분은 나도 다 알아. 차가 부딪힌 다음 언니, 밴스 그리고 카일은 운전석 쪽으로 다 같이 날아가서 부딪혔어.」

「카일이 누구야?」

「가던 길에 우리가 태워 준 애. 걔 차가 고장 났었거든.」

「그런 애가 같이 있었다는 것도 잊어버렸었네. 걔는 괜찮대?」

「아마도. 그 애가 언니 엄마랑 같이 구조를 요청하러 나갔잖아.」

클로이 언니가 고개를 젓는다. 「와, 맞다. 정말 네 말대로 우리는 각자가 아는 부분만 알고 있구나.」

「맞아. 내가 처음 본 게 언니였어. 내가 눈을 떴을 때, 언니네 엄마가 언니한테로 비틀거리면서 가고 있었어. 머리가 찢어졌고, 피가 많이 났지…….」

「밥이 날 도와줬던 거 같은데?」

「언니네 엄마가 먼저 언니를 봐줬어. 기억 안 나?」

뭔가 기억해 내려고 노력하는 클로이 언니의 눈이 침대 위 이불의 한곳으로 집중된다. 입술을 물어뜯으며 이마의 상처로 손을 올리는 클로이 언니에게 엄마의 손길에 대한 기억이 어렴풋이 떠오른다.「아.」

「그런 다음 핀이 앞쪽에 있다는 걸 깨닫고 밥 아저씨한테 언니를 봐달라고 했어.」

그때 두 사람은 동시에 내 죽음에 대한 묵념을 하는 듯 잠시 말이 없어진다.

「일단 충격이 어느 정도 가신 뒤에, 언니네 아빠가 뒤로 옮겨졌고, 그다음 언니하고 밴스가 떠났어. 그리고 이틀 뒤에 언니가 발견됐고.」

클로이 언니의 턱이 움찔한다. 모의 이야기는 복잡하지 않다. 하지만 단순한 그대로도 너무 공포스럽고 끔찍하다.

「내가 모르는 건 사고가 어떻게 났는지, 오즈가 왜 떠났는지, 그리고 언니네 엄마와 카일이 구조를 요청하러 가서 어떤 일이 있었는지야.」

「엄마는 그 일에 대해서 말을 안 하려고 해. 그 부분에 대해서 엄마는 나보다 더 힘들어 해. 적어도 나는 사고가 일어난 것을 인정은 해. 하지만 엄마는 사고가 아예 안 일어난 것처럼 행동해. 그 어떤 일도, 사고도, 자기 자식이 두 명 죽은 것도. 엄마가 지금 버텨 내는 방법은 핀과 오즈가 아예 처음부터 존재하지 않았던 것처럼 행동하는 거야. 이상하지. 하지만 분명한 건, 절대 이야기하려 들지 않는다는 거야. 아주 심각하게 모든 걸 거부하는 상태이고, 그 사고에 대한 모든 증거들을 없애려고 초인적인 노력을 하고 있어.」

그건 사실이었다. 엄마는 내 물건들을 모두 없애 버린 후, 오즈 방도 똑같이 치웠다. 그러고는 집을 샅샅이 뒤졌다. 내 양말 한 짝이라도 발견하면, 가차 없이 버렸다. 오즈가 사용하던 지우개라도 나오면 던져 버렸다. 초록색 클립이 눈에 띄면 쓰레기통에 버렸다. 더 이상 애플 소스나 롤업 젤리는 사지 않았다. 왜냐하면 내가 제일 좋아하는 것들이었으니까. 그리고 오즈가 좋아하던 허쉬 시럽이나 오레오도 사지 않았다.

모는 몸을 돌려 등을 대고 누워 천장을 바라본다. 우리가 아홉 살 때 함께 내 침대 위 천장에 붙였던 별 모양의 흔적이 가장자리만 희미하게 남아 있다. 「어떡하지. 내가 제일 듣고 싶은 게 아줌마의 기억인데. 아줌마는 정말 대단했어. 슈퍼히어로처럼 대단했어. 난 아줌마 덕에 살았어. 우리 모두 다.」

「아마도. 하지만 엄마는 아마 그렇게 생각하지 않을 거야.」

「어떻게 그래?」

클로이 언니는 어깨를 으쓱한다. 「네가 이야기한 것처럼 우리 모두 아무도 전체 이야기는 모르니까. 우리는 각자 입장에서 우리가 속했던 부분만 알고 있어. 그리고 우리는 모르지만 엄마만 알고 있는 어떤 일이 엄마를 미친 여자처럼 도로를 질주하게 만들고, 자식이 네 명이 아니라 처음부터 두 명만 있었던 것처럼 행동하게 해. 마치 자신의 삶을 쫓아다니는 악마라도 있는 것처럼 거울을 보지 않으려고 하는 데에도 확실히 어떤 이유가 있어.」

70

클로이 언니는 엄마와 같이 교향악단 연주회에 가기로 한 것을 까맣게 잊고 있었다. 하지만 엄마가 클로이 언니의 방 안으로 머리를 쏙 들이밀고 두 사람의 멋진 밤을 위해 외출 준비를 하자고 말했을 때, 마치 손꼽아 기다렸던 것처럼 행동했다.

검은색 예복이 기본인 연주회에 클로이 언니는 반항적으로 태양빛과 같은 노란색 옷을 선택했다. 언니의 가는 허리에서부터 스커트가 확 부풀어 떨어지는 소매 없는 드레스에 크리스털 장식이 박힌 은색 샌들, 발톱은 여전히 빨간색이다. 숨이 막힐 만큼 예쁜 클로이 언니의 모습에 나는 두 사람이 콘서트 홀로 들어갈 때까지 박수를 치며 환호한다.

아주 잠깐, 내 소리를 들은 듯한 클로이 언니가 입술 가장자리가 살짝 말려 올라가게 미소를 짓고, 나한테 인사하는 것처럼 손을 살짝 들어 살며시 흔든다.

클로이 언니는 언제나 예뻤지만, 갑자기 더욱 아름다워

진 느낌이 든다. 이마에 난 삐죽삐죽한 핑크색 상처가 언니의 창백한 피부에서 빛나고, 불에 뛰어드는 나방처럼 사람들의 시선을 끌어들인다. 언니를 넋 놓고 바라보던 시선들이 언니의 잘린 발가락과 손가락에 머물면, 언니의 신비스러운 사연이 더욱 매혹적인 요소로 가미되고, 상처는 묘한 보석처럼 당당하게 반짝인다. 섬세하고, 강하고, 매혹적인 언니가 옆을 지나치면 모든 이들의 심장이 두근거린다. 여자들은 살짝 위축되고 남자들은 완전히 매료돼서, 모두 조금이라도 더 가까이, 더 다가가고 싶어서 자세를 바꾸거나 조심스럽게 자리를 이동한다.

하지만 클로이 언니는 의식하지 못한다. 단지 별과 사람들과 건축물을 구경하며 엄마와 함께 걷는다.

엄마는 첫 데이트에 나온 사람처럼 모든 것을 제대로 하려고 잔뜩 긴장한다. 「뭐 좀 마실래?」 건물 안으로 들어서자 엄마가 묻는다.

클로이 언니는 무심하게 고개를 젓는다. 「너무 아름다워.」 클로이 언니는 층고가 아주 높은 현관 로비와 천장에서 물결처럼 흘러내리는 유리 구조물을 감탄하며 바라본다.

「이 건물의 유리는 세상에서 가장 투명해.」 엄마가 말했다. 「유리에 초록빛을 띠게 하는 물질인 철 성분이 들어 있지 않아. 건축가가 완벽하게 투명한 유리를 사용해서 홀에 들어온 사람들이 건물 정면의 일부처럼 보이도록 하고 싶었대.」

「와, 그거 정말 멋지다.」

너무나 닮은 두 사람을 바라보는 기분은 이상하다. 세세한 것까지 아는 엄마의 폭넓은 지식에 〈멋지다〉고 반응할 사람은 클로이 언니뿐일 것이다. 오브리 언니와 나는 이야기의 주제가 유리라는 것을 알게 된 순간부터 관심을 잃었을 게 분명하다.

비록 흥미를 느끼진 못하지만 나는 두 사람과 함께 앉아 연주회를 감상한다. 말 한 마디 없이 바이올린 곡들이 연속해서 연주된다. 나는 아빠의 음악적 유전자를 이어받았다. 즉 그쪽으로는 전혀 재주도 관심도 없다는 말이다.

클로이 언니와 엄마는 완전히 몰입한다. 마치 그들의 맥박이 음악 악보와 긴밀히 연결된 것처럼 크레셴도와 함께 그들의 근육은 긴장하고, 템포가 느려지면 전율하며 긴장이 풀어진다. 두 사람이 너무 닮아서 나는 혹시 엄마의 어릴 적 모습이 클로이 언니와 비슷했을까, 그리고 클로이 언니도 나이가 들면 엄마와 비슷해지지 않을까 하는 생각을 해본다. 엄마는 좀 더 활동적이고 클로이 언니는 더 감수성이 예민한 쪽이지만, 그들 핏속의 패기는 똑같이 닮았다. 두 사람의 완전무결한 영혼은 클로이 언니와 내가 아빠에게서 물려받은 구리색의 머리카락만큼이나 독특하다.

클로이 언니의 눈은 슬픈 곡이 연주될 때 촉촉해지고, 그런 클로이 언니를 바라보며 미소 짓는 엄마는, 음악보다 딸이 경험하는 이 순간 자체에 더 도취된 것 같다.

연주회가 끝나고 따뜻한 콘서트홀에서 나와 쌀쌀한 외부로 걸어 나가며 클로이 언니가 몸을 떤다.

「자, 내 스웨터 입어.」 엄마가 재빨리 말한다.

「아니, 괜찮아.」 추위에 피부가 오싹해지자 클로이 언니는 드레스가 확 펼쳐지도록 발끝으로 빙그르르 돌면서 별이 빛나는 하늘을 향해 야유하듯 얼굴을 들어 올린다. 당신은 시도했지만, 실패했어요. 난 아직 여기 있으니까.

주차장 옆에 작은 분수가 하나 있다.

「페니, 플리즈?」 클로이 언니가 영국식 억양을 흉내 내며 구걸하는 사람처럼 손을 내민다.

엄마는 순간 얼어붙는다. 애플 소스와 롤업 젤리처럼, 분수가 보이면 구걸해서 받아 낸 동전을 던져 넣은 것은 내 것, 〈핀-이즘〉이었기 때문이다.

클로이 언니는 엄마가 머뭇거리는 것을 모르는 척하고 컵처럼 오므린 손을 계속 내밀고 있다.

어서 동전을 줘. 나는 소리친다. 나는 이제 버려지고, 회피되고, 사당에 안치된 유골 취급을 받는 데 지쳤다. 난 엄마가 동전을 달라는 말에 미소를 띠었으면 좋겠고, 마트에서 고기 코너를 지나갈 때면 옛날에 우리가 햄에 랩이 씌워진 줄도 모르고 2시간이나 그대로 구웠던 에피소드들을 기억해 내고 웃기도 했으면 좋겠다. 아빠도 치킨 윙을 먹으며 즐거운 마음으로 에인절스 게임을 보기를 바란다. 모가 민들레를 볼 때마다 홀씨를 훅 불어 머리에 홀씨가 내려앉도록 그 사이를 마구 뛰어다녔으면 좋겠다.

죽어 있다는 건 정말 싫다. 하지만 한때 내가 가졌던 인생을 부정하는 사람들을 보는 건 더 끔찍하다.

날 기억해 줘. 나는 소리쳤다. 날 기념해 줘. 날 가두거나 던져 버리지 마. 내가 어떤 사람이었는지에 대한 추억을 회피하지 마. 나도 삶을 살았고, 그래서 너무 일찍 죽어 버린 사람으로만 기억되긴 싫어. 그건 단지 끝이었을 뿐이야. 물론 안 좋을 때도 있었지만 멋지고, 웃기고, 즐거웠던 삶이 있었어. 나, 핀이 있었어.

얼떨떨해하며 엄마는 지갑을 꺼내 동전 두 개를 꺼낸다. 각자 하나씩. 두 사람은 소원을 비는 동안 동전을 입술 앞에 갖다 댄다. (이것 역시 〈핀-이즘〉이다) 그리고 분수를 향해 던진다.

잘했어, 클로이 언니.

71

아빠는 술에 취한 상태다.

지금은 거의 자정이 다 된 시간이고 새벽부터 깨어 있었지만 거의 잠을 못 이룬다. 거의 탈진한 상태임에도 불구하고 자지 않고 누워 통증을 무시한 채 머릿속에서 그 사고를 되풀이해 떠올리며 몸을 움찔거리면서 스스로를 고문한다. 기억을 떠올릴 때마다 손톱이 파고들어 손바닥에 피가 날 만큼 주먹을 세게 쥐고 피하기는커녕 핸들을 일부러 왼쪽으로 돌려 그 사슴을 치어 버린다.

오늘 밤 아빠는 위스키와 함께 그날의 기억 속에 가라앉아 있다. 할아버지의 킹사이즈 침대에 잭 다니엘 병을 들고 앉은 아빠의 눈은 반쯤 감겼고 입은 반쯤 열린 채 굳어 있다.

지난 닷새 동안 내 동생을 찾느라 기진맥진해진 밴스는 거실의 소파에 잠들어 있다. 그는 매일같이 말라빠진 몸으로 밧줄에 의지해 산을 타고 내려가 나침반 하나와 지도 그리고 아빠가 준 정보에 의존해서 숲속을 몇 시간이나 터벅터벅 걸어다닌다.

나는 조용한 응원군이 되어, 내 동생을 찾기 위해 모든 나무와 바위 주변을 살피는 그를 따라다니며 코치를 해주거나, 그를 지켜봐 주거나, 격려의 말을 속삭여 주거나, 그의 용기에 박수를 쳐준다.

하지만 그는 오즈를 찾을 수 없을 것이다. 그가 뒤지고 다니는 모든 곳들은 이미 다 수색했던 곳이기 때문이다. 번스는 아주 철저히 수색 작업을 펼쳤다. 수색 작업이 중단된 후에도 그는 일주일 동안 오즈가 없다는 것이 확실해질 때까지 자신의 수색팀을 다시 보내 그 지역을 샅샅이 뒤졌다. 내 동생이 어디 있었든, 이미 동물들이나 비바람, 혹은 두 가지 다로 인해 그 자리에서 다 흩어지고 사라져 버린 지 오래다. 한때 그를 이루던 것들은 더 이상 이 세상의 일부가 아니다. 언젠가 나도 이곳에서 사라질 거라고 믿는 것처럼 분명 오즈도 더 이상 이곳에 없을 거라고 확신한다. 지금 이 상태에는, 결코 계속 지속될 수 없는 비영구성, 불안함이 존재한다.

매일 오후, 걸었던 경로를 다시 따라서 절벽 위로 올라가 아빠에게 수색 작업을 설명하는 밴스의 얼굴에는 자랑스러운 기색이 뿜어져 나온다. 밴스가 자기 연민에 빠져 알약을 입에 털어 넣으며 침대에 웅크리고 있었던 것이 고작 일주일도 안 된 일이라는 게 믿기지가 않는다. 그의 몸은 이제 다시 힘을 되찾았고, 피부에서는 광이 나고, 더 이상 금단 현상에 몸을 떨지 않는다. 그의 귀, 손가락 그리고 머리카락을 빼면 예전의 모습과 거의 비슷해졌다.

반면 아빠는 예전의 모습과는 완전히 거리가 멀다. 면도를 오래 안 해서 털북숭이 산사람 같다. 뺨부터 목까지 흰 수염이 희끗희끗하게 섞인 짙은 붉은색 수염으로 뒤덮였다. 탄탄했던 근육은 흐물흐물해지고 체중은 15킬로그램이나 빠진 상태다. 하지만 가장 많이 변한 건, 신체 내부의 변화가 이목구비와 턱을 통해 바깥으로 표출되고 있는 아빠의 얼굴이다.

사고 전의 아빠는 강인하고 무한한 체력을 가진, 타이어를 갈거나 소파를 가파른 계단 위로 옮기거나 아이를 구하기 위해 차를 들어 올려야 할 때 도움을 요청하고 싶은 유형이었다. 그건 그의 몸집보다는 자신감에서 우러나는 것이었다. 잘생기고 무뚝뚝한 얼굴에 드러난 확신에 찬 자신감은 무한한 능력의 가능성을 뿜어냈었다. 하지만 이제 더 이상 그런 모습이 아니다. 마치 뺨에 있던 근육이 위축되거나 갑자기 중력이 강해진 것처럼 활력이 다 빠져나간 아빠를 바라보자면 지독한 슬픔이 밀어닥친다.

나는 아빠가 술병의 술을 들이켜며 뭐라고 알아들을 수 없는 말을 중얼거리는 것을 지켜본다.

술은 현재의 상태가 어떻든 그 상태를 더 고조시킨다고 생각한다. 행복한 술 한 잔은 행복한 사람을 더 행복하게 만들고 나쁜 술은 그 반대다. 아빠가 마시는 술은 슬픈 술이다. 슬픔에 찌들고 비탄에 빠진 가엾은 아빠의 눈은 눈물에 젖었고, 쏟아져 내리려는 눈물을 억제하느라 턱에 힘이 잔뜩 들어가 있다.

아빠가 휴대폰을 집어 든다. 술에 취해 말이 잘 안 듣는 손가락으로 겨우 집으로 전화를 거는 데 성공한다.

엄마와 클로이 언니는 연주회를 보러 가고 없다. 세 번째 벨이 울리자 고양이들을 봐주던 모가 받는다.「밀러 씨 집입니다.」

아빠는 아무 말을 하지 않고 전화를 끊는다. 그리고 침대 시트를 구겨 얼굴을 묻고 숨죽여 흐느껴 울기 시작한다.

지금의 상태를 더 고조시키는 것, 그게 술이 하는 일이다. 그래서 양심의 가책을 품고 있는 사람에게 술은 가장 끔찍한 악몽 속을 헤매게 만든다. 그리고 악몽 속에서는 자신이 가장 후회하는 모든 것과 자신의 모습에서 가장 싫어하는 부분이 과장된다. 자신의 피부를 뚫고 뛰쳐나가거나 망각 속으로 완전히 사라져 버리고 싶을 때까지.

72

빅베어로 향하는 구불구불한 산길을 천천히 운전해서 올라가는 모의 손마디가 핸들을 너무 꽉 잡아서 하얗다. 면허를 딴 지 3개월이 됐는데 아직까지 운전을 해서 옆 동네를 벗어난 적이 없었다. 오늘은 날이 흐리고 금방이라도 비가 쏟아질 것 같은 날씨지만 아직은 내리지 않는다. 사고 이후 두 달이 지났고, 스키 시즌도 거의 다 끝났다. 길가에 아주 약간의 눈이, 아직도 스키 슬로프가 몇 군데 개장 중이라는 증거인 인공 눈과 섞여 남아 있다.

산 위쪽으로 올라갈수록 BMW의 온도계도 꾸준히 하강해서 산기슭 부근에서 17도였던 온도가 정오 직전 보안관 본부에 차를 대자 11도로 떨어졌다.

「모린. 만나서 반가워.」 번스가 말한다.

번스 보안관의 안색은 좋아 보인다. 두꺼운 겨울옷들과 근심을 벗어 버린 그는 마지막으로 봤을 때보다 훨씬 어려 보인다.

「병원에 있을 때 못 가봐서 미안해.」

「오시길 바라지도 않았을 거예요. 오즈를 찾는 데 노력해 주셔서 정말 감사합니다.」

「그 애를 찾았으면 좋았을 텐데. 그 애가 아직 밖에 있다는 사실이 마음이 쓰여. 잭 밀러 씨와 밴스가 수색을 이어서 하기는 하지만.」

그 말에 놀란 모의 눈이 크게 떠진다. 클로이 언니는 모에게 아빠가 몸을 회복하고 엄마와 떨어져 있기 위해 산장에 갔다고 말했다. 사람들은 모두 그가 혼자 갔다고 안다. 이제 밴스와 함께 지낸다는 것을 모가 알게 되었다. 두 사람이 같이 있다는 것만으로도 이상한 조합인데 함께 오즈를 찾는다는 건 더 이상한 일이다. 문제는 모가 이 소식을 어떻게 할 것인가 하는 점이다. 일단 모는 아주 모답게, 표정에 아무것도 드러내지 않는다.

「그래, 그날 사고에 대해 물어볼 것이 있다면서.」

「그날 제가 모르는 부분들에 대해서요.」

「왜 그게 알고 싶은지 물어봐도 될까?」

모가 여전히 확신이 안 서는지 망설인다. 「지난 일은 점점 희미해지니까요.」 모가 마침내 말을 꺼낸다. 「그날 거기 있었던 사람들은 모두 조금씩 다르게 기억해요. 관점만 다른 것이 아니라 일어났던 사실 자체를 다르게 기억해요. 그래서 확실히 하고 싶어요. 왠지는 나도 잘 모르겠어요. 하지만 제겐 아주 중요한 문제예요.」

「그러면 이해하기가 쉬워지기 때문이지.」 번스가 당연하다는 듯이 말한다. 「같은 이유로, 나도 사건 보고서를 쓸 때 그렇게 하면 도움이 되거든. 감정을 다 빼고 사건의 핵심적인 본질에 집중해. 주로 불운, 우연, 잘못된 결정 그리고 때로는 나쁜 사람들 같은 것들에.」

그가 이해를 해주자 안도의 표정을 지으며 모가 고개를 끄덕인다.

「사람들이 그 일을 다르게 기억하면서,」 번스가 계속 이어 말한다. 「모두 자기만의 방식으로 충격을 감당하는 거지. 그래서 때로는 힘든 마음을 감당하기 위해 다르게 기억하기도 해. 사람들이 사실과 다르게 말한다 해도 그걸 거짓말이라고 보기 어려워.」

「맞아요.」 모가 말했다. 「정말요. 지금 다들 그런 식으로 기억을 왜곡하거나 거짓말을 하는 것 같아요. 하지만 저는 그럴 수가 없어요. 저는 일어난 대로 정확히 기억해요. 모두 다요. 하지만 전 제가 기억하기 싫은 부분을 일어나지 않은 척하거나 지워 버리지는 못하겠어요.」

「그렇다면 넌 네 자신을 위해서 그걸 확실히 하려는 거니?」

「그게 무슨 말이에요?」

「아니면 누군가가 자백하게 하기 위해서 제대로 알아내려는 건가?」

모는 대답하기 전에 잠깐 생각하는 듯한 표정을 짓는다.

「모르겠어요. 그냥 저를 위해서인 것 같아요.」 모가 얼굴을 찡그린다. 「사실을 제일 많이 왜곡하는 사람들이 고통은 제일 적게 받는 게 신경 쓰였기 때문이기도 하지만요.」

「그것 참 안타까운 일이네.」

「그것도 이유 중 하나인 것 같아요.」 모가 계속 이어 간다. 「꼭 그들이 자백을 하게 만들려고 하는 게 아니라, 무슨 일이 일어났는지 정확한 사실을 아는 게 나한텐 더 중요해요. 그래서 내가 그런 거짓말을 들을 때도, 더 이상 신경이 쓰이지 않도록요.」 모의 말에는 결연한 의지가 담겨 있다. 꿈에 나타나는 유령에게 꼭 모든 사실을 글로 쓰겠다고 한 약속을 지키고, 또 그렇게 함으로써 스스로 자유로워지겠다는 의지가.

「그렇다면 내가 해줄 수 있는 이야기를 해주지.」

번스는 책상 옆에 있는 서류 캐비닛에서 3센티미터보다 약간 더 두꺼운, 맨 처음 엄마가 911에 신고를 했을 때부터 닷새 후 오즈의 시신 수색을 완전히 중단한다는 산림 경비대의 전화까지 모든 기록이 포함된 서류 뭉치를 꺼내서 한 장 한 장 훑어본다.

「병원에서 기자 회견을 하기 전으로 돌아가 볼까요?」 그가 읽기를 다 끝내자 모가 말한다. 「밥 아저씨가 오즈에 대해 뭐라고 했는지 다시 이야기해 주실 수 있어요?」

그때 번스의 오른쪽 뺨 근육이 아주 미세하게 씰룩거린다. 하지만 모는 그것을 놓치지 않고, 번스도 이 부분에 있어서 뭔가 앞뒤가 맞지 않는다고 생각한다는 걸 알아차린다.

그는 밥이 자신에게 했던 이야기를 잘 떠올려, 단어를 아주 신중하게 선택해서 찬찬히 말해 준다. 「개가 물을 충분히 마시지 못한 것 때문에 오즈가 화가 났다고 했어. 또 캐런이 물을 마실 차례가 됐을 때, 오즈가 그녀를 때렸고 물을 빼앗아서 개에게 주었다고.」 그는 여기서 잠깐 멈췄다가, 모가 아무 말이 없자 계속한다. 「그때 밥이 오즈에게 밖에 나가자고 했다고 했어. 오즈를 좀 진정시키려고. 밖에 나갔더니 오즈가 엄마를 찾아야 한다면서 그길로 떠났다고 했어. 그리고 자기는 내내 캠핑카에서 내려가지 않고 그 위에 있었다고. 밥 말로는 캠핑카에서 내려가지 않은 이유는 오즈가 화가 너무 나 있어서 위험할 수도 있다는 생각에 걱정이 돼서 그랬다고 했어. 네가 듣기엔 맞는 것 같니?」

모가 고개를 젓는다. 「처음 부분은 맞아요. 제가 캐런 아줌마에게 물을 주려고 할 때 오즈가 빙고한테 먼저 주기를 바랐어요. 그리고 그걸 캐런 아줌마한테서 뺏었을 때 팔로 밀치긴 했어요. 하지만 완전히 통제 불능 상태는 아니었어요. 원하는 걸 얻은 다음에는 괜찮아졌거든요. 사실 그때 전 밥 아저씨가 오즈를 데리고 나갔을 때 현명하다고 생각했어요. 그렇게 하면 오즈를 조금 진정시킬 수 있고 그러는 동안 우리는 다 돌아가면서 물을 마실 수 있으니까요. 게다가 이런 이야긴 좀 그렇지만, 사실 오즈는 자기 엄마를 그렇게 좋아하지 않았어요. 그리고 나를 정말 잘 따랐고, 정말 정말 아주 많이 아빠를 사랑했어요. 그래서 절대 엄마를 찾겠다고 자기 아빠와 나를 두고 그렇게 떠날 리가 없어요.」

「그럼 밥이 말한 것처럼 캠핑카에서 내려가지 않고 있었다는 건?」

「아뇨. 그건 제가 확실히 기억해요. 오즈가 다시 아저씨를 올려 줬어요. 올려 달라는 소리를 제가 들었거든요. 게다가 아저씨는 오즈한테 장갑과 맞바꾼 이야기도 하지 않았어요. 오즈가 화가 나서 그냥 그렇게 가버렸다면 아저씨는 장갑을 받지 못했을 거예요.」

「오즈의 장갑을 가져갔다고?」

「바꾼 것 같아요. 캠핑카로 돌아왔을 때 오즈의 장갑을 갖고 있었거든요. 그때는 어떻게 갖게 된 건지 몰랐는데, 얼마 전에 내털리가 아저씨한테서 크래커 두 봉지랑 바꿨다는 이야기를 들었다고 했어요.」

번스는 눈에 띄게 움찔한다. 그런 그의 반응에 모가 평정심을 잃는다. 모는 턱을 가슴 쪽으로 내려뜨리고 머리를 앞뒤로 흔든다. 모의 눈에서 눈물이 흘러내린다.「너무 끔찍해요. 오즈는 자기가 무슨 행동을 하는지도 몰랐을 거예요. 내가 같이 나갔어야 하는 건데. 아니면 적어도 아저씨랑 같이 들어오지 않았을 때 나가서 찾아봤어야 했어요. 뭔가 잘못됐다고 생각은 했어요. 장갑을 보자마자 알았어요.」

모가 손등으로 코를 닦자, 번스가 티슈를 한 장 뽑아 건네고 티슈 상자를 모 쪽으로 밀어 준다.「모린, 내 말 들어.」그의 목소리는 나직하다. 「먼저, 이건 네 잘못이 아니야. 네가 오즈를 따라갔다면, 우리가 지금처럼 이런 대화를 나눌 일도 없었을 가능성이 커. 날 봐.」

모는 얼굴을 들어 눈물이 흐르는 눈을 깜박거리며 번스를 바라본다.

「그 어떤 것도 네 잘못이 아니야.」 그의 목소리가 낮고 무겁게 울린다. 「이제, 나한테 전부 다 이야기해 줘야 해. 밀러 부인이 떠날 때부터 네가 구조될 때까지 있었던 일을 아주 자세히. 그리고 내털리와 무슨 대화를 나누었는지도 정확하게 말해 줘야 해.」

「다 적어 놨어요.」 모가 가방에서 공책을 꺼내 번스에게 건넨다.

번스가 공책을 훑어보는 동안 모는 자기의 손을 내려다본다. 번스의 사무실은 따뜻했지만 번스가 공책을 읽어 내리는 동안 모는 그때의 일이 다시 떠올라 오싹한 냉기가 몸에 퍼지는 느낌에 여러 차례 몸을 떤다.

공책을 읽는 번스의 턱이 움찔거리고, 미간에 깊은 V자 주름이 생긴다. 다 읽고 나자 그는 의자에 기대서 코 밑으로 두 손을 뾰족하게 맞세운다.

「모린, 과실 치사가 뭔지 아니?」

모가 침을 삼킨다. 단어 자체가 그 의미를 전달한다.

「사고사와 과실 치사로 인한 사망은 백지 한 장 차이야. 네 생각엔 밥이 의도적으로 오즈한테 엄마를 찾아가라고 했을 것 같니?」

모는 적어도 5초간 말이 없다.

「모르겠어요.」 모가 마침내 대답한다. 「의심은 가요, 특히 장갑 때문에요. 하지만 진실은 저도 모르죠.」

번스는 모의 공책을 돌려주고 사건 자료를 자기 앞으로 당긴다. 「네가 구조됐을 때, 내털리가 장갑을 끼고 있었니?」

「그런 것 같아요. 캐런 아줌마가 잠깐 끼기도 했는데, 대부분은 내털리가 끼고 있었어요.」

「무슨 색이었어?」

「보라색이요. 아주 밝은 보라색.」 모가 말했다. 「오즈가 가장 좋아하는 색이었어요.」

번스는 뭔가를 찾기 위해 자료를 뒤적거린다. 그러다가 뉴스 기사를 하나 꺼낸다. 「찾았다.」 그가 기사를 모에게 건네며 말한다. 기사의 제목은 이렇다. 늦은 밤 눈길 교통사고 후 다섯 명 구조. 그 아래에는 밥이 두 명의 구조대원의 부축을 받으며 헬기에서 내리는 사진이 있다. 그 뒤에는 내털리가 있다. 뚜렷하진 않아도 내털리의 긴 코트 소매 밖으로 삐져나온 밝은 보라색의 장갑은 확실히 보인다.

「모린, 이건 중요한 문제야. 오즈가 위험한 아이였다고 생각하니?」

또다시, 모는 대답을 신중하게 하기 위해 시간을 들인다. 「아뇨. 하지만 밥 아저씨랑 캐런 아줌마는 그렇게 생각했을 수도 있어요. 오즈는 단지 빙고가 물을 충분히 먹기를 바랐을 뿐이에요. 그 개한테 책임감을 갖고 있었거든요. 다들 빙고와 나머지 사람들이 먹을 만큼의 물을 녹일 때까지 기다려 줬다면 아무 일도 없었을 거예요.」

「물을 나눠 준 사람들을 순서대로 말해 봐.」

「잭 아저씨, 오즈, 내털리, 캐런 아줌마, 하지만 오즈가 그걸 빼앗아서…….」

「내털리 다음에 캐런이었다고?」

「네. 오즈가 그걸 빼앗았지만요.」

「네가 아니었어? 내털리 다음에?」 나는 어쩌면 사소할 수도 있는 이 부분에서 번스의 분노가 점화되고, 그동안 확신하지 못했던 밥에 대한 조사를 결행해야겠다고 결심하는 것을 느낀다.

「제가 그다음이 아니라는 게 중요한가요?」

「그것 역시 과실 치사와 맥락을 같이 하는 거야. 네 안전은 무시된 거지.」

사실 그건 그 이상을 보여 준다. 하지만 번스는 모의 마음을 다치지 않게 하려고 일부러 완곡하게 말한다. 하지만 그의 마음속은 들끓는다. 그의 표정으로 미루어 나는 그에게도 딸이 하나 있고 지금 그 딸을 생각한다는 것을 깨닫는다.

모는 다시 울기 시작한다. 그 끔찍했던 순간이 다시 떠올라서인지, 아니면 모가 거의 평생 알아 왔던 밥이 너무 잔인한 사람이었다는 점을 알게 되어서인지는 잘 모르겠다.

「모든 게 너무 끔찍해요.」 모가 울면서 말한다. 「밥 아저씨가 끔찍한 일을 했다는 건 알지만, 우리가 그런 상황이 아니었다면 아저씨는 그런 일을 할 사람이 아니거든요.」

모의 우는 모습을 지켜보면서 나는 궁금해진다. 우리의 인간성이 양심보다는 상황에 의해 결정되는지, 그리고 만일 우리 중 누구라도 궁지에 몰리면 변하게 될지 말이다. 나는 그날 목격했다. 모두 자신들이 믿었던 것과는 전혀 다르게 행동하는 것을.

하지만 그건 사람에 따라 다르다. 엄마나 모와 같은 사람들은 다른 사람들보다 도덕성이 훨씬 강하다. 하지만 우리들 모두에게는 우리가 한 번도 가능하다고 믿지 않았던 일들을 하게 만드는, 자기 보호를 위한 기본적인 본능, 야생적 천성이 내재된 것 같다. 그것은 꼭 이기적인 이유 때문은 아니다. 밥은 자기를 위해서 장갑을 빼앗은 것이 아니다. 그는 장갑을 내털리에게 주었다. 오즈에게 겁을 먹은 것은 캐런이었고, 밥은 캐런을 위해서 오즈를 쫓아 보냈다.

그렇다고 해서 그것이 밥이 한 행동을 정당화하고 해명할 수 있을까? 밥은 그날 오즈를 죽이거나 모를 방치하기 위해 하루를 시작한 것이 아니다. 단지 가족과 친구들과 주말 스키 여행을 즐길 계획이었지만 결국 밥 때문에 오즈는 죽게 되었다.

절박한 상황에서 사람들은 평소라면 하지 않을 일들을 한다. 사고 전에는, 누군가가 밥이나 캐런 혹은 밴스에게 자신이 좋은 사람이냐고 물어봤다면 그들은 주저하지 않고 그렇다고 대답했을 것이고 그들을 아는 모든 사람들도 동의했을 것이다. 모든 정황이 다 그런 결론을 예상하게 했다. 그들이 비겁함이나 잔인함에 대한 이야기를 들었다면, 그들은 고개를 젓고 혀를 차며 〈나는 절대 안 그래〉라고 생각했을 것이다. 그들을 포함해서 우리 모두는 언제든지 전혀 예상하지 못했던 일들을 하게 될 수 있다는 사실을 전혀 깨닫지 못한 채로 말이다. 이미 일어난 어떤 사실을 두고 객관적으로 판단하는 것은 쉽다. 하지만 결과만을 놓고 판단하는 사람들이 깨닫지 못하는 것은, 그들 자신이 밥이나 캐런 혹은 밴스와 같은 상황에 처했을 때 그런 진정성이 없는 정의감은 순식간에 그 꼬리를 감출 가능성이 크다는 사실이다.

오즈는 캠핑카로 돌아오지 않았다. 그런데도 모는 오즈를 찾으러 가지 않았다. 이것도 같은 것일까? 그를 살리기 위해서 죽음을 무릅쓰는 대신 자신의 생존을 택한 것이?

나는 모가 한 행동을 비난할 생각이 없다. 나는 거기에 있었고 모는 훌륭했다. 그런 상황에서 열여섯 살 여자아이가 할 수 있는 한 최대한의 용기를 끌어내서 행동했다. 하지만 모의 나약함이 비난할 대상이 아니라면 밥의 행동은 비난할 만할까? 카일의 생명이 달린 손을 놓아 버렸던 엄마의 행동은? 밴스는 자기가 가장 사랑하는 사람을 얼어 죽게 내버려 두고 떠났다. 캐런은 내털리만 보살폈다. 내털리는 아무것도 하지 않았다. 밥은 오즈의 장갑을 빼앗았고 그를 추운 밖으로 내몰았다. 분명 몇몇은 다른 사람들보다 더 나쁜

다. 하지만 완전히 결백한 사람은 아무도 없다.

모도 이것을 깨달았기 때문에 우는 것이다. 예전과는 모든 것이 바뀌었다. 모와 다른 사람들의 가식적인 위선은 모두 죽어 없어지고, 인간의 추한 본성이 드러났다.

「오즈는 죽었어. 밥은 그의 장갑을 빼앗았고.」 그는 지금 정확한 판단 기준이 무엇인지, 구체적으로 누가 넘지 말아야 할 선을 넘었는지 분명하고 단호하게 말한다.

그 모든 것이 얼마나 불공평한 결과를 가져왔는지에 생각이 미치자 내 가슴이 요동친다. 엄마 아빠는 자식들이 죽은 이후 인생의 많은 조각들과 부분들을 영원히 잃어버린 채 비틀거리며 나아가고 있다. 클로이 언니와 밴스는 겨우 살아남았고 그들의 인생은 궤도에서 벗어났다. 캐런은 광적으로 삶을 부정하며 하루하루를 버텨 낸다. 내털리는 벼랑 끝에 불안정하게 놓인, 거짓말로 지어진 유리의 집에서 살아간다.

영향을 받지 않은 건 밥뿐이다. 그는 쉽게 잠들고 편안한 꿈을 꾼다. 매일 진찰실로 출근하고, 환자들과 농담을 주고받고, 치위생사에게 추파를 던진다. 그리고 BMW를 몰고 자기를 맹목적으로 사랑하는 아내가 있는 집으로 퇴근하고, 세상은 그를 영웅이라고 치켜세우고, 그리고 우리 엄마는 그와 사랑에 빠졌다.

그는 내 동생을 죽였다.

73

모가 보안관의 사무실에서 나와 점심을 먹으러 피자 가게에 가는 동안, 나는 엄마와 클로이 언니에게 간다.

클로이 언니는 집에 없다. 오브리 언니의 아파트에서 결혼식을 위한 선곡 작업을 하고 있다. 연주회에 가서 영감을 받은 클로이 언니는 클래식도 몇 곡 넣자고 하면서 별 소득 없이 오브리 언니를 설득 중이다.

두 사람의 대화에서 벗어나 엄마를 찾아간다. 정원 쪽 발코니 테이블에서 와인과 치킨 샐러드 샌드위치를 함께 먹는 엄마와 밥을 발견하자 끙 하는 불평 소리가 저절로 나온다. 잔디밭에서 노는 고양이들은 이제 눈을 다 뜬 상태다. 이제 앞이 보여서 자신감을 얻은 고양이들은 같이 뛰어놀고 맞붙어 싸우며 끊임없는 구경거리를 제공한다.

「다들 아주 기운이 팔팔하네.」 엄마가 말한다.

「걔네만 그런 게 아니야.」 밥이 테이블 밑에서 자신의 맨발을 엄마의 종아리에 문지르며 하는 말에 엄마가 킥킥거리는 모습을 보니 정말 민망하다.

다행히 때마침 온 전화가 두 사람을 방해한다. 엄마는 전화를 받으러 안으로 들어가고 밥은 잔디밭에 앉아 고양이들과 놀기 시작한다. 그가 기다란 잔디 풀로 브루투스를 간질이자 그 작은 털뭉치 같은 고양이는 뛰고 회전하며 공중제비를 돈다. 핀이 그 사이에 뛰어들어 잔디 풀을 앞발로 치면서 브루투스에게 태클을 건다. 나는 조그만 몸집에 타이타닉호만 한 용기를 지닌 이 고양이가 너무 좋다.

유리창을 통해 엄마의 어깨가 움츠러드는 것을 본 나는 무슨 일인지 알아보기 위해 안으로 들어간다.

엄마는 어깨너머로, 이제는 브루투스를 향해 네 발로 엎드려 으르렁거리는 밥을 흘끗 돌아본다. 「그럴 리가 없어요.」 엄마는 전화에 대고 말한다. 「모가 뭔가 잘못 알았을 거예요. 밥은 그런 짓을 할 사람이 아니에요.」

조리대 위에 엄마의 컴퓨터가 놓여 있다. 엄마는 이야기를 들으며 컴퓨터를 연다. 「보안관님. 그 기사 주소 좀 다시 불러 주세요.」

번스가 모와 이야기할 때 꺼냈던 기사와 사진이 화면에 뜬다. 밥이 가운데, 그리고 내털리가 뒤쪽에 있는 사진을 들여다보던 엄마의 눈이 내털리의 보라색 장갑에 고정된다. 엄마의 눈썹이 파르르 떨리고 수화기를 떨어뜨리더니 비틀거리며 조리대에 기댄다.

「무슨 일이야?」 뒤에서 나타난 밥이 팔로 엄마의 어깨를 감싸며 묻는다.

엄마는 그의 팔을 뿌리친다. 「네가 오즈 장갑을 빼앗았어?」 엄마는 밥에게 얼굴을 돌렸다가 다시 화면 속의 보라색 부분을 쳐다본다.

엄마의 눈을 따라 화면을 바라보던 밥의 얼굴에 웃음기가 사라지고 울대뼈가 목구멍에 박힌다. 「오즈가 나한테 준 거야.」 그가 말한다.

온도계의 수은 막대가 올라가듯 엄마의 얼굴이 순식간에 붉어진다. 「나가.」 엄마가 이를 악물며 말한다.

「앤…….」

「당장.」 엄마가 두 주먹을 움켜쥐며 으르렁거린다.

「앤, 오즈가 준 거라니까. 맹세해. 걔가 엄마를 찾아가겠다고 하면서 나한테 장갑을 줬어. 오즈가 왜 그랬는지는 모르지만, 어쨌든 사실이야. 그러고는 내가 말릴 새도 없이 가버렸어.」

밥은 엄마에게 다가가려고 하지만, 엄마는 비틀거리며 물러난다.

「나가!」 엄마가 소리친다. 엄마는 내가 알고, 또 모가 아는 것처럼 오즈가 결코 다른 사람에게 뭘 줬을 리가 없다는 사실을 너무나 잘 안다. 〈내 거야〉는 오즈가 가장 많이 쓰는 말이었고 그의 기질이나 공유에 대한 사고 능력은 두 살짜리와 비슷했다.

밥은 그 자리에 그대로 서서 눈동자를 이리저리 굴리며

그럴듯한 변명거리를 찾으려 한다.

나는 엄마가 조리대 위에 놓인 와인병을 찾아 손으로 감싸 쥐는 것을 바라본다.

「앤……」

밥이 엄마의 이름을 부르자, 마치 방아쇠를 당긴 것처럼 엄마가 병을 들어 올렸다 내리치고, 밥은 뒤로 물러나며 자신을 방어하기 위해 팔을 위로 올린다. 병이 그의 팔뚝에서 산산이 깨지고, 레드와인이 사방으로 흩뿌려진다. 엄마가 피 묻은 병을 다시 들어 올리자, 밥은 몸을 돌려 도망쳐 나간다.

엄마는 문이 닫히기도 전에 바닥에 털썩 주저앉는다. 그동안 대체 자신이 무슨 짓을 했는지를 깨달으며 흐느껴 우는 엄마의 몸이 부들부들 떨린다.

74

모는 세찬 돌풍이 몰아치는 날씨에 아주 조심스럽게 운전을 한다. 기온은 9도 안팎이고, 폭풍을 몰고 온 구름이 똘똘 뭉쳐 아직 이른 오후의 하늘을 기괴한 황혼 녘처럼 어둡게 만든다. 돌풍이 불규칙적으로 차에 와서 텅텅 부딪히는 바람에 모는 어깨를 귀까지 올리고 거의 기어가듯이 속도를 줄인다. 스노서미트 스키 리조트 주차장에 도착한 모는 거의 기진맥진한 상태가 되어 차를 세운 뒤 핸들을 잡은 손 위에 머리를 기댄다.

모는 에베레스트의 추위도 견디도록 제작된 소렐 하이킹 부츠를 신고 영하 30도에도 단열 효과를 보장하는 노스페이스 파카를 입고 있다. 차에서 내리기 전에는 귀마개, 모자 그리고 고어텍스 장갑을 착용한다. 차에는 그래놀라 바와 물 한 박스, 그리고 거대한 구급상자까지 구비되어 있다.

리프트 표를 파는 창구의 여성이 리프트 3번 쪽을 가리킨다.

그때 카일이 모를 먼저 발견한다. 마치 모의 등장이 그의 뇌에 알람을 울려서 고개를 들어 찾아보도록 유발한 것처럼. 놀라서 고개를 갸웃거리던 그의 얼굴에 이내 미소가 가득 퍼진다. 그리고 옆에 있는 다른 리프트 운행자의 어깨를 툭툭 치며 뭐라고 말하자 그 여자가 모를 바라본다. 그 여자는 고개를 끄덕이더니 어서 가라는 듯이 카일을 모쪽으로 밀어 주는 시늉을 한다.

카일은 스노보드와 스키를 타려고 리프트를 기다리는 사람들을 빨리 지나쳐, 눈 쌓인 슬로프를 조심스럽게 걸어 올라오는 모에게 다가간다.

「안녕.」 그의 목소리가 밝다.

찡하고 정전기가 오르는 것 같다. 모가 얼굴을 들어 두 사람의 눈이 마주치자 가슴이 쿵 내려앉고, 따끔거리고, 카펫에 발을 마찰시킬 때 계속 느끼고 싶은 그런 짜릿함이 느껴진다.

「와.」 그가 말한다. 「너 맞구나.」

그리고 나는 내가 전에는 한 번도 보지 못한 모습을 목격한다. 모가 당황하고 부끄러워하는 모습. 「안녕.」 모가 겨우 한마디를 한다.

카일이 모의 팔꿈치 부분을 잡는다. 「이리 와. 따뜻한 안으로 들어가자.」

그가 모를 좀 더 자세히 들여다봤다면 땀을 흘리는 것을 보았을 것이다. 관자놀이에 땀방울이 맺히고 뺨은 열기로 붉어진 얼굴을. 봄 날씨에 비해 모는 심각할 정도로 옷을 많이 껴입었지만 카일은 눈치채지 못한다. 마치 전과 똑같은 일을 다시 겪는 것처럼 그의 뇌는 마지막으로 모를 본 순간에서 벗어나지 못한 채, 여전히 걱정으로 가득 차 있다.

건물 안으로 들어가자 그는 그제야 안심을 한다. 「핫초콜릿 마실래?」

아주 좋아, 카일. 모는 초콜릿을 아주 좋아한다.

모가 고개를 끄덕인다. 그러자 카일은 뛰다시피 카운터로 간다.

그러고 보니, 그가 얼마나 잘생겼었는지를 잊고 있었다. 모자를 벗은 카일의 무스 바른 금발은 내 기억보다 훨씬 밝고, 눈도 생각한 것보다 밝은, 청동색이 깃든 세이지색이다.

창가 옆에 앉은 모는 밖에 있는 눈에 시선을 고정시킨다.

「여긴 어떻게 왔어?」 카일이 반대편 의자에 앉아 핫초콜릿을 모 앞으로 놔주며 묻는다. 나도, 그리고 모도 카일이 자기 몫의 핫초콜릿을 사오지 않은 것을 눈치챈다. 아마 그의 예산이 허용하는 건 하루 한 잔뿐인 것 같다.

모가 자신이 온 이유를 설명해 준다.

「아.」 대답하는 그의 입 모양이 약간 일그러진다.

「그날 이야기를 해도 괜찮겠어?」 모가 물어본다.

카일은 잠시 아무 말없이 둘 사이에 놓인 테이블을 바라본다. 「모르겠어. 아무한테도 이야기를 한 적이 없어서.」

「네 여자 친구한테도?」

「그 일이 있고 며칠 뒤 헤어졌어.」

「네 가족은?」

그가 어깨를 으쓱한다. 「걱정을 끼치고 싶지 않았어. 인터뷰를 한 게 그 밥이라는 사람이었잖아. 그 사람은 내 이름을 몰랐던 것 같고 그래서 뉴스에서도 내 이름은 언급이 안 됐었어. 내가 그 사고와 관련된 건 구조대원들 빼고는 아무도 모르고.」

모가 눈을 크게 뜬다. 「그럼 너를 아는 사람 중에 아무도 그런 사고가 있었는지 모른다는 거야?」

카일이 희미한 미소를 지어 보인다. 「그게 더 나아.」

그의 말을 잠시 생각해 보던 모의 표정이 충격에서 동의의 의미로 바뀐다. 「네 말이 맞는 것 같아. 사람들이 알게 되는 것도 어떻게 보면 유쾌한 일은 아니야.」 모는 말을 멈추고 핫초콜릿을 한 모금 마신다. 「그러니까, 다들 친절하고 걱정은 해주지만, 제대로 이해는 못 하는 것 같거든.」

「맞아, 그게, 설명하기가 참 어렵지.」

모가 고개를 끄덕이고는 컵을 두 손으로 감싸 쥐고 모락모락 피어오르는 김을 바라본다. 「사람들은, 마치 그런 사고가 무슨 대단한 모험이라도 된다고 생각해. 그래서 그런 이야기를 들으면서 아주 들뜨는 것 같기도 하고.」 모가 몸서리를 친다.

「다들 액션 영화를 너무 많이 봐서 그런가.」 카일이 말한다. 「애들이 죽고 사람들이 손가락 발가락을 잃는 사고가 그렇게 대단하고 신이 날 일은 아닌데 말이야.」

모의 얼굴에 핏기가 가신다.

「미안해.」 카일이 재빨리 사과한다. 「정말 미안해.」

「아니야.」 모가 대답한다. 「괜찮아. 그게 내가 여기 온 이유야. 나는 듣고 싶어. 전부 다.」 모의 눈이 촉촉해지고, 피부가 밖의 눈보다 더 창백해진다.

「정말 괜찮겠어?」 걱정스러운 얼굴로 카일이 묻는다.

모가 고개를 끄덕이고 얼굴을 들어 카일의 눈을 똑바로 쳐다본다. 「내가 미치지 않았다는 것을 확인해야겠어.」 모의 말에 나는 모가 그동안 얼마나 힘들었는지, 이야기를 나눌 사람이 없어서 얼마나 견디기 어려웠는지를 깨닫고 마음이 아파 온다.

「미치지 않았어.」 카일은 눈앞에 있는 아름다운 여자아이가 너무나 고통스러운 일에 대한 이야기를 해달라고 하는 이런 상황이 너무 당혹스럽다. 게다가 그 이야기가 모를 힘들게 할 테니 더더욱 어찌할 바를 모르고 있다.

「그래서 나는 무슨 일이 일어났는지 알고 싶어. 전부 다.」 모는 코가 찡해져서 눈을 감았다가, 깊은 숨을 들이마신 뒤 다시 눈을 뜨고 카일의 눈을 바라보면서 말한다. 「그리고 그런 일이 다시는 안 일어날 거라고 말해 줬으면 좋겠어.」

카일이 테이블 위로 손을 뻗어 모의 손을 감싸 쥔 다음, 모처럼 깊은 숨을 들이쉬고 이야기를 시작한다. 「내가 아파트에서 일을 하러 가는 도중에 내 차가 고장이 났어…….」

이야기를 다 하는 데는 거의 한 시간이 걸린다. 카일은 내내 모의 손을 잡은 채로 이야기를 들려주고, 모는 테이블에 시선을 고정시키고 듣는다. 모는 이야기를 들으면서 어떤 부분에서는 몸을 떨기도 하고, 또 어떤 부분에서는 눈물을 흘리기도 한다. 그럴 때마다 카일은 잠깐씩 하던 이야기를 멈춘다. 감정에 북받친 모를 다독여 주고, 어떻게든 더 수월하게 마음을 안정시켜 주고 싶은 절박함 때문에 그의 맥박이 빨라지고 호흡이 가빠져서 코가 벌름거린다.

그럴 때마다 모는 감정을 가다듬기 위해 몇 분을 소요하고, 다시 용기를 내 계속하라는 의미로 고개를 끄덕인다.

카일이 한 유일한 거짓말은 이야기를 하지 않은 부분이 있다는 것이다. 절벽에서 미끄러졌을 때 엄마가 그의 손을 놓았던 이야기는 하지 않는다. 나는 그가 그 부분을 빼고 말하는 것을 지켜본다. 그는 그때의 기억이 떠오른 순간 아주 약간 얼굴을 찡그리고는 계속 이야기를 이어 나간다.

「그러고 나는 응급실로 옮겨졌어. 그리고 지금 난 이렇게 너와 함께 있고.」 모가 올려다보자, 그가 아주 희미하게 한쪽 입가가 올라간 미소를 지어 보인다. 그리고 손을 더 길게 뻗어 모의 손을 완전히 감싸 쥐고 마지막으로 덧붙인다. 「그리고 다시는 그런 일이 없을 거야.」

「고마워.」

「천만에.」 그가 모의 손을 놔준 뒤 의자 등에 몸을 기댄다.

모가 지친 듯이 의자에 몸을 털썩 늘어뜨리며 묻는다.

「어느 쪽으로 가야 할지 어떻게 알았어?」

「앤 아줌마 덕분이지.」 그가 대답한다. 「아줌마는 정말 대단했어. 난 지금도 어떻게 그럴 수 있었는지 모르겠어. 어떻게 알았는지 모르지만 아줌마는 어느 쪽으로 가야 할지 알았어. 그때를 다시 돌이켜 보면, 우리가 어떻게 해냈는지, 어떻게 거기서 벗어났는지 궁금해. 그러니까, 먹을 것도, 물도 없었고, 꽁꽁 얼 정도로 추웠잖아. 우리는 제대로 가는지도 몰랐고 계속 막다른 곳에 부딪혔어. 불가능하다고 생각했던 순간들이 있었는데 그럴 때마다 앤 아줌마를 돌아보고, 아줌마가 계속 갈 수 있으면 나도 갈 수 있다는 생각을 했던 것 같아. 그리고……」 그가 갑자기 말을 멈추고 뒤로 몸을 기대고는 고개를 저으며 미소를 짓는다.

「그리고 뭐?」

그는 코로 흥 하고 웃음을 터뜨린다. 「그리고 나는 계속 너랑 너의 그 웃긴 부츠 생각을 했어.」

「내 부츠?」

그가 입을 다문 채로 커다랗게 씨익 웃는다. 「그래. 무슨 콘서트 갈 때나 신는 부츠 같았어. 반짝이고 굽도 높은 가죽 부츠.」

모가 얼굴을 붉힌다. 「그게 그래도 프라다 부츠였어.」

「그래, 뭐, 어쨌든. 그게 내가 계속 생각한 거야. 그 부츠가 얼마나 웃긴지, 그리고 네 발이 얼마나 추울까 하는 생각. 그래서 나는 멈출 수가 없었고, 어떤 일이 있어도 계속 나아가야 한다고 생각했어.」

그때 실체도 없는 나의 몸 전체가 환해지며, 독립 기념일에 하는 불꽃놀이처럼 여기저기서 폭죽이 터진다. 모 역시 같은 기분을 느낀다. 한 남자가 한 여자를 구하기 위해 우스꽝스러운 부츠를 신은 꽁꽁 언 발이 걱정돼서 눈보라를 뚫고 걸었다는 말을 들었을 때 어떤 여자가 이런 기분을 느끼지 않을까?

모가 소렐 부츠를 들어 보여 주며 묻는다. 「이제 훨씬 나아?」

「훨씬. 아주 섹시해.」

모가 카일에게 냅킨을 던진다. 그리고 카일은 그에게 어울리는 멋진 미소를 지으며 그것을 되받아친다. 그가 하는 모든 행동은 그에게 멋지게 어울린다. 아마 그가 지금 코를 푼다 해도 난 아주 섹시하다고 생각할 것이다.

「그래서 이제 너는 여기 온 목적을 이뤘네. 그럼 이제 나한테 온 용건은 끝난 거야?」

「그래. 네가 거짓말한 것만 빼면.」

카일이 눈을 가늘게 뜨고 고개를 갸웃한다.

「나한테 말하지 않은 부분에서 무슨 일이 있었던 거야?」

「난 다 말했는데.」 평소에 그로 하여금 쉽게 거짓말을 하게 두지 않는, 그래서 나로 하여금 점점 더 그를 좋아하게 만드는 카일의 양심이 모가 한 말에 움찔한다.

「거의 다 말했지.」 모가 그의 말을 정정한다. 「지금 아줌마를 힘들게 하는 뭔가가 있잖아.」

「아줌마는 자식을 두 명 잃었잖아.」

「그게 아니야. 핀과 오즈랑 상관없는 무슨 일이 있었어. 내가 아줌마가 한 일에 대해 고마워했을 때 아줌마의 반응이 너무 이상했어. 나를 한 대 칠 기세였거든. 그리고 넌 거짓말을 정말 못 하는구나. 대체 무슨 일이 있었던 거야?」

「별일 아니었어.」 카일이 말한다.

「아줌마에겐 별일이었어.」

「정말이야. 아무것도 아니야.」

모가 그를 향해 얼굴을 찡그리자, 그는 머리를 손으로 쓸어 넘기고 몸을 앞으로 당겼다가 다시 뒤로 기대더니 입을 일자로 단단하게 꾹 다문다. 「정말 별일 아니었어.」 그가 다시 한번 반복해서 말한다. 그러고는 덧붙인다. 「어떤 일은…… 그런 건…… 말할 가치도 없어. 우리는 모두 그날 해야 할 일을 했으니까.」 그리고 그의 이 잔인한 말에 모는 무너져 버린다. 모는 고개를 저으며 턱을 아래로 떨구고 눈물을 흘린다.

「미안해.」 자신이 한 말을 바로 후회하면서 그의 목소리 톤이 높아진다. 「널 속상하게 하려던 건 아니었어.」

「너 때문이 아니야.」 모가 겨우 말을 꺼낸다. 「그냥 전부 다 너무 싫어. 그날 우리한테 벌어진 일도 싫고, 그리고 난 내가 이걸 견뎌 낼 거라고 생각했어.」 모가 창밖의 눈을 바라본다. 「하지만 여기서 그날 기억을 떠올리니까…….」

카일이 다시 손을 뻗어 모의 손을 잡는다. 그리고 자기 입술 근처로 가져가 모의 손가락 끝에 따뜻한 입김을 불어넣어 준다.

모가 눈물이 가득한 눈을 들어 올려 그를 바라본다. 「내가 그날을 기억할 때마다 이렇게 해줄 거야?」

「언제든지.」

「넌 날 잘 모르잖아.」 모가 말한다. 하지만 그렇게 말하는 모조차도 자신의 말이 틀리다는 것을 안다. 대부분의 사람들이 살면서 인생 전반에 걸쳐 드러내는 것들보다 더 많은 것들이 그 비극적인 하룻밤 사이에 드러났기 때문이다.

75

엄마는 더 이상 숨을 쉴 수 없을 때까지 달리다가 비틀거리며 멈추고, 허리를 숙인 채 숨을 헉헉거리며 들이마신다. 늦은 오후, 엄마는 혼자다. 골프 코스 너머로 보이는 집들이 그들만의 삶으로 반짝거린다. 남편과 아내, 아이들이 있는 가족들이 주로 하는 온갖 행복한 일들이 가득한 남편과 아내, 아이들의 가정.

작은 딸꾹질이 엄마의 어깨를 들썩이게 만들고, 그때부터 떨림이 시작된다. 그 미미한 발작은 물결처럼 점점 자라나 몸 전체를 액체처럼 변화시키고, 결국 엄마는 뼈가 녹아드는 것처럼 차고 딱딱한 보도에 맥없이 주저앉는다.

마라토너처럼 몸이 탄탄해 보이는 50대 중반의 남자가 개를 데리고 조깅을 하다가 엄마를 보고 황급히 달려온다.

「괜찮아요?」 엄마에게 다가간 남자가 묻는다.

「지금 이 상태를 어떻게 빠져나갈 수 있을까요?」 엄마는 마치 남자에게 하는 말이 아니라 혼잣말을 하듯이 중얼거린다. 혐오감, 상처, 죄책감 그리고 비통함. 물속으로 가라앉아 숨을 못 쉬는 것처럼 그 감정들의 부피와 무게에 짓눌린다.

「한 번에 한 발자국씩이요.」 뭔가 심오한 경험과 깊은 통찰력에서 우러나오는 듯한 남자의 대답에, 나는 모든 고통은 그 근원과 상관없이 다 같은 것일지도 모른다는 생각이 든다. 「당신은 아직 여기 있어요.」 그가 계속 말한다. 「그러니 선택의 여지가 없어요. 1센티미터, 10센티미터씩이라도, 꼭 올바른 방향일 필요는 없어요. 하지만 그래도 계속 나아가야 해요.」

엄마가 몸을 떨며 깊은 숨을 들이쉬고, 그를 올려다본다.

「그러다 보면 마침내 현재는 과거가 되고, 어느샌가 당신은 완전히 다른 곳에 있게 될 겁니다. 그곳이 지금보다 더 나은 곳이면 좋겠어요.」

엄마는 다시 머리를 숙이고 고개를 끄덕인다. 그러자 남자는 몸을 펴고 가던 길로 다시 달려간다. 나는 너무 고마운 마음에, 신이 이 남자의 친절한 행동을 목격하고 어떤 식으로든 그에게 은총을 내려 주기를 기도한다. 뛰어가는 남자의 모습을 바라보면서 어쩌면 내가 이 상태로 남아 있는 것도 그렇게 나쁘지만은 않으며, 가끔 인간은 놀라운 존재라는 생각을 한다.

76

카일은 주차장까지 모를 데려다준다. 굵은 빗방울 하나가 뺨에 떨어지자 모가 어두컴컴한 하늘을 올려다본다. 또 다른 빗방울이 이마에 떨어지고 또 하나가 더 떨어지자, 카일이 모의 팔을 끌어 그녀의 BMW에 태운다. 더듬거리는 모의 손에서 열쇠를 빼앗아서 차문을 열고 거의 밀다시피 모를 조수석에 앉히고는 운전석으로 재빨리 돌아서 모의 옆에 탄다.

카일이 온몸을 덜덜 떠는 모를 팔로 감싸 안아 준다. 「괜찮아…….」 그가 달래 준다. 「그냥 비가 오는 것뿐이야.」 오른팔로 모를 계속 안은 채로 그는 시동을 걸고 히터를 켠 다음 떨림이 멈출 때까지 두 팔로 계속 안아 준다.

모가 감정을 자제하기 위해 숨을 깊이 들이쉰 다음 카일에게서 몸을 빼며 말한다. 「난 정말 한심해.」

「넌 정말 대단해.」 그가 대답한다. 그는 모의 얼굴에 붙은 젖은 머리카락을 귀 뒤로 넘겨 주며 숭배하는 듯한 표정으로 바라본다. 「여기까지 왔다는 게 믿어지지 않아. 정말 용기 있는 행동이야.」

「아니면 멍청하거나. 내가 이렇게 한심하게 굴 것을 예상했어야 했는데.」

그리고 마치 일어나지 않으면 안 될 일처럼 그 일이 일어난다. 마치 모가 한 말이 완전히 전혀 다른 종류의 말이었던 것처럼, 뭔가 유혹적이고 로맨틱한 말을 한 것처럼, 카일이 몸을 기울여 키스를 한다. 열정적으로 강하게 입술을 밀어붙이는 키스가 아니라, 부드럽고 조심스럽게 눈을 감은 모의 입술에 그의 입술을 살포시 덮는다. 그러고는 그의 팔이 모를 감싸자 두 사람은 녹아내리듯 서로의 품에 안긴다.

차 지붕을 마구 두들겨 대는 비는 더 이상 모를 괴롭히지 않는다. 모는 따뜻하게 보호받고 있으며, 카일이 지금 자신에게 키스하고 있다는 사실 외의 모든 것을 잊고 있다. 너무 놀랍고 대단하고 아름답다는 생각에 나는 환호하고 환호하고 또 환호한다. 두 사람을 지켜보는 나의 모든 부분은 행복하면서도 질투가 나고, 마치 모가 된 듯한 기분에 빠져든다. 모든 소녀들의 꿈과도 같은 일이, 비가 내리는 눈 쌓인 산기슭에 주차된 모의 차 앞좌석에서 실현되는 순간이다.

카일의 목을 감싸던 모의 오른손이 카일의 파카 지퍼를 열려고 하자, 카일은 자신의 손을 모의 손 위에 부드럽게 얹고 말한다. 「여기서는 안 돼.」 그가 속삭인다. 그리고 백마를 탄 기사처럼 당당히 운전석의 좌석을 바로 하고, 안전벨트를 매고, 모의 안전벨트도 확인한 다음 주차장을 벗어난다.

그는 근처에 있는 팀벌린 호텔로 운전해서 간다. 나를 더 놀라게 한 것은 이렇게 대담한 행동에 모가 이의를 제기하지 않는다는 점이다. 그는 로비 앞에 차를 주차하고 모가 앉은 쪽으로 서둘러 돌아가서 문을 열어 준다.

내 모든 신경이 팔딱거린다. 이건 말도 안 된다. 모는 그런 애가 아니다. 적어도 세 번 이상 데이트하기 전에는 키스도 하지 않는 애다. 아니, 이제는 그런 애가 아니었다고 해야 하나?

진심이야, 모? 넌 이 남자애를 잘 알지도 못하잖아. 그러면서도 내 마음의 한구석에서는 계속 응원을 보내는 중이다. 왜냐하면 나는 알기 때문이다. 인생은 오직 한 번뿐이고, 또 그 한 번의 인생이 얼마나 오래 지속될지 아무도 모르며, 그렇기 때문에 우리는 지금의 인생을 즐기며 제대로 살아야 한다. 걱정도 하지 말고, 뒤를 돌아볼 필요도 없다.

잘한다, 모! 지금의 삶을 즐기고, 사랑해. 잘해 봐. 제대로!

77

「말했잖아, 바에서 고객을 만났는데, 와인 잔을 들고 그 사람 테이블로 가던 도중에 미끄러졌다고.」 밥이 말한다. 「그래서 잔이 깨졌고, 유리에 베였어. 그게 다야.」

캐런은 믿지 않는 눈치지만 때로는 거짓말이 진실보다 나을 수도 있다는 것을 알기에 더 이상 캐묻지 않는다.

두 사람은 응급실에서, 밥의 팔뚝에 열두 바늘을 꿰맨 상처를 관리하는 방법을 알려 주고 처방약을 가져다줄 간호사를 기다린다.

캐런의 모습은 엉망이다. 그녀가 대단한 미인이었던 것은 아니지만, 깔끔하게 꾸미고 부지런하게 외모를 가꿨던 그녀는 언제나 매력적으로 보였다. 하지만 사고가 난 이후 그런 매력은 사라진 듯하고, 특히 오늘따라 더욱 부스스해 보인다. 머리는 헝클어지고, 심지어 뿌리 쪽에는 흰머리 몇 가닥이 보인다. 화장기 없는 얼굴에, 눈에는 멍이 들었다. 정신적 고통이 근육을 먹어 치우기라도 한 것처럼 몸 전체가 흐물흐물해 보이고 자세도 흐트러진 느낌이다.

캐런의 휴대 전화가 울린다. 지갑에서 휴대 전화를 꺼내 발신자를 확인하더니 벽에 전화 사용 금지라는 안내가 붙어 있음에도 불구하고 바로 전화를 받는다.「아, 우리 딸, 무슨 일이야? 번스 보안관? 빅베어 산장에서? 집에 있었다고? 얘야, 좀 진정해.」

나는 내털리가 전화기를 든 채 숨어 있는 옷장 안으로 간다. 내털리는 그동안 모아 왔던 모든 기사 스크랩들을 앞에 펼쳐 놓고 있다. 그중 가장 가운데에 내털리가 보라색 장갑을 낀 사진이 놓여 있다. 내털리는 울면서 온몸을 앞뒤로 흔든다.

「엄마, 그 사람이 와서 아빠를 체포해 가면 어떡해?」

「아빠를 체포해? 무슨 일로?」 캐런은 전혀 이해가 안 간다는 듯 묻는다.

내털리는 아무런 말 없이 점점 더 몸을 심하게 흔든다.

「얘야, 걱정하지 마. 아무 일도 아닐 거야. 아마 더 물어볼 말이 있나 보지. 엄마가 라자냐 만들어 놨어. 냉장고에 있으니까 전자레인지에 2분만 데우면 돼. 키친타월로 덮는 거 잊지 말고.」

내털리는 전화를 끊고 아주 길고 긴 1분 동안 기사를 응시한다. 내털리의 시선은 모의 얼굴 사진이 나온 지역 신문 기사에 얼어붙어 있다. 모가 자기를 배신한 게 아닌가 궁금하다. 내털리는 자기가 한 일을 지워 버리기라도 하려는 것처럼, 마치 얼룩을 닦듯 손바닥 끝으로 눈을 문지른다. 하지만 내털리조차도 어떤 일은 결코 되돌릴 수 없다는 것을 안다.

병원으로 돌아가 보니 캐런이 밥에게, 〈여보, 정말 괜찮은 거지? 안색이 정말 안 좋아〉라고 이야기한다.

그녀의 말이 맞다. 밥의 안색은 잿빛이고 어디가 아픈 사람 같다. 「괜찮아. 그런데 대체 이 간호사는 왜 이리 오래 걸려?」

「내털리가 그러는데 번스 보안관이 집에 와서 이야기를 하고 싶다고 했대. 대체 무슨 일일까? 혹시 오즈를 찾는 일을 다시 시작하려는데 우리가 뭐라도 도움이 될까 봐 그러는 걸까? 난 돕고 싶은데. 기자 회견을 다시 해도 좋고. 당신은 어떻게 생각해? 캠핑카 한 대를 구입해서 친구들이랑 이웃들과 같이 가서 찾는 걸 도와줄 수도 있잖아. 내가 다 준비할 수 있어. 페이스북에도 올리고 지역 신문사에 전화해서 기사도 내달라고 하고. 영영 아이를 못 찾는 부모 심정이 얼마나 끔찍하겠어? 당신 생각은 어때?」

「오즈는 죽은 것 같다는 게 내 생각이야.」 밥이 쏘아붙인다. 「개는 죽었어. 가버렸다고. 이미 일어난 일은 일어난 거야. 이미 다 끝났어. 그리고, 난 당신이 개를 찾겠다고 그딴 호들갑 떠는 거 반대야. 대체 간호사는 어디 간 거야?」

캐런은 밥에게서 물러나 간호사를 찾으려고 커튼 밖으로 더듬거리며 나가다가 마침 들어오던 번스와 부딪힐 뻔한다.

「골드 부인.」 번스가 말한다. 「제가 찾던 분이 바로 여기 계시네요.」

78

엄마는 이불을 걷어차고 나와 집 안을 서성거린다. 그러다 10분 뒤, 엄마는 주방에서 노트북과 커피 한 잔을 앞에 놓고 앉는다. 병원에서 했던 기자 회견에 대한 뉴스 영상을 찾아 밥이 했던 연극을 지켜본다. 그의 거짓말, 그리고 도와달라고 진심으로 탄원하는 모습을.

스툴 끝에 걸터앉아 계속 밥에게만 빠져 있던 엄마의 관심이 그 뒤쪽의 내털리에게로 옮겨 간다. 엄마는 울거나 분노하지 않는다. 표정 없이 무심하게 손을 오므렸다 폈다 하면서 사진을 보는 모습을 바라보며, 엄마도 내가 전에 궁금해하던 것을 생각하고 있다는 것을 깨닫는다. 밥의 배반과 나약함은 얼마나 비난받아야 할 일일까? 그가 한 일은 엄마가 한 행동보다 용서받기 어려운 일일까?

엄마가 이런 생각을 하고 있다는 것을 내가 저절로 알게 된다는 사실이 신기하다. 난 독심술사도 아니고 심령술사도 아니다. 하지만 나의 이런 상태가, 내가 살아 있을 때는 보지 못했던 것들을 보게 하는 한층 고조된 의식을 갖게 만들었다. 내가 살아 있을 때는, 한 번도 우리 가족을 제대로 살펴본 적이 없었다. 우리는 그저 각자의 세계에 살면서 서로의 주변에 존재했을 뿐이다. 간헐적으로 서로 부딪히거나 스쳐 지나가면서 서로의 운동량에 영향을 미치기는 하지만 절대 서로에게는 관심을 기울이지 않는 스크린 세이버 속의 공처럼 말이다. 이제는 열심히 그리고 충분히 오래 보기만 하면 다 볼 수 있다. 엄마가 던지는 눈길, 엄마의 처진 어깨, 컴퓨터 화면 속의 밥을 바라보는 강렬한 눈빛, 그리고 내털리의 사진을 볼 때는 부드러워지는 눈빛 등을. 이런 작고 미세한 부분들은 엄마가 차마 말로 하지 못하는, 실망과 죄책감 그리고 후회와 같은 감정들을 드러낸다. 엄마가 밥을 바라볼 때 내게 느껴지는 건, 증오하는 마음 대신 그를 사랑했던 자신에 대한 혐오감과 그의 배신 때문에 견뎌야 하는 어마어마한 마음의 짐이다.

엄마에게는 생각을 숨기고 표정이나 말에 아무 감정도 드러내지 않는 믿기 어려운 재능이 있다는 것을 나는 이제야 깨닫는다. 그런 성격이 엄마를 훌륭한 변호사로 만들고, 동시에 냉정한 사람으로 보이게 만든다. 하지만 지금, 엄마를 제대로 보고 난 후에야 엄마에 대한 그런 인식들이 얼마나 잘못된 것인지를 깨닫는다.

현관문을 조용히 두드리는 소리가 들린다. 새벽 3시. 창밖에 보이는 것은 밥이다. 청바지와 오래된 서던 캘리포니아 대학교 티셔츠를 입고 있다. 20년의 세월 동안 얻은 뱃살 때문인지 아니면 티셔츠가 줄어들었는지 허리둘레가 너무 딱 맞는다. 취기 때문에 벌개진 얼굴에 머리는 사방으로 마구 뻗쳤고 팔뚝에는 붕대가 감겨 있다.

이 시간에 그가 깨어 있는 것은 놀라운 일이 아니다. 그는 우리 아빠가 그랬던 것처럼 잠을 못 이루었고, 아마 오늘 있었던 일 이후로 며칠 동안은 잠을 자기 어려울 것이다.

캐런은 밥이 병실 한쪽에 있는 동안 번스에게 아는 것을 모두 털어 놓았다. 이야기를 다 들은 번스는 밥을 보고는 바로 자리에서 일어나 쓰지도 않은 모자를 들어 인사하는 시늉을 하고는 돌아서서 그 자리를 떠났다. 밥은 캐런이 대체 번스에게 무슨 말을 했는지, 앞으로 어떻게 될지도 알지 못한 채 그 자리에서 번스의 뒷모습을 빤히 쳐다볼 수밖에 없었다.

깊은 한숨을 내쉬며 엄마가 문을 연다.

「앤…….」 그가 말을 시작하려고 하지만 엄마가 가로막는다.

「앉아. 커피를 좀 내려 줄게.」

그는 조리대 앞 스툴에 털썩 주저앉는다. 엄마는 머그를 꺼내고, 커피를 따르고, 밥이 좋아하는 대로 크림을 넣으며 시간을 지체한다. 주위는 아주 조용하다. 창문을 통해 밤의 소리가 들려온다. 귀뚜라미, 파도 소리, 옆집의 풍경 소리.

밥 앞에 머그를 내려놓은 뒤 엄마는 그 옆 스툴에 앉아 자신의 발을 밑으로 오므려 숨긴다. 연한 핑크색으로 새로 칠해진 엄마의 발톱을 본 밥은 시선을 돌린다.

엄마는 조리대 위 자신의 머그 옆에 오른손을 살며시 내려놓는다. 머그에서 피어오르는 김을 바라보며 엄마는 오즈와 장갑과 손가락과 따뜻한 온기를 생각한다.

밥이 눈을 들어 엄마를 쳐다본다. 「번스가 말한 건 사실이 아니야.」 그는 부정인지 불신의 의미인지 알 수 없게 고개를 흔든다.

「어떤 부분이 사실이 아닌데?」 엄마의 어조가 너무 차갑고 사무적이어서 나는 그 의미를 파악해 보려고 노력한다. 분노는 없다. 그렇다면, 뭔가 다른 저의가 있는 걸까? 밥한테 자백을 받아서 그를 공격하려는 데 이용하려는 걸까, 아니면 진짜 그의 이야기를 들어 보고 싶은 걸까?

「나는 안 그랬어. 내가 그럴 리가 없잖아. 그건 단지 사고였을 뿐이야.」

「오즈의 장갑을 가져갔잖아.」 엄마가 단호하게 말한다.

「걔가 나한테 준 거야. 내가 어떤 사람인지 넌 알잖아. 앤.」

「내가 알아?」

그가 펄쩍 뛰며 말한다. 「당연히 알지. 넌 누구보다 날 잘 알아.」

하지만 내가 알게 된 것처럼 엄마도 이제 안다. 우리 모두는 서로를 제대로 알지 못한다는 것을. 우리는 심지어 우리 자신도 잘 모른다. 엄마는 밥을 1분 동안 차분히 길게, 전혀 감정이 드러나지 않는 얼굴로 바라보더니 마침내 말을 꺼낸다. 「밥. 그만 가봐야지. 캐런과 내털리가 있는 집으로.」

「하지만……」 그가 충혈된 눈으로 엄마를 올려다보며 말을 더듬는다. 「그러면 우리는 어떻게 되는 거야?」

그러자 엄마가 일어나 그에게 가까이 다가간다. 그러고는 그의 손을 잡고 깍지를 끼자 밥의 얼굴에 안도하는 기색이 퍼진다. 「우리라는 건 없어.」 엄마가 단호하게 말한다. 「네가 있고, 내가 있어. 캐런, 내털리, 클로이가 있어. 하지만 그밖에 다른 어떤 것도 입증된 게 없다면, 우리란 건 없는 거야.」

밥의 고개가 이리저리 까닥거린다. 「앤, 제발, 너를 잃을 순 없어. 장갑은 오즈가 나한테 준 거야. 정말이야.」

엄마는 친절하고 동정 어린 미소를 지으며 격려하듯 그의 손을 꽉 쥐어 준다. 「우리 둘 다 진실이 뭔지 알아.」 엄마가 말한다. 그러고는 그의 손을 놓은 뒤 노트북의 화면을 끄고, 몸을 돌려 그를 혼자 놔둔 채 가 버린다.

밥은 비틀거리며 일어나 문을 나서서 그의 비참한 삶으로 돌아간다. 밥은 저렇게 당해도 마땅해, 라고 나는 스스로를 설득한다. 하지만 왠지 완전히 설득이 되지 않는다. 밥에 대한 증오는 오즈에 대한 내 사랑만큼 크지는 않다. 왜냐하면 어차피 절대적인 것은 아무 것도 없기 때문이다. 밥은 전적으로 나쁜 사람이 아니었고, 엄마와 있을 때는 대부분 좋은 사람이었다. 그는 엄마를 사랑하고 엄마와 있을 때는 원래의 그보다 더 좋은 사람이 된다. 그때 엄마가 거기 있었다면, 밥은 그 일을 저지르지 않았을 것이다.

엄마에게 밥은, 눈보라 속에서 옆에 있어 주고 맨손으로 눈을 이용해 창문을 같이 막고, 캠핑카에서 사람들을 옮기는 것을 돕고, 클로이 언니와 잭을 보살펴 주었던 좋은 사람이었다. 수색이 한창 진행 중일 때 엄마의 곁을 지키고 오즈를 찾도록 나서 주기도 했다. 엄마가 번스에게서 전화를 받은 오늘 오후 전까지 밥은 좋은 사람이었다. 좋은 사람인 척한 것이 아니라 엄마가 그렇게 만들었기 때문에 그는 그때까지 실제로 좋은 사람이었다.

나는 그가 비틀거리며 걸어가는 것을 바라보면서, 그는 당해도 마땅하다고 혼자 중얼거려 보지만, 한편으로는 캐런이 그를 집에서 기다리기를, 그가 어떻게든 잠을 청하기를, 그리고 아침이 되면 자기의 삶을 다시 찾을 방법을 생각해 내기를 바란다.

79

동틀 무렵이다. 모와 카일이 함께 웅크리고 자는 동안, 창문을 통해 화강암으로 된 산 정상이 환한 백금색으로 밝아지는 것이 보인다. 하품을 하며 깨어난 모는 다 안다는 듯한 장난기 가득한 미소를 지으며 카일을 향해 돌아눕는다.

그때 눈을 깜박이며 카일이 깨어나 모를 발견하고는 기분 좋게 놀라는 표정을 짓는다. 그러고는 모의 코에 가볍게 입맞춤한다.「좋은 아침.」

「좋은 아침.」모는 세상에서 가장 자연스러운 행동인 것처럼, 아주 오랫동안 사귀어 온 연인처럼 꼼지락거리며 카일의 품에 파고든다. 카일은 그런 모를 팔로 껴안으며 코로 숨을 들이쉬면서 모의 머리 위에 살짝 키스를 해준다. 나도 그와 함께 숨을 들이쉬는 시늉을 해본다. 모에게서는 언제나 좋은 샴푸 향이 났고, 모의 숨결은 양치를 하지 않았을 때도 상쾌하고 달콤했다.

냄새를 맡을 수 있었던 때가 그립다. 냄새를 맡지 못한다는 것은 흑백으로만 이루어진 세상을 바라보는 것처럼 하나의 차원이 사라진 것만 같다. 나는 카일의 냄새가 어떤지 궁금하다. 나는 상상으로 그에게선 아무 냄새가 나지 않을 거라는 결론에 도달하고는 만족한다. 남자한테서 아무 냄새가 안 나는 것도 드문 일이니까.

이건 내가 생각해 낸 새로운 게임 같은 거다. 냄새를 기억하거나 만들어 내는 일. 거의 대부분 가능하다. 바다를 바라보면 소금기와 소금물의 냄새가 기억나고 아장아장 걷는 아이를 보면 아주 어린 아가들에게서만 나는 특유의 냄새가 떠오른다. 나는 내가 가는 곳마다 맛과 냄새가 있기를 바란다.

「참 이상해.」 모가 말한다.

「흠?」 카일은 모의 냄새를 들이마신다.

「너무 당연하게 느껴져. 마치 너를 아주 오랫동안 알았던 것처럼. 하지만 난 사실 너를 모르잖아. 너도 나를 전혀 모르고.」

카일이 모의 등을 어루만진다. 「그래. 하지만 사고 후에 아주 많이 생각해 봤어. 그런 힘든 경험을 이전에는 전혀 알지 못했던, 그리고 다시는 보지 않을 사람들과 함께했다는 것이 얼마나 이상한 일이었는지. 그리고 주로 네 생각을 많이 했어. 대부분은 너를 생각했지만, 오즈의 부모님도 생각했어. 그 아저씨는 괜찮아? 난 그분이 살기 어려울 거라고 생각했어.」

「겨우 살아나셨어. 거기서 하룻밤을 더 지내야 했다면 살지 못하셨을 거야.」 모는 카일을 보기 위해 뒤로 물러난다. 「그러고 보니까, 네게 고맙다는 말을 안했네. 결국 네가 나를 살렸으니까.」

그가 입을 다문 채 왼쪽 입가가 오른쪽 입가보다 높게 올라가도록 씨익 웃어 준다. 「이미 고맙다는 인사는 한 거 같은데. 그래도 고맙다는 인사를 또 하고 싶다면…….」 그가 유혹하듯 눈썹을 둥글게 치켜 올린다.

「흠.」 모는 놀라울 정도로 적극적으로 몸을 일으켜 그의 몸 위에 올라타듯 앉는다. 침대 시트가 흘러내려 모의 몸 주위를 둘러싼다.

카일이 반쯤 일어나 앉아 모의 머리를 감싸 쥐고 키스를 하려고 하는 순간, 마치 번개에 맞은 것처럼 나는 휙 하고 다른 곳으로 이동된다.

갑자기 건너편에 클로이 언니가 있는 우리 방에 있는 나를 발견하고 당황해서 주위를 둘러본다. 아주 잠깐 동안, 나는 왜 모가 있는 곳에서 갑자기 이곳으로 오게 됐는지 어리둥절하지만, 곧 배 속에서 솟구치는 불편한 기분과 함께 그 이유가 떠오른다.

나는 왜 내가 이곳에 있는지 돌연 깨닫는다. 나는 잠시 머물고 있을 뿐이라는 것. 지금 이 사실을 이렇게 갑자기 알게 된 것처럼, 분명히, 언젠가 곧 아주 떠나게 될 것이라는 것. 이 두 가지의 깨달음이 내 머릿속에서 충돌하며 현기증을 일으킨다. 이 상태를 넘어 또 다른 미래가 기다린다는 사실을 깨닫는 것은 죽음만큼이나 소스라치는 경험이다. 이 사람들을 남기고 떠나야 한다는 생각은 내 삶이 끝난 순간만큼이나 몸서리쳐지는 일이지만, 그 불가피함을 더 이상 부인할 수는 없다. 나는 느낀다. 죽음의 밝고 하얀 빛, 손에 닿을 듯 말 듯한 곳에서 느껴지는 눈부심과 따뜻함. 그것은 내가 죽은 순간부터 그곳에 있었지만, 지금 이 순간까지는 내가 떠나온 세상과 그곳에 남은 사람들을 돌아보느라 전혀 신경을 쓰지 못했을 뿐이다.

이어폰을 끼고 음악에 맞추어 발을 흔드는 클로이 언니를 바라보다가 나는 눈을 감고 먼 곳에 있는 그 하얀 빛에 집중해 본다. 나는 이곳과 그다음 세상 사이에 아주 온화한 인력(引力)이 존재함을 느낀다. 하지만 그것이 두렵지 않다. 오히려 그 반대다. 그것이 천국이든, 단순한 평안이든 나를 기다리는 그곳이 지금 내가 있는 곳보다 좋은 곳이라는 것을 알고 있고, 그런 생각만으로 내 심장은 빨리 뛴다.

생각을 다시 현재의 상태로 돌리자, 맥박이 안정된다. 아직 소중한 세 가닥의 인연 — 클로이 언니, 엄마, 아빠가 — 이 나와 끊어지지 않고 남아 있다. 그리고 내가 있는 이곳이 지옥이나 연옥 같은 곳이 아니라는 것을 깨닫는다. 나는 지은 죄 때문에 이곳에 벌을 받으러 온 것이 아니다. 오히려 내 미래에 평온함이 기다린다는 것을 확인하기 위해 남은 것이다. 내 삶은 너무 난폭하게 빼앗겼고 내가 사랑하는 사람들의 삶도 갈가리 찢겨 나갔다. 그래서 작별 인사를 하거나 준비할 시간도 없었고 떠날 준비도 되지 않았다. 〈편히 잠들라〉라는 말은 단지 묘비에 쓰기 위한 문구가 아니다. 그것은 우리가 죽음에 대해 희망할 수 있는 가장 최선이다.

모가 나를 떠났다는 말은 아니다. 그보다는 모의 세상이 갑자기 급격한 변화를 맞았고, 새롭고 예상치 못했던 방향으로 나아가고 있어서, 비록 모의 가슴 한구석에는 언제나 나를 위한 자리가 있다 해도 카일에 대한 새로운 감정이 너무 크고 강렬해서, 나는 이제 그곳에 존재하지 않을 뿐이다.

찰리, 내 팀원들 그리고 친구들도 마찬가지다. 나는 마치 파도가 물러가듯 당연히 그렇게 되어야 하는 대로 그들의 추억 속으로 녹아 들게 된 것이다. 나는 여전히 그들을 찾아갈 수 있지만, 내가 그들의 마음속에 항상 존재했기 때문에 그들에게 이끌렸던 것과는 달리, 이제는 전적으로 내 자유의지에 달렸다.

물론 약간 놀라긴 했지만, 슬프지는 않다. 마치 짐을 던 것 같은, 자유를 얻은 듯한 홀가분함도 있다. 모는 지금 아주 행복하고, 그래서 그 덕분에 모는 더 이상 잃어버린 것에 자신을 소모하지 않아도 되고, 모의 미래는 갑자기 그날이 드리우던 그늘보다 훨씬 더 밝게 빛나기 시작했다.

나는 눈을 감으며 더 이상 좋을 수 없을 만큼 가장 최고였던 내 친구에게 사랑과 감사의 인사를 전한다. 너는 세상에서 가장 멋진 쇠똥구리였어. 나는 미소를 지으며 말한다. 그 곤충

이 이 지구상에서 가장 강한 동물이라는 것을 알게 된 다음부터 우리 둘은 지난 몇 년간 서로를 이렇게 불렀다. 여기 남아 네가 하는 일들을 다 볼 수 있다면 좋겠어. 나는 잠시 멈추고 생각해 본다. 모의 미래가 어떤 것들을 품고 있는지 떠올려 보려고 노력하지만 보이지 않는다. 너무 많은 가능성들이 펼쳐져 있기 때문이다. 그래서 대신 나는 이렇게 말한다. 모, 하늘 높이 날아. 별과 달과 또는 다른 우주까지 가닿을 수 있을 만큼. 그리고 네 주변의 사람들의 눈이 부시도록 밝게 빛나. 난 떠나지만 항상 나와 함께해 줘. 하지만 무거운 짐이 아닌 가벼운 마음으로만 날 기억해…….

클로이 언니가 내 쪽을 바라보는 것을 느끼고 나는 흠칫한다. 언니가 고개를 갸웃하며 아주 희미한 미소를 떠올리는 것을 보자 뛰고 있던 맥박이 정지한다. 클로이 언니는 고개를 돌리고 다시 공책에 뭔가를 끄적거리기 시작한다.

하루, 한 달, 그리고 1년. 언제가 될지는 나도 모른다. 하지만 때가 오면, 나는 떠날 준비가 되어 있을 것이다.

80

밥이 나가고 두 시간 뒤, 엄마는 옷을 차려 입고 빅베어로 출발한다.

엄마는 도둑고양이처럼 아주 조용히 산장으로 들어가 아빠를 부른다. 「잭?」

밴스가 화들짝 깨어나며 소파에서 떨어진다. 비틀거리면서 일어나 테이블 위에 있던 사슴 조각상을 집어 들고, 침입자를 공격하려고 머리 위로 들어 올린다.

불을 켠 엄마가 달려드는 밴스를 보고 소리를 지른다.

「아줌마?」 그가 조각상의 뿔로 엄마의 두개골을 찌르기 직전에 멈춘다.

엄마가 다시 소리를 지른다. 엄마는 밴스를 알아보지 못한다.

아빠가 방에서 목발을 짚고 절룩거리며 달려 나온다. 「앤?」

엄마의 시선이 밴스에서 아빠로 향했다가 다시 밴스로

향한다. 「밴스?」

「네. 저예요.」 밴스가 말한다. 엄마가 밴스를 못 알아보는 것도 무리가 아니다. 사각팬티만 입은 밴스의 머리는 밝은 금발인 데다, 무엇보다도 여기 있을 이유가 없기 때문이다.

엄마의 시선이 조각상을 내려놓는 밴스의 손가락에 머물렀다가, 망가진 귀로 향한다. 그가 다시 엄마 쪽으로 돌아서자, 뜻밖에도 엄마가 그를 당겨 안는다. 엄마는 팔로 그의 허리를 둘러 안고 아무것도 걸치지 않은 그의 가슴에 머리를 기댄다. 밴스도 어색하게 엄마를 팔로 둘러 안는다.

밴스에게서 떨어져 코를 훌쩍이며 눈물을 삼키던 엄마는, 그의 뺨을 어루만진다. 「괜찮아서 정말 다행이다.」

그는 얼떨떨해하며 고개를 끄덕인다.

「앤, 여긴 웬일이야?」 묻는 아빠의 목소리에는 무뚝뚝하지만 약간의 설렘이 섞여 있다. 하지만 곧 그런 기색을 감춘다. 「그만 가줘. 생각할 시간이 필요하다고 했잖아.」

「아니.」 엄마가 아빠 앞으로 성큼 다가가 선다.

아빠는 목발은 짚은 채로 되도록 몸을 똑바로 펴려고 애쓴다. 지저분한 트레이닝복 바지와 후줄근한 티셔츠 차림이다. 아빠나 밴스에겐 세탁이 최우선 과제는 아닐 테니까.

엄마가 아래턱을 앞으로 삐죽 내민다. 감정이 격해서 턱이 씰룩거린다. 「아니.」 엄마가 다시 말한다. 「날 내쫓을 순 없어.」

「앤, 나는…….」

「아니. 우리! 우리야!」 엄마가 손가락으로 아빠와 자신을 번갈아 가리키며 앙칼지게 쏘아붙인다. 「이 문제에는 우리가 함께야. 난 당신을 그 산에 버리지 않았어. 그러니까 당신도 그래선 안 돼.」

「지금 이건 그것에 관한 문제가 아니야.」

「모든 게 그것과 관련돼 있어. 그날. 그 끔찍하고 끔찍했던 날. 핀이 죽었어. 오즈가 죽었어. 당신이 옳았어. 밥한테 오즈를 두고 떠나지 말았어야 했어.」

「여긴 왜 온 거야?」 아빠가 으르렁대듯 말한다. 엄마의 말이 아빠를 자극한다. 「그놈이 대체 무슨 짓을 한 거야?」

「밥이 다 엉망으로 만들어 버렸어.」 아빠의 고함에 조금도 겁먹지 않으며 엄마가 말한다. 「내가 망치고, 당신이 망친 것처럼.」 엄마는 밴스를 엄지로 가리키며 말한다. 「밴스도 망쳤고, 클로이도 망쳤어. 우리 모두 다 망쳐 버렸어. 그러니 당신도 날 비난해선 안 되고 그것 때문에 날 내쫓아서도 안 돼.」

아빠가 눈을 가늘게 뜬다. 마치 난폭한 회색 곰 같다. 야수처럼 길게 자란 머리가 사방으로 뻗었고 술과 수면 부족으로 눈이 벌겋게 부었다.

반면 엄마는 매우 아름답다. 달리기로 인해 생긴 근육 덕분에 젊어 보이고 길게 자란 머리를 뒤로 느슨하게 묶어서 엄마의 도톰한 뺨과 커다란 눈이 한껏 돋보인다. 이렇게 보니 클로이 언니랑 닮았다. 아빠는 화가 난 듯 눈을 가늘게 뜨고 있지만, 그러면서도 엄마의 모습을 찬찬히 바라본다.

엄마는 감정을 자제하기 위해 깊게 숨을 들이쉬고, 떨리는 목소리로 계속 말한다.「우리야. 항상 우리였어. 그게 우리가 여기까지 해올 수 있었던 이유야. 그러니 지금 그런 우리를 포기하면 안 돼.」

「그놈이 무슨 짓을 했냐고?」 여전히 밥에 관한 문제에만 정신이 팔린 아빠는 분노로 속이 부글거린다. 이럴 때 밥이 3백 킬로미터 밖에 있어서 너무나 다행이다.

엄마는 그런 아빠를 무시한다.「그날, 날 버티게 한 게 뭔지 알아?」

씩씩대는 아빠의 코가 벌름거린다.

「당신이야.」 엄마가 말한다.「당신과, 당신이 항상 애들에게 주입시켰던 포춘 쿠키에서 나온 것 같은 그 바보 같은 철학 말이야. 모든 여행은 한 걸음부터 시작된다. 안 된다는 생각을 버려라. 두려움이 우릴 멈추게 만든다. 우릴 전진하게 만드는 것은 용기다.」

아빠는 창 쪽으로 시선을 돌린다. 뭐라고 정의하기 어려운, 분노보다 더 큰 감정이 그를 덮쳐 버린 듯하다. 성에가 얼어붙은 창을 통해 반짝이는 크리스탈 리본처럼 동이 터 온다.

「난 절대 오즈를 떠나지 말았어야 했어. 이제 그걸 알았어.」 엄마는 갑자기 말을 멈추더니, 헉 하는 소리를 내뱉으며 입술 쪽으로 손가락을 갖다 댄다.

「그게 아니야.」 엄마는 뭔가를 깨달은 듯이 혼잣말처럼 중얼거린다. 「난 알고 있었어.」 엄마의 눈동자가 이리저리 움직인다. 「그래서 작별 인사를 하지 않았던 거야.」 엄마는 뒤로 한 발자국 비틀거리며 소파에 몸을 기댄다. 「난 그때 이미 알았어. 그런데도 떠났어.」

「앤, 대체 무슨 이야기를 하는 거야?」 아빠의 관심과 분노가 다시 엄마에게로 돌아온다.

엄마가 얼굴을 들어 아빠를 바라본다. 「내가 선택한 거야.」

「그 부츠를 내털리가 아니라 모에게 준 것처럼.」 그리고 엄마는 손을 오므렸다 폈다 한다. 말은 하지 않지만 엄마는 카일을 생각하고 있다.

아빠가 혼란스럽고 성가시다는 듯 고개를 젓는다.

「내가 선택한 거라고.」 엄마는 같은 말을 반복한다. 「오즈를 데려갈 수 없다는 걸 알았고, 두고 가는 게 안전하지 않다는 것도 알았어. 하지만 그래도 두고 떠났어.」

그래서 엄마가 다른 사람들을 다 살렸잖아. 내가 아무리 울부짖어도 그들에게는 들리지 않는다.

그의 비난이 사실로 확인되는 순간 아빠는 눈을 질끈 감는다. 부모님의 결혼 생활에 마지막 남은 희망이 사라지려고 하는 순간, 다행히도 밴스가 끼어들어 이렇게 말한다. 「그래서 다른 사람들이 다 살았잖아요. 그리고 아저씨, 이렇게 이야기해서 미안하지만, 아저씨는 지금 아무래도 제정신이 아닌 것 같아요.」 그러고는 엄마 쪽으로 돌아서서 말한다. 「아저씨는, 정말 제정신이 아니에요.」

엄마는 미소를 지어 보려고 하지만 잘 되지 않는다.

「아저씨, 제 말은 그러니까, 정말 아줌마가 얼마나 대단한 일을 했는지 알기나 하는 거예요? 오즈 일은 정말 안됐지만, 오즈를 놓고 간 걸 비난해서는 안 되죠. 그땐 오즈를 두고 거기서 나오지 않았다면 다들 죽었을지도 몰라요. 아저씨, 나, 클로이, 전부 다요. 진심으로, 제발 정신 좀 차리세요.」

아빠가 밴스를 노려본다.

밴스는 그런 아빠의 눈초리를 무시하고 대신 아주 걱정스러운 표정을 지으며 엄마 앞으로 다가간다. 「클로이는 어때요?」 이 말에 아빠도 잠시 화를 잊고 걱정스럽게 엄마를 바라본다. 살아 있는 자식에 대한 걱정이 죽은 자식에 대한 회한을 바로 무색하게 만드는 순간이다.

손으로 밴스의 얼굴을 어루만지는 엄마의 눈에 눈물이 고인다. 엄마는 밴스가 살아서 자기 앞에 있다는 사실이 너무나 감격스럽다. 「네가 직접 와서 보렴.」 엄마가 말한다. 「다다음 주 일요일이 부활절이야. 내가 햄을 구울게.」 엄마는 아빠를 쳐다본다. 「둘 다 왔으면 좋겠어.」

아빠는 아무 말도 하지 않지만, 헛기침을 하는 게 느껴진다.

엄마는 아빠에게 얼굴을 찌푸리며 말한다. 「저녁은 6시야. 늦지 마. 그리고 수염도 깎고. 늙은 염소 같으니까.」

몸을 돌려 문으로 향하는 엄마를 밴스가 문까지 따라간다. 수염 난 목을 쓰다듬는 아빠의 얼굴에 희미한 미소가 가볍게 스친다.

「내가 가는 걸 클로이가 좋아할까요?」 밴스가 말한다. 희망에 찬 긴장된 목소리다.

엄마가 다시 밴스의 뺨을 어루만지며 말한다. 「네가 이렇게 잘 지내는 걸 보면 나만큼이나 다행이라고 생각할 거야.」

그런 엄마의 말이 밴스에게 믿음을 갖게 만든다. 밴스의 가슴이 벅차오르고 어깨가 펴진다. 나는 목구멍이 울컥해지는 것을 느끼며 놀랍게도 내가 밴스를 많이 응원하고 있다는 사실을 깨닫는다.

문이 닫히자마자 아빠가 말한다. 「우리는 안 갈 거야.」

밴스가 아빠를 마주 보려고 돌아선다.

「오즈가 아직 밖에 있어. 오즈를 찾을 때까지는, 우린 여기에서 절대 안 떠나.」

81

엄마가 떠나고 한 시간 후, 아빠는 번스에게서 전화를 받는다. 그리고 20분 뒤, 번스는 산장의 소파에 앉아 그가 밥에 대해 품은 의혹을 설명한다.

밴스는 그들의 맞은편 흔들의자에 앉아서 듣는다.

번스가 이야기하는 동안, 아빠의 팔뚝에 힘이 들어가고 어깨 근육은 단단해지며 표정이 굳어지고 눈빛이 어두워진다. 사자처럼 금방이라도 덤벼들 듯 몸을 웅크리고 있다.

「잭. 제가 해결하도록 해주시죠.」 당장이라도 러구나비치로 달려가 밥을 갈가리 찢어 버릴 기세를 느낀 번스가 말한다.

아빠의 턱이 씰룩거린다.

「생각해 보세요.」 번스가 계속 이어 간다. 「가서 직접 대면하거나 더 나아가 폭행이라도 하는 방법으로 어리석게 대처했다가는 유죄 판결을 얻어 내는 데 방해가 될 수도 있습니다. 게다가 밀러 씨 본인도 법적 소송에 휘말릴 수도 있고요.」

아빠는 얼굴이 타버릴까 걱정될 만큼 빨갛지만 겨우 고개를 끄덕인다. 밥의 사지를 다 찢어 놓고 싶은 만큼 그는 번스의 말이 옳다는 것도 안다. 그리고 과실 치사로 중형의 유죄 판결을 받는 것이 단지 주먹으로 밥을 때려눕히는 것보다 훨씬 심각하게 그의 삶을 파멸시킬 수 있다는 사실도 안다.

병원에서 번스가 캐런과 했던 면담은 사건을 명확하게 만들기보다는 훨씬 더 혼란스럽게 만들었다. 내털리처럼 캐런의 기억도 허점이 많고 왜곡되었기 때문이다. 오즈에 관해서는 단지 그가 있었다가 어느 순간 없어진 정도로만 기억했다. 〈그렇다, 오즈에게 맞은 것 같기도 하다. 하지만 확신은 못 한다〉고 했다. 캐런은 춥고 두려웠던 것만 기억했다. 오즈를 두려워했던 기억도 없었는데, 하지만 그럴 수도 있었을 거라고 했다. 캐런은 번스에게 그때 일을 기억하지 않으려고 한다고, 기억하려고 하면 복통이 온다고 했다. 그러고는 자꾸 이제 다 끝난 거냐고 물었다.

번스가 모와 캐런에게 들은 이야기를 바탕으로 본인이 이해한 대로 사고 이야기를 하는 동안, 밴스는 의자에 얼어붙은 듯 앉아 있다. 번스는 사실을 꾸미거나 개인적인 의견을 더하지 않고 있는 그대로 전달하고 있지만 이야기는 그래서 더욱 듣기가 끔찍하다. 오즈가 개에게 물을 먹이고 싶어 했고, 단지 그것 때문에 엄마를 찾으러 가도록 밥이 오즈를 교묘히 조종했다. 게다가 그를 그렇게 죽음으로 내몰기 전에 속임수를 써서 그의 장갑과 크래커 두 봉지를 바꾸었다.

「여기에 대해서 기억나는 것 없으십니까?」 번스가 이야기를 마치고 아빠에게 묻는다.

아빠는 고개를 젓는다. 「오즈에게 빙고를 잘 돌보라고 한 건 기억납니다. 오즈는 목적이 생기면 충실하게 따랐어요. 그래서 떠맡은 책임을 아주 진지하게 받아들였을 겁니다.」

「얼마나 진지하게요?」

「무슨 말이죠?」

「제 말은, 오즈가 위험한 대상이 될 수도 있었나요?」

「열세 살이었어요.」

「하지만 나이에 비해서 큰 편이었죠, 아닌가요?」

「밥은 마흔다섯이고 남자죠. 오즈는 그만큼 크진 않았어요.」

「밥은 부상을 입은 상태였습니다. 발목을 심하게 다쳤었죠.」

아빠가 갑자기 일어나 자신의 키를 가늠할 수 있도록 몸을 쭉 펴 보인다. 「나도 다리가 부러졌습니다. 그런데 제가 열세 살짜리 하나 제어 못 할 것 같습니까?」

번스는 그대로 자리에 앉은 채로 말한다. 「앉으세요, 잭. 밥을 변명하는 게 아닙니다. 그냥 사실을 이해하려는 거예요.」

아빠가 주먹을 불끈 쥔다. 「밥은 오즈의 장갑을 빼앗고 사지로 내몰았어요. 거기에 이해할 게 뭐가 더 있습니까? 우리 애는 열세 살이었다고요, 열세 살!」

번스가 고개를 끄덕인다. 하지만 같은 질문을 다시 반복한다. 「오즈가 위험했습니까?」

아빠가 고개를 저으며 다시 의자에 털썩 앉는다. 「오즈는 내가 부탁한 대로 그냥 빙고를 지키려고 했을 뿐이에요. 밥은 그저 오즈의 관심을 다른 데로 돌리기만 하면 되었어요.」

「그렇지 않았다면 어떤 일이 벌어졌을까요?」

순간 밴스가 처음으로 입을 연다. 「그렇지 않았다면 오즈는 화를 냈을 겁니다. 오즈는 보통 열세 살짜리들하고 다르거든요. 오즈는 덩치가 크고 힘도 셌고, 화가 나면 진정시키기가 쉽지 않았어요.」 밴스가 무릎 위에서 주먹을 움켜쥔다. 그는 머릿속에 드는 생각들을 떨쳐 버리려는 것처럼 고개를 흔든다. 「그날 있었던 일은…… 밥이 한 행동은…… 지금 두 분이 여기 앉아서 이성적으로, 그냥 오즈의 관심을 다른 데로 돌리면 다 괜찮아지겠지, 이렇게 생각하는 것과는 전혀 다른 상황이에요. 얼어 죽을 만큼 춥고 충격을 받은 상태에서는 이렇게 생각하게 되죠. 〈젠장, 이러다 죽겠구나, 우리 둘 다 여기서 죽겠구나. 난 우리를 살릴 수 없어. 재도 나도 둘 다 살릴 수 없어. 나 혼자라도 살아야겠어.〉 하지만 곧바로 마음을 바꾸죠. 하지만 그땐 이미 늦었어요. 왜냐하면 돌아섰을 땐 이미 눈이 내 결정을 다 집어삼켜 버린 다음이고, 다시 돌아갈 수 없게 만들어 놓은 상태거든요.」 그는 말을 멈춘다. 그러고는 갑자기 숨을 울컥 내뱉으며 어깨가 흔들린다. 그의 눈이 방 안을 마구 배회하다가 자기를 바라보고 있는 아빠와 번스를 발견한다. 「밥도 분명히 자기가 다르게 행동했기를 바랄 거예요. 하지만 가끔 우리는, 빌어먹을 잘못된 선택을 할 때가 있어요.」

82

고양이들은 이제 혼자서 물을 마실 만큼 자랐다. 그래서 오늘 클로이 언니와 핀은, 자꾸만 어리석은 행동을 한다는 이유로 린지와 브리트니[25]라고 클로이 언니가 이름 붙인 나머지 두 마리 그리고 브루투스와 작별 인사를 하기로 했다. 린지와 브리트니는 아홉 개의 목숨 중 적어도 세 개는 썼을 거다.

핀은 자기 형제자매들이 다른 상자로 옮겨질 때 마구 울어 댄다. 클로이 언니도 고양이들을 차로 옮기며 코를 약간 훌쩍인다.

그리고 보호소로 데려갈 때는 더 많이 훌쩍거린다.

클로이 언니와 비슷한 또래의 보호소의 남자 직원은 베이지색의 긴 레게 머리에 눈은 오닉스처럼 검고 예리하다. 키가 크고 마른 그는 가죽 샌들에 수십 가지의 색으로 엮은

25 배우 린지 로언과 가수 브리트니 스피어스. 할리우드에서 문제를 많이 일으키는 것으로 악명 높다.

팔찌 그리고 〈내 업보가 내 신조를 치어 죽였다〉라는 문구가 프린트된 티셔츠를 입고 있다.

「데려온 게 뭐야?」 클로이 언니가 상자를 카운터에 올려놓자 그가 묻는다.

클로이 언니는 남자 직원의 반응을 보기 위해 자신의 기형이 된 손을 아무렇지도 않다는 듯 깃발처럼 흔들며 뚜껑을 연다. 남자 직원은 언니의 뭉툭한 새끼손가락에는 거의 관심을 두지 않는다.

「오, 완전 애기들이네.」 그가 브리트니를 쓰다듬다가 들어 올린다. 브리트니는 어설프게 몸을 뒤틀다가 남자 직원의 손에서 거의 떨어질 뻔해서 또 한 번 자신의 목숨을 위태롭게 한다. 「오, 그래그래…….」 그가 달래자 놀랍게도 브리트니는 잠잠해진다. 남자는 아마도 고양이 조련사나 그 비슷한 일을 하는 듯하다. 브리트니는 코로 남자 직원의 손을 쿡쿡 찌르다가 손바닥을 핥기 시작한다.

「네가 키웠구나?」 그가 묻는다.

「어떻게 알았어?」

「이렇게 어린 고양이들은 보통 사람들을 쉽게 안 따르거든.」 그는 브리트니에게서 시선을 들어 클로이 언니를 똑바로 바라보며 한쪽 입가를 올리며 씨익 웃어 보인다. 「아주 잘 키웠네.」

「고마워.」 얼굴을 붉히며 클로이 언니가 대답한다.

「여기서 일할래?」

「뭐라고?」

「뭐, 보아 하니 고양이를 세 마리나 돌볼 만큼 동물을 좋아하는 것 같고, 확실히 소질도 있고, 시간도 있어 보이니까. 오늘은 월요일인데 이 시간에 여기 온 거 보면 학교도 안 다니는 것 같고. 게다가 우리는 평일에 사람이 필요해. 혹시 일을 찾아?」

「나 중퇴한 거 아니야.」 클로이 언니가 변명하듯 말한다.

그건 사실이다. 여름이 다 가기 전 수업 내용을 끝내고 시험을 보기까지는 아직 시간이 있다. 비록 아직 책을 펴보지도 않은 상태지만.

남자 직원이 어깨를 으쓱한다. 「그러든 말든 상관없어. 그냥 보이는 대로 말했을 뿐이야. 지금은 월요일 낮이고, 이 애들을 돌보는 일은 끝났으니까 이제 시간 여유가 있지 않을까 해서.」

클로이 언니는 마치 자기에게는 제대로 된 인생도 없는 것처럼 짐작하는 남자 직원의 말에 발끈해서 눈썹을 치켜세운다. 클로이 언니가 금방이라도 자기의 말이 틀렸다고 되받아칠 반응을 기대하는 그의 얼굴에 웃음기가 퍼져 나가고 눈썹이 동그랗게 구부러진다. 하지만 놀랍게도 클로이 언니의 화는 금세 풀리고 오히려 킬킬거리는 웃음으로 바뀐다.

남자 직원은 꽤 매력이 있다.

나는 그를 좀 더 찬찬히 살펴본다. 귀여운 것 같기도 하고, 아니면 한때는 귀여웠을 것 같기도 하고, 어쩌면 머리를 짧게 자르고 뺨과 턱에 곰팡이 포자처럼 삐져나온 갈색 솜털 뭉치들을 면도하고 나면 다시 귀여워질 수도 있을 것 같다. 옆얼굴이 아주 잘생겼고 그리스인 같은 기다란 코에 높은 광대가 특징적인 얼굴이다. 말하자면 전혀 잘생긴 줄 모르고 있다가 어느 순간 갑자기 잘생겼다고 느껴지는 그런 사람이랄까.

일하겠다고 해. 나는 옆에서 응원하고 부추긴다. 클로이 언니는 지금 지루하고, 간헐적으로 우울해지고, 그리고 지속적으로 외롭고, 그 망할 약들은 아직도 클로이 언니의 가방 안쪽에 남아 있다.

「월급은 얼마나 주는데?」 클로이 언니가 묻는다.

「자원봉사야.」

「완전히 무보수라고?」

「약간의 생각과 약간의 친절은 종종 아주 많은 돈보다 더 가치가 있지.」

「지금 나한테 공짜로 일 시키려고 존 러스킨의 말을 인용하는 거야?」

「맞아. 내가 좀 유치했네. 너는 아무래도 여기에서 일하기에는 너무 똑똑한 것 같다.」 그는 클로이 언니가 자기가 인용한 말과 인물을 안다는 것에 감탄해서 눈을 크게 뜬다.

대체 존 러스킨이 누군지 나는 모르지만 클로이 언니가 안다는 점은 별로 놀라운 일은 아니다. 우리 언니는 유별나게 똑똑하고 일단 이런저런 온갖 정보를 흡수하면 절대 잊어버리지 않는 기억력을 갖고 있으니까. 학교에는 별 흥미를 느끼지 못했지만 언니는 그 누구보다도 많은 것을 안다.

브루투스가 어딘지 불편해 보인다. 작은 폐가 터질 듯이 있는 힘껏 악을 쓴다. 클로이 언니가 브루투스를 꺼내서 쓰다듬어 주자, 이제는 혼자 남은 린지가 성을 낸다. 그래서 클로이 언니가 린지를 다른 손으로 들어 올려 턱을 이용해 번갈아 가며 두 마리를 어루만져 준다.

「자, 그럼 용건은 다 끝난 것 같네.」 직원이 말하면서 브리트니를 다시 상자에 내려놓자 브리트니가 다시 울기 시작한다. 클로이 언니는 손이 모자라 브리트니를 달래 줄 수가 없다. 남자 직원이 돌아서더니 문 쪽으로 가며 말한다. 「자, 이제 개들은 놓고 가. 청소가 다 끝나면 내가 알아서 돌볼게.」

「애들 지금 배고픈 것 같은데.」 클로이 언니가 이의를 제기한다.

「맞아. 유동식은 냉장고에 있어.」 그는 구석에 있는 미니 냉장고를 고개로 까닥하며 가리킨다. 「전자레인지는 그 옆에 있고.」 그러고는 눈길도 주지 않고 가던 곳으로 간다. 냉장고의 문이 열리는 소리와 클로이 언니가 투덜거리는 소리를 들은 남자 직원의 입술에 슬그머니 승리의 미소가 퍼진다.

83

부활절이 되었다. 밴스와 아빠는 부엌에서 대결 자세를 취하고 있다. 너무 지저분한 두 사람을 보니 나는 왜 신이 여자를 창조했는지를 알 것 같다. 여자 없는 남자는 아무것도 혼자 할 줄 모르는 한심한 존재다. 반쯤 먹다 만 음식 봉투와 상자들이 수납장과 서랍들이 무색하게 접시와 식기, 옷들과 함께 여기저기 쌓여 있다. 게다가 지난 한 달간 한 번도 세탁하지 않고 같은 옷 세 벌로 버텼으니 빨래방에 다녀왔어도 하얀색이었던 옷들은 여전히 구정물 같은 칙칙한 회색이었다.

「나는 갈 거예요. 그러니까 아저씨도 가야 해요.」 밴스가 옛날의 건방졌던 모습이 떠오르는 태도로 말한다. 「난 클로이를 봐야겠어요. 여기서 혼자 자기 연민에 빠져 있고 싶으면 맘대로 하시고, 대신 내 열쇠나 주세요.」

「지옥에나 가라.」

「나중에 지옥을 가긴 하겠지만 아직은 아니에요. 자, 열쇠 주세요. 내가 힘으로 뺏기 전에요.」

「날 힘으로 이길 수 있다고 생각하나 보네.」 아빠가 껄껄대고 웃는다. 「다리 하나로도 난 네 그 삐쩍 마른 엉덩이를 한동안 꼼짝 못 하게 걷어찰 수 있어.」

「지금 도전하시는 건가요? 할아버지?」

「물론이지. 자. 한번 해보든지. 안 그래도 몸이 근질근질했었는데 네 그 한심하고 배은망덕한 엉덩이나 한번 차주지 뭐.」

「배은망덕이요? 내가 아저씨한테 무슨 은혜를 입었는데요?」

「그만 좀 지껄이고 덤비거나 닥치거나 하나만 해.」 아빠가 주머니에서 열쇠를 꺼내 밴스 앞에 들고 달랑거린다.

「이왕 하는 거 좀 재미있게 해보죠.」 밴스가 말한다. 「내가 키를 빼앗으면, 나랑 같이 가는 거예요.」

「못 뺏으면?」

「못 뺏으면 여기 남을게요.」 클로이를 못 본다는 생각에 그의 목소리가 약간 울컥한다.

「그건 아니지. 열쇠를 못 뺏으면 어차피 넌 여기 남아야 하는데.」

「아뇨. 어디서든 차를 얻어 타고 가면 되죠.」 밴스가 말한다. 「하지만 아저씨가 이기면, 오즈를 찾을 때까지 여기 있을게요.」

아빠가 잠시 생각하더니 대답한다. 「좋아, 해보자.」

다시 열쇠를 주머니에 넣고 아빠는 목발 하나를 내려놓은 뒤 어색하게 싸움 동작을 취한다. 다리의 깁스와 목발 때문에 재활 치료 동작처럼 보인다는 게 문제지만.

밴스는 공격하기 가장 좋은 각도를 찾느라 코를 씩씩거리며 아빠의 주변을 빙글빙글 돈다. 그는 제대로 싸워 본 적이 없는 게 분명하다. 엄지를 치켜들고 주먹을 쥔 그를 보고, 그에게 제대로 주먹 쥐는 법을 가르쳐 줄 아빠가 없었다는 사실이 새삼 가엾게 여겨진다.

그의 공격에 나도 충격을 받고 아빠도 놀란다. 그는 마치 테니스공을 받으려는 것처럼 팔을 뻗으며 몸을 던져 구르더니, 아빠의 안 다친 발을 때려 바닥으로 넘어뜨린다.

아빠는 거북이처럼 몸을 뒤집어 등을 대고 누워서, 다친 발과 목발을 위로 올려 마구 흔들어 댄다. 너무 우스꽝스러워 보인다. 두 사람 다.

밴스는 아빠가 휘두르는 무기로부터 재빨리 벗어나 아빠의 목발을 쥐고 비틀어 빼앗는다. 아빠는 여전히 등을 대고 누운 채 주먹을 쥐고 앞으로 내민다. 밴스는 폴짝 일어서서 다시 아빠의 주변을 돈다. 아빠도 안 다친 발을 이용해 등을 댄 채 그를 따라 몸을 회전시킨다.

밴스가 달려들자 아빠가 그의 턱에 단단한 펀치를 날린다. 그 바람에 밴스의 머리가 뒤로 홱 젖혀지고, 그가 다시 정신을 차리기 전에 아빠가 밴스의 목을 조른다.

아빠가 조르는 동안 밴스는 손가락을 아빠 바지 주머니

에 넣어 열쇠를 빼내려고 한다. 얼굴은 벌개지고 눈도 튀어 나올 지경이지만 그는 계속 주머니 속을 뒤진다. 밴스가 거의 숨을 못 쉴 지경에 이르렀을 때, 아빠의 표정이 약간 누그러지면서 밴스가 열쇠를 쉽게 빼도록 엉덩이를 살짝 들어 올린다.

아빠도 집에 가고 싶었던 것이다. 사실 그는 부활절에 집에 가야만 되는 상황이 오길 바라고 있었다.

나는 너무 기뻐서 환호하고, 환호하고 또 환호한다.

84

차에 기름을 넣으러 들른 주유소의 화장실에서 밴스가 아빠와 함께 집으로 가는 중이라는 전화를 하자 엄마는 놀라서 전화를 떨어뜨릴 뻔한다.

죽은 상태에서 보게 되는 것들은 가끔 나를 놀라게 한다. 엄마는 마치 10대 소녀 같다. 한 발로 빙그르르 돌더니 손뼉을 치고 자기 방으로 달려가 옷을 세 번이나 갈아입다가, 몸에 딱 달라붙는 스웨터에 무릎 위 길이의 헐렁한 스커트로 결정한다. 엄마가 가슴을 밀어 올리고 카울넥 스웨터의 목둘레 부분을 아래로 더 내리는 모습을 보며 나는 키득거린다.

엄마는 부엌으로 돌아가서 마늘과 정향을 다져서 감자에 섞고 샐러드에 사과와 배를 얇게 잘라 넣는다. 유령이 된 내 입에 침이 고이고 내 상상의 위장이 꼬르륵 소리를 낸다.

오븐에서 햄을 꺼내 당근을 넣을 땐 그 냄새를 상상해 본다. 자두와 생강즙을 뿌린 그 향긋한 냄새. 엄마는 브러시로

햄에 육즙을 바르다 말고 웃더니, 갑자기 더 크게 웃음을 터뜨린다. 우리가 랩을 씌운 채 구웠던 햄이 생각났기 때문이다. 엄마가 웃느라 접시에 담긴 육즙이 철벅거리는 것을 보며 나도 따라 웃는다. 햄에 육즙을 다 뿌리고 다시 오븐에 넣을 때까지 우리는 같이 계속 키득거린다.

음식 준비가 다 끝나자 엄마는 거실로 간다. 쿠션을 자꾸 매만지며 호들갑을 떨고, 손가락으로 머리를 빗기도 한다. 앉았다 섰다 안절부절못하면서 창문 밖을 내다보고 다시 소파로 돌아와 앉기를 반복한다. 막 태어난 망아지처럼 수선스러운 모습에 나는 자꾸 웃음이 난다.

문이 열리자 엄마가 벌떡 일어나서, 입 모양을 어떻게 하고 있어야 할지 망설인다. 기쁘기는 하지만 너무 기쁜 티는 내지 않고, 아직 약간은 화가 난 상태, 아주 약간 부루퉁한 정도의 표정을 연습한다. 하지만 그래 봤자 지금 엄마가 얼마나 들떠 있고 신이 났는지를 감추려는 어설픈 시도일 뿐이다.

「안녕, 엄마.」 파이를 들고 들어오며 오브리 언니가 말한다. 벤은 백합 꽃다발과 정장용 가방을 들고 뒤따라 들어온다. 「왜 그래?」 연습하던 어색한 표정이 그대로 굳어 있는 엄마의 얼굴을 보며 오브리 언니가 말한다.

「아무것도 아니야.」 금세 표정을 바꾸고 두 사람에게 키스를 해주며 엄마가 말한다.

클로이 언니가 〈최강 핀〉을 데리고 계단에서 달려 내려온다. 최강 핀은 클로이 언니가 보호소에 있는 동안 클로이 언니와 자기 형제들을 찾아 나서겠다고 부엌에 있는 상자를 이빨로 물어뜯고 나오자 지어 준 새 이름이다.

「아유!」 오브리 언니가 고양이를 보고 귀여워 어쩔 줄 몰라 한다. 「안아 봐도 돼?」 오브리 언니가 작은 고양이를 팔에 안는다. 「엄마가 그러는데 너 동물 보호소에서 일한다며?」

클로이 언니는 어깨를 으쓱하면서도 얼굴에서는 자랑스러움이 뿜어져 나온다. 이번 주에는 매일 갔고, 가면 아침에 문을 열 때부터 밤늦게까지 계속 머문다. 만일 그래도 된다고 한다면 밤새 있을지도 모른다. 지난 이틀 동안은 브리트니와 린지가 입양되었기 때문에 브루투스와 놀게 해주러 최강 핀을 데려갔었다.

문이 다시 열린다. 이번에는 엄마가 포즈를 취하거나 표정에 신경을 쓸 시간이 없다. 아빠가 돌풍처럼 들이닥치자마자 오브리 언니, 클로이 언니, 벤이 악수와 포옹을 하느라 에워싼다.

뒤로 물러서서 가족이 다 같이 모인 광경을 바라보는 엄마의 얼굴에 따뜻한 미소가 퍼지고 금세 눈에 눈물이 촉촉이 고인다. 하지만 그 순간은 오래가지 않는다. 아빠 바로 뒤에, 내가 슬쩍 문 안으로 밀어 주고 싶을 만큼 쭈뼛대며 문턱에 서 있는 밴스 때문이다. 클로이 언니가 밴스를 보고 눈을 크게 뜬다. 그러고는 엄마와 동일한 미소가 언니의 얼굴에 퍼지고 아빠를 지나쳐 그의 어깨에 얼굴을 묻으며 껴안는다. 그의 팔이 클로이 언니를 감싸면서 망가진 손이 클로이 언니의 등에서 펴진다. 다행히 밴스가 눈을 감고 있어서 오브리 언니와 벤이 그의 손을 보고 놀란 기색을 황급히 감추는 것을 보지 못한다.

클로이 언니가 밴스에게서 떨어지더니, 아무렇지도 않게 기형이 된 그의 손을 잡고 그를 혼자서 독차지하기 위해 밖으로 데리고 나간다.

엄마는 아빠를 포옹하려고 손을 올리며 다가가다가 확신이 서지 않는지 멈추어 선다. 아빠 역시 어떻게 해야 할지 확신이 없어 보인다. 아빠는 성이 난 것처럼 인상을 써보려고 하지만, 의지와 상관없이 엄마를 훑어보게 되고, 그 바람에 엄마는 얼굴을 붉힌다. 엄마의 의상 선택은 아주 완벽하다. 아빠의 시선이 엄마의 스웨터와 밀어올린 가슴 쪽으로 향하면서 맥박이 빨라지는 것이 나에게까지 느껴질 정도니까. 오브리 언니와 벤은 두 사람을 남겨 놓고 서둘러 주방 쪽으로 간다. 빙고는 벤의 뒤에 바짝 붙어 따라가고 오브리 언니는 마구 울어 대는 핀을 안고 간다.

엄마가 아빠의 깔끔하게 면도한 뺨을 두드리며 말한다.
「훨씬 보기 좋네.」

아빠의 모습을 보니 자랑스러운 기분이 든다. 산사람 같던 수염을 면도한 것뿐 아니라, 오는 길에 편의점에 들러 밴스와 함께 새 티셔츠를 사 입고 왔기 때문이다. 이제 거의 예전의 아빠처럼 보인다.

사람 사이의 화학 반응을 믿지 않는 사람이 있다면 그 사람은 틀렸다. 그리고 만일 그런 감정이 부족한 상태로 안주하는 사람은 자신과 자신의 삶을 너무 과소평가하는 것이다. 두 사람 사이에는 짜릿짜릿한 전기가 통하고 있고 페로몬은 사방에 가득하다. 자 여기 위대한 단어가 있다. 페로몬. 듣기만 해도 누군가에게 키스하고 싶어지는 말.

「와서 기뻐.」 엄마가 말한다.

키스해, 키스해. 나는 응원을 한다.

그러자 정말 아빠가 키스를 한다. 손은 엄마의 머리 뒤쪽을 감싸고 입은 엄마의 입술 쪽으로 내려간다. 페로몬이 두 사람 사이의 다른 모든 것들을 다 물리쳐 버린다. 예이! 페로몬 만세!

아빠가 엄마를 놔주며 말한다. 「요리 때문에 왔어.」

엄마가 아빠의 허벅지를 꼬집으며 말한다. 「거짓말쟁이.」 그러자 아빠가 다시 입을 맞춘다. 이번에는 더 강하고 박력있게. 엄마는 그대로 그의 품에 안겨 키스를 받아들인다.

「엄마, 햄이 다 된 것 같아.」 오브리 언니가 부엌에서 소리치는 소리에 두 사람은 서로에게서 물러난다. 아빠가 눈을 찡긋하자 엄마도 똑같이 윙크를 한다. 두 사람 사이의 교감, 로맨스와 열정에 대한 희망이 지속된 시간은 고작 1분여 남짓이지만 그들에겐 정말 대단한 성과가 아닐 수 없다.

엄마가 부엌으로 간다. 볼이 아파 보일 만큼 입이 귀에 걸렸다. 나는 그런 엄마를 보며 행복한 만큼 두렵기도 하다. 페로몬은 불가피한 일을 그렇게 오랫동안 지연시키지는 못하니까. 아빠는 예전과 같은 사람이 아니다. 정상적인 겉모습 속에 어두운 분노가 자라고 있다. 밥은 겨우 두 집 옆에 있고 광기에 가까운 보복의 욕구는 여전히 그대로 남아 있다.

85

클로이 언니와 밴스는 바다를 바라보며 해변에 앉아 있다. 옆에 신발을 가지런히 벗어 놓고 맨발을 모래 속에 묻은 채로. 언니는 밴스의 손가락을 들여다보고 자신의 손가락도 보여 준다. 두 사람은 이런저런 의견을 나누다가 밴스를 수술한 의사의 실력이 형편없다는 이야기에 동의한다.

그는 클로이 언니의 손을 입술로 가져가 살며시 스치듯 입을 맞춘다. 「미안해.」 눈물이 그렁그렁해서 그가 말한다. 「다시 돌아가려고 했었어.」

클로이 언니는 초조해하며 일어나 밴스를 일으킨다. 언니는 그 일에 대해 이야기하고 싶지 않다. 언니는 팔을 그의 허리에 두르고 그는 자신의 팔을 클로이 언니의 어깨에 내려뜨린다. 클로이 언니는 고양이와 보호소에 대해서, 그는 오즈를 찾고 있다는 이야기와 밴스가 어떻게 아빠를 참고 견디면서 함께 지내는지에 대해서 이야기를 나눈다.

「두 사람이 아직 서로 죽이지 않고 지내고 있다니 놀랍

네.」 아침에 아빠와 벌인 난투극 때문에 밴스의 뺨에 생긴 멍을 바라보며 클로이 언니가 말한다.

「거의 그럴 뻔했지. 너네 아빤 미쳤어. 알고 있었어? 완전 미친 사람 같아.」

「집안 내력이야.」 클로이 언니가 밴스를 향해 활짝 웃으며 말한다.

두 사람은 바닷가를 걷는다. 파도가 두 사람의 발을 씻어 내리며 물러간다. 클로이 언니의 일곱 개, 밴스의 열 개의 발가락이 드러난다.

「실크 양말 덕분이래.」 클로이 언니가 의아해하는 것을 눈치챈 밴스가 말한다. 「의사가 그러는데, 내가 신었던 양말이 실크로 만든 거였대. 그게 내 발가락을 보호한 거라고.」

「네가 그 양말을 살 때는 그게 그렇게 중요한 건지는 전혀 몰랐을 거 아냐.」

「전혀. 전혀 몰랐지.」

그가 멈춰 서서 클로이 언니 쪽으로 돌아선다. 그러고는 자신의 손을 언니의 어깨에 얹는다. 「너한테 줬을 거야. 그 양말이 네 발가락을 살릴 거라는 걸 알았다면. 너한테 줬을 거야.」

그는 자신이 하는 말을 스스로 믿고 싶다. 어쩌면 정말 그랬을 거라 믿는지도 모른다. 그 사고가 오늘 일어났다면 그의 말이 진심일 거라고 나도 믿는다. 그가 자기 양말을 클로이 언니에게 주었을 것이라고. 하지만 오늘의 밴스는 그날의 밴스와는 다르다. 내가 그 증인이다. 그날, 기회가 주어졌을 때, 그는 살고 싶어 했다.

클로이 언니도 그 사실을 안다. 힘없이 미소를 지으며 언니는 해변을 계속 걷기 위해 몸을 돌린다. 고개를 숙인 클로이 언니 옆에서 밴스가 어깨를 구부정하게 숙이고 모래를 내려다보며 같이 걷는다. 클로이 언니가 그의 손을 다시 잡고, 작고 하얀 유리 조각을 집으려고 몸을 숙인다. 언니는 그것을 주머니에 넣는다. 집에 돌아가면 그것을 우리가 함께 쓰던 옷장 속 유리병 안에 넣을 생각이다. 우리가 평생 해변을 산책하며 주운 것들을 모아 둔 유리병에.

「넌 대단해.」 밴스는 두 사람의 깍지 낀 손을 바라보며, 칭찬이 아니라 사실을 있는 그대로 진술하듯 말한다. 언니는 결코 용서받을 수 없는 그를 용서하지만, 그걸 견뎌 내는 건 결코 쉬운 일이 아니다.

■

두 사람은 식탁에 햄이 차려지는 동안 집으로 돌아온다.

「하도 안 와서 수색대를 보내야 하나 생각했어.」 두 사람이 들어올 때 오브리 언니가 이렇게 말하자 벤을 제외한 모든 사람들이 언니의 단어 선택에 표정이 얼어붙는다.

오브리 언니가 정말 우리의 사고를 완전히 잊은 게 아니라면, 잊어버린 것 같은 연기를 아주 훌륭하게 해내는 것이다.「우리 결혼식이 이제 5주밖에 안 남았다는 게 믿어져?」 이 말 한 마디에 오브리 언니의 〈정상〉성이 또 기적적으로 모든 사람의 마음을 평정한다.

저녁 식사 동안 여섯 사람은 정말 좋은 시간을 보낸다. 나는 그들을 보며 기쁘면서도 기분이 좋지 않다. 나도 함께 행복한 시간을 보내고 싶다.

디저트를 다 먹자 오브리 언니가 말한다.「아, 클로이. 너 입어 보라고 그 드레스 가져왔어.」

클로이 언니가 어떻게 반응해야 할지 모르겠다는 듯이 웃으면서도 동시에 불평하는 듯한 소리를 낸다. 하지만 이제 언니에게 〈반항하는 10대〉의 모습은 더 이상 어울리지 않는다.

「무슨 소리야?」 엄마가 묻는다.

「클로이가 내 들러리 서준대.」 오브리 언니가 대답한다.

그 말에 기분이 좋아진 엄마가 손뼉을 치며 꺅 소리를 지르더니 이내 눈가가 촉촉해진다.「그래서 그 들러리 드레스 입어 보려고?」 너무 많은 것을 바라는 게 아닌가 하는 표정으로 엄마가 묻는다.「입어 볼 거지? 제발.」

「지금?」 클로이 언니의 얼굴이 분홍빛으로 변한다.

엄마는 마치 1년 동안 기다렸던 자전거 선물을 막 뜯어 본 크리스마스 날의 어린아이 같다. 엄마는 두 손을 움켜쥐고 당장이라도 의자에서 방방 뛸 기세다.

「좋아.」 클로이 언니가 말한다.「부활절에 그런 식으로 날 고문하겠다 이거지. 오늘 이렇게 다 모일 거 알면서 드레스를 가져오다니 정말 너무해. 언젠가 복수할 거야.」 클로이 언니는 쿵쿵거리며 문 옆에 있는 드레스를 가지러 간다.

「그건 아빠가 도와주마.」 클로이 언니가 옷을 가지고 올라가려는데 아빠가 불쑥 말한다. 「복수는 내 전공이잖아. 게다가 결혼식 분위기도 좀 띄워 줘야지.」

아빠가 클로이 언니에게 눈을 찡끗한다. 나는 울고 싶을 지경이다. 그런 짓궂은 장난은 우리의 것이었는데. 항상 오즈와 내가 아빠의 공범자였다. 그리고 우리는 이미 정말 기억에 남을 만한 결혼식을 만들기 위해서 정성 들여 계획을 짜고 있었다. 그런데 아빠는 이제 그 일을 클로이 언니와 공모하려고 한다. 죽었다는 건 정말 별로다. 내가 하고 싶은 것과 내가 하려고 했던 것들을 다른 사람이 하는 모습을 지켜봐야 하다니.

「내 결혼식 망칠 생각 마.」 오브리 언니는 아빠가 결혼식을 망칠까 봐 걱정을 하면서도 한편으로는 어쩌면 그의 계획이 굉장히 지루할 것 같은 결혼식에 조금이나마 활력을 줄지도 모른다는 생각도 한다.

「우리는 그냥 좀 재미 좀 보려는 것뿐이야.」 아빠가 오브리 언니를 놀리며 말한다.

나는 이제 아빠와 함께 언니의 결혼식에 장난을 칠 계획을 꾸밀 수도, 엄마의 햄을 먹을 수도, 가족과 저녁 식사를 같이 할 수도 없다는 사실이 마음 아프다. 정말 너무 불공평하다.

클로이 언니는 드레스를 입고 계단을 내려온다. 닥터 마틴 신발이 구름 같이 부푼 라임색 태피터[26] 드레스 밑으로 살짝 삐져나와 있고, 언니는 성가시다는 듯이 얼굴을 찡그린다.

걸을 때 나는 소리는 흡사 종이가 구겨지는 소리 같다. 아빠는 포커페이스를 유지하지만 엄마는 웃음을 참지 못하고 갑자기 킥킥거리다가 입에서 와인이 뿜어져 나온다. 오브리 언니가 약하게 키득거리다가 옆구리를 움켜잡으며 발작적으로 웃기 시작하는 바람에 모두에게 웃음 바이러스가 퍼져 나가고, 엄마는 심지어 바지에 실례할 것 같다는 말까지 한다.

클로이 언니가 그런 순간을 포착해 밴스를 의자에서 일으켜 왈츠를 추며 방 안을 활보한다. 오브리 언니와 벤도 동참한다. 두 사람은 마치 클로이 언니의 드레스로부터 튕겨져 나오는 것 같은 흉내를 내면서, 벤이 오브리 언니를 빙글빙글 회전시키며 춤을 춘다. 빙고도 어린 강아지처럼 폴짝폴짝 뛰어다니며 깽깽거린다. 깁스를 한 발을 테이블에 올리고 앉아 이 모든 광경을 감탄하며 바라보는 아빠도 입이 귀에 걸릴 만큼 함박웃음을 짓는다. 이때 엄마가 눈을 돌려 아빠를 바라보자, 그걸 느낀 아빠도 엄마 쪽을 바라본다. 재빨리 시선을 돌리는 엄마와는 달리 아빠는 시선을 거두지

26 광택이 있는 빳빳한 견직물. 드레스를 만들 때 주로 쓰임.

않는다. 페로몬 이상의 감정. 인생의 단 하나뿐인 사랑, 나는 그것이 보인다.

오브리 언니와 벤이 설거지를 하겠다며 같이 부엌으로 들어간다.

클로이 언니는 밴스와 뒤뜰로 사라진다.

엄마와 아빠는 소파에 자리를 잡고 아빠는 커피 테이블 위에 다리를 올려놓는다.

「잭.」 엄마가 말을 먼저 꺼낸다. 하지만 아빠의 입술이 엄마의 말을 막는다. 「오늘은 이야기하지 말자. 오늘 밤은 평범하고 좋은 날이야. 이 시간을 좀 더 오래 지속시키고 싶어.」

「그럼 내일은? 내일도 여기 있을 거야?」

「내일도 있을 거야. 그때 이야기하자.」

엄마가 아빠의 어깨에 머리를 기대자, 아빠가 눈을 감는다. 나는 과연 이렇게 간단히 이 상태가 유지될는지 의문이 생긴다.

■

오브리 언니가 마른행주에 손을 닦고 다시 접은 뒤 오븐 손잡이에 건 다음 말한다. 「천국이 있다고 생각해?」

벤이 고개를 저으며 팔로 오브리 언니를 감싼다. 그는 내가 생각했던 것보다 훨씬 더 다정한 사람이다. 단둘이 있을 때 그는 손이나 입술을 오브리 언니에게서 떼어 놓질 못한다. 언제나 안아 주고 입맞춤을 하거나 사랑한다고 말하고, 마치 언니가 자기의 연인이라는 것이 믿기지 않는다는 듯이 행동하고 자기가 그런 자격이 있다는 사실을 경이롭게 생각한다.

나는 이 상태에 있으면서 알게 된 벤이 정말 마음에 든다.

「죽으면 그걸로 끝인 거야.」 그가 말한다.

「그건 너무 슬프잖아.」 자기의 머리에 키스하는 그에게 편히 기댄 채 언니가 말한다.

「죽은 다음에 두고 온 사람들과 멀리 떨어져 존재하는 것보다 더 슬퍼?」

오브리 언니는 곰곰이 생각한다. 「그냥 죽었다고 하면 너무 영원히 끝나 버린 것 같잖아.」 내가 두고 온 사랑하는 모든 이들 중에서, 나는 오브리 언니가 나를 제일 덜 생각한다고 느낀다. 우리 둘 사이를 연결하던 인연의 가닥은 내가 죽고 거의 바로 끊어졌다. 하지만 그게 오브리 언니가 나를 생각하지 않는다는 것은 아니다. 오늘 밤 언니는 나를 보고 싶어 하고 오즈를 그리워한다. 「오즈는 휴일을 정말 좋아했는데.」 벤에게 안긴 오브리 언니가 그의 셔츠에 대고 말한다.

「나도 기억나. 난 살면서 크리스마스를 그렇게 좋아하는 사람은 처음 봤어.」

오브리 언니가 웃으며 고개를 끄덕인다. 오즈는 산타 복장도 있고, 핼러윈 무렵부터 크리스마스 때 받을 선물을 고르기 시작했다. 크리스마스 장식, 음식, 모든 풍습을 다 좋아했지만, 그중에서도 가족이 다 모이는 것을 너무 좋아했다. 오즈는 항상 말했다. 크리스마스가 다가와. 그럼 오브리 누나도 집에 오고, 엄마도 일하러 안 가.

「오즈는 편히 쉬고 있을 거야.」 벤이 말한다. 그리고 마치 그것을 상상하는 것처럼 창을 통해 밤하늘을 천천히 둘러본다. 「핀도.」

오브리 언니는 그와 함께 암흑을 응시한다. 그리고 시선을 그에게로 돌리고는 얼굴에 미소를 띤다. 「5주밖에 안 남았다니. 믿어지지가 않아.」

벤은 오브리 언니를 번쩍 들어 올리더니 빙그르르 돌린다. 「그러게. 5주 후에, 넌 완전히 내 거야.」 그리고 언니를 내려놓고 싱크대에 기대게 하고는 언니의 머리카락을 쓸어내리며 키스를 한다.

내가 이 사람을 좋아하지 않았던 것이 믿어지지 않는다.

■

「오늘 여기서 잘까?」 그는 기대를 담은, 확신 없는 목소리로 말한다. 「아니면 빅베어로 돌아가야 하나?」

클로이 언니가 그의 뺨을 만지며 슬픈 미소를 지어 보인다. 언니의 눈에는 그런 사고가 없었으면 얼마나 좋았을까 하는 바람과, 그날 밴스가 잃은 것 중 가장 큰 것은 그의 손가락이 아니라는 안타까운 진실이 담겨 있다. 「네가 괜찮아서 참 다행이야.」 언니가 말한다.

「다시 되돌릴 수만 있다면 좋겠어.」 그가 중얼거린다.

「난 아니야.」 클로이 언니가 말한다. 「난 그 일이 아예 일어나지 않았었길 바라.」

「그야 그렇지. 하지만 그 일이 일어났다면 난 내가 했던 행동을 다르게 하고 싶어.」

침묵이 두 사람 사이에 내려앉는다.

「이제 앞으로 어떡할 거야?」 언니가 묻는다. 「가을이 되면, 캘리포니아 샌타바버라 대학교에 갈 거야?」

그가 고개를 젓는다. 「학교는 내 길이 아니야. 일단 오즈를 찾는 일을 끝내고 싶어. 이제 거의 다 돌아 봤어. 그래서 그것부터 끝내고 싶어.」

「그다음엔?」

「그다음엔 나도 모르겠어. 거기에 얼마간 더 머물 수도 있고. 거기엔 일이 많아. 그리고 산에 있는 게 좋아.」

「테니스는 이제 안 쳐?」 언니가 안타깝다는 듯이 묻는다.

그는 다친 손을 들어 올렸다가 무릎 위로 떨어뜨린다. 「솔직히 말해 난 어차피 이류였는데 뭐. 프로로 전향할 만큼 잘하지도 않았고.」

「넌 훌륭한 선수였어.」 언니가 말한다.

그가 어깨를 으쓱한다. 「옛날 이야기지. 이상한 건, 내가 별로 아쉬워하지 않는다는 거야. 사람들의 기대에 대한 부담감이 사라졌다고나 할까. 너희 아빠와 사는 건, 나한테 도움이 많이 됐어. 아저씨도 나처럼 바보니까.」

클로이 언니의 얼굴이 어두워진다.

「나쁜 의미에서가 아니야.」 밴스가 재빨리 말을 이어 간다.「아저씨도 대학에 안 갔고, 한동안 방황했고, 확실한 길을 따라가지 않았다는 점에서 그렇다는 거야. 하지만 어떻게든 제대로 해냈고 결국 너희 엄마 같은 사람과 결혼해서 가족을 이뤘잖아. 그게 내가 그때로 돌아가서 다시 행동하고 싶다고 말했던 이유야. 그 사고가 다시 일어나길 바라서가 아니야. 절대 그런 건 바라지 않아. 하지만 내가 더 잘해 낼 자신이 있어서야. 너희 아빠처럼 좀 더 잘해 낼 자신이.」

클로이 언니의 눈에 눈물이 솟는다. 나의 눈에서도 눈물이 난다. 아빠는 밴스를 구하려고 시작한 건 아니었지만, 결과적으로 그렇게 되었다.

■

아주 좋은 밤이다. 클로이 언니와 최강 핀이 평화롭게 부모님의 방 옆에서 잠들고, 아빠와 엄마가 한 침대에서 손을 잡고 잠드는 좋은 밤.

86

러구나비치는 작고 귀여운 상점들과 연중 퍼레이드를 벌이는 중심가가 아직도 존재하는 작은 동네이고, 주민들이 여러 세대에 걸쳐 대대로 거주하는 공동체이다. 아빠의 가족은 1900년대 초부터 이곳에 살았고 엄마의 부모님은 엄마가 태어나기 전에 이곳으로 이주했다. 모두가 모두를 알고, 다른 모든 작은 동네가 그렇듯 소문이 빨리 퍼진다. 두 개의 지역 신문과 온라인 뉴스, 잡지 등이 지역에서 일어나는 모든 사건 사고들을 철저히 다 다룬다.

화요일 오후 밥이 보석금을 내고 한 시간이 지난 후, 온라인 뉴스에서 먼저 기사를 보도했다. 기사의 제목은 다음과 같았다. 13세 소년 과실 치사 혐의로 현지 치과 의사 체포.

목요일에는 두 신문 모두에서 첫 페이지 머리기사로 다루었고, 그날 오후 우리 집의 전화벨이 울렸고 아빠는 잡지에서 인터뷰 요청을 받았지만 거절했다.

지금은 목요일 저녁이고, 나는 밥과 캐런이 새로 얻은 명성을 어떻게 받아들이는지 궁금해서 찾아가 보기로 했다.

두 사람의 상태는 엉망이다.

밥은 술에 잔뜩 취해 스카치 잔을 들고, 커피 테이블 위에 흩어진 신문들에 눈을 고정시킨 채 소파에 앉아 있다. 옆에 놓인 병에 남은 술의 양과 멍한 눈을 보면 그 상태로 한동안 앉아 있었던 것 같다.

캐런과 내털리는 부엌에 있다. 캐런은 일주일 전보다 10년은 더 늙어 보이고, 사고 전보다는 20년은 나이 들어 보인다. 옷은 다 구겨지고 머리도 빗지 않고 눈은 빨갛게 부었다. 조리대 앞에 멍한 표정으로 앉아 저지방 로키로드 아이스크림을 먹는 내털리는 평소와 별로 달라 보이지 않는다.

놀랍게도 싱크대에는 설거지 안 한 그릇들이 널렸고 조리대 위에는 군데군데 음식을 흘린 자국과 얼룩들도 보인다. 내털리 옆에 앉은 캐런은 뒤뜰로 향하는 프렌치 도어를 응시하고 있다. 전화벨이 울리자 캐런이 깜짝 놀라며 눈을 질끈 감고 계속 울려 대는 참기 어려운 벨소리를 듣지 않으려고 귀를 틀어막는다.

내털리는 전화기 쪽으로 잠깐 고개를 들었다가 캐런을 바라보고 죄책감이 살짝 스치는 듯하더니, 이내 텅 빈 표정으로 되돌아간다. 내털리는 지금 일어나는 모든 일들을 처리할 능력이 없는 과부화 상태인 것 같다.

벨이 네 번째 울리고 자동 응답기가 받는다. 『오렌지카운티 레지스터』의 기자라는 사람이 활기차게 자기소개를 하는 소리가 울려 퍼진다. 이야기를 골똘히 듣던 캐런의 몸이 잠시 경직되었다가 마침내 여자가 전화를 끊자 자리에서 일어나 거실로 뻣뻣하게 걸어간다.

「뭐 좀 갖다 줄까?」 그녀가 밥에게 묻는다.

캐런을 올려다보는 밥의 얼굴에 혼란과 절망이 가득하다. 나는 동정심에 순간 숨이 턱 막힌다. 「대체 어떻게…….」 그는 캐런으로부터 자기의 인생을 무너뜨리고 있는 비방적인 기사들이 가득한 신문들로 시선을 옮기며 말한다.

두 개의 신문에서는, 재판까지는 가지 않을 것으로 보이지만 일단 재판 기일은 9월 말이 예정이라고 보도하고 있다. 이미 지방 검사는 유죄를 인정하면 형량을 낮출 수 있다는 의견을 제시했다. 6개월의 보호 관찰에 징역형은 면한 상태였다. 밥의 변호사는 밥에게 그 제안을 받아들이라고 설득하고 있다. 비록 이것이 과실이라도 살인에 대한 유죄 판결이고, 사실상 치과 의사로서 활동하기 어렵다는 것을 의미하지만, 변호사는 그것이 최선이라고 생각한다. 변호사는 밥이 법정에서 모나 우리 가족을 상대로 승소할 가능성이 없다고 여기고, 그가 패소하면 10년의 징역형을 선고받을 수도 있다고 했다.

캐런은 발아래 깔린 카펫을 바라본다. 「사람들이 틀렸어. 당신은 사람들이 말하는 그런 짓을 하지 않았잖아.」 하지만 그녀의 떨리는 목소리는 그녀가 법정에서 얼마나 미덥지 못한 증인이 될지를 확인시켜 준다.

밥이 그녀를 바라보며 증오의 날이 선 목소리로 말한다. 「난 당신을 위해 그런 거야.」

복도를 통해 그 말을 들은 내털리의 가슴이 갑자기 철렁 내려앉는다. 오즈는 죽었다. 내털리가 오즈의 장갑을 끼고 있었다. 그리고 내털리는 모에게 아빠가 취중에 한 말을 이야기했다. 스툴에 앉은 내털리는 갑자기 먼 곳을 응시하며 몸을 흔들기 시작한다. 살면서 한 번도 느끼지 못하던 양심의 가책을 열여섯이란 나이에 갑자기 깨닫는다는 것은 너무나 끔찍한 일이다.

뒤를 흘끗 돌아보고 몸을 흔드는 내털리를 발견한 캐런은, 스트레스와 걱정이 가득한 얼굴로 다시 밥을 바라보며 말한다. 「아무래도 나랑 내털리는 샌디에이고에 잠깐 가 있는 게 좋겠어……. 저기, 부모님 집에 가 있을게. 잠깐 동안만. 적어도 공판이 끝날 때까지만…… 그 사람들이 틀렸어. 하지만 이게 다 끝날 때까지는…….」

「나가!」 밥이 고함을 치자 캐런이 뛰쳐나가고, 밥이 그쪽을 향해 던진 스카치 잔이 벽에 맞아 산산이 부서진다.

87

클로이 언니는 보호소에 있다. 요즘은 거의 보호소에서 살다시피 한다. 새벽에 집에서 나와 해가 지기 전에는 돌아가지 않는다. 목적 의식, 동물들 그리고 클로이 언니에게 일하라고 권유했던 에릭이라는 남자 직원 모두가 클로이 언니에게 거부할 수 없는 조합으로 작용하고 있다.

지금 에릭은 성질 사나운 저먼 셰퍼드를 목욕시키는 중이다. 사이코 같은 성격 때문에 에릭이 한니발 렉터[27]라고 이름 붙인 셰퍼드는 일주일 전쯤에 유기 동물 처리반에서 데려왔다. 러구나 캐니언 로드에서 개 목걸이 없이 죽기 직전의 상태에서 발견된 개였다. 주인이 찾고 있거나 입양될 가능성이 거의 없어도, 보호소에서는 안락사하기 전에 한 달을 기다린다. 이 개를 돌보기 위해서는 안정제를 주사하거나 입마개를 씌워야 했고, 그런 예방 조치가 있음에도 불구하고 클로이 언니는 되도록 가까이 가지 않았다.

27 한니발 렉터. 미국 작가 토머스 해리스의 범죄 소설에 등장하는 인물.

클로이 언니가 다가가자 에릭이 고개를 든다. 한니발은 약에 취해 반쯤 잠든 상태에서도 뭔가를 감지하고 낮게 으르렁댄다. 에릭은 아랑곳하지 않고 장갑 낀 손을 클로이 언니에게 흔든다. 하나도 멋지지 않은 그런 모습이 그를 멋져 보이게 한다. 난 에릭이 아주 맘에 든다. 오늘은 배가 나온 부처의 그림 밑에 〈나는 신의 몸을 갖고 있다〉라고 쓰인 티셔츠를 입었는데 에릭이 만화 캐릭터처럼 생겨서인지 더 우스꽝스럽게 보인다.

클로이 언니는 손을 허벅지 부근에서 거의 올리지도 않고 살짝 흔들며 얼굴을 붉힌다. 이게 두 사람 관계의 현재 상태다. 머뭇거리는 클로이 언니, 자신에 찬 태도의 에릭, 자라나는 우정, 거부할 수 없는 화학 반응, 조심스러운 망설임. 클로이 언니가 입은 상처는 이제 고작 3개월밖에 안 되었고, 내면의 상처는 밖에서 보이는 상처보다 훨씬 더 깊다. 에릭은 그것을 느끼고 친밀감 있고 조심스럽게 대하지만, 클로이 언니가 지나갈 때 갑자기 안색이 환해지고 계속 눈을 떼지 못하는 것은 숨기지 못한다.

클로이 언니는 외모에 전혀 신경을 쓰지 않는 것처럼 굴지만 그것은 연기일 뿐이다. 오늘은 찢어진 블랙진에 색이 바랜 메탈리카 티셔츠에, 낡은 컨버스 스니커즈를 신었다. 언니가 방금 일어난 것 같은 귀여운 머리를 연출하려고 거의 한 시간이나 소비했고, 입술을 반짝거리게 하려고 바세린을 바른 것은 나만 아는 사실이다.

언니는 안내 데스크에 앉아 이번 주 장부 내역을 컴퓨터에 입력한다. 사료 봉투를 내려놓은 에릭의 발걸음 소리가 가까워오는 것을 들은 클로이 언니는 자세를 바로 한다. 그가 문으로 들어올 때 클로이 언니는 모르는 척 여전히 머리를 숙이고 있지만, 맥박이 빨라지는 것이 나에게는 느껴진다.

그는 속도를 거의 늦추지 않고 클로이 언니 옆을 빠르게 지나치면서 클로이 언니의 귀에 꽂은 연필을 빼낸다. 언니가 빙그르르 돌자, 그는 연필을 장부 책에 떨어지도록 가볍게 던지고는 노래를 흥얼거리며 계속 걸어간다. 클로이 언니는 하던 작업으로 다시 몰두하는 척하지만, 같은 부분을 세 번이나 읽는 언니의 얼굴에 바보 같은 웃음이 퍼진다.

88

부활절 이후로 닷새가 지났고, 다들 숨을 참고 있는 것처럼 아슬아슬한 잔잔함이 지속되고 있다.

아빠는 물리 치료를 다시 시작했고 복수심을 품은 채 재활에 공격적으로 임하고 있다. 아빠의 물리 치료사는 그루터기처럼 튼튼한 중년의 여성이다. 그녀는 아빠의 다리를 훈련시키는 데 인정사정없다. 이전의 가정 방문 간호사와는 달리, 이 물리 치료사에게는 추파를 던질 만한 요소가 전혀 없어서 아빠는 불만이지만 나한테는 다행스러운 일이다.

매일 아침 물리 치료사가 돌아가고 나면 아빠는 차고로 가서 역기를 들고, 그다음에는 지쳐서 다리가 후들거릴 때까지 동네를 절룩거리며 돌아다닌다. 아빠는 일에 복귀할 수 있는 원기와 희망을 다시 얻고, 한때 소유했던 삶, 단순히 사고 전이 아니라 하나의 사랑을 위해 다른 사랑을 포기했어야 했던 시기 이전의 삶을 다시 되찾겠다는 희망으로 투지를 불태운다.

오즈가 세 살이었을 때, 아빠는 요트 선장으로서의 일을 포기했다. 더 이상 베이비시터가 오즈를 감당하기 어렵다는 것이 확실해진 때였다. 아빠가 엄마를 만나기 전에는 여러 가지 일을 했었다. 래프팅 가이드, 산림 경비대원, 은광의 광부 등. 하지만 그가 자신의 천직을 찾은 곳은 바다였다. 내가 그랬던 것처럼, 그의 피에는 바닷물이 흐른다.

그는 지구에서 아직도 완전히 알려지지 않은 유일한 지역인 알래스카가 어떤 곳인지에 대한 이야기를 들려주곤 했다. 가장 깊은 바닷속에 대해 아직 얼마나 알려지지 않은 게 많고, 바다 속 생물의 3분의 2는 아직도 제대로 발견되지 않았으며, 그렇게 기술이 발달했어도 스콜 하나 예측하지 못한다는 등의 이야기를 할 때 아빠의 눈은 반짝반짝 빛났다. 그는 바다에 관한 모든 것들, 모험, 선원들과의 동료애 그리고 구속되지 않은 자유를 사랑했고 그것을 포기해야 했을 때 그의 내부에서 뭔가가 조용해졌다고 했다. 그가 바다를 얼마나 그리워하는지는 보기만 해도 느껴질 정도였다. 우리가 해변에 있을 때면, 그는 실눈을 뜨고 수평선을 바라보며 입술을 핥았다. 먼 바다에서 폭풍이 온다는 소식이 들리면 당장이라도 행동에 돌입하고 싶어서 턱이 씰룩거리고 근육이 긴장하는 것이 보였다.

물리 치료사가 가자 아빠는 차고로 내려가 벤치프레스에 무게추를 올린다.

차고는 마치 성지(聖地)처럼, 엄마의 거대한 지우개에 영향받지 않은 유일한 장소다. 차고 안에는 오즈와 나의 잡동사니들이 여기저기에 널려 있다. 선반에도 잔뜩 쌓여 있고 서까래에도 매달려 있다. 아빠가 차고에서 끙끙대고 땀을 흘리며 자신을 극한으로 몰아가는 동안 야구 방망이와 장갑, 오래된 유니폼과 자전거, 부기 보드, 테니스 라켓과 골프채 등 수많은 추억들에 먼지가 쌓여 간다.

운동 한 세트가 끝날 때마다 그의 눈은 우리의 유품을 둘러보며 우리를 기억하고 떠나보내지 않으려고 애를 쓰면서 성인이나 악마들이 할 법한 가혹한 학대를 스스로에게 가한다. 그런 아빠를 바라보면서 엄마가 이것들을 버리는 것이 옳지 않았을까 하는 생각이 든다. 이곳은 마치 유사(流沙)처럼 아빠가 이곳에 올 때 마다 그를 끌어당기고, 가라앉게 만들고, 앞으로 나아가는 것을 막기 때문이다.

차고의 뒤쪽 구석은 특히 더 끔찍하다. 내 마지막 경기 때 썼던 소프트볼 가방과 장갑이 내던져진 채 그대로 남아 있다. 그리고 아빠와 할아버지가 입었던 것과 같은 등 번호 9번이 적힌 내 운동복이 똘똘 뭉쳐진 채 그 위에 놓여 있다. 나는 색이 바래고 먼지가 쌓여 더러워진 그 티셔츠를 바라보면서, 그리고 지치고, 화나고, 비참한 아빠를 바라보면서 생각한다. 내가 할 수만 있다면 한 줌의 재도 남지 않도록 마지막 하나까지 아주 강한 불로 태워 버리고 싶다고.

아빠가 신체적, 정신적으로 자신을 파괴하는 행동을 끝내고는 집으로 비틀거리며 들어간다. 오늘은 왜 산책을 나가지 않는지 궁금해하다가 아빠와 함께 주방으로 따라 들어가서야 비로소 깨닫는다. 오늘은 에인절스의 경기가 있는 날이다.

에인절스는 우리의 팀이었다. 아빠와 오즈 그리고 나의. 우리에겐 우리 셋만의 고유하고 특별한 경기 전 절차가 있었다. 주로 의식과 미신을 좋아하던 오즈를 위한 것이었지만. 모든 경기 전에 우리는 손을 맞잡고, 눈을 감고 구호를 외쳤다. 「모든 힘이 에인절스와 함께하길.」 우리는 이 구호를 거의 종교적 염원에 비슷해질 때까지 계속 반복해서 외쳤다. 그리고 치킨 윙과 함께 히든밸리 랜치 드레싱을 찍은 셀러리만 먹었고, 각자 아홉 개씩, 매 회 시작 전 치킨 윙 한 개와 셀러리 한 개씩만 먹어야 했다. 클리커[28]는 오즈 담당이라서 우리는 경기 중에 절대 손을 댈 수 없었다. 그랬다가는 징크스가 경기 결과에 영향을 미쳤다.

지금 집에는 아무도 없다. 어쩌면 그래서 아빠가 이런 행동을 하는 건지도 모른다. 아빠는 아주 치밀하고 신중하게 치킨 윙과 셀러리를 준비한다. 그릇에 랜치 드레싱을 담으며 오즈에게 말하듯 중얼거린다. 「딱 네가 좋아하던 대로 준비했다, 아들.」 그러자 빙고가 관심을 보이며 고개를 든다. 「에인절스 대 자이언츠 경기야. 쉽지 않겠는데.」

나는 그가 접시에 음식을 준비하는 것을 지켜본다. 아홉

28 야구를 관람할 때 스트라이크, 볼, 아웃, 회수 등의 경기 진행 기록을 입력하는 기구.

개의 윙과 아홉 개의 셀러리 스틱. 접시는 단 하나뿐이다. 그는 소파로 음식을 가져가며 TV를 켠다. 나는 치킨 윙의 냄새와 맛을 상상하며, 그리고 스스로를 가엾게 여기며 아빠 옆에 자리를 잡는다.

8회에 그 일이 일어난다. 앨버트 푸홀스[29]가 홈런으로 2타점을 기록하며 동점을 만든 것이다. 그러자 아빠가 승리의 기쁨에 주먹을 허공에 날린다. 아주 기적적인 그 찰나의 순간, 그는 우리를 잊는다. 나는 기뻐하면서, 동시에 이것이 돌파구가 되기를 간절히 소원한다. 하지만 금세 아빠는 얼굴에 죄책감을 드러내며 주먹을 홱 하고 아래로 떨군다. 그런 모습을 보자 내 마음 속에서 죄책감이 솟구친다. 그러지 마. 나는 울부짖는다. 제발 그만 행복해져.

어쩌면 신은 내 말을 듣는지도 모른다. 다음 회 투 아웃 상황에서 콜 칼훈[30]이 담장을 맞고 떨어지는 2루타를 날린다. 그러자 아빠는 다시 자기도 모르게 활기를 되찾고 관중들과 함께 박수를 친다. 마이크 트라우트가 플레이트 쪽으로 걸어 나갈 때 아빠가 몸을 앞으로 기울이자, 나도 따라 몸을 앞으로 기울인다. 지금 이 상황에서 더 최적의 타자는 없다.

「자, 트라우트.」 아빠가 말한다.

스리 볼 투 스트라이크.

29 미국 LA 에인절스 야구팀 타자.

30 2014~2019년까지 활동한 LA 에인절스 타자.

제발 포 볼은 만들지 마.

투수가 공을 던진다.

바깥쪽 낮은 볼이다.

트라우트가 배트를 휘두르고, 공이 맞는다. 내야를 살짝 넘어가는 텍사스성 뜬공이다.

칼훈이 뛰기 시작해서 베이스를 전력을 다해 돈다.

조 패닉[31]이 타구를 잡기 위해 뒤쪽으로 뛴다. 동시에 매커친[32]이 라이트 필드에서 달려 들어온다. 패닉이 몸을 날려 보지만 미치지 못하고 공은 몇 센티미터 차이로 글러브를 벗어난다. 매커친이 홈으로 공을 던져 보지만 이미 한발 늦었다.

이제 치킨 윙과 셀러리 스틱은 다 사라졌다. 우리의 염력이 통했다. 에인절스가 이겼다.

「우리가 해냈다, 오즈.」 아빠가 또 주먹을 위로 올리며 말한다. 그때 문이 열리면서 엄마가 들어온다.

아빠가 돌아서서 엄마를 보자 빙고가 뛰어오른다.

엄마는 주변 상황을 둘러보다가 커피 테이블에 있는 빈 접시와 오즈가 앉던 자리에 있는 클리커 세트를 발견하고는 아빠를 쳐다본다.

「좀 뛰고 올게.」 엄마가 지나치며 말한다. 엄마는 턱을 굳게 다물고 아빠는 위로 올렸던 주먹을 내린다. 나는 간절하

31 2014~2019년까지 활동한 샌프란시스코 자이언츠의 타자.

32 앤드루 매커친. 미국의 야구 선수.

게 엄마가 1분만 늦게 들어왔더라면 하는 생각을 한다.

엄마가 운동복으로 갈아입고 다시 내려왔을 때 아빠의 모습은 보이지 않는다. 아빠는 차고에서 내 저지 티셔츠에 대고 경기에 대해 이야기하고 있다. 엄마가 문 쪽을 바라보다가 아빠의 중얼거림이 들리자 무거운 한숨을 쉬고 밖으로 나간다. 그리고 제대로 숨을 쉴 수도 없을 만큼 도로를 전력 질주한다.

한 시간 뒤 엄마가 비틀거리며 집에 돌아와 부엌에서 치킨 윙을 만드는 데 사용했던 그릇들을 닦는 아빠를 발견한다.

「개네들은 이제 없어.」 엄마가 말한다.

아빠는 돌아보지 않고 그대로 서 있지만 딱딱하게 굳은 어깨가 엄마의 말을 듣고 있다는 것을 드러낸다.

「이제 그만 잊어야 해. 그렇게 계속 기억을 끌어 올리면 절대 잊을 수 없어.」

스펀지로 접시를 너무 세게 문질러 뽀드득 소리가 난다.

엄마가 숨을 깊게 들이쉬고는 다시 내쉰다. 「내가 차고를 치워 주기 바란다면, 해줄게.」

아빠가 휙 돌아서는 바람에 싱크대 밖으로 물이 철벅하고 튄다. 아빠는 어두운 눈빛으로 말한다. 「거기에 절대 가까이 갈 생각 마. 개들은 갔지만 잊히지는 않았어. 난 개들을 떠나보낼 이유가 없어. 당신과는 달리 나는 잊을 수 없어. 잊지 않을 거야. 절대 개네와의 추억을 뒤로하지 않을 거야.」

엄마가 양 주먹을 꼭 쥔 채 몸을 휙 돌려 단호히 가버리자 나는 전율한다. 닷새. 두 사람의 관계가 좋아졌다 다시 악화되는 데 걸린 시간이다.

89

일요일이다. 일반인들에게는 문을 닫은 보호소 안에는 클로이 언니와, 에릭 그리고 동물들만 있다. 두 사람은 지금 둘만 있다는 사실이 아무렇지도 않은 척하면서 우리를 청소하거나 동물을 돌보는 일을 하며 시간을 보낸다.

오전의 중간쯤에 클로이 언니가 먼저 행동을 취한다. 언니는 아마 시간이 어느 정도 지난 후에 먼저 작업을 건 것이 에릭이라고 주장할지 모르지만, 시작은 확실히 언니였음을 밝혀 둔다. 벽 쪽에 나무 상자를 놓고 있던 에릭에게 클로이 언니가 짓궂은 미소를 지으며 다가간다.

「왜?」

클로이 언니는 존경스러울 정도로 거리낌 없이 에릭을 상자 쪽으로 밀어붙여 그 자리에 앉게 만들고는 그의 다리 사이로 들어가서 키스를 한다. 이런 경험이 별로 없어 보이는 그는, 순간 충격을 받고 얼어붙는다. 하지만 곧 눈치 빠르게 팔로 클로이 언니의 허리를 감싸 안고 가까이 끌어당긴다. 그가 오랫동안 기다린 일이 마침내 벌어진 만큼, 적극적으로 언니의 입술을 받아들인다.

「서두르지 마.」 클로이 언니가 몸을 뒤로 빼며 키득거린다. 그러고는 부끄러운 듯 웃는다. 「시간은 많으니까.」 나는 심장이 터질 것 같다. 난 언니가 이렇게 도발적인 사람인줄은 전혀 몰랐다.

클로이 언니가 티셔츠를 머리 위로 올려 벗자, 짙은 인디고 블루의 브라와 대비되어 언니의 하얀 피부가 한층 더 눈부셔 보인다. 그러자 언니의 경고에도 불구하고 에릭은 달려든다. 처음에는 눈빛으로, 그러고는 입술로. 클로이 언니는 즐거워하며 웃음을 터뜨린다.

놀라운 힘으로 그는 언니를 들어 올리며 일어난다. 입술을 포개고 언니의 다리를 자기 허리에 두른 상태로, 개 사료를 쌓아 두는 장소에 있는 간이침대로 데려간다. 에릭이 클로이 언니의 운동화와 양말을 벗기는 순간 발가락이 드러나자 클로이 언니는 긴장한다. 하지만 에릭은 눈치채지 못하고 언니의 상처를 보고도 전혀 신경 쓰지 않는다. 이미 그의 신경은 온통 언니와 언니의 입술에 집중되어 있다.

90

엄마와 아빠가 싸운 지 일주일이 지났다. 그동안 엄마는 안방 대신 오브리 언니가 예전에 쓰던 방에서 지냈다. 하지만 어젯밤 엄마는 더 이상 참지 않겠다고 마음을 먹었다. 파자마 반바지와 가슴의 윤곽이 드러나는 얇은 티셔츠를 입은 엄마는 오브리 언니의 방에서 아빠가 자고 있는 침실로 갔고, 문 앞에 잠깐 멈춰 서서 머리를 매만지고는 안으로 들어갔다.

그리고 오늘 아침 두 사람은 서로의 품 안에서 깨어났다.

엄마가 아빠 쪽으로 몸을 돌리자, 엄마의 시선에 아빠의 얼굴이 미소로 찡그려지고 아침 햇살에 눈이 깜박인다. 그들을 바라보면서, 나는 두 사람이 처음 만났을 때를, 그리고 아주 잘 어울렸을 두 사람의 모습을 상상해 본다. 사람들의 시선을 사로잡고 마음을 설레게 하는 대담하고 당당한, 스콧과 젤다[33]와 같은 멋진 커플이었을 것이다.

33 작가 스콧 피츠제럴드와 그의 부인 젤다 피츠제럴드.

내가 어릴 때 봤던, 두 사람을 기억한다. 서로에게 빠져 황홀해하던 모습과, 그들의 에너지와 열정을. 밤이 되면 클로이 언니와 나는 벽을 통해 그들의 소리를 들었다. 웃음소리, 숨죽인 신음 소리, 침대가 삐걱대는 소리. 우리는 피식거리는 웃음소리를 막기 위해 코를 감싸 쥐고 입을 가렸다. 아침이 되어 엄마가 아빠의 티셔츠와 사각팬티를 입고 계단을 내려오면 아빠는 엄마의 다리를 엉큼한 시선으로 바라보며 눈썹을 올렸다 내렸다 했다. 엄마는 이렇게 놀려댔다. 「너희 아빠가 오늘 기분이 굉장히 좋은가 보다.」 그러면 아빠는 옆으로 지나가는 엄마의 뒷모습을 손으로 따라가는 시늉을 하며, 〈아주, 아주, 아주 좋지〉라고 대답했고 엄마는 얼굴을 붉혔다.

우리가 커가면서 잠이 방해받는 일은 점점 줄어들었고, 시간이 지나면서 결국 그런 일들은 완전히 사라졌다.

두 사람의 소리를 들은 지 몇 년이 지났다. 하지만 지난밤에는 내가 클로이 언니의 옆, 내 침대에 앉아 있는 동안, 벽을 통해 오래전 그 열정의 소리가 울려퍼졌다. 클로이 언니는 눈알을 굴리며 그 소리가 들리지 않도록 헤드폰을 꼈지만 얼굴에는 미소가 떠올랐다.

오늘 아침 기분 좋은 여운에 흠뻑 젖은 두 사람은, 피로하지만 온전히 사랑에 빠져 있다. 엄마는 아빠의 어깨에 머리를 대고 누워 손가락으로 아빠의 가슴의 털을 쓸어내린다.

건너편의 서랍장 위에는 우리 가족의 사진이 있다. 해마다 찍는 크리스마스 사진이다. 매년 그랬던 것처럼, 사진 속의 우리 여섯 명은 청바지와 검은색 상의로 옷을 다 맞춰 입고 바다 앞에 있는 커다란 바위 위에 앉아 있다.

「앤?」

「음?」

「뭐 하나 말해도 돼?」

엄마는 아빠의 긴장된 목소리를 듣고, 그가 할 말이 지금의 이 마법 같은 기분을 깨버릴 것 같은 조마조마한 마음에 털을 쓸어내리던 손을 멈춘다.

아빠는 턱을 굳게 다문 채 앞으로 내밀고 시선을 사진에 고정시킨다. 그는 눈을 감고 말한다. 「가끔 오즈가 없어서 다행이라는 생각을 해.」

그가 자신이 한 끔찍한 고백에 눈을 질끈 감자 엄마가 말한다. 「쉬……」 엄마는 팔을 둘러 아빠를 끌어안고 눈에서 흘러내리는 눈물을 입술로 살포시 닦아 준다. 「그런 생각을 했다고 그 애에 대한 당신의 사랑이 줄어드는 건 아니야. 그냥 오즈가 그랬던 거야.」

엄마의 말이 맞다. 오즈와 같은 남자아이가 갖는 특징 때문에 아무리 그를 사랑한다 해도, 여전히 그 아이가 당신의 삶에 미치는 것들을 싫어하지 않을 수 없다. 그가 에너지를 빼앗아 가고 모든 공기를 빨아들이는 느낌, 너무 집요하고 지칠 줄 모르는 요구에 가끔은 숨을 쉬기 힘들었던 일상들. 아무도 그 아이가 살아 있을 때는 인정하지 않았지만 우리는 모두 그걸 느끼고 있었다.

아빠는 죄책감과 슬픔 그리고 병원에서 깨어나 끔찍한 사실을 접했을 때부터 느꼈던 감정 때문에 몸서리를 치고, 엄마는 계속 아빠를 안아 준다. 아빠의 그런 고백은 오직 엄마만이 이해하고 용서할 수 있다.

91

최강 핀은 클로이 언니와 보호소에 있다. 하지만 오늘은 클로이 언니가 핀을 데려오는 마지막 날이다. 브루투스는 오늘 아침 입양됐고, 이제 최강 핀은 더 이상 놀 친구가 없어진 데다, 혼자 사육장에 갇혀 있는 걸 너무 싫어하기 때문이다.

최강 핀이 계속 아우성을 치자 결국 측은하게 여긴 클로이 언니가 우리에서 꺼내 준다. 핀은 보호소의 사무실 안을 마구 돌고 혼자 구르면서, 잡히지 않고 자꾸 빙글빙글 날아다니는 먼지 뭉치를 쫓아다니며 즐겁게 논다. 클로이 언니는 책상에 앉아, 새 요금표를 검토하고 야간 근무 팀에게 전달할 내용을 적는다.

먼지 뭉치가 떠다니다가, 튕겨져서 개 사육장으로 향하는 더치 도어 밖으로 날아가 버린다. 나는 핀이 그걸 쫓아가다가 그 바람에 그 문이 열리는 것을 보고 공포에 휩싸인다. 클로이 언니는 일에 집중하느라 눈치를 못 채고 있다.

고양이가 몸을 웅크렸다가 확 하고 덤벼들지만 가벼운 먼지 뭉치는 오히려 우리들이 있는 쪽으로 날아가 결국 저 먼 셰퍼드 한니발의 우리 안으로 들어가 버린다. 핀은 먼지 뭉치를 쫓아 우리의 철창 사이로 쉽게 들어간다.

으르렁.

끼야악.

핀의 털이 곤두서서 원래 크기보다 두 배로 부풀지만 그래 봤자 소프트볼보다 작다. 한니발은 이빨을 드러내고 다른 개들도 눈치를 채고 마구 짖어 댄다.

그때 클로이 언니가 나타나 우리 문을 열려고 손을 갖다 댄다.

「안 돼.」 마침 에릭이 마당 쪽에서 달려오며 소리친다.

에릭을 보는 클로이 언니의 얼굴에 뭔가 위험한 표정이 비친다. 그러나 언니는 바로 문을 열고 안으로 들어간다.

언니가 최강 핀을 잽싸게 팔로 들어 올리고는 돌아서서 셰퍼드를 마주하고, 마치 한번 싸워 보겠다는 듯이 눈을 가늘게 뜨고 바라보자, 개는 목털을 세우며 몸을 웅크린다.

그때 바로 옆에서 양동이가 떨어지는 소리가 나고, 개가 그쪽을 돌아본다. 「이쪽이다, 렉터.」 에릭이 우리 안으로 뛰어들면서 말한다. 그가 클로이 언니 주변을 빙 돌아 안쪽으로 들어가자 한니발이 잽싸게 그쪽을 향해 으르렁거린다.

「클로이, 나가.」 에릭이 쉭쉭 소리를 내며 관심을 끌기 위해 한니발 앞에서 손을 흔든다. 「그렇지, 자, 착하지. 이거

먹을래?」 그는 한니발을 유인하려고 손가락을 꼼지락거린다.

클로이 언니는 최강 핀과 함께 우리 밖으로 도망친 다음 우리의 문을 완전히 열어젖히고는 방패삼아 그 뒤로 고양이와 함께 숨는다. 문이 열리자 한니발의 눈이 잽싸게 에릭으로부터 자유의 기회로 향한다. 개 사육장 맨 끝 쪽에 있는 열린 문을 통해 보호소의 마당이 한니발을 유혹한다. 천만다행으로 한니발은 자유를 선택하고 문을 향해 돌진해서 밖으로 뛰쳐나간다.

클로이 언니가 바로 달려가 한니발이 나간 문을 쾅 닫고 우리 쪽으로 달려간다.

에릭이 바닥에 무릎을 꿇고 털썩 주저앉는다. 「젠장.」 그가 허벅지 쪽으로 몸을 숙이고는 깊이 숨을 빨아들인다.

클로이 언니는 한 손에 여전히 핀을 안은 채로 다른 한 손으로 에릭이 일어나는 걸 도와준다. 그를 일으켜 세운 뒤 클로이 언니가 그의 머리를 잡고 이마를 내려 자기의 이마에 댄다. 「고마워.」

그가 뒤로 물러나며 어두운 얼굴로 클로이 언니의 턱을 올려 자기의 얼굴과 마주보게 한다. 「다시는 그러지 마.」 에릭이 말한다.

「고맙다는 말 하지 말라고?」

「날 시험하는 거.」

클로이 언니가 방어적으로 뒤로 물러서려고 하자, 그가

못 하게 막는다. 그가 클로이 언니를 단단히 잡고 이글거리는 눈빛으로 쳐다본다. 「네가 그럴 때마다 매번 뛰어 들긴 할 거야.」 그가 말했다. 「하지만 내가 매번 운이 좋을 순 없어. 그러니 또 그러지 마.」

클로이 언니가 눈을 내리깔고 고개를 끄덕이자 에릭이 언니를 안아 준다.

■

보호소에서 나온 클로이 언니는 최강 핀을 집에 내려놓고 운전해서 시내로 나가 스타벅스에서 캐러멜 프라페를 사서 바닷가로 간다.

시내는 거의 변한 것이 없지만 나는 그 차이를 느낀다. 안젤리노의 피자리아 자리에 새로 샌드위치 가게가 들어섰고, 헐리의 서프 숍은 이제 아트 갤러리로 바뀌었다. 매장 창문에 진열된 수영복 바지는 지난해보다 더 짧아졌고, 비키니 수영복들은 네온 핑크색과 파란색이 유행인 듯하다. 삶은 계속되고 있다.

클로이 언니가 아이스크림 가게를 지날 때 나는 갓 구운 와플 콘의 향과 민트 아이스크림의 맛을 상상한다. 어떤 10대가 초콜릿이 박힌 바나나를 들고 있다가 클로이 언니의 기형이 된 손을 뚫어지게 바라본다. 클로이 언니가 그 아이에게 손을 흔들자, 얼굴이 빨개져서 서둘러 가버린다.

더할 나위 없이 좋은 날씨다. 팝콘을 연상케 하는 봄 기운 가득한 구름이 하늘을 떠다니고, 햇빛이 물결 위에서 반짝거리고, 따사로운 바람이 여름을 약속하듯 속삭인다. 바다 위에는 열두어 척의 요트가 남쪽으로 향하고 해변에는 수백 명의 관광객들이 선크림을 듬뿍 바른 채 비치 타월 위에 누워 있거나 파도를 타며 즐거운 시간을 보낸다.

클로이 언니는 나무로 된 산책로를 지나서 모래사장에 앉아 눈을 가늘게 뜨고 파도를 응시한다. 그리고 태양을 향해 얼굴을 들고 그 환한 빛과 열기를 피부로 흠뻑 받아들인다.

그때 나는 느낀다. 언니가 나를 부드럽게 놓아 주고 있으며, 우리 둘 사이의 연(緣)이 약해지는 것을. 손가락을 입에 대고 내게 후 하고 작별의 키스를 날리는 언니의 얼굴에 희미한 미소가 떠오르고, 눈에서 한줄기 눈물이 흐른다.

92

그녀는 눈에 띌 정도로 불편한 기색으로 바닥을 바라보고 계속 안절부절못하며 문밖에 서 있다. 계절과 장소에 맞지 않는 캐시미어 스웨터와 헤링본 바지를 입었다.

「조이스?」 엄마가 카민스키 아줌마의 모습에 의아해하며 이름을 부른다.

모의 엄마는 속에 내용물을 보호하기 위한 버블 랩이 붙은 마닐라 봉투를 들고 있다. 봉투를 쥔 모습으로 보아, 아주 중요한 것처럼 보이고 그래서 그 안에 무엇이 들어 있는지 궁금해진다.

「안으로 좀 들어올래요?」 엄마가 문을 활짝 열며 묻는다.

카민스키 아줌마는 봉투가 구겨지도록 손에 힘을 더 꽉 쥐고는 고개를 젓는다. 「나는 몰랐어요.」 아줌마는 새처럼 눈을 깜박거리며 엄마의 시선을 피한다. 목소리가 너무 나직해서 엄마는 몸을 앞으로 기울여 귀기울인다.

엄마가 몸을 펴며 고개를 갸웃한다. 카민스키 아줌마는

봉투를 엄마에게 내민다. 엄마는 선뜻 받지 않는다. 대신 오히려 뒤로 물러서는 바람에, 그 불길한 정체의 물건은 두 사람 사이의 허공에서 멈춘다.

「병원에서,」 카민스키 아줌마가 계속 말한다. 「모린이 병원에 들어올 때 입었던 옷을 어떻게 할 건지 묻더군요.」

나는 엄마의 표정이 경직되는 것을 지켜본다. 하지만 카민스키 아줌마는 눈치채지 못한다. 아줌마의 관심은 오직 그 물건을 건네야 한다는 것에만 집중돼 있다. 「난 별로 눈여겨보지 않았어요. 정말 몰랐어요.」 아줌마가 다시 반복해서 말한다.

종이 한 장 크기에 손가락 두께도 안 돼 보이는 봉투는 옷을 담기에는 턱없이 작다.

「그래서 그냥 없애라고 했죠. 갖다 버리라고요.」 아줌마의 목소리가 갈라져서 나는 거의 울음을 터뜨리기 직전이라는 것을 알아차린다. 「나는 그 끔찍한 날과 관련된 건 모린 근처에는 두기도 싫었거든요.」

이제 팔짱을 끼고 선 엄마의 어두운 안색으로 보아, 카민스키 아줌마가 제발 빨리 가주기를 바란다는 것을 느낀다.

카민스키 아줌마의 왼쪽 눈에서 눈물 한 방울이 떨어져 뺨을 타고 흘러내린다. 그녀는 봉투를 들고 있지 않은 손을 올려 눈물을 닦아 낸다. 「그리고 막 이걸 발견했어요.」 아줌마는 봉투를 조금 앞으로 내민 채 엄마를 똑바로 보지 못하고 이곳저곳 두리번거리며 말한다. 「남편이 이걸 병원에서 집으로 가져왔어요. 그동안 사무실에 뒀었다고…….」 아줌마는 말끝을 흐리며 팔을 떤다.

짧지만 아주 긴 1초가 지나고 엄마가 그 물건을 받지 않을 것이라는 것이 확실해지자, 카민스키 아줌마는 봉투를 거둬들인다. 그리고 봉투 안에서 한 장의 종이와 내 휴대폰을 꺼낸다. 형광색 글씨로 〈우리는 모두 벌레다. 하지만 나는 그중에서도 빛을 내는 벌레라고 믿는다〉라고 쓰인 네이비색의 휴대폰 케이스를 보고 엄마는 몸을 움찔한다.

그 휴대폰 케이스는 오브리 언니가 졸업 여행으로 런던에 갔을 때 사다 준 것으로 그 문장은 윈스턴 처칠의 말이었다. 언니는 그 케이스를 보자 내 생각이 났다고 했고, 그 말은 그동안 내게 사람들이 했던 어떤 말 중에서도 가장 기분 좋은 말이었다. 나는 그 케이스를 너무나 좋아했고 그 문장을 항상 외우고 다녔다.

그걸 향해 고개를 내젓는 엄마를 무시하고 카민스키 아줌마는 종이를 들고 읽어 내려간다. 「모린 카민스키 환자를 위해 처리된 소지품 목록입니다.」 아줌마는 감정을 추스르기 위해 숨을 깊게 들이쉬고 계속 읽어 내려간다. 「갈색 가죽 부츠. 검정색 타이즈. 청바지. 빨간색 스웨터. 마룬 러구나비치 고등학교 축구팀 티셔츠. 네이비색 모자 달린 파카, 회색 트레이닝 바지. 검은색 양말. 줄무늬 양모 양말.」

아줌마는 읽기를 멈추고, 코를 훌쩍이고, 눈물을 또 닦아내고는 아주 잠깐이지만 용기를 내서 엄마의 눈을 바라본다. 자식을 잃는 것을 가장 두려워하는 한 사람으로서, 자식을 잃은 한 엄마를 바라보는 일은 생각만으로도 너무나 견디기 어려운 일이다. 「이걸 보기 전에는,」 아줌마의 목소리가 떨린다. 「당신이 해준 일을 몰랐어요.」

엄마는 턱을 앞으로 삐죽 내민다. 나는 엄마가 카민스키 아줌마를 두고 문을 쾅 닫아 버리지는 않을까 걱정이 되지만 그러지 않는다. 대신 카민스키 아줌마가 생각지도 않은 말들을 마구 쏟아 놓는 동안 놀라울 만큼 침착하게 가만히 견딘다. 「미리 알아채지 못한 점, 그리고 그것을 인정하기까지 이렇게 오래 걸려서 너무 미안합니다.」 아줌마는 종이와 휴대폰을 다시 봉투에 넣고 엄마를 지나쳐 문 옆에 놓인 테이블 위에 올려놓는다. 그러고는 다시 뒤로 물러서며 시선을 아래로 내리고, 〈고맙습니다〉라고, 지금 아줌마의 감정을 표현하기에는 턱없이 부족한 말을 나직이 건넨다. 엄마가 뻣뻣하게 고개를 끄덕이자, 카민스키 아줌마는 돌아선다.

돌아선 아줌마의 뒤에서 문이 닫힌다. 그리고 곧바로, 뭔가가 문에 세게 부딪히는 소리가 난다. 뒤를 돌아보고는 자기가 건넨 물건이 문에 부딪혀서 난 소리였다는 것을 깨달은 아줌마의 턱이 마구 떨린다.

93

아빠는 엄마가 계단을 마구 뛰어올라가 침실 문을 닫는 것을 부엌의 한구석에서 바라본다.

어두운 표정으로 아빠가 현관 쪽으로 다가가 봉투를 집어 든다. 부엌으로 가지고 가서 휴대폰을 꺼내 전원을 켜보지만 배터리가 방전된 상태다.

아빠는 휴대폰 충전 코드를 연결하고 같이 들어 있던 종이를 바라본다. 종이를 읽어 내려가다가 그것이 무엇을 의미하는지를 파악하고, 자신이 의식을 잃었던 동안 엄마가 감당해야했던 것들을 깨달으며 아빠의 표정은 호기심에서 자괴감으로 바뀐다.

아빠는 종이를 내려놓고 내 휴대폰을 집어 들어 전원을 켠다. 휴대폰 첫 화면은 샌디에이고 동물원 앞 거대한 사자상의 입에 매달린 나의 사진이다. 그때 그곳에 나를 올려 준 것이 아빠였고 내가 매달려 있는 동안 재빨리 뒤로 물러서 사진을 찍어 준 것도 아빠였다. 그때 동물원 경비가 달려 나와 당장 내려오라고 소리를 질렀고 그래서 아빠, 오즈 그리고 내가 마구 웃어 대며 도망쳤던, 소중한 추억이 담긴 사진이다.

아빠는 미소를 짓다가 다시 종이를 바라보고는 한 줄 한 줄 천천히 읽어 내려간다. 물품 목록을 보며 어떤 것이 모의 물건이고 어떤 것이 내 물건인지를 생각한다.

다시 폰을 집어 들어 내 앨범에서 나의 멋진 삶을 담은 수백 장의 사진을 훑어본다. 산과 숲과 강, 바다와 해변, 공원과 경기장과 내가 갔던 수많은 장소들, 가족들과 친구들과 팀원들. 그 사진들에는 결코 슬퍼질 수 없을 만큼 수많은 웃음, 사랑 그리고 즐거움들이 담겨 있다.

엄마가 방에서 걸어 나오는 소리가 들리자 아빠는 휴대폰의 전원을 끈 다음 주머니에 숨기고 종이와 봉투는 휴지통 깊이 감춘다.

엄마는 문밖으로 머리를 내민다. 「나 일하러 좀 갔다 올게.」 아빠의 시선을 피하는 걸 보면 엄마는 거짓말을 하고 있다.

하지만 아빠는 모르는 척한다.

엄마가 어디로 가려는 건지는 모르겠지만 일을 하러 가는 것이 아닌 건 확실하다. 나는 그저 엄마가 어딘가 사람이 많고 시끄러운 곳, 그리고 어딘가에 앉아서 자기도 그곳에 있는 평범한 사람들 중의 하나인 척할 수 있는 곳, 자신이 누구인지 잊을 수 있고, 예전의 자신이라고 믿을 수 있는 곳으로 가려는 거라고 짐작할 뿐이다.

아빠가 일어나 엄마 앞으로 다가가자, 엄마는 뒤로 물러선다.

「그래. 저녁은 내가 알아서 할게.」

아빠의 말에 엄마는 고개를 끄덕이고 힘없이 걸어간다. 그런 엄마를 바라보는 아빠의 얼굴 근육이 씰룩거린다. 엄마의 차가 집을 벗어나자, 아빠는 차고로 간다.

아빠는 스포츠 용품부터 치우기 시작한다. 나와 오즈의 물건들을 인정사정없이 트럭 뒤에 모두 싣는다. 아빠는 내 스케이트보드를 던져 실을 때 얼굴을 찡그리고, 서핑 보드를 집어 내릴 때는 울음을 참으려고 노력한다.

「이 잡동사니들을 이제 치워 버릴 때가 됐어.」 계속 따라다니며 물건마다 냄새를 맡고 우리 냄새가 기억날 때마다 꼬리를 흔드는 빙고에게 아빠가 말한다.

주변에 아무도 없을 때 사람들이 자기 애완동물에게 얼마나 많은 말을 하는지, 정말 놀라울 정도다. 클로이 언니는 최강 핀에게 쉬지 않고 이야기하고, 엄마와 아빠는 빙고에게, 에릭은 동물을 돌볼 때마다 자기 비밀을 마구 털어놓는다.

「결혼식 때 너한테도 턱시도를 입혀야겠다. 내가 원숭이 같은 옷을 입어야 한다면 너도 입어야지.」

그는 잠깐 하던 일을 멈추고 이마의 땀을 닦으며 뭔가를 생각해 내고는 내 휴대폰이 있는 주머니에 손을 가져가려다가 억지로 손을 떼어 낸다.

「아, 젠장. 오브리가 행복할 수만 있다면야, 턱시도 정도는 입어 주지 뭐.」 그는 오즈가 수집하던 너프 미식 축구공들도 모두 트럭에 던져 넣는다. 「걔네들은 금방 아기를 가질 거야. 오브리가 성질이 웬만큼 급해야지. 불쌍한 벤 녀석. 지금 자기가 어떤 사람이랑 결혼하는지는 전혀 모르겠지.」

테니스 라켓, 골프채, 자전거도 차에 싣는다.

「우리가 그 아기를 돌보자. 아기 침대도 사고, 기저귀 가는 테이블도 사자. 그 흔들거리는 거 있잖아. 아기들은 몸집은 엄청 작으면서 공간을 엄청 차지한단다.」

나는 아빠의 이야기를 들으면서, 카민스키 아줌마가 가져온 종이 한 장과 그것이 드러낸 진실이 원동력이 되어, 남은 가족을 보호하기 위해 이렇게 억지로라도 책임과 의무를 다해야겠다고 결심한 아빠의 마음을 이해하며 미소를 짓는다. 오브리 언니를 위해서라면 우리를 떠나보내는 것을 포함해서 무엇이든 하겠다는 아빠의 의지와 무조건적인 부성애가 내게 전해진다.

「클로이는 그새 또 남자 친구가 생겼단다. 전에 그 녀석보다는 나은 녀석이어야 할 텐데.」 이렇게 말하고는 아빠는 잠시 머뭇거린다. 「아, 뭐, 밴스도 그렇게 나쁜 놈은 아니었지. 그래도 배짱은 두둑했으니까. 그건 내가 인정해.」

빙고는 고개를 갸웃하더니 꼬리를 마구 흔든다.

내 운동복 차례가 되자 아빠는 차마 바로 버리지 못하고 새틴으로 된 부분을 꽉 쥐고 주저하다가, 트럭 뒤에 가득 쌓인 물건들 위에서 억지로 손가락을 풀어 놓아 준다.

나는 아빠와 함께 차를 타고 중고품점으로 가서, 아빠가 기부 물품 통에 역기를 들어 올리듯 물건들을 하나하나 던져 넣는 것을 지켜본다. 아빠가 마지막 물건을 던지는 순간 나는 자유로워진다. 풍선처럼 하늘로 풀려나 허공을 떠돌며 아빠가 트럭을 타고 이제 내게 하나 남은 인연의 가닥을 향해 돌아가는 모습을 지켜보는 동안, 그 하얀 빛이 가까워진다. 그 따뜻한 기운과 강렬한 끌림이 느껴질 만큼.

94

환하게 빛나는 신부가 된 오브리 언니 옆에서 벤이 환하게 웃는다. 무릎을 꿇고 축복의 기도를 드리는 두 사람을 보는 내 눈에서는 하염없이 눈물이 흐른다. 속이 뒤틀릴 만큼 발작적으로 나오는 웃음 때문이다. 하객들도 다 같이 깔깔거린다. 오브리 언니, 벤 그리고 나이 많은 주례는 영문을 몰라 어리둥절한 표정으로 주위를 둘러본다.

맨 앞줄에서 킨셀 부인이 뭐든 해보라는 듯이 남편의 옆구리를 팔꿈치로 찔러 댄다. 그래 봤자 그가 할 일은 딱히 없다. 2백여 명의 하객이 바라보는 앞에서 주례를 향해 무릎을 꿇고 앉은 벤의 구두 바닥에 분홍색 매니큐어로 〈제발 나 좀 살려 줘〉라고 쓰여 있다.

오브리 언니 옆에서 우스꽝스러운 초록색 태피터 드레스를 입고 선 클로이 언니는 어깨너머로 아빠를 돌아보며 윙크를 한다. 복수극이다. 두 사람이 결국 오브리 언니의 결혼식에서 장난을 치는 데 성공한 것이다.

이 코믹한 순간을 빼고 예식은 차질 없이 진행된다. 결국 오브리 언니는 기대대로 원하던 사람과 인생을 같이 하게 되었다. 나는 환호하고 박수를 치고 춤추고 흥얼거린다.

피로연은 우리 집에서 몇 킬로미터 떨어진 리츠에서 진행된다. 엄마와 아빠는 신랑 신부가 소개될 때 활짝 웃는다. 24년 전 부모님은 법원에서 간단한 결혼식을 했고, 아빠는 그걸 〈백 달러와 내 인생의 자유를 지불한 결혼식〉이라고 표현하길 좋아했다. 그러고 아빠는 〈그 결혼에 너희들까지 다 포함된 줄 알았다면 2백 달러도 낼 의향이 있었는데〉라고 덧붙이며 윙크와 함께 씨익 웃어 보이곤 했다.

엄마는 아주 아름답다. 에메랄드그린 실크 드레스는 은빛과 핑크색 장미가 수놓여 있고 무릎 위 7센티미터 정도의 길이여서, 달리기를 많이 한 탄탄한 엄마의 다리를 돋보이게 한다. 머리는 느슨하게 올려 보석이 박힌 작은 핀으로 고정시켰다. 웨이브를 넣은 금색 머리카락이 엄마의 턱 선을 드러나게 하고 목둘레에 딱 맞는 진주 목걸이도 잘 어울린다. 앞에 놓인 테이블의 리본을 잘 조정하느라 몸을 구부린 엄마의 엉덩이 부분이 팽팽하게 당겨지며 몸의 곡선이 드러난다. 건너편에 앉은 아빠가 뜨거운 시선을 보내자 엄마가 얼굴을 들었다가, 이를 다 드러내며 활짝 웃는 아빠와 눈이 마주치고 얼굴을 붉힌다.

모와 카일은 불가분의 존재다. 말 그대로 손, 손가락, 입술, 어깨, 엉덩이 중 하나는 시종일관 붙어 있다. 아주 예쁜 모와 잘생긴 카일 두 사람이 같이 있는 모습은 박수를 쳐주고 싶을 만큼 보기가 좋다. 나는 어차피 아무도 날 듣지 못한다는 생각에 박수를 친다. 나는 크게 소리치고 춤을 추며 손뼉을 친다. 너, 모린 카민스키, 정말 예쁘다! 그리고 너, 카일 해니건, 너도 아주 멋져. 그래서 내가 이제부터 너희 둘을 아름다움의 왕과 여왕으로 선포하겠어!

클로이 언니가 에릭을 데려왔을 때 아빠는 곰이 꿀을 좋아하듯 에릭을 맘에 들어 했다. 아마 에릭이 밴스와는 너무 달랐기 때문이기도 하겠지만, 더 큰 이유는 에릭과 있는 클로이 언니가 아주 많이 달라졌기 때문일 것이다. 물론 밴스와 사귈 때처럼 비굴할 정도로 에릭에게 빠져 있는 건 변함없지만 에릭은 조금도 애정에 굶주리거나 독점욕이 강한 사람처럼 보이지 않고, 그와 함께 있을 때의 클로이 언니는 자신감 넘치고, 걱정 없고, 엉뚱해 보이기도 하고, 재미있는, 가장 최상의 클로이 언니이다. 언니가 선곡한 음악이 저녁이 깊어 갈수록 더욱더 완벽한 분위기를 더해 주는 동안 언니의 구리색 머리는 춤을 출 때마다 반짝반짝 빛나고 미소는 주변을 밝게 비춘다.

숨이 차고 땀이 많이 나자 에릭이 바람을 쐬러 클로이 언니를 테라스로 데리고 나간다. 언니는 바닷가를 바라보다가 그를 향해 돌아서서 말한다. 「넌 한 번도 나한테 안 물어보더라.」

「뭘?」

「사고에 대해서.」 언니는 요점을 분명히 하려는 듯 반밖에 없는 손을 들어 보인다.

그는 그 손을 잡고 그 손가락에 입을 맞춘다. 「나한테 말하고 싶어?」

클로이 언니가 생각을 해보며 고개를 갸웃한다. 「꼭 그런 건 아니야. 하지만 왜 안 물어보는지 궁금했어.」

「그래 봤자 달라지는 건 없을 테니까. 난 어차피 널 계속 사랑할 거고.」

클로이 언니의 얼굴에 미소가 번진다. 「그래도 궁금하지 않아?」

「처음에는 그랬지, 약간은. 하지만 좀 지나서는, 별로.」

「내가 너한테 말하고 싶어 했다면?」

「그럼 들어 줬을 거야.」

「하지만 내가 말하길 바라지는 않는 거야?」

그의 시선이 클로이 언니의 시선을 붙잡는다. 그의 얼굴에는 그가 강인한 사람으로 성장할 거라는 미래의 약속이 아로새겨 있다. 「솔직히 말해서, 원하지 않아.」

「왜?」

「널 사랑하니까.」 그가 코로 한숨을 내쉰다. 「있지, 그게 문제야. 내가 널 사랑하는 거. 그래서 네가 말하고 싶다면 난 들어 줄 거야. 하지만 동시에 난 그 이야기가 끔찍할 거라는 걸, 그것도 아주 많이 끔찍할 거라는 걸 알고, 그런 이야기를 들으면 내 마음도 아파야 하는 게 정상이라는 것도 알아. 하지만 사실 속으로는 거의 마음이 아프지 않을 거야. 왜냐하면 내 이기적인 심정으로는 그 일이 일어나서 감사하는 마음도 들 테니까.」

클로이 언니의 표정이 굳어진다.

「봐, 내가 왜 그랬는지 알겠지? 그래서 나는 뒤를 돌아보기보다는 앞을 바라보겠어. 그리고 하느님이든 부처님이든 누구든 우주를 지배하는 분이 너를 살려 줘서 내 인생으로 보내 준 것에 감사하기만 할 거야.」

그는 뭔가 더 말하려고 하지만 더 말하지 못한다. 클로이 언니가 자기의 입술로 그의 입술을 덮어 버렸기 때문이다. 나는 과연 그가 옳은지, 정말 어떤 이상한 운명이 작용하고 있었던 건지 궁금해진다. 오즈와 나는 죽었지만 클로이 언니와 엄마와 아빠는 살아남았고 그들의 운명은 전과 달라졌다. 과연 그것이 신의 섭리인지는 모르겠지만 클로이 언니와 에릭이 이렇게 별빛 아래 발코니에서 사랑에 푹 빠져서 있는 모습을 보자니 그날 잃어버린 모든 것 대신 뭔가 얻은 것도 있다는 걸 깨닫는다.

클로이 언니가 당황한 표정으로 에릭에게서 살짝 떨어진다.

「왜 무슨 다른 문제라도 있어?」 에릭이 묻는다.

「날 왜 사랑해?」

그가 웃는다. 에릭의 웃는 소리는 듣기 좋다. 깊고 낮게 울리는 웃음. 「지금 장난하는 거지, 맞지?」

클로이 언니는 진지한 질문이라는 듯이 고개를 젓고 그를 빤히 노려본다.

「네가 화났을 때 나를 노려보는 눈빛 때문인가 봐.」

언니가 그의 가슴에 펀치를 날린다. 「난 심각해. 진지하게 말 해.」

그가 언니를 당겨 안는다. 눈에는 여전히 장난기 가득한 웃음이 남아 있다. 「내 관심을 처음 끈 건 네 입이었어.」

「내 입?」

「그래. 처음 고양이들을 데리고 왔을 때, 내가 처음 발견한 건 네 입이었어. 왼쪽으로 약간 삐죽하고 올라 간 입. 넌 아주 강하고 확신에 찬 듯 행동했지만 입은 아니라고 말하고 있었거든.」

클로이 언니는 다시 그를 당겨 키스하고는 다시 뒤로 물러난다. 「아직도 내 입이 좋아?」

「그럼. 사실 난 〈입〉을 감정하는 데 좀 도가 튼 사람이거든. 하지만 그게 내가 널 사랑하게 된 이유는 아니야. 그건 단지 내가 처음 느낀 인상일 뿐이지. 날 완전히 빠져들게 한 건 네 눈이었어. 누군가 네게 좋은 말이라도 하면 넌 눈동자를 굴리잖아. 내가 너한테 아름답다고 말할 때처럼.」

클로이 언니가 눈동자를 굴린다.

「바로 그거.」 에릭이 말한다. 「참 독특한 색이야. 보통은 초록빛인데 네가 아주 행복하거나…… 그 뭐랄까…… 그런 순간에는……」 그가 클로이 언니 쪽으로 몸을 살짝 밀착시키며 말하는 바람에 나는 민망해서 나도 모르게 얼굴이 찌푸려진다. 「그때는 아주 연한 회색빛이 돌거든.」

클로이 언니가 얼굴을 붉힌다.

「하지만 정말로 사람들이 왜 사랑에 빠지는지 대체 누가 알겠어?」 그가 언니의 손을 자신의 입술에 갖다 댔다가 자신의 가슴에 올린다. 「내가 확실하게 아는 건 네가 보호소로 들어오거나 날 쳐다보거나 웃을 때면 내 가슴이 마구 쿵쾅댄다는 거야.」

밴스는 클로이 언니와 1년 넘게 사귀었지만, 그 기간 동안 이와 비슷한 말을 한 적이 없었을 것이다. 이것이 숙명인지, 그냥 단순한 우연인지 나는 알 수 없다. 한 가지 분명한 것은 두 사람이 서로를 찾아낸 것에 내가 아주 많이 감사하고, 두 사람은 만날 인연이었다고 느낀다는 점이다.

나는 키스하는 두 사람에게서 떠나 클로이 언니가 선곡한 음악에 모두 신나서 춤을 추는 피로연장으로 다시 들어간다. 아직은 춤을 출 상태가 아닌 아빠와 파트너가 없는 엄마만 빼고.

마돈나의 「인투 더 그루브」에 맞춰 카일과 춤을 추던 모가 구경만 하는 엄마를 발견하고 카일에게 뭐라고 속삭이자 그가 엄마에게로 다가간다.

엄마는 아까 저녁에 하객들과 인사할 때 이미 카일과 인사를 나누었지만, 엄마는 시선을 어디에 둘지 모르고, 카일도 자신이 있어도 될 자리인지 몰라 쑥스러워하는, 짧지만 어색한 순간이었다.

「춤 같이 추실래요?」 카일이 오른쪽 팔을 내밀며 말한다.

앞으로 뻗은 그의 손을 바라보는 엄마의 눈이 커지고 심장이 빨리 뛴다.

그는 전혀 동요 없이 편안한 미소를 지으며 손을 내민 채 기다린다.

추위도 배고픔도 목마름도 없다.

카일은 턱시도를, 엄마는 드레스를 입고 있다.

클로이 언니와 밴스는 눈 속에서 길을 잃은 상태가 아니다. 아빠는 이제 다치거나 피를 흘리고 있지도 않다. 엄마가 구하러 오기를 기다리는 사람은 이제 아무도 없다.

카일의 손도 맨손이고 엄마의 손 역시 그렇다.

앞으로 손을 내미는 엄마의 손가락이 떨린다. 그의 손이 엄마의 손을 잡고 일으켜 세우는 순간, 나는 마침내 마지막 인연의 가닥이 녹아 버리는 것을 느낀다.

그들을 생존의 위험에서 구해 주었던 민첩한 운동 신경으로 두 사람이 댄스 플로어를 미끄러져 다니며 춤을 추는 동안 세상은 밝아지고 주변이 환히 빛나기 시작한다. 엄마와 카일은 한가운데서 남은 모든 것이 환해질 때까지 밝은 빛 속에서 춤을 춘다.

작가의 말

독자에게.

이 이야기는 제가 여덟 살 때 겪었던 일에서 영감을 받은 것입니다. 그때 저는 뉴욕주 북부에 살았습니다. 어느 겨울 아빠와 아빠의 절친인 〈밥 삼촌〉, 저와 오빠 그리고 밥 삼촌의 두 아들은 애디론댁으로 하이킹을 가기로 했습니다. 그 날 아침 출발했을 때 날씨는 아주 상쾌하고 맑았습니다. 하지만 등산로를 따라 올라가다가 정상에 가까워지자 기온이 급격히 떨어졌고, 우리는 갑자기 하늘에서 마구 쏟아져 내리는 눈보라와 추위 속에 갇히게 되었습니다.

아빠와 밥 삼촌은 우리가 무사히 하산하지 못할까 봐 걱정을 했습니다. 우리는 그런 날씨에 대비한 옷을 입고 있지도 않았고 산기슭까지는 몇 시간이나 가야 하는 거리였습니다. 폭풍우를 피하기 위해 밥 삼촌은 버려진 오두막의 창문을 돌로 깨고 들어갔습니다.

아빠가 혼자 내려가서 구조를 요청하기로 했고 저와 오

빠 제프는 밥 삼촌과 두 아들과 함께 오두막에서 기다리기로 했습니다. 구조를 기다리면서 그곳에서 보냈던 몇 시간에 대해서는, 추워서 신체적으로 고통스러웠던 기억 외에는 뚜렷하지 않습니다. 통제하기 어려울 정도로 추위에 몸이 덜덜 떨렸고 제대로 생각을 할 수가 없을 정도였습니다.

오두막 안에서 우리는 긴 나무 의자에 앉았고 밥 삼촌은 우리 앞에 무릎을 꿇고 앉았습니다. 그의 아이들은 너무 무섭다며 울었고, 밥 삼촌은 그런 애들에게 괜찮을 거라고, 〈제리 삼촌〉이 곧 돌아올 거라며 달랬던 걸로 기억합니다. 두려워하는 애들을 달래며 그는 장갑과 부츠를 벗기고 두 아이의 손과 발을 번갈아 가며 문질러 줬습니다.

제프와 저는 그 아이들 옆에 조용히 앉아 있었습니다. 저는 오빠의 행동을 따라 했습니다. 오빠가 불평을 하지 않고 가만히 있었기 때문에 저도 그렇게 했습니다. 어쩌면 밥 삼촌이 우리의 손가락과 발가락을 문질러 주지 않은 건 그 때문이었는지도 모릅니다. 단지 그는 우리가 자신의 아이들처럼 힘들어한다는 사실을 몰라서 그렇게 행동했던 건지도 모르죠.

하지만 이런 생각은 자식이 있는 부모라면 절대 용납할 수 없는 너무 너그러운 생각입니다. 상황이 반대였다면, 우리 아빠는 밥 삼촌의 아이들을 결코 방치하지 않았을 테니까요. 아빠는 심지어 밥 삼촌이 자기 자식들에게 한 것보다 그의 아이들을 더 잘 보살폈을 겁니다. 부모가 옆에 없어서 얼마나 더 무서워할까 하는 생각으로요.

해가 질 무렵, 구조대의 지프차가 도착했고 우리는 응급 구조사들이 기다리는 곳으로 내려갔습니다. 밥 삼촌의 아이들은 멀쩡했습니다. 춥고 지치고 배고프고 목이 말랐겠지만, 그 외에는 다친 곳이 없었습니다. 저는 손가락에 가벼운 동상을 입었다는 진단을 받았고, 결과적으로 그렇게 심한 상태는 아니었습니다. 손이 다시 따뜻해져 정상으로 돌아올 때까지 통증이 있었지만 혈액 순환이 회복된 후에는 괜찮아졌습니다. 하지만 제프 오빠는 1도 동상을 입었습니다. 그의 장갑은 잘라서 떼어 내야 했고 그 밑의 피부는 다 벗겨지고, 하얗게 변했으며 물집이 생겼습니다. 보기에 너무 끔찍할 정도여서 얼마나 아플까 하고 생각했던 기억이 있습니다. 상처가 제 것보다 훨씬 더 심각했으니까요.

부모님을 비롯해 아무도 제프 오빠나 저에게 그 오두막에서 무슨 일이 있었는지, 왜 우리는 동상을 입고 밥 삼촌의 아이들은 괜찮았는지 묻지 않았고, 밥 삼촌과 캐런 이모는 그 이후에도 우리 부모님과 가장 친한 친구로 지냈습니다.

지난겨울, 제 두 아이와 함께 스키를 타러 갔다가, 리프트를 타고 이동하던 중 그날의 기억이 다시 떠올랐습니다. 제가 평생 알고 지냈고 우리를 사랑했다고 믿었던 밥 삼촌이 그때 얼마나 냉담하고 무정했는지, 그리고 그 이후에도 전혀 자신의 행동에 대해 부끄럽게 생각하지 않았던 것을 떠올리고 새삼스럽게 충격을 받았습니다. 그가 보안관과 웃으며 그날의 일이 결국 별문제 없이 끝난 대단한 모험이라도 되는 것처럼 이야기하던 것을 기억합니다. 심지어 처음에 자기가 모두를 오두막으로 데려간 일과, 창문을 어떻게 깨고 들어갔는지를 자랑하며 무슨 영웅이라도 된 듯 착각하는 것 같았습니다. 집으로 돌아가서는 아마도 아내인 캐런에게 자기가 아이들의 손과 발을 문질러 주고 전혀 무서워하지 않도록 잘 돌봐 주었다고 으스댔을 겁니다.

저는 제 아이들을 바라보다가 아빠가 우리들을 밥 삼촌에게 맡겼던 것처럼, 저 역시 순진하게 그동안 제 아이들을 다른 사람들에게 맡겼던 일들을 생각하고 등줄기가 서늘해졌습니다. 굳이 따로 약속을 받아 내지 않아도 그 사람들이 자기 아이들을 돌보듯 우리 아이들 역시 동등하게 보호해 줄 거라고 순진하게 믿었습니다. 놀이공원, 바닷가, 쇼핑몰, 근거리 및 장거리 여행 등을 보내며 매번 우리 아이들도 잘 보살핌을 받을 것이고, 그래서 안심해도 된다고 생각하면서요.

이 책은 끔찍한 사고에 대한 이야기지만, 사실 진짜 이야기는 그 사고가 발생한 이후, 그 재앙의 여파 속에서 일어납니다. 그 참사의 생존자들이 했던 선택의 결과가 그들을 괴롭히러 다시 되돌아오는 시기부터입니다. 저는 언제나 후회란 마음속에 지니고 살기에 가장 힘든 감정이라고 생각해 왔지만, 후회란 감정도 양심이 있을 때에나 가능한 것입니다. 그렇기 때문에 뭔가 잘못을 저지른 후에, 양심이 없는 가장 나쁜 사람이 가장 적게 고통받게 되는 불공평한 모순이 생기게 되죠.

저는 등장인물들이 자신들이 혼자 있다고 생각할 때조차도, 그 인물들을 솔직하게 관찰할 수 있는 플라이 온 더 월[34] 시점을 사용하기 위해 핀이라는 인물을 통해 이야기를 끌어가기로 마음먹었습니다. 핀의 눈을 통해 이야기를 했던 것은 제게는 선물과도 같았습니다. 비록 저는 핀이 아니지만, 여러 부분에서 나는 조금 더 핀과 비슷해지기를 바랐습니다. 그렇게 순수한 영혼을 가진 인물을 쓰게 되는 기회는 흔치 않습니다. 핀은 제 마음속에서 아주 특별한 자리를 차지하며, 제가 핀을 통해 이야기를 하면서 즐거웠던 만큼 여러분도 이 이야기를 즐겁게 읽어 주셨으면 좋겠습니다.

진심을 담아 보내며
수잰

34 〈벽에 붙은 파리〉 시점. 관찰자 시점.

감사의 말

이 책이 나오는 데 많은 도움을 준 여러 분들께 감사드립니다. 그분들이 없었다면 이 책이 나오기 어려웠을 만큼 많은 도움을 주셨습니다.

의리를 지키고 귀중한 지도를 해준 에이전트 케번 라이언.

이 이야기를 잘 이해해 주고, 한 단계 더 끌어올려 준 통찰력과 피드백을 제공해 준 얼리셔 클런시.

불가능한 꿈과 기적을 믿어 주고, 단지 그들로서 존재해 주는 것만으로도 고마운 우리 가족.

오랫동안 잊고 있었던 산에서의 그날, 내게 용감한 모습을 보여 준 오빠 제프, 그리고 용감하게 산에서 내려가 구조를 요청했던 우리 아버지.

변변치 않은 원고를 아름다운 완성작으로 만들어 준 리암 그리스월드, 빌 시버, 니콜 포머로이를 포함하여 레이크 유니언의 팀원 모두들.

이 원고를 처음 읽어 준 샐리 이스트우드. 두 번째로 읽어 준 헬리와 캐리. 우리 모임의 신비로운 마법이 계속되도록 해주는 리사 휴스 앤더슨과 아트 팀원들(에이미 에디트 잭슨, 헬렌 폴린스존스, 신디 플레처, 로런 하웰, 낸시 델린, 리사 맨사워, 재키 브로드풋, 에이프릴 브라이언, 샤론 하디).

이야기가 끝나고

토론

1. 당신에게 자녀가 있나요? 그렇다면 다른 사람에게 그 자녀를 얼마나 자주 맡겼나요? 혹시 뭔가 끔찍한 일이 일어날 가능성을 생각해 보거나, 아이들을 맡긴 사람이 어려운 선택을 해야 할 상황에 직면했을 때, 당신의 자녀들을 잘 돌봐 줄지를 생각해 본 적이 있나요? 반대로 생각해 봅시다. 어떤 재난 상황에 닥쳤을 때 당신은 자신의 자녀를 돌보는 것만큼 친구의 아이들을 돌볼 것 같나요? 다른 사람들이 우리의 자녀를 잘 돌볼 거라고 믿나요?

2. 엄마로서의 앤을 생각해 봅시다. 앤은 좋은 엄마라고 생각합니까? 이야기의 시작 부분은 어떤가요? 핀이 접촉 사고를 냈을 때 앤의 태도가 너무 가혹했다고 생각하나요? 오즈와의 관계는 어떻게 생각하세요? 그녀의 행동에 공감하나요?

3. 클로이는 폭풍 속으로 밴스를 따라갔습니다. 두 사람이 더 이상 나아갈 수 없자 밴스는 클로이를 떠났습니다. 그가 그렇게 클로이를 포기해 버린 것을 어떻게 생각하나요? 그의 결정이 이해가 갑니까? 만일 둘 다 같이 죽거나 그녀를 떠남으로서 그가 혼자서라도 살 수 있는 기회 중에 선택해야 했다면, 그가 한 결정이 이해가 가나요? 그가 다시 비슷한 상황에 처한다면 다른 선택을 할 거라고 생각하나요?

4. 앤은 핀의 부츠를 내털리 대신 모에게 주었습니다. 왜 앤이 그런 선택을 했다고 생각합니까? 당신의 가장 친한 친구가 만일 앤과 같은 행동을 했다면, 당신의 자녀 대신 다른 사람의 자녀를 선택했다면 어떤 기분이 들까요?

5. 카일이 떨어졌고, 앤은 아주 찰나의 순간 자신만은 떨어지지 않으려고 그를 붙잡았던 스카프를 놓아 버리는 결정을 내렸습니다. 그런 앤의 결정을 어떻게 생각하나요? 만일 그가 죽었다면, 당신은 좀 다르게 느낄까요?

6. 오즈라는 아이와 그 아이가 가족에게 미친 영향에 대해 어떻게 생각하나요? 잭은 때때로 오즈가 없다는 사실에 안도감을 느꼈다고 인정했습니다. 그의 그런 말 때문에 잭에 대한 당신의 감정이 안 좋아졌나요? 그 사고가 일어나지 않았다면 지금 밀러 가족은 어떤 상황일지 생각해 봅시다.

그날 잃은 것만큼 얻은 것도 있다고 생각하나요?

7. 카일이 그날 사고의 피해자가 된 점에 대해서 어떻게 생각하나요? 아무도 그가 괜찮은지에 물어볼 생각도 하지 않았습니다. 우리는 낯선 사람들에게 어느 정도의 의무감을 가질까요?

8. 사고 후 밥은 아주 열심히 도움이 되려고 했습니다. 기자 회견을 하겠다고 나섰고 회복 기간에는 앤이 의지할 바위 같은 존재가 되어 주었습니다. 밥에 대해서는 어떻게 생각하나요? 당신 의견으로는 그는 범죄자로서의 선을 넘은 걸까요? 그렇다면, 그 선은 어디쯤일까요? 오즈에게 앤을 찾으라며 보내 버린 것? 크래커 두 봉지와 장갑을 바꾼 것? 자신의 거짓말을 감추기 위해 잘못된 방향으로 번스와 수색대를 보낸 것? 모의 생존 아이디어(눈으로 창을 막자고 한 것과 물을 녹인 것)에 대해서는 어떻게 생각하나요? 누가 그런 생각을 먼저 했는지가 중요할까요? 밥의 결말은 정당하다고 생각하나요? 아니면 불쌍하다고 생각하나요? 아니면 더 큰 벌을 받아야 한다고 생각하나요? 그가 그런 일을 한 것이 아내와 딸을 보호하기 위해서였다는 사실은, 여러분의 의견에 영향을 미쳤나요?

9. 핀은 죽었고, 이야기는 핀의 전지적 시점에서 전해집

니다. 등장인물에 대한 통찰력이 이런 핀의 관찰자적 시점에 의해 변화되었다고 생각하나요? 만일 등장인물 각자의 시점에서 이야기를 읽었다면 당신의 의견은 어떻게 바뀌었을까요?(예를 들어, 밥은 오즈를 두려워할 만한 충분한 이유가 있었고 그의 두려움을 느꼈을 수도 있고, 밴스가 클로이를 떠날 때 혼자서라도 가서 구조를 요청해야 두 사람이 살 수 있다고 생각했다면 말입니다.)

10. 당신은 자신의 장례식을 보고 싶나요? 당신이 죽은 뒤에 남겨진 사람들의 생각을 알게 된다면 어떨까요?

11. 이 이야기는 죽음에 대해서, 그리고 사랑하는 사람의 죽음을 어떻게 받아들이는지에 대한 이야기를 많이 다룹니다. 앤의 방식은 핀과 오즈의 모든 소지품을 다 없애 버리는 것이었고, 잭은 그 반대였습니다. 그는 끊임없이 잊어버리지 않으려고 노력했고 그런 추억들로 스스로를 고문했습니다. 당신이라면 어떻게 하겠습니까? 핀은 그녀가 사랑하는 사람들이 자신을 생각할 때마다 슬퍼하기를 원하지 않았습니다. 우리는 죽은 사람들을 어떻게 기억해야 한다고 생각합니까? 어쩌면 그들을 생각할 때 슬퍼하기보다는 행복해하는 것이 맞을까요?

12. 인간성은 양심보다는 상황에 의해 결정된다고 생각

하나요? 우리가 힘든 상황에 닥치면 우리의 행동이 변할 거라고 생각하나요? 우리 모두에게는 자신을 보호하려는 생존 본능이 존재해서, 결코 하지 않을 거라고 믿었던 것들을 하게 만든다고 생각하나요? 밥은 그날 오즈를 죽이거나 모를 방치하기 위해 하루를 시작한 건 아닙니다. 그는 가족과 친구들과 주말 스키 여행을 즐기기 위해 그날 하루를 시작했지만 결국 밥 때문에 오즈는 죽었습니다. 오즈는 캠핑카로 돌아오지 않았고 모는 오즈를 찾으러 나가지 않았습니다. 이 행동은 밥이 한 행동과 같다고 볼 수 있을까요? 단지 모가 나약했던 것만으로 비난을 받아선 안 된다고 한다면 밥의 행동은 비난받아야 하나요? 카일의 목숨이 자신의 손에 달렸을 때 그 손을 놓아 버린 앤은 비난받아야 할까요? 밴스는 자신의 연인을 매서운 추위 속에 혼자 두고 떠났습니다. 캐런은 내털리만 보살폈습니다. 내털리는 아무것도 하지 않았습니다. 밥은 오즈의 장갑을 빼앗고 추운 바깥으로 보내 버렸습니다. 두렵다는 이유로 비겁하거나 이기적으로 행동한 점에 대해서 지탄을 받아야 할까요? 과연 우리는 그러지 않을 용기와 힘을 갖고 태어났을까요? 그렇다면 그런 힘을 갖지 않은 사람을 비난해도 될까요?

13. 어떤 사람의 삶은 다른 삶보다 더 가치가 있을까요? 모나 오즈 둘 중에 한 명을 구해야 한다면 그런 선택은 동전 던지기와 같은 방식이어야 할까요, 아니면 다른 요인에 무

게를 두고 결정해야 할까요? 모나 내털리는 어떤가요? 오즈와 낯선 사람이었던 카일은 어떤가요?

14. 혹시 거의 죽을 뻔했던 경험이 있었나요? 그렇다면 당신은 당신이 그 상황에서 한 행동이 자랑스러운가요? 아니면 후회하나요?

15. 이 이야기를 읽은 후 당신은 죽음, 애도 또는 당신과 연결된 이 세상의 소중한 인연들에 대해 어떻게 다르게 느끼게 됐나요?

16. 가장 마음에 들었던 인물은 누구입니까? 왜 그렇습니까?

17. 각 인물을 어떤 배우가 연기하면 좋겠습니까?

옮긴이의 말

『한순간에』는 갑작스럽게 일어난 사고와 사고 후 생존을 위한 선택과 갈등 그리고 그 이후의 삶에 관한 이야기이다. 이 이야기를 읽으면서 하지 않을 수 없는 생각은 〈나라면 어땠을까〉일 것이다. 나 역시 이 책을 읽고, 번역을 하는 동안 그런 생각이 들었다. 주변에서 들은 소식이나 뉴스로부터 뜻밖의 사고나 재난 상황에 직면해서 결코 해서는 안 될 일을 한 사람들, 또는 해야 할 일들을 하지 않은 사람들, 단순히 아무것도 하지 않은 사람들, 그리고 그런 상황에서도 자신보다 타인을 위해 행동한 의인들의 이야기들을 접하면, 우리는 자기도 모르는 사이에 그런 생각을 하게 된다. 〈나라면 그러지 않았을 것이다〉, 〈어떻게 그럴 수 있을까〉, 혹은 〈나라도 그랬을 것이다〉. 하지만 예기치 않게 찾아와 생각보다 더 오래 우리 주변을 서성이며 심각하게 우리의 삶을 파괴하고 있는 팬데믹을 겪으면서, 이제 나는 더 이상 장담할 수가 없다. 나 자신에 대해서, 그리고 뜻밖의 상황이야기하는 우리 내부의 변화에 대해서.

내가 사는 곳은 인구 30만의 영국의 한 지방 도시다. 이 곳에서 살아온 지난 6년 동안, 창백한 영국인들의 미온하지만 한결같은 미소와 대도시와는 달리 조용하고 차분한 분위기 속에서 안전하게 살고 있다고 느꼈다. 보고 듣지도 못했던 온갖 다양성과 사회적 약자들에게 관대한 그들을 보면서 사회적으로 보호받고 있다고 느꼈다. 그리고 지난 3월 말 영국은 뒤늦게 봉쇄 조치를 내렸고 전례 없는 위기와 불안에 대처하는 사람들의 행동 방식은 서로를 변화시켰다. 〈다른 사람을 위해 구매를 신중하게 해주시길 바랍니다〉라는 안내문이 적힌 마트의 텅 빈 진열대를 몇 개월간 불안한 마음으로 마주해야 했고, 매일 수백 명의 노약자들이 목숨을 잃어 가는 상황에서도 발 빠른 조치를 내리지 않는 정부를 지켜봐야 했고, 전염병에 대한 두려움을 특정 집단에 대한 혐오와 편견의 형태로 드러내는 증오 범죄가 확산되고 있다는 뉴스를 접해야 했다. 우리는 조난된 것도 아니었고, 모두가 함께 겪는 일을 똑같이 견딜 뿐이었고, 당장 내일 먹을 것이 없는 긴박한 상황도 아니었지만, 자신의 안전과 편의를 조금 더 연장하기 위해서 다른 사람의 위기를 재촉하는 선택들을 했다.

물론 위기의 순간에 언제나 나타나는 슈퍼맨처럼 의인들도 많았다. 소셜 네트워크를 활용해서 소외된 이웃을 돕고, 보호 장비가 없어서 고생하는 의료진들을 위한 수술용 가운과 세탁 주머니를 만들고, 매주 목요일 8시에 문밖에 나가 핵심 노동자들을 격려하는 박수를 치며 서로의 안전을 확인하고, 여러 단체나 개인들이 노약자들을 위해 약과 생활필수품을 배달해 주거나 봉사하는 모습 등을 목격했다.

누구에게나 자기 보호 본능은 있다. 그런 본능이 고개를 들 때 이성과 양심으로 상황을 극복해 나가고 자신보다 타인을 위해 행동하는 의인들이, 그런 인간다움이 우리 사회를 지탱하는 필수적인 버팀목이다. 사고를 당하거나 재난에 처했을 때 어떻게 행동하고 어떤 사람이 되느냐는 전적으로 우리의 선택이다.

이 소설은 작가가 실제 겪었던 일에 영감을 받아서 썼고, 또 언제든지 일어날 수 있는 이야기라는 점에서 단순히 허구로만은 여겨지지 않는다. 뜻밖의 사고를 겪고 그 상황에서 생존하기 위해 자신이 했던 선택을 후회하는 사람들, 그 선택으로 인해 자신의 부끄러운 민낯을 발견하고 지속적으로 고통받는 사람들의 삶을 조명함으로써, 나에게 닥치게 될지도 모를 미래에 대한 마음의 준비를 하도록 그리고 타인을 위해, 궁극적으로는 〈나〉를 위해 도덕성을 견고히 다지도록 경고한다. 삶은 순간순간의 크고 작은 선택으로 이루어진다. 어떤 선택을 하느냐에 따라 앞으로 살아갈 정신적 삶의 안위가 결정된다. 그 선택의 순간은 언제든지 올 수 있다. 또 우리가 생각하는 것보다 삶은 길게 지속되고, 부끄러운 기억은 영원히 사라지지 않는다. 그리고 그것을 만회

할 〈다음〉이란 기회는 쉽게 오지 않는다.

2020년 겨울

김마림

옮긴이 **김마림** 경희대학교 지리학과를 졸업하고, 동대학교와 뉴욕 주립 대학교 대학원에서 석사 학위를 받았다. 약 7년간 케이블 채널 및 공중파에서 영상 번역가로 활동했으며, 대표적인 프로그램으로는 KBS의 「세계는 지금」, 「생로병사의 비밀」, 「KBS 스페셜」 등이 있다. 현재 영국에서 전문 번역가로 일하면서 『조각가』, 『싱글로 산다』 등을 번역하였다.

한순간에

발행일 **2020년 12월 10일 초판 1쇄**
2022년 7월 10일 초판 5쇄

지은이 **수잰 레드펀**
옮긴이 **김마림**
발행인 **홍예빈 · 홍유진**
발행처 **주식회사 열린책들**

경기도 파주시 문발로 253 파주출판도시
전화 **031-955-4000** 팩스 **031-955-4004**
www.openbooks.co.kr

ISBN 978-89-329-2073-3 03840

이 도서의 국립중앙도서관 출판예정도서목록(CIP)은 서지정보유통지원시스템 홈페이지(http://seoji.nl.go.kr)와 국가자료공동목록시스템(http://www.nl.go.kr/kolisnet)에서 이용하실 수 있습니다.(CIP제어번호: CIP2020045603)